Michael
Lichtwarck-Aschoff

Der Sohn des Sauschneiders oder ob der Mensch verbesserlich ist

k,n

Teil I

1

Zwei Mal im Leben hat der Franz Meguşar es geschafft, pünktlich zu sein. Halbwegs wenigstens. Das erste Mal hat der Vater schon den ganzen Tag im Wirtshaus auf ihn warten müssen. Es ist Nacht geworden, bis der Franz, gerade noch so irgendwie pünktlich, auf dem kalten Bett seiner Eltern in die Welt hinein ist. Dabei war Franz vom Wesen her kein Unpünktlicher. Nur halt, dass seine Zeiten anders gingen.

Die zweite Pünktlichkeit des Franz war sein Heldentod. Er starb ihn am 3. August 1916, ‚geschmückt mit der silbernen Tapferkeitsmedaille zu Rutka-Myrinska in Wolhynien'. So steht es jedenfalls in der Todesanzeige, die sein Arbeitgeber, das *Vivarium* in Wien, für ihn aufgab. Jetzt hast du seinerzeit den Helden gleich beieinandergehabt. Es war schwieriger, keiner gewesen zu sein. Nach dem Franz, wenn es gegangen wäre, hätte er dafür gerne unpünktlich sein können.

Die Zeit dazwischen, also von da weg, wo der Vater im Wirtshaus auf ihn wartet, bis zu diesem Schlachtfeld in Wolhynien, verbrachte Franz mit dem Versuch, der Kuh die Hörner wegzuzüchten und dem blinden Drachenkind das Sehen beizubringen. Es wäre ihm dabei um die Frage gegangen, ob man das Rindvieh zur Hornlosigkeit erziehen kann und ob es, nach abgeschlossener Ausbildung, tatsächlich nur noch friedliche, hornlose Kälber in die Welt setzt.

Mit der Kuh kam nichts zustande. Und ob das Drachenkind am Ende sehen konnte, ließ sich nie klären. Es hat dann auch keinen mehr interessiert. Weil jeder gewusst hat: Im Vivarium ist ohnehin die ganze Zeit nur gelogen und betrogen worden. Auch vom Franz.

Ich möchte es einmal so sagen: Je weniger einer dabei war, desto zuverlässiger weiß er, wie alles gewesen ist.

Dann fange ich halt noch einmal an.

Als Franz, halbwegs pünktlich, in die Welt kam, regnete es. An sich nicht bemerkenswert. Wenn man von Steinbüchl überhaupt eine Geschichte erzählt, muss man unweigerlich damit anfangen, dass es gerade regnete. Für Franz würde oft gerade das wichtig sein, was nicht der Rede wert ist. Wie dieser jämmerliche Regen an seinem Geburtstag.

Es war der 2. Juli, der Tag Mariä Heimsuchung. An diesem Tag arbeiten die Leute in der Krain nur das Nötigste. Statt arbeiten – beten. Zu Mariä Heimsuchung gehört das Magnifikat. Es geht so:

‚Meine Seele preist die Größe des Herren. Denn auf die Niedrigkeit seiner Magd hat er geschaut. Er stößt die Gewaltigen vom Stuhl und erhebt die Niedrigen. Die Hungrigen füllt er mit Gütern und lässt die Reichen leer.‘

Sie beten es recht inbrünstig.

Trotzdem. Auch an dieser Mariä Heimsuchung wurde in Steinbüchl wieder kein Hungriger mit Gütern gefüllt. Beten tut man jedes Jahr darum, erlebt hat es deswegen noch keiner. Auch Gewaltige, die von ihren Stühlen fallen, sind hierorts nicht gesehen worden. Stattdessen schwemmte der Regen Drachenkinder aus den Höhlen unter den Karstfelsen ins graue Tageslicht hinauf. Es muss wochenlang regnen, damit das vorkommt. So wie in diesem Sommer.

Es wundert mich schon, dass es kein zuverlässiges Zeugnis für Franz' Geburt im Jahr 1892 gibt. Keine Geburtsurkunde auffindbar, vielleicht weil ihnen hier der Namenstag sowieso wichtiger ist. Es könnte also auch ein früheres Jahr gewesen sein, ein späteres wahrscheinlich nicht. Wenn es ein früheres Jahr war, dann muss es eines der vielen Jahre mit einem verregneten Sommer gewesen sein. Keiner, den ich gefragt habe, wusste es noch. Jeder wusste, wie jämmerlich es an Mariä Heimsuchung geregnet hatte. Der Regen, die Drachenkinder, ja. Der Tag von Franz' Geburt, nein.

Während sich die Mutter Franeka daheim mit dem Franz mühte, er war ja ihr erstes Kind, und sie fragte sich, ob derartige Schmerzen unbedingt dazugehören, saß sein baldiger Vater Jožef Meguşar im Wirtshaus und fand, allmählich könnte es ein Ende haben mit dem Vaterwerden. Die Schwangerschaft war ihn hart angekommen, was ja nur einen Sohn bedeuten konnte. Er würde ihn auf Franz taufen lassen. Zur Not auf Franziska.

Wenn man die ganze Mariä Heimsuchung im Wirtshaus absitzt, weil der Sohn es nicht eilig hat in diese Welt, gerät man ins Grübeln. Ob so ein Kind eine Freude ist und ein Stolz. Ob man es nicht genauso stark als eine Last verstehen muss. So eines will ja essen und ist im Weg, und es dauert, bis man es zu irgendwas hernehmen kann, bestimmt fünf oder sechs Jahre dauert das. Dabei war es auch ohne den Franz schon ein ziemliches Durchfretten. Recht viel mehr als Steine würde Jožef Meguşar dem Sohn einmal nicht übergeben können. Die Steine auf dem Feld und den Fluch auf dem Hof.

„Ja freilich, so eine Geburt hat ihre zwei Seiten", sagte der Fremde, der mit Jožef am Tisch saß. Er hatte sich angeboten, die schwere Zeit bis zur Geburt des Sohnes mit ihm durchzustehen. „Freude und Stolz, das versteht sich sowieso. Aber man muss den Stolz auch abwägen gegen die Last. Das will sauber austariert sein. Daran denkt unsereins erst hinterher, wenn neun Monate herum sind. Und auch, wenn eines vorher daran denken möchte, also bevor es angeht mit den neun Monaten, er würde es doch nicht anders machen. Das hat die Natur vernünftig eingerichtet, dass wir da gar nicht erst ins Nachdenken hineinkommen, ausgestorben wäre unsere Rasse seit Langem. Komm Bauer, einen Wein noch."

Der Fremde hieß, wie er gelegentlich mitteilte, Harry Butter und trug einen ausladend gelben Schnurrbart unter der drohenden Nase. Jožef fand, der Name passte schlecht zu ihm und beschloss, ihn bei sich weiterhin ‚der Fremde' zu nennen. (Ich würde es nicht erwähnen, spielte Harry Butter nicht später noch eine gewisse Rolle. Aber so weit sind wir noch nicht.)

Sie tranken seit dem Morgen. Jožef wusste nicht mehr, wie oft er dem Fremden spendiert hatte, und wie oft der seinerseits ihn traktiert hatte. Konnte sein, dass es nicht sauber austariert war. Der Fremde musste ein Städter sein, vielleicht aus Laibach oder von noch weiter her. Hätte Wien sein können, durchaus. Trug einen Anzug aus braunem Stoff, mit dem er natürlich nicht in den Regen hinaus konnte. In der Stadt haben sie ihre Anzüge für den Salon, nicht für den Regen. Unter dem Tisch hatte der Mann einen enormen Koffer abgestellt.

„Wird die Franeka genug Milch haben für den Jungen? Das ist doch die Frage. Es sollte ja was werden aus ihm, habe ich vor. Dafür braucht er seine Muttermilch", sagte Jožef. „Und Milch, wenn die Franeka gleich wieder so hart arbeitet? Aber das muss sie schon. Irgendjemand muss helfen, die schweren Steine vom Acker räumen. Allein komme ich nicht nach. Die Milch oder die Steine. Beides kann man vielleicht gar nicht haben."

„Mein Gott, ihr Bauern. Leicht habt ihr es nicht gerade. Ich möchte kein Bauer sein. Und ganz bestimmt nicht in Steinbüchl", sagte der Fremde.

„Wenn halt der Fluch nicht wäre", sagte Jožef, „dann ginge es ja."

Der Fremde wollte wissen, welchen Fluch er meine. Darüber mochte Jožef eigentlich nicht reden. Macht einen Fluch nur schlimmer, wenn man ohne guten Grund darüber schwätzt. Aber weil Jožef jetzt das Gefühl hatte, er müsse dem Fremden und sich selber vorrechnen, warum die Geburt seines Sohnes Franz ihm nicht nur Freude und Stolz bereite, sondern auch Sorge, ja, wenn er es sauber austarierte, möglicherweise sogar mehr Sorge als Freude, erzählte er dem Fremden von dem Fluch. Der Mann würde ja nicht lange in Steinbüchl bleiben, er würde das, was er von Jožef erfuhr, mit sich wegtragen aus dem Dorf.

Selber war Jožef eher zufällig in den Fluch geraten.

Außer dem Namen Meguşar hatte er nicht viel mitgebracht nach Steinbüchl. Den Namen und natürlich die ungewöhnliche Geschicklichkeit in seinem Beruf. Meguşar war Sauschneider aus dem Lungau. Den Lungauern liegt das Sauschneiden sowieso im Blut. Dort stellen sie jedem die Frage, ob er weiß, wer älter ist – die Sauschneider oder die Christenheit. Sie erwarten, dass man sagt, die Sauschneider sind älter. Weil an der Krippe vom Jesuskind stand doch ein Ochse.

In der Meguşarfamilie wurde der Beruf vom Vater auf den Sohn vererbt und zu immer größerer Vollkommenheit entwickelt. Die Meguşars waren reinblütige Sauschneider, so könnte man sagen.

Beim Störgehen hatte es Jožef in die Krain verschlagen. Warum er dann die Franeka hat heiraten müssen, ein schönes Paar wären sie ja gewesen, aber gleich heiraten? Jožef war schnell im Entschließen, bereut hat er nie etwas. Wo andere ins Grübeln gekommen wären, hat Jožef lieber geschwind einen zweiten und dritten Entschluss hinterher gefasst. Ich denke, er wird es zuerst ganz gern mitgenommen haben, dass er als Dreingabe auf die Franeka hinauf die kleine Landwirtschaft bekommen hat. Als einzigem Kind stand ihr die zu.

Von Haus aus war Jožef kein Bauer. Einem Sauschneider fehlt das Sitzfleisch. Vielleicht wäre ihm eines hingewachsen mit der Zeit, wenn, ja wenn er mit der Franeka und ihrem Hof nicht gleich noch den Fluch mitgeheiratet hätte.

Mit dem Fluch war es an dem.

Niemand erinnerte sich, wie lange es den Fluch schon gab. Jedenfalls hatte der Fluch mit dem Karst zu tun. Ein verrückter Ahn hatte nämlich den Acker, den einzigen Acker, den Franekas Familie jemals besessen hatte, direkt auf dem Karstfelsen angelegt. Ein anderes Land besaßen sie nicht, was hätte er tun sollen. An manchen Stellen war die Erdkrume keine Handbreit tief. Nach dem Regen blühten die weißen Karststeine aus dem Boden und die Erdäpfel verfaulten. Hier sagen sie: Das Gras beim Stein und das Fleisch beim Knochen ist das Beste. Aber wenn nur Stein wächst und nur Knochen, und ist gar kein Gras und Fleisch dabei, dann stimmt es nicht.

Die Meguşars hatten die Ackerwirtschaft praktisch aufgeben müssen. Wenn es ein gutes Jahr war, konnten sie drei, höchstens vier magere Stierkälber halten. Die wurden Grauochsen genannt und suchten sich zwischen den Steinen die Mäuler wund. War das Jahr um, wurden sie geschlachtet. Wenn sie nicht schon vorher an Schwäche eingingen. Ihr Fleisch schaffte Jožef bis nach Laibach. In Steinbüchl selber hatten die Leute kein Geld für fremdes Fleisch. Manchmal brachte er einen Eimer Kutteln wieder zurück oder ein paar Markknochen, die in der Stadt keiner hatte haben wollen. Aus den Kutteln machte Franeka dann ein wässriges Gulasch. Das Mark in den Knochen konnte man wie Butter essen, schmutzig grau, aber wenigstens fett. Wenn es älter wurde, kam es in die Suppe. Die wurde verlängert, bis sie keine Augen mehr hatte.

Das waren die guten Jahre.

In den schlechten, von denen gab es mehr, hatten die Meguşars eine einzige Kuh, die bläuliche Milch gab. Und einen Stier, der nicht geschlachtet werden durfte, weil er zum Bespringen der Steinbüchler Kühe hergenommen wurde. Wer Kühe hatte, brachte sie zu Jožef Meguşar, damit sein Stier sie besprang. Gegen Bezahlung natürlich. Manche wollten, dass Jožef seinen Stier auf ihren Hof führte, damit die Kühe sich zuhause fühlten, wenn sie besprungen wurden. Auch das machte Jožef. Klingt jetzt vielleicht unlogisch, aber das Bespringen gehörte zum Geschäft wie sein Gegenteil, das Sauschneiden und das Nonnenmachen. Für Jožef in Steinbüchl war es inzwischen sogar der wichtigere Teil. Die Leute waren zufrieden, weil Jožef mit dem Bespringen nebenzu ein paar andere Veterinärdienste mit erledigte, ohne gleich extra dafür zu verlangen.

Nur einmal war es den Meguşars gut gegangen, jedenfalls erzählten sie sich das in der Familie. Das war während des Krieges, damals gegen den Franzosen. In den Städten gab es nichts zu essen, plötzlich galt der Bauer etwas. Für einen Eimer Markknochen bekam man einen halben Wohnzimmerschrank, für eine Grauochsen-Hüfte mit Schwanz ein komplettes Silberservice. Fette Zeiten waren das gewesen, keine Rede mehr vom Fluch. Aber einen Krieg möchte man sich ja doch nicht wieder herwünschen, damit die Zeiten besser werden für einen selber. Du weißt im Vorhinein ja auch nicht, wie der ausgeht.

Ob die Drachen nun der eigentliche Fluch waren, oder ob sie der fluchende Herrgott nur als Zuwaage für die Steine dazugepackt hatte, das wusste ja keiner.

Unter den Karstfelsen gab es Höhlen. Spalten, so schmal, gerade dass ein Kind die Hand hineinzwängen konnte, führten hinunter in diese Höhlen, die noch keiner gesehen hatte. An windstillen Tagen konnte man es dort unten glucksen und rauschen hören. Als schwemmten unterirdische Flüsse die Reichtümer der Krain in andere Länder. Oder gleich ins Meer.

Diese unterirdischen Flüsse schwollen mächtig an, wenn es regnete. Stiegen hinauf bis zu den Spalten, stiegen weiter, und mit den mächtigen Flüssen zwängten sich am Ende die Drachenkinder in den Regentag. Echsenartige Wesen waren es, groß wie ein Männerfuß, das mürrische Gesicht umrahmt von einer Halskrause aus roten Fleischfäden. Ihre Haut war durchsichtig. Im Inneren der schlanken Leiber sah man fremdartige Organe glänzen, zitternde Milzen und fein gekörnte Lebern, Schläuche, die sich träge hin und her wiegten. Keine Augen. Manchmal konnte man sich zwei flache Gruben einbilden, dort, wo man Augen vermutet. Arme und Beine wurden von starken Muskelsträngen bewegt, die sah man unter der Glashaut. Hände und Füße dagegen waren verkümmert und nutzlos. Die Leute von Steinbüchl wären eher verhungert, als die kleinen Drachen zu essen. (Immerhin war es ja Fleisch.) Denn unten in der Höhle am Fuß des Karstes saß der Drachenvater. Er hatte seine Kinder abgezählt. Er würde fürchterliche Rache nehmen, wenn eines fehlte.

Niemand wusste, was die Drachenkinder da oben auf der Welt wollten. Vielleicht nur ihre Augen ausprobieren, die in Gruben beidseits des Mauls hineingesunken und mit Haut bedeckt waren. Ließ der Regen nach, verschwanden sie wieder. Es kam vor, dass eines den Weg durch die Spalten zurück nicht mehr fand. Dann kroch es mühevoll auf dem Stein herum, bewegte sich langsamer, wenn der Stein in der Sonne trocknete, wurde trüb und schrumpelte ein. Niemand traute sich, es zu berühren. Nach ein paar warmen Tagen war es weg.

Die wenigsten hatten selber Drachenkinder gesehen. Tage- und wochenlanger Regen war nicht genug, um diese Wesen aus ihren Höhlen nach oben zu treiben. Irgendetwas musste hinzukommen, niemand wusste, was das war. Umso mehr wurde über sie schwadroniert. Wer eines gesehen hatte, war ein gemachter Mann. Und mit jedem gemachten Mann, der von ihnen erzählte, wurden die Drachen größer, durchsichtiger, blinder und gefräßiger.

„Meine Güte, Bauer, was man mit ein bisschen Unternehmergeist aus so einem herrlichen Fluch machen könnte!“, sagte der Fremde und bestellte einen starken Kaffee für sie beide. Man braucht einen klaren Kopf, wenn es zum Geschäft kommt. Er selber, sagte der Fremde, und zeigte auf den enormen Koffer unter dem Tisch, er selber handele ja mit Kurzwaren. Kurzwaren und Träume en gros und en détail, das, bitteschön, sei sein Geschäft und er könne – der Mann nahm den Ärmel seines braunen Anzugs zwischen Daumen und Zeigefinger, hielt Jožef den Stoff unter die Nase – ganz ordentlich davon leben.

„Kurzwaren, ist ja recht. Einen Knopf muss man schon mal annähen. Vielleicht auch ein Band. Aber wer kauft denn einen fremden Traum? Ihr Städter seid verrückt wie die Iltisse“, sagte Jožef.

Der Fremde bückte sich unter den Tisch, kramte in seinem Koffer herum, tauchte mit einem rot eingeschlagenen Paket wieder auf. Es waren Ansichtskarten. Die Grotte von Lourdes, golden koloriert. Das Mädchen Bernadette im weißen Kleid mit blauem Gürtel stand davor und sang ihr Lied – „das hier zum Beispiel ist: der Traum vom Wieder-Laufen-Können“, erklärte der Fremde.

Und dann zeigte er Jožef Postkarten, die den Traum vom Davonfliegen oder den Traum von Äckern ohne Steine und mit fetten Stieren oder den Traum von warmen Stränden, glücklichen Familien und besiegten Feinden darstellten. Und dazu kämen jetzt, als Ergänzung praktisch, Träume von durchsichtigen Drachen, das wäre sein Vorschlag. Ganz unten, auf dem Boden des Koffers, hatte er einen speziellen Packen Photos. Mit denen machte er, wie er sagte, das meiste Geld.

„Träume von der Liebe", lächelte er. Aber Jožef durfte nur kurz darauf schauen. Wer diese Träume anschauen wollte, muss dafür zahlen, erklärte der Fremde.

Jožef hatte einen roten Kopf bekommen.

Eisern müsse man da bleiben und seine Grundsätze einhalten, wenn man in seinem Geschäft tätig sei. Sonst sei erst der Ruf und bald darauf auch das Geschäft ruiniert. Aber wenn man sich ein bisschen gescheit anstellte und die Träume in der richtigen Reihenfolge anbot, die von der Liebe natürlich erst am Schluss, dann ließe sich ein gutes Stück Geld machen. Wieder nahm er den Stoff seines Anzugs zwischen Daumen und Zeigefinger und hielt ihn Jožef entgegen.

Der war nicht bei der Sache, es könnte am Wein gelegen haben oder an den Phototräumen. Er verstand nicht, wo dabei für ihn das Geschäft lag.

Der Fremde erklärte, er habe ihn, Jožef, jetzt einen ganzen Tag lang als einen vernünftigen, aber eben auch wagemutigen Mann kennenlernen dürfen, gerade so einen, wie er ihn als Geschäftspartner suche. Wenn er wolle, könne er bei ihm einsteigen. Es sei doch nicht so, dass Jožef mit seinen Steinen und Grauochsen das ganze Jahr und jeden Tag und jede Nacht zu tun hätte. Das wisse sogar ein Städter wie er. Im Winter zum Beispiel, wenn kein Stein auf seinem Acker wuchs, oder wenn es regnete, aber auch wenn der Regen ausblieb, da könne er doch genauso gut auf Stör über die Dörfer gehen und Kurzwaren verkaufen. Sei er nicht aus einer Sauschneiderfamilie? Sauschneider sind Störgeher, weiß jeder. Ein gutes Zubrot und die Milch für den Sohn würden leicht herausspringen, wahrscheinlich viel mehr. Er könnte die Ware von ihm auf Kommission nehmen. Auf Kommission bedeute, er müsse nur die Kurzwaren und Träume bezahlen, die er tatsächlich verkauft hatte. Über den unverkauften Rest würden sie sich schon einigen. Außerdem würde einem die Ware ohnehin aus der Hand gerissen.

Ach ja, und dann die Sache mit dem Fluch. Das würde sich als Bereicherung ihres Geschäfts erweisen, auf die Idee habe ihn Jožefs Schilderung gebracht. Er kenne einen Photographen, Adler Adolf heiße der. Von dem beziehe er die meisten seiner Liebesträume. Der Mann verkehre in den besten Kreisen, male auch, und das sehe man seinen Photos an. Der würde beim nächsten jämmerlichen Regen die Drachenkinder photographieren, die würden sie in die Kartensammlung mit aufnehmen. Vielleicht, dass es gelänge, eines der Viecher einzufangen und in Spiritus einzulegen. Die Leute dürften es sich ansehen, wenn sie dafür zahlten. Oder es sich ausleihen, wenn sie jemandem einen Fluch oder einen Segen anhängen wollten. Der Fremde sah ein gewaltiges Geschäft voraus, er sprudelte vor Ideen und Begeisterung.

Da saß er nun, der Jožef Meguşar, eingeklemmt zwischen seinem Sohn, der nicht auf die Welt kommen wollte, vielleicht weil er schon wusste, er würde Milch brauchen und es wäre keine da, und diesem Fremden, der ihn bedrängte, Kurzwaren und Träume auf Kommission zu nehmen. Ein Störgeher für Träume sollte er werden, hatte es das in der Krain jemals gegeben? Oder im Lungau?

Jožef konnte sich nicht entscheiden, obwohl er ahnte, dass er sich entscheiden musste. Richtig, es war nicht anzunehmen, dass die Meguşarfamilie noch einmal aufkommen und mit ehrlicher Arbeit ein Auskommen haben würde, richtig, ja. Und nein – über die Dörfer ziehen und den Fluch im Koffer mit sich schleppen. War das jetzt seine Wahl?

Jožef trank Wein und Kaffee durcheinander, geriet tiefer hinein in die Verwirrung.

Gerade wollte er den Fremden bitten, ihm einen Traum vom Davonfliegenkönnen und einen von der Liebe zu überlassen, probehalber quasi, als Jožefs Nachbar die Wirtshaustür aufriss. Jožef solle sich nachhause scheren, er würde dort dringend gebraucht. Wenn man schon als Besitzer eines unfruchtbaren Steinackers unbedingt Kinder zeuge müsse, dann dürfe man gefälligst auch dafür sorgen, dass Mutter und Kind es überlebten. Jožef, der sich immer noch nicht entschieden hatte, aber das war ja jetzt nicht so wichtig, trank seinen Wein aus und rannte hinter dem Nachbarn her nachhause.

2

Was hatte der Regen mit Franz zu tun? Jedenfalls so viel: Hätte es an Mariä Heimsuchung nicht so geregnet, dann hätte der Vater auch den Fremden nicht getroffen, der in seinem städtischen Anzug im Wirtshaus Schutz vor dem jämmerlichen Regen suchte. Dann wären die beiden, während sie die schwere Zeit des Jožef gemeinsam abwarteten, nicht zum Reden gekommen über den Fluch. Dann hätte der Jožef keine Verwirrung gehabt, ob er Kurzwaren und Träume auf Kommission nehmen sollte, womit er für den Sohn vielleicht mehr erreichen konnte als mit Grauochsen. Erst einmal nur so viel hätte und würde. Mit zu viel hätte und würde kommt eine Geschichte ja auch nicht vom Fleck.

Während Jožef hinter dem Nachbarn herstolpert, ganz sicher sind seine Schritte jetzt nicht mehr, das lange Warten, und Angst hat er auch, was ihn daheim erwartet, der Fluch möchte ja vom Acker her über sein Ehebett gekommen sein, während Jožef also auf seinem Weg ist, und weil es ein langer Weg ist, und weil die Zeit derweil nicht einfach unerzählt herumgehen soll, nehme ich die Gelegenheit her und erkläre, wie eigentlich ich in die ganze Geschichte hineinpasse. Im Grunde passe ich nämlich gar nicht hinein. Hineingeschmeckt, das bin ich. Habe das Meiste nicht selber erlebt (obwohl: werden die Geschichten wahrer, wenn man sie selber erlebt hat?). Also Hörensagen, Zusammenreimen. Streckenweise erzählt die Geschichte sich von selbst. Es gibt ganze Abschnitte, die muss ich anderen überlassen, damit sie erzählen, wie es gewesen ist. Aber es gibt so viele Gründe, dass ich es mit dem Erzählen trotzdem versuche. Der wichtigste Grund ist Jožefa.

Ich soll nicht sinnlos in seinen Sachen herumkramen, sagt sie, untersteh dich. Bring bloß nichts durcheinander in den Sachen vom Franz.

War aber nicht viel, was er hinterlassen hat und in dem ich hätte herumkramen können. Was in eine mittelgroße Kiste passst halt. Die Urkunde, die zur silbernen Tapferkeitsmedaille gehört, Zeugnisse, Photographien. Ein paar Briefe, die er geschrieben hat, zwei dicke Hefte, so eine Art Tagebuch, Aufschreibbücher praktisch genommen, sparsame Einträge. Unter vielen Tagen steht überhaupt nichts, oder höchstens ‚es regnet immer noch'. Rechnungen für Tierfutter, das er auf eigene Rechnung besorgt, Landkarten, in denen er spezielle Wege einzeichnet. Merkwürdigerweise ein paar Flugblätter. Unordnung nach einem Heldentod. Zu dem, worin ich nicht herumkramen darf, könnte auch die Erinnerung gerechnet werden, die in meinem Kopf steckt. Zuverlässig ist sie nicht, aber eine Art Hinterlassenschaft ist sie auch.

In seinen Sachen gibt es für einen wie dich nichts zu entdecken. Und wenn, dann geht es dich nichts an. Sie steigert sich hinein. Wenn der Franz dir etwas hätte sagen wollen, dann hätte er es getan. Worüber er den Mund gehalten hat, das ist nicht passiert, oder er hat nicht gewollt, dass du davon weißt, du oder irgendein anderer. So viel Anstand muss eines haben. Davor muss eine Achtung sein.

Sie hat ja Recht. Egal, was ich in seinem Zeug finden würde – es geht nicht darum, ‚wie es wirklich war'. Sondern darum, wie es hätte sein sollen. Wie es für sie hätte sein sollen, die Jožefa, Franz' Schwester. Wie es für Steinbüchl hätte sein sollen. Und ein bisschen auch für den Przibram. Der war es nämlich, der mich gebeten hat, Franz' Sachen durchzuschauen. Professor Hans Leo

Przibram, unser Chef, Leiter der *Biologischen Versuchsanstalt* im Wurstelprater, die wir nur das *Vivarium* nennen. Er hat es mit eigenem Geld aufgebaut. Przibram sagt, er will in die „Zeitschrift für Biologische Mechanik“ einen Nachruf auf Franz hineingeben. Ob ich ihm die Fakten zusammenstellen kann, da muss eine Ordnung hineinkommen, ich bin doch sein Freund gewesen, und wohne ich nicht selber seit, ja, wie lange schon? in Steinbüchl.

Ich habe ihn nicht ausreden lassen. Ich übernehme das. Selbstverständlich ist das doch.

Einer wie ich. Das hat die Jožefa bisher noch nie gesagt. Sie meint es nicht so hart. Einer wie ich, das wird heißen: Einer, der nicht aus Steinbüchl ist. Der von nirgendwoher ist. Sich bei den Bauern genau so fremd fühlt wie in der Stadt. Einer wie ich, einer halt, der den Steinbüchlton nicht trifft. Wenn man Sachen aus der Hinterlassenschaft veröffentlicht, noch dazu von einem, der den Heldentod gestorben ist, dann ist ein ganz spezieller Ton vorgeschrieben, sonst stimmt es nicht. Alles, was außerhalb von Steinbüchl geschieht, muss berichtet werden, als wäre es jederzeit bezweifelbar. Es hätte auch anders sein können, leicht hätte es anders sein können. Vielleicht war es ja auch anders. In Steinbüchl selber geschieht nur Unbezweifelbares, das muss man sofort heraushören.

Ich lebe lange bei ihnen hier, aber ich fürchte, ich treffe das nicht. Der Ton muss stimmen und die Reihenfolge, es muss seine Ordnung haben. So werden sie es wollen. Vor allem Jožefa wird darauf bestehen. Verlangen, dass ich die Welt so anschaue, wie der Franz sie angeschaut hat. Als Franz noch in Steinbüchl lebte, haben ihn alle, außer der Marija, für einen Querschädel gehalten, sogar für einen ausgemachten Deppen. (Sie werden bald verstehen, warum, ich komme dazu.) Jetzt tun sie so, als wüssten sie genau, wie der Franz die Welt angeschaut hat. Weil es in ganz Steinbüchl nur eine einzige verlässliche Art gibt, die Welt anzuschauen, eine andere hat es nie gegeben, auch damals nicht.

Was das angeht, hat die Jožefa Recht. Fände ich in seiner hinterlassenen Kiste etwas Neues, etwas Unerwartetes, würden sie doch nur das hören, was sie eh schon wissen. Den Steinbüchlton erwarten sie, nichts anderes. Und dass es Franz' Erinnerungen sind, die auch ihre sind, und dass sie im Steinbüchlton herauskommen, in dem sie reden, denken und träumen. Du bist doch Journalist gewesen oder so etwas, das bringst du hin, also. Von Journalisten wird erwartet, dass sie ohne eigene Meinung berichten, aber die Meinung des Lesers treffen. Verlangt wird auch werden, dass bestimmte Sachen in den Erinnerungen vorkommen und andere herausgelassen werden.

Dass ich in seinen Sachen herumkrame, weil Przibram einen Nachruf schreiben will, interessiert nicht. Sie haben eine sehr genaue Vorstellung von Vollständigkeit. Dabei kann man sich fragen, ob ich der Richtige bin, ausgerechnet ich, um eine Ordnung und eine Vollständigkeit in das Leben vom Franz hineinzubringen. Wofür denn im Nachhinein eine Ordnung. Und eigentlich: Wie viel Ordnung will man überhaupt erwarten von einem, der sich so schwer getan hat, zur richtigen

Zeit da zu sein? Hätte Franz gewollt, dass wir ihn besser verstehen, hätte er sein Leben sauberer aufräumen sollen, als noch Zeit dafür war.

Vielleicht ist die Ordnung, die die Steinbüchler erwarten, nur ein Vorwand für etwas, das ihnen selber nicht klar ist. Es geht ja auch um die Lücken, das, was nicht dokumentiert war, was jetzt auf einmal hineingehört. Dabei bin ich der Letzte, dem man das Ausfüllen von Lücken anvertrauen darf. Mir wäre Schweigen und Nichtwissen lieber. Andererseits: Vorzuwerfen habe ich mir nichts.

Jožefa muss zufrieden damit sein. Etwas Anderes zählt nicht. Für mich geht es um Jožefa. Nur um Jožefa, nicht um den Franz, nicht um den Steinbüchlton, nicht um die Hornlosigkeit oder das, was ich getan oder gelassen habe. Einzig um die Jožefa. Mit dem, was ich hier aufschreibe, übe ich, wie ich es am Ende der Jožefa erzählen werde. Ich kann es erst einmal hinschreiben und dann wieder ausstreichen, sollte es falsch klingen. Wenn Jožefa es richtig findet, dann war es so. Da wird nicht herumgetan.

Vom Vivarium erwarte ich mir keine historischen Wahrheiten, obwohl sie dort ganze Stapel von Dokumenten aufbewahren, in denen der Franz eine bestimmte Rolle spielt. Im Vivarium richtet man es sich auch, wie man es braucht.

Es gibt den Vivariumton, so wie es den Steinbüchlton gibt. Zum Beispiel ist jetzt nach dem verlorenen Krieg dort eine rechte Liebe für den einfachen Mann ausgebrochen. Am liebsten hätten sie für uns Gärtner, Tierpfleger und Fahrer ein Terrarium gebaut, um uns mitten in unserem ehrlichen Leben auszustellen. Die Biologie oder gar das Experimentieren spielen kaum noch eine Rolle.

Andrerseits muss gesagt werden, der Przibram und der Kammerer waren schon gute Leute. Einen Krieg haben die nicht extra gebraucht, damit sie uns anständig behandeln. Trotzdem.

Früher hat das Vivarium zusammen mit dem Carl Hagenbeck einen Menschenzoo mit Aschanti-Negern im Wurstel-Prater betrieben.

Heute würden sie kein Aschanti-Dorf, sondern ein Der-einfache-Mann-von-Wien-Dorf aufbauen.

Der Kammerer Paul ist derjenige, der das Vivarium berühmt gemacht hat. Er ist auch derjenige, der es ruinieren wird. Eigentlich wäre der Kammerer in Ordnung. Höchstens, dass er zu schnell begeistert ist von was. Er will immer von mir hören, wie der einfache Wiener Arbeiter denkt. Als wüsste ich das. Als gäbe es den. Wahrscheinlich spielt er sich in Moskau damit auf, dass er weiß, wie „die Straße“ denkt und redet. Und seit klar ist, dass sie ihn in Wien nie zum ordentlichen Professor machen werden, nicht einen wie ihn, gar kein Drandenken, seither würde er am liebsten den ganzen Tag mit uns reden. Mit dem Wiener Arbeiter. Jetzt kennt er nicht so viele einfache Wiener Arbeiter, außer uns Tierpflegern im Vivarium. Wir Tierpfleger sind alles Mögliche, aber bestimmt keine einfachen Wiener Arbeiter. Die meisten von uns sind verkrachte Würstel. Ich meine, Tierpfleger, wer macht das denn schon freiwillig? Ehemalige Zirkusartisten, abgebrochene Studenten der Theologie, erfolglose Journalisten (solche wie ich, mein Blatt ist seinerzeit pleitegegangen, etwas werde ich dazu schon beigetragen haben), das sind wir. Wir haben auf Tierpfleger gemacht, weil das sonst keiner tun will. Und weil wir uns einbildeten, damit kommen wir dem Kriegsdienst aus. Vieh braucht es immer, und die werden doch wegen so einem Krieg nicht gleich das Vieh ohne Pflege umkommen lassen. Dachten wir. Was selbstverständlich ein Irrtum war. Nur wenige von uns sind unversehrt zurückgekommen. Manche, wie der Franz, überhaupt nicht.

Alsdann. Auch wenn Jožefa es nicht ausstehen will, ich sehe seine Papiere jetzt durch. Ich bringe eine Ordnung hinein. Erzähle dann, wie der Franz es gesehen hat. Nach dem, wie er es aufgeschrieben hat. Das müsste doch gehen. Seinetwegen und meinetwegen. Und auch wegen dem Przibram und dem Kammerer, die mit uns immer menschlich gewesen sind. Soll der Przibram ruhig einen Nachruf schreiben. Ich stelle mir vor, es hätte dem Franz schon gefallen, einen anständigen Nachruf zu bekommen. Das macht man ja manchmal – darüber nachdenken, was im eigenen Nachruf stehen soll.

3

„Groß ist er geworden, mein Gott. Wie schnell der wächst, der Franz. Da kommst du erst drauf, wenn du ihn länger nicht gesehen hast. Wenn eines wenigstens groß wird. Das ist schon mal was. Dann werden sie kräftig und können später gut hinlangen. Sei froh drum."

Irena, Franz' Tante, saß mit ihrer Schwester Franeka, der Mutter von Franz, in der Küche. Die beiden beobachteten den Buben. Er saß auf dem Fußboden und schaute seinerseits die beiden Frauen aufmerksam an.

Es war sein dritter Geburtstag. Irena war Franz' Patin. Obwohl die Kreisstadt, in der Irena wohnte, nicht so weit weg war vom Dorf Steinbüchl, hatte Irena ihr Patenkind Franz seit der Taufe nicht mehr besucht. Sie hatte überlegt, was sie Franz zum Geburtstag mitbringen sollte. Am Ende fand sie, wenn sie sich in dieses schreckliche Dorf Steinbüchl aufmachte und die Familie Meguşar besuchte, dann wäre das auch ein Geschenk. Und kein kleines. In dem Alter freuen Kinder sich über so etwas mehr als über eine dumme Holzpuppe.

Der Kaffee war dünn und das Gespräch einseitig gewesen. Über Steinbüchl gab es nichts zu berichten, dort war immer alles gleich und würde sich nie ändern. Umso mehr gab es aus der Kreisstadt.

Aber jetzt war Irena alles losgeworden und wollte wieder zurück. Es regnete, regnete beinah so ausdauernd wie an Mariä Heimsuchung vor drei Jahren, als Franz auf die Welt gekommen war. Sie musste abwarten, ob der Regen gegen Abend etwas nachließ. Das geschah manchmal.

„Ja, groß wäre er schon", sagte Franeka, „aber er hockt nur da. Krabbelt nicht wie die anderen. Laufen sowieso nicht. Ewig nur dieses Sitzen und alles Anstarren.

Irgendwas ist nicht richtig mit ihm."

„Aber er ist doch mein Patenkind!", sagte Irena. In der Stadt behalten sie immer das letzte Wort.

„Ich singe ihm ein Lied vor, den ganzen Tag singe ich es ihm vor. Er fremdelt mich nur an. Ungefähr so, wie er es jetzt macht. Und dann, Wochen später, du hast es schon lange aufgegeben mit dem Lied, da hörst du ihn auf einmal singen. Ganz für sich allein singt er. Ist nicht stolz drauf, obwohl er das wirklich sein könnte. Eher wird er still, wenn er merkt, ich höre ihm zu. Probiert hat er es nie, er kann es einfach. Nie siehst du ihn etwas lernen. Er kann nichts und plötzlich kann er was. Dazwischen kennt er nur Stillsein."

So sei es mit dem Franz ja immer gewesen. Eine Zeit lang hat Franeka sogar gedacht, der Junge ist stumm oder taub oder beides. Sie wusch ihm die Ohren, bis sie brannten, bohrte mit Holzstöckchen darin herum. Sie öffnete seinen Mund, um nachzusehen, ob das Zäpfchen noch drin hing. Ob die Zunge vielleicht schwarz geworden wäre. Ob überhaupt Zähne kamen. Auch die waren eines Morgens durchgebrochen, spät, aber eben doch mühelos und zahlreich, und ganz ohne das Greinen und Sabbern, das die anderen dabei durchmachten. Genauso wie mit dem Sprechen. Sie hatte ihn nie lallen oder stammeln gehört wie andere Kinder. Eines Tages waren die Worte da, fertig, rund und glänzend. Wie mit Butter eingerieben. Richtige Sätze waren es noch nicht. Aber eines Morgens würden bestimmt auch der Hauptsatz und der Nebensatz daherkommen, und dann wäre es, als hätte er schon immer in schachteligen Sätzen geredet. Jetzt waren es erst einmal nur die Wörter. Wie aufgefädelt kamen sie aus dem kleinen Mund, Franz lachte und gluckste, wenn sie auf dem Küchenboden herumkugelten.

Als Franz größer wurde, als sich herausstellte, dass er zwar wirklich kräftig und sehr groß herwuchs, dabei aber nicht gerieben genug war für das Leben auf dem Dorf, da wusste seine Mutter Franeka als Einzige, dass sich das auch noch ändern würde. Über Nacht würde er gerieben sein, so wie er Zähne bekommen hatte, und wie er das Lachen und Laufen und Wörter und Sätze gekonnt hatte. Man musste nur geduldig sein mit ihm. Und während die anderen Kinder das, was ihnen fehlte, durch irgendetwas anderes ersetzten, – wenn sie ungeschickt waren, dann waren sie wenigstens frech, wenn sie dünne Beine hatten, dann hatten sie wenigstens ein großes Maul –, konnte der Franz das nicht. Er musste warten. Warten, bis es in ihm drin den Riss tat.

„So ein Kind lernt halt nur das, was es lernen muss", sagte die Tante Irena. Ihre eigenen Kinder waren älter als Franz. Die Lehrer in der Kreisstadt sagten manchmal solche Sachen über ihre Kinder zu ihr.

„Gibt nicht viel, was er in Steinbüchl lernen muss", sagte Franeka niedergeschlagen. „Den Dreck herauswischen, die Steine vom Acker klauben, wenn er sie heben kann. Und der Jožef, der nie da ist. Muss auf die Stör mit seinem Koffer. Kurzwaren. Mit den Grauochsen allein wären wir längst verhungert. Ein Kind braucht doch seinen Vater."

Die beiden Frauen sahen auf den kleinen Franz, der

sie anschaute, wie er alles anschaute: Mit seinem gelassenen Interesse, *ingenieursmäßig* hätten sie es in der Stadt genannt. Am Dorf haben sie kein Wort für das. Franeka war sich sicher, Franz müsste nur lange und genau genug auf etwas hinschauen, dann würde er verstehen, wie es funktionierte.

Gehörte diese merkwürdige Entwicklung ihres Kindes Franz zu dem Fluch, der auf ihnen lag? Dass der Franz alles konnte, nur nie zur Zeit? So wie die Steine auf ihrem Acker zu dem Fluch gehörten? Und die Grauochsen, die der Hunger wegführte, bevor sie geschlachtet werden konnten? War es, weil die Drachenkinder aus den Karsthöhlen stiegen, wenn es lange genug geregnet hatte? Franeka wusste es nicht. Und ich, obwohl doch jetzt die Gefühle zur Ruhe gekommen sein sollten, und man im Nachhinein der Klügere ist, ich weiß es immer noch nicht.

Etwas anderes Merkwürdiges muss erwähnt werden. Es passierte, wenn es im Franz inwendig einen Riss tat. Dann war es nämlich so, als wären die alten Risse mit dem Aushub des neuen zugeschüttet. Und das hat dann erst wieder weggeräumt werden müssen. Als er endlich den Riss für den Satzbau gehabt hat, sind ihm die Wörter verloren gegangen. Franeka hat schon geglaubt, jetzt ist ihr der Franz ganz stumm geworden. Dabei hat er nur nach den zugeschütteten Wörtern wühlen müssen, die er in den Sätzen drinhaben wollte. Nach ein paar Tagen hat er sie unter dem Aushub wiedergefunden gehabt, und Franeka hat gewusst: Jetzt kann er beides, Wörter und Sätze.

Als es später in Wien den Riss mit der Eifersucht getan hat, der Eifersucht wegen Marija, er hat ja gar nicht gewusst, was Eifersucht ist und wozu man die braucht, ist auch erst einmal alles andere weg gewesen. Man hätte glauben können, jetzt kennt er nur noch das Eifersüchtigsein.

Wahrscheinlich gehörte auch das zu dem kompletten Fluch, dass Franeka nach dem Franz kein Kind mehr bekam.

Oft schon hatte Franeka gedacht, dass Franz sich vielleicht deswegen so ungleichmäßig entwickelte, weil er unter dem Koffer schlief.

Es war so.

Das Kind Franz schlief in der Küche. Es war dort wärmer als sonst wo in ihrem kleinen steinernen Haus. Jožef hatte eine Kiste gezimmert, die Seiten waren offen. Nicht eigentlich von Grund auf gezimmert, die Truhe war ja schon fertig gewesen: eine schöne, feste Truhe aus Zedernholz. Die Nachbarin hatte darin ihre Aussteuer aufbewahrt, so wie es hier alle Töchter machen, deren Eltern sich eine Truhe und eine Aussteuer leisten konnten. Aber dann war es nicht zur Heirat gekommen, eine ungute Angelegenheit, sie wollte die Brauttruhe aus den Augen haben.

Lange hatte die Truhe im Stall der Meguşars gestanden. Jožef sägte die Seitenwände heraus. Sie hatte jetzt unten den Boden, und oben den dicken Deckel drauf, und an den vier Seiten so etwas wie Bettpfosten. Das Zedernholz duftete, Franz hatte gut Platz darin. Eigentlich ärgerte Franeka sich, dass Jožef ihr kleines Häusel mit dem Krempel vollstellte, den er als Bezahlung für seine Kurzwaren annahm, wenn die Leute mal wieder kein Geld bei der Hand hatten. So war er ja auch an die Brauttruhe gekommen. Aus irgendwelchen Gründen konnte er sich von dem Zeug dann nie mehr trennen. Dabei waren es nicht einmal seine eigenen Erinnerungen, die in den Spalten und Falten der Sachen hingen. Aber dass er die Brauttruhe behalten hatte, das war jetzt praktisch.

Nun war es aber so, dass Jožef daheim nicht nur den Franz unterbringen, sondern auch den Koffer mit den Kurzwaren abstellen musste. Der Koffer war das Kostbarste. Kostbarer als die Grauochsen, kostbarer als der Karstacker, viel kostbarer. Jožef stellte ihn behutsam auf dem Deckel der Brauttruhe ab. Franz schlief gut unter dem Koffer, die Seitenwände hatte der Vater ja weggesägt, Luft war genug. Er schien überhaupt einen tiefen und traumlosen Schlaf zu haben, nie wachte er auf, bevor es hell wurde.

Der Koffer war Vaters Heiligtum. Hätten sie nicht die Brauttruhe gehabt, Jožef hätte bestimmt einen Altar für den Koffer gezimmert. Am Sonntagmittag wurde er eingefettet. Dafür wurde ein kleines Stück Butter aufgehoben, wenn sie eines hatten, oder ein Markknochen. Eher gingen sie hungrig zu Bett, als dass der Koffer nicht eingefettet wurde.

Als Franz älter wurde, schaute er sich in dem Koffer um. Er tat es nicht heimlich, nie machte er etwas heimlich. Wenn er Vaters Schritte hörte, verschloss er den Koffer ganz ruhig. Es hätte ihm auch nichts ausgemacht, wenn der Vater ihn vor dem offenen Koffer erwischt hätte.

Die Ansichtskarten und Photos waren natürlich das Interessanteste in dem Koffer. Vorsichtig schlug Franz den roten Stoff auseinander und betrachtete sich das Mädchen Bernadette oder die Giraffen, die Zeppeline, die Gletscher, über denen Adler herumflogen, die Salzsümpfe mit roten Flamingos, die Autos, die Schiffe. Auch die Karten mit den Träumen von der Liebe schaute er sich an.

Lange versuchte er zu verstehen, warum die Menschen auf diesen Karten sich so verrenken mussten. Wie immer glaubte er, wenn man sich diese Karten gründlich genug ansähe, ingenieursmäßig eben, dann würde man die Mechanik ihrer grotesken Bewegungen verstehen. (Mit genügend Ingenieursmäßigkeit müsste sich eigentlich die ganze Welt verstehen lassen.) Wenigstens trugen die Kartenmenschen keine hinderlichen Kleidungsstücke, alles wäre dann noch schwieriger gewesen. So lange und ausgiebig, wie er andere Menschen und Dinge anstarrte, so lange konnte er diese Karten nicht anschauen. Ein Brennen stieg ihm von unter dem Nabel zur Brust hoch, ein Brennen und ein Pochen. Dann legte er sie wieder zurück in ihre abgegriffenen Umschläge.

Es gab eine große Photographie, sehr unscharf. Sie zeigte den Schatten eines, ja am ehesten eines Tiers, länglich wie eine Schlange, aber von der Seite dick wie ein Karpfen mit einem riesigen Kopf, der durch ein Maul, vielleicht auch nur durch einen Riss, in zwei Hälften geteilt war. Ein halbwüchsiges Drachenkind sei das, behauptete der Vater, aufgenommen gerade in dem Augenblick, als es durch die enge Spalte zurückkehren wollte in die Karsthöhle. Die Leute kauften es aus Angst vor der Rache des Drachen.

In dem Koffer gab es eine Flasche aus dickem Glas, dunkelblau, man konnte kaum hindurchsehen. In einer zähen Flüssigkeit (eine Mischung aus Petroleum und Sliwowitz) schwamm eines der Drachenkinder. Das heißt, es war wohl eher seine leere Haut, die Jožef aus Gründen der Anschaulichkeit von innen her aufgepolstert hatte mit dem Fett von Markknochen. Vielleicht war es gar nicht die leere Haut eines Drachenkindes, sondern die einer Würfelnatter. Durch das Tintenblau des Glases konnte man das nicht erkennen, und Jožef sagte weiter nichts Genaueres. Die Leute trauten sich auch gar nicht fragen. Sie wussten, die Flasche brachte Fluch oder Segen, je nachdem. Fluch kostete etwas mehr, und geholfen hatte es bisher immer. Wenn Jožef seinen Koffer in der Stube abstellte, und man hatte einige Enden Garn, ein Band oder ein paar Knöpfe gekauft, die Karten angeschaut und entschieden, dass dafür heute das Geld nicht reichte, dann wollte man den Spiritusdrachen. Weil die Schwiegermutter im Sterben lag und die Kuh unter der Geburt war, beides sollte schnell erledigt werden. Für eine kleine Gebühr lieh man sich das Glas mit dem Schatten darin aus, stellte es über Nacht auf den Küchentisch oder in den Winkel mit dem Kruzifix. Am nächsten Morgen kam Jožef, stellte fest, dass man froh sein muss, weil die Schwiegermutter es nun endlich geschafft hat und die Kuh auch, kassierte die Gebühr, ließ sich einen Schnaps einschenken, und steckte das Drachenkind wieder in seinen Koffer.

Franz kannte also den Inhalt des Koffers. Er hätte angeben können, wie viel Knöpfe und Zwirn und Bänder und Schnallen verkauft, wie oft die Karten angesehen worden waren und welche, wie schmutzig die Finger gewesen waren, zwischen denen sie hin und her gedreht worden waren, und ob das Drachenkind mal wieder hatte segnen oder fluchen müssen.

Er wusste auch, dass sich Vater und Mutter manchmal selber die Ansichtskarten mit den Liebesträumen ansahen. Das war meistens sonntags nach dem Koffer-Einfetten. In den Nächten kamen aus dem Zimmer der Eltern Geräusche, die Franz beängstigend fand. Er horchte eine Zeit lang auf die Geräusche, legte sich in seiner Brauttruhe dann wieder zurück. Schlief irgendwann unruhig ein.

4

Es gibt Geschichten über Franz aus dieser Zeit.

Ich glaube, dass man sich so genau an ihn erinnerte, hing weniger mit seinem wolhynischen Heldentod zusammen. Der Krieg hatte in den Dörfern so viele Helden hinterlassen, dass es bald weniger Nicht-Helden und Frauensleute gab, als tote und versehrte, hoffnungslos heimgekehrte Helden. So gleich nach dem Krieg ist

Heldentum nichts, woran man sich erinnern möchte. Das kommt erst später wieder auf.

Franz ist den Menschen eher wegen seiner seltsamen, ruckweisen Entwicklung in Erinnerung. Diese Risse. Bei den eigenen Kindern merkt man ja nicht, wie die größer und geschickter und, selten genug, auch gescheiter werden. Die tun das praktisch hinter unserem Rücken. Über Nacht kommt eine Winzigkeit dazu, und man weiß nicht, ob der Junge von gestern auf heute wirklich ein Stückel gewachsen ist, oder ob man zum genau Hinschauen nur zu müde ist. Sie sind unscharf an den Rändern, die eigenen Kinder. Heimlichtuer, das sind sie. Bis sie eines Tages selber Schnürsenkel binden und die Uhr lesen können. Sie überrumpeln dich. Und erklären dir, dass sie nun selber ein Kind kriegen, dass sie heiraten müssen oder auswandern. Und dass die Eltern schon immer alles falsch gemacht haben.

Bei Franz war es anders. Ganze Wochen und Monate stand er still. Man hätte meinen können, er hat das Wachsen, das Essen und Trinken, das Verdauen, ja sogar das Atmen aufgehört. Als hätte er all das nicht mehr nötig. Vielleicht hatte er auch vergessen, wie es geht. Und dann, über Nacht, hat es einen Riss getan in ihm. Am Morgen waren die Zähne da, die Wörter, der Scheitel, das Folgsamsein.

Als Franz sieben Jahre alt war, konnte er nur Steine aufklauben, die so groß wie Erdäpfel waren, größere packte er nicht. Der Vater schimpfte ihn einen faulen Strick, eine Last, einen unnützen Fresser. Dabei hätte Franz es dem Vater so gerne recht gemacht. Der Wille wäre da gewesen. Nur schaffte er es nicht, Schritt für

Schritt kräftiger zu werden und etwas dazuzulernen. Am Tag nach seinem achten Geburtstag ging er mit dem Vater auf den Acker und klaubte Steine auf, die größer waren, als sein eigener Kopf. Er tat es, als hätte er das immer schon genau so gemacht. Der Vater sagte, Franz macht das mit Fleiß. Der wartet immer gerade so lang, bis wir verzweifeln, weil er es nicht lernt. Und wenn wir ganz verzweifelt sind, erst dann reißt etwas in ihm. So lange wartet er ab. Er braucht unsere Verzweiflung. Auf dem Sohn liegt ein Fluch. Woher Franz das hatte? Vom Vater bestimmt nicht. Bei den Lungauer Sauschneidern war die Entwicklung vorgeschrieben, jeder wusste, wann ein Bub sprechen konnte, wann er Zähne hatte, und wann er den Mädchen hinterherlief.

Wenn er mit seinem Kurzwaren und Träumen über die Höfe ging, erzählte Jožef den Leuten von seinem quälenden Sohn. Und dann war doch wieder ein Riss gewesen. Der Franz hatte Zähne bekommen, auf einen Schlag. Eines Tages kamen zwischen den Zähnen Wörter heraus, die waren butterglänzend und man konnte ihn jetzt verstehen, und er verstand einen, und er klaubte ohne Hast die schwersten Steine vom Feld. Da holte der Vater dann eine Flasche duftenden Pflaumenschnaps aus seinem Koffer und spendierte den Leuten ein Glas oder zwei. Sagte, er hätte sich in seinem Franz mal wieder getäuscht. Gott sei Dank.

Die ersten zehn Geburtstage seines Sohnes Franz verhockte Jožef Meguşar im Wirtshaus. Er dachte daran, wie er, genau an diesem Tisch hier – er setzte sich an

Franz' Geburtstagen immer an diesen selben Tisch –, auf den Franz hatte warten müssen, weil der nicht in diese Welt hatte kommen wollen. Saß da und trank und dachte an den Fluch, und dass der endlich nachlassen könnte. Damit er seinen Sohn allein auf das Feld mit Steinen schicken könnte. Damit das Gras wuchs, und dafür die Steine das Wachsen aufhörten. Damit die Grauochsen fett würden, statt unter dem Jahr an Schwäche einzugehen. Damit er dem Franz den Hof übergeben und der davon leben und Kinder haben könnte, und dass am Ende auch er und Franeka einen Austrag hätten. Vielleicht konnte Franz ja den Koffer mit Kurzwaren übernehmen, wenn er die Anlage, die Sauschneideranlage, die Störgeheranlage dazu im Blut vom Vater mitbekommen hatte. In sein, in Jožefs Blut war sie ja auch über den Vater hineingekommen.

Nie schaffte Jožef es nach den Geburtstagen seines Sohnes allein nachhaus. Ein Nachbar oder der Wirt musste ihm helfen. Wenn er am Morgen danach aufwachte, war sein Kopf so schwer, dass er nicht sah, ob Franz über Nacht ein Stück größer geworden war. Es hätte ja sein können, dass der ihm eine Freude hätte machen wollen, wenigstens an seinem Geburtstag. Das wäre doch möglich. Nur dass Franz seine Veränderungen nie am Tag Mariä Heimsuchung losriss. Das machte er an ganz gewöhnlichen Wochentagen.

Geschäftlich versäumte Jožef nichts, wenn er Franz' Geburtstage im Wirtshaus verbrachte. Es war eh Mariä Heimsuchung. Knöpfe wurden an diesem Tag keine angenäht, und wo ein Band fehlte, konnte es genauso gut morgen gerichtet werden. Träume wollte heute niemand einkaufen. Stattdessen beteten sie das Magnifikat und hofften, dass der Herr auf seine Mägde schaute und die Gewaltigen vom Stuhl stoßen würde. Das machte der nie. Aber beten tat man darum. Auf einen schnellen Erfolg darfst du beim Beten nicht schauen.

Im Wirtshaus spotteten sie über Jožef. Ob er für seinen seltsamen Franz nicht endlich einen Bruder zustande bekäme. Hatten er und Franeka vergessen, wie das geht? Vielleicht sollte er seine eigenen Karten, aber die richtigen halt, die mit den Liebesträumen, gründlicher anschauen und auch die Franeka mal einen Gratisblick drauf werfen lassen. Ewig sei er so knickerig mit seinen Karten. Ein zweiter Sohn täte not. Einer wie der Franz, nun, es sei ja nichts Unrechtes an dem, und am Ende hätte er fast alles gelernt, was die anderen Kinder auch können. Aber den Hof könne er einem wie dem Franz bestimmt nicht übergeben. Der würde zwischen seinen Steinen sitzen und verhungern, und einen Austrag hätten er und die Franeka auch nicht. Ob er gar nicht an sein Alter dächte? Die Zeiten waren ungewiss. Wollte er seinen Koffer so lange herumtragen, bis er mitsamt dem Ding vor seinen Herrgott hinstehen müsse? Ungeschickt sei der Franz, vom Bein weg ungeschickt. Und nie zur Zeit.

Wenn sie dann noch mehr Wein getrunken hatten, fragten sie, wie er eigentlich an dieses verdrehte Kind gekommen war. Er ausgerechnet, der sich mit seinem Stier so geschickt anstellte. Hatte sich die Franeka einen Zeitvertreib gesucht, während er seine Steine aufklaubte? Je länger es dauerte, desto häufiger wurde die

Frage gestellt, ob Franeka vielleicht. Dieses Ungeschickte, das könne der Franz doch nicht vom Vater haben, unmöglich.

Zwischen Jožef und Franeka war es nicht mehr wie früher. Deswegen. Jožef kam als Störgeher viel herum. Er wusste, was passiert, wenn die Männer von daheim weg müssen, wusste es besser als Franeka. Dieses Kind Franz war aus seinem Blut gefallen. Das sahen nicht nur die Weintrinker im Wirtshaus. Das sah er selber schon auch.

Es ging immer schlechter zwischen den beiden. Nachts hörte Franz die Mutter weinen, während der Vater wegen der Geschäfte noch Wein trinken musste. Franz wollte aus seiner Brauttruhe heraus und sie trösten, wusste ja auch nicht, worüber sie weinte. Aber dann traute er sich nicht.

Als Franz elf Jahre alt war, brachte die Mutter eine Schwester auf die Welt.

Das kleine Mädchen war recht hübsch, sie schlug nach der Mutterfamilie. Der Vater wollte, dass sie seinen Namen bekam, so wurde sie auf Jožefa getauft. Der Pfarrer sagte, mit dem Namen habe Jožef eine gute Wahl getroffen. Ein guter alter hebräischer Name und bedeutet komplett übersetzt ‚möge Gott noch einen Sohn hinzufügen'. Wie bei allen in Steinbüchl war der Geburtstag unwichtig und bald vergessen. Was zählte, war ja der Namenstag. Der war am 19. März – ‚ist Sankt Josef hell und klar, kündt' er an ein gutes Jahr'. So hieß die Regel für Jožefas Namenstag.

Der Vater machte Pläne für die Zukunft, erweiterte sein Angebot an Karten und Photos. Wenn Jožef jetzt auf Stör ging, schaute er nach, auf welchem Hof ein zweiter Sohn geboren wurde, ein weichendes Kind, das er mit Jožefa verheiraten konnte, einer, dem man einmal die Jožefa und den Hof anvertrauen könnte. Lange starrte er fremden Kindern ins Gesicht. Es ist schwer, denen was anzusehen.

Es wurde wieder besser zwischen Vater und Mutter. Fast so wie früher.

Als Jožefa drei Jahre alt war, geschah das Unglück. Zu dem Unglück kam es so.

Während die Mutter mit Jožefa schwanger war, ging der Vater nicht mehr so oft auf Stör. Nicht einmal das Wenige, was an Arbeit auf dem Hof übrig geblieben war, schaffte Franeka jetzt noch allein. Die Schwangerschaft war hart, aber Jožef wollte unbedingt, dass sie das Kind zur Welt brachte. Die Leute mussten halt einmal mit weniger Kurzwaren auskommen. Die Aussicht auf ein neues, geschickteres Kind machte Jožef froh. Er dachte daran, die morsche Stalltür mit neuem Holz zu reparieren, es war schon lange notwendig. Vielleicht kamen sie ja jetzt heraus aus dem Fluch.

Auch den Franz sah er mit anderen Augen. Der kleine Kerl war nicht schuld daran, dass er aus dem Blut gefallen war. Vielleicht, dass die Steine in sein Blut gegangen waren. In irgendeiner Generation konnte Ungefüges und Hartes ins Blut geraten. So etwas übersprang beim Vererben schon einmal eine, zwei, sogar drei Generationen, trat unvermutet wieder auf, wenn man es fast vergessen hatte.

So fing Jožef mit seinem Sohn also noch einmal ganz beim Anfang an. Franz sollte etwas lernen von seinem Vater. Steine aufklauben ist ja nicht schwierig, wenn man ein bisschen Kraft hat. Kraft braucht man und vor allem Geduld mit den Steinen, die immer und ewig nachwachsen. Aber das Bespringen Lassen, wenn die Nachbarn ihre Kühe zum Stier der Meguşars brachten, das war nicht einfach. Das braucht Übung. Man muss eine Hand dafür bekommen, sogar dann, wenn es einem eigentlich im Blut ist. Jožef dachte jetzt gar nicht mehr darüber nach, ob er eine Aussicht hatte, dass Franz es lernen würde. Was der Franz lernte und was nicht, das sah man ihm ohnehin nicht an. Manches machte er unverhofft, wenn er wieder den inwendigen Riss gehabt hatte. Das Meiste und vor allem das, was für den Hof notwendig gewesen wäre, machte er nicht.

Bei der Befruchtung (– wenn sie in der Familie darüber redeten, sagte Jožef nur ‚Bespringen' aber er schärfte Franz ein, er solle ‚Befruchtung' sagen, das ist nachgiebiger und klingt sorgsamer –), also bei der Befruchtung der Nachbarskühe gab es Berufsgeheimnisse, die vom Vater auf den Sohn weitergegeben werden mussten. Das war im Lungau so und hier, praktisch in der Fremde, war es doppelt notwendig. Franz selber, als er im Vivarium später wissenschaftlich mit Tieren umging, meinte, das Meiste davon sei Aberglaube oder einfach nur Schwindel gewesen. Der Vater hatte sich im Lauf der Jahre aus all den Anekdoten und Schwindelgeschichten praktisch eine eigene Meguşar-Brunstlehre zusammengereimt. Irgendeinen Grund musste man den Nachbarn ja dafür angeben, dass sie Gebühren zahlen sollten für etwas, dass die beiden, Kuh und Stier, ohne Gebühr genauso gut hinbekommen hätten.

Erstens, erklärte der Vater, ginge es darum zu erkennen, ob die Kuh überhaupt in der Duldung und also bereit sei, den Stier der Meguşars aufzunehmen. Jožef zeigte Franz, dass man dazu den Ellbogen kräftig auf den Rücken der Kuh drückt, genau dort, wo der Schwanz ansetzt. Lässt sich die Kuh das gefallen, heißt das ‚stehende Brunst'. Ohne das braucht man an eine Befruchtung gar nicht denken.

Die Bauern brachten ihre Kuh, wenn sie zwischen der anderen Arbeit gerade einmal Zeit hatten. Sie achteten nicht darauf, ob die Kuh in der stehenden Brunst war, wussten gar nicht, worauf sie dafür hätten schauen sollen. Jožef schickte sie nicht wieder heim. Er zeigte ihnen auch nicht, wie sie feststellen sollten, wann die Zeit gekommen war. Er prüfte die Duldung unauffällig mit dem Ellenbogen und so, dass der Nachbar es nicht mitbekam. Fürs Bespringen kassierte er in jedem Fall, ließ sich das Geld sicherheitshalber immer vorher auszahlen. Er schob es auf die Kuh, wenn die nicht trächtig werden wollte. Der Nachbar musste sie halt noch einmal bringen und noch einmal.

Am Stier der Meguşars lag es bestimmt nicht.

„Auf zwei Sachen musst du besonders achten", erklärte

Jožef dem Sohn. „Erstens, dass der Stier gescheit angebunden ist. Der sieht, hört und merkt nichts mehr beim Sprung, vergisst alles. Wenn er die Kuh verletzt, will der Nachbar sein Geld zurück. Deswegen: Schau, dass dein Strick fest ist, und mach lieber zwei Knoten als einen.

Zweitens: Nach dem Sprung musst du die Hinterbacken der Kuh zusammendrücken, damit nichts wieder herausläuft. Das wissen überhaupt die Wenigsten. Nur wir Meguşars wissen das."

Es war schwer zu sagen, was Franz von all diesen Belehrungen behielt, ob er überhaupt richtig zuhörte. Oft wollte der Vater, Franz sollte ihm zeigen, was er gerade gelernt hatte. Meistens misslang es. Nur wenn er die Kuh und den Stier tun ließ, was die ohne ihn besser konnten, gelang es. Aber der Vater, duldsam geworden durch die zweite Schwangerschaft, war trotzdem freundlich mit dem Sohn.

Franz redete gern mit den Rindern. Wenn kein Erwachsener zuhörte. Er hatte sich das Reden angewöhnt, nicht nur mit Rindern, auch mit anderen Tieren. Die hörten ihm zu. Ihnen machte es nichts aus, dass Franz zuerst nur Wörter gekonnt hat und keine Grammatik. Als er dann, viel später, die Hauptsätze und Nebensätze und das Futur konnte, hörten sie immer noch zu. Franz sagte es auch später keinem, dass er mit Tieren redete. Schließlich war er sich nicht sicher, ob sie ihn verstanden. Jedenfalls kam keiner mit Tieren so gut zurecht wie Franz.

Den Rindern erklärte er, was beim Befruchten von ihnen erwartet wurde. Und warum es extra kostete, wenn dabei das dicke dunkelblaue Glas mit dem eingelegten Drachen im Stall aufgestellt wurde. Das wollten die Leute in letzter Zeit immer häufiger. Er sagte den Rindern, dass er nicht glaube, es mache etwas aus, wenn eines von ihnen rotes Fell hatte, es war ungerecht, wenn das doppelt kostete. Der Vater redete es den Leuten ein. Es wurde Zeit, dass es endlich eine richtige Wissenschaft des Bespringens gab, nicht nur die Meguşar-Brunstlehre. Dann würde es leichter werden, für sie alle würde es leichter werden. In der Zwischenzeit in Gottes Namen halt das blaue Glas im Stall aufstellen.

Als Franz noch in Murmelwörtern redete, die außerhalb der Sätze herumkugelten, waren die Erwachsenen in seiner Gegenwart ungeniert. Dieses ungeschickte Kind verstand eh nichts.

Sie sagten, dass den Meguşars ein Kind nottäte, das brauchbar war. Für Franz klang es nicht viel anders als das, was sie auch beredeten, wenn es um das Bespringen ging. War er selber auf diese Weise gemacht worden? Erst als er sah, wie der Bauch der Mutter anschwoll, und sie ihm sagte, da drin wächst dein Geschwisterkind, kam Franz der Gedanke, er selber sei gar nicht im Stall entstanden, so wie er es sich bisher immer vorgestellt hatte. Einmal fragte er die Mutter danach und auch nach den Geräuschen, die in den Sonntagsnächten manchmal aus dem Schlafzimmer kamen. Sie sagte, das sei nichts. Oder wenn, dann höchstens die Wolfsstunde zwischen dem ersten schweren Schlaf und dem zweiten leichteren. Wenn er erst einmal selber richtig hart arbeite, dann werde er es schon lernen. Der erste Schlaf wie ein Stein. Der zweite wie eine Feder. Wolfsstunde, so heißen die Geräusche dazwischen.

5

Ob das Unglück geschah, weil Franz den Strick nicht richtig festgeknotet hatte (das war bei seinem Ungeschick das Wahrscheinlichste), oder der Vater hatte nicht aufgepasst, und warum Jožefa mit ihren drei Jahren überhaupt im Stall war, als die rothaarige Kuh zum Stier geführt wurde, das alles ließ sich hinterher nicht mehr klären.

Jedenfalls hatte der Stier plötzlich sein Horn in Jožefas Oberschenkel und schien das Mädchen aufspießen oder zertrampeln zu wollen oder beides. Der Vater war gelähmt vor Entsetzen, zupfte hilflos an dem Strick herum, Jožefa blutete, schrie aber schon nicht mehr, vielleicht war sie tot. Nur Franz packte mit einer Kraft, die noch keiner bei ihm gesehen hatte, das Horn des Stieres, zwang den dicken Schädel nach hinten, schien auf das Tier einzureden. Jedenfalls erzählte es der Vater später so. Plötzlich wurde der Stier ruhig, scharrte verlegen mit dem Huf, als schäme er sich für das, was er getan hatte, ließ sich durch die Stalltür ins Freie führen und anbinden. Franz hob seine kleine Schwester auf und trug sie ins Haus. Eine Ruhe hatte er und eine unbändige Kraft, dieser ungeschickte Sohn.

Es dauerte Monate, bis es Jožefa besser ging. In den

ersten Wochen hatten sie geglaubt, sie würde es gar nicht überleben. Ich will mir nicht vorstellen, wie das gewesen wäre. Aber dann wurde sie kräftiger, bildete neues Blut. Die Wunde, die von der Hüfte bis zum Knie reichte, der Knochen war auch gebrochen, begann langsam zuzuheilen.

Später stellte sich heraus, dass Jožefa schief bleiben würde. Es würde schlimmer werden mit der Zeit. Der Vater glaubte, jetzt wäre es noch schwieriger, einen Mann für sie zu finden. Das Krumme geht ja nicht nur von der Schönheit ab. So eine Krumme schafft auch weniger Arbeit weg. Man musste Abstriche machen bei einem Schwiegersohn. Eine Schiefe bleibt schief, auch wenn sie innen ganz gerade ist. Jožef schlachtete den Unglücksstier und schaffte das Fleisch nach Laibach. Die Markknochen brachte er zurück, es war kaum Fett im Mark, niemand hatte die Knochen gewollt.

Jožefas Unglück hatte auch etwas Gutes. Nicht für Jožefa, aber für Franz hatte dieses Unglück etwas Gutes. Seit diesem Tag nämlich hatte der Vater einen Respekt vor seinem Sohn. Noch immer war Franz ungeschickt, vielleicht würde es ihm bleiben. Aber als es drauf ankam, hatte Franz eine Kraft gehabt und eine Ruhe. Wenige hatten so viel Kraft und so eine Ruhe.

Und noch etwas hatte sich mit dem Tag von Jožefas Unglück geändert. Das Wichtigste eigentlich: Ab jetzt hatte Franz eine Aufgabe und ein Ziel. Er wollte hornlose Rinder züchten, Rinder, die beim Bespringen keinen verletzten, seine Schwester Jožefa nicht, die Kuh nicht, sich selbst nicht und auch keinen anderen. Die dabei nicht alles um sich herum vergessen. Franz war vierzehn Jahre alt und er wollte, dass es hornlose Rinder gab. Er würde dafür sorgen.

6

In der Schule (– dort unterrichtete der einzige Herr Frohnwieser alle Kinder gemeinsam, er hatte der Einfachheit halber darauf verzichtet, die Kinder in Schuljahrsklassen einzuteilen, mit fünfzehn hatte man mitbekommen, was Herr Frohnwieser zu sagen hatte und durfte die Schule verlassen; man konnte aber auch bleiben, wenn man wollte –), in der Schule also wurde es nach dem Unglück mit der Jožefa auch besser für Franz.

Herr Frohnwieser stand schon kurz vor der Pensionierung. Er hatte runde blaue Augen und eine Glatze. Nur auf der rechten Seite, unterhalb der Stelle, wo er früher den Scheitel gezogen hatte, wuchs ein Schüppel Haare. Die schnitt er nie, machte sie vor Unterrichtsbeginn nass und legte sie behutsam von rechts nach links über die Glatze. Er trug einen Anzug mit einer Kniehose und hatte viele städtische Bekannte.

Unweigerlich war Franz einer, der sich schwertat mit dem Lesen und Schreiben. Seine Finger verkrampften sich, sobald er einen Stift nehmen, seine Augäpfel rollten in die Wolken hinauf, sobald er etwas vorlesen sollte. Andrerseits war in seinen Kopf alles fest hineingestopft: die Wörter, die zehn Gebote, die Nebenflüsse des Isonzo, die ermüdende Folge bayerischer Grafen, die über die Krain geherrscht hatten, und Zahlen, vor allem Zahlen. Franz liebte Zahlen, und die Zahlen liebten ihn zurück. Sobald man etwas abzählen konnte, hatte Franz es für immer begriffen.

Halbjährlich setzte Herr Frohnwieser eine Schulprüfung für alle an. Meistens irgendetwas Schriftliches, dazu eine Sportübung und ein Kirchenlied. Bei diesen Gelegenheiten war Franz als Banknachbar sehr gefragt. Selbstlos flüsterte er den anderen die Lösung der Aufgabe zu. ‚Einsagen' wurde das genannt, Herr Frohnwieser sah es nicht ganz so gern. Franz musste für das Einsagen nicht, wie die anderen, in das Heft unter der Bank schielen, es steckte ja alles in seinem Kopf fest. Selber bekam er bei den Halbjahresprüfungen meistens eine Sechs, das Papier gab er unbeschrieben ab.

In der Zeit zwischen den Halbjahresprüfungen hielten die anderen Franz für einen Idioten. Keinen schweren Idioten, wie sie manchmal ein Leben lang auf den Höfen versteckt wurden. Für einen leichten eher. Man redete darüber nicht oft, man war sich ohne großes Reden einig.

Seit der Franz seiner Schwester Jožefa das Leben gerettet hatte, wusste man nicht mehr, woran man war. Was sollte man jetzt über ihn denken. Ein Held ist kein leichter Idiot. Schon gar nicht, wenn der Held einen ausgewachsenen Stier hochheben und praktisch durch die geschlossene Stalltür ins Freie schmeißen konnte. Wie alles, was in Steinbüchl beredet wurde, schwoll die Tat von Franz mit jedem, der sie noch einmal erzählte. Sie wurde anfangs sehr oft erzählt.

Herr Frohnwieser sagte, er habe es immer gewusst, im Franz, da schlummere etwas, und im Lichte dieses Schlummernden müssten auch seine bescheidenen schulischen Leistungen gewürdigt werden. Wie etwas Schlummerndes ein Licht auf schlechte Schulnoten wirft, blieb Herrn Frohnwiesers Geheimnis. Gleichgültig – Franz war auch in der Schule eine Respektsperson geworden.

Natürlich hatte er Jožefa nicht gerettet, weil er für den Herrn Frohnwieser zur Respektsperson werden wollte. (In seinem kurzen Leben würde es ihm meistens völlig gleichgültig bleiben, was die Menschen von ihm dachten.) Er hatte das Horn in Jožefas Oberschenkel gesehen, das Blut, ihr kleines weißes Gesicht und hatte, ohne nachzudenken, am Horn des Stiers gerissen, der selber ziemlich erschrocken war. Aber für das Heldsein kommt es ja nicht auf die Absichten an.

Noch etwas änderte sich mit Jožefas Unfall. Über Nacht hatte es wieder einen inwendigen Riss getan, und am nächsten Morgen beherrschte Franz die verschachtelten Sätze, eingeschobenen Relativsätze, Konditionalsätze, das Futur I und das Futur II, die ganze schwere Artillerie der Grammatik. Besonders gern hatte er den Konjunktiv I und II. Sätze wie: ‚Mutter sagt, sie habe schon immer gewusst, dass ich einmal Rinder besser verstünde als Menschen', wurden allgemein als geziert angesehen. Man glaubte, so etwas schnappte er bei seiner Tante Irena und der städtischen Verwandtschaft auf. Noch immer ging es mit dem Schreiben und Lesen mühevoll. Aber reden – wie ein Missionar.

Und ein Missionar war er. Mit vierzehn Jahren wurde Franz endgültig zum Missionar für die Hornlosigkeit des Rindviehs. Wurde es so sehr, dass sie ihn nur noch den ‚Hornfehler' nannten. Der Spitzname gefiel ihm. Tatsächlich war etwas so Ernsthaftes, so Aufrichtiges an ihm, dass sein Spitzname nicht spöttisch herauskam. Eher wie ein Ehrenname. Oder, was ihm noch besser gefiel, wie eine Berufsbezeichnung.

Die Hornlosigkeit des Rindviehs, für etwas anderes lebte Franz damals nicht. Auch später eigentlich nicht. Bis zu der Sache mit Marija, die änderte, glaube ich, etwas. Sogar ziemlich viel änderte die. Dazu kommen wir. Aber diese Unbedingtheit, dies, dass man alles andere vergisst und nur noch eine einzige Sache kennt, das war auch später noch da. Ich habe ihn oft so erlebt. Wenn er mir im Vivarium über seine Dorfheldenzeit erzählte, lachte er:

„Damals muss ich eine ausgewachsene Plage gewesen sein. Ich habe die Menschen eingeteilt in solche, die sich für die Hornlosigkeit des Rindviehs interessierten – und den Rest. Egal worüber einer mit mir reden wollte, meine erste Frage war unfehlbar: Hast Du vielleicht schon mal ein Rind ohne Hörner gesehen? Wahnsinnig habe ich die Leute gemacht mit meiner Fragerei. Ein Rind braucht Hörner, wo soll ich denn sonst das Zuggeschirr festmachen?, haben sie zurückfragen können. Darauf ich: Ein Pferd hat keine Hörner und ist trotzdem ein gutes Zugtier. Das Horn ist doch eigentlich nur ein Stück Stirnhöhle, die nach außen gestülpt ist, sagten ein paar Schlaue. Würdest du wollen, dass man dir die halbe Stirnhöhle wegschneidet? Wenn ich meine Stirnhöhle zu nichts Besserem habe, als dafür, dass ich der Jožefa das Bein zertrümmere, ja – dann würde ich wollen, dass man mir die Stirnhöhle wegschneidet, antwortete ich, die Hälfte wenigstens. Aber ich will die Hörner ja gar nicht wegschneiden, ich will, dass das Rind hornlos auf die Welt kommt. Die Hörner brauchen sie, damit sie wissen, wer das Sagen hat, wer die Leitkuh ist. Damit sie wissen, wo oben und wo unten ist. Eine gesunde Hierarchie gibt es nur mit Hörnern. Das sagt der Bezirkshauptmann auch, antwortete ich, wenn er dich ins Loch wirft. Im Pinzgau sollen sie bunte Rinder haben ohne Hörner. Dort geht es scheints auch ohne Hörner, oder? Die Pinzgauer Rinder geben dir keine Milch. Warst du schon mal im Pinzgau oder woher weißt du das so genau? Dazu muss eines nicht ins Pinzgau, damit es weiß, ohne Hörner gibt das Rind dir keine Milch. So ging es von früh bis spät. Im Nachhinein finde ich, dass ich mich für mein Alter tüchtig geschlagen habe. Und eine schöne Zeit war es auch. Ich habe ein einziges Ziel gehabt, keine Zweifel und auf alles eine Antwort. Wie ich älter geworden bin, war das dann nicht mehr so einfach."

Franz konnte sich nicht erinnern, dass damals jemand einfach nur so mit ihm Freund hätte sein wollen. Er war hilfsbereit, arglos und stark, sehr viel mehr braucht es für eine Freundschaft eigentlich nicht. Aber seine – ja man muss schon sagen: Besessenheit machte es den anderen schwer. Ein paar gab es, die Franz mir gegenüber seine ‚armen Opfer' nannte. Der Wenzel, dem

Franz in der Schule oft einsagen musste, und der schon deswegen fand, er dürfte Franz nicht stark widersprechen. Der Seibolt, dessen Vater ziemliche Postkartenschulden bei Jožef Meguşar hatte, und dem daheim gesagt wurde, ein bisschen Interesse möchte er für den Franz in Gottes Namen halt aufbringen. Oder Marija, die auf dem Nachbarhof wohnte, und die, weil sie beide denselben Schulweg hatten, dem Franz nicht auskonnte. Er redete von Befruchtung, Vererbung und Duldung, manchmal auch vom Sauschneiden, während Marija stumm und nachdenklich neben ihm her ging. Sie zog ein Bein ganz leicht nach. Franz hat das, glaube ich, nie gemerkt. Auch später nicht.

Vielleicht hat er es doch gemerkt.

Mit Marija hatte Franz außer dem Schulweg noch etwas gemeinsam. Marija war in der Schule auch eine Art Held oder Heldin (ich glaube, die gibt es nur in männlich), eine andere Sorte Held als Franz, trotzdem ein Held. Sie war drei Jahre älter als Franz, niemand wusste, warum sie eigentlich noch zur Schule ging, denn sie hatte den ganzen Stoff vom Herrn Frohnwieser schon durch. Vielleicht wollte sie von daheim weg sein. Sie lebte bei Tante und Onkel. Über ihre Mutter, und darüber, wer ihre Väter gewesen sein könnten, gab es dreckige Geschichten. Franz wird diese Geschichten nicht gekannt haben, und wenn, hätte ihn daran höchstens interessiert, ob man daraus etwas für die Hornlosigkeit lernt.

Marija zog, wie gesagt, das linke Bein nach. Das heißt – ein Nachziehen ist es eigentlich gar nicht. Mehr so, als müsste sie einen Augenblick warten, bis das linke

Bein genug Schwung bekommen hat. Vielleicht wie eine Bachstelze, die über einen Wipperer nachdenkt. Niemand wusste, woher das mit dem Bein kam. Wenig hat man über Marija gewusst. Warum prügelte die Tante sie andauernd durch? Bis Marija eines Tages die Mistgabel packte und der Tante sagte, ziemlich ruhig soll sie es gesagt haben, dass sie der Tante die Gabel in den Leib rennt, wenn sie es noch ein einziges Mal mit dem Prügeln probiert. Von da weg war Schluss mit den Prügeln, und alle haben das gewaltig gefunden. Heldenhaft eben. Die Tante hat von dem Tag an Marija bei jeder Gelegenheit im Dorf schlecht gemacht. Die eigene Nichte hat sie schlecht gemacht.

7

Man fragt sich, ob einer, der nicht nach rechts schaut und nicht nach links, der immer nur die Hornlosigkeit des Rindviehs im Sinn hat, mehr erreicht im Leben. Der verdünnt seine Kraft ja nicht, sondern schmeißt sie auf ein einziges Ziel.

Von zielstrebigen Menschen hat man oft einen harten Eindruck. Vom Franz: gar nicht. Wir waren am Vivarium zusammen. Keine Spur von Härte. Merkwürdigerweise ist er mir nicht einmal stur vorgekommen. Als er im Feld gestanden ist, habe ich ihn aus den Augen verloren. (Je miserabler unser Leben, desto geschwollener wird darüber geredet. Gestanden, von wegen. Zurückgerannt sind wir wie die Karnickel. Oder nach vorne gerannt, damit man nur schnell die anderen umbringt, bevor die einen erwischen. Gestanden, ja freilich.)

In der ganzen Zeit habe ich den Franz nie als einen Harten erlebt. Jedenfalls nicht hart wie ein Stein hart. Mehr wie ein Baum. Ein großer Birnbaum mit zuverlässiger Rinde, der wächst, wo er eben wächst. So halte ich ihn in Erinnerung. Er hat sein Ziel im Auge gehabt. Nur, dass es immer etwas gegeben hat, was vorher hat erledigt werden müssen, etwas, das unbedingt zuerst hat sein müssen. Die Miete für das Zimmer, ein Pfund Erdäpfel, ein paar Radel Aufschnitt, ein Auftrag vom Kammerer.

Für die Zeit zwischen dem Ende der Schule beim Lehrer Frohnwieser und Franz' Eintritt ins Vivarium bin ich auf das angewiesen, was Franz mir darüber erzählte. Unabhängige Bestätigungen dafür gibt es keine. Er hat nie ein Geheimnis aus seinem Leben gemacht. Im Gegenteil, er war froh, wenn er hat erzählen dürfen von Steinbüchl, von seiner Schwester Jožefa besonders, von den Eltern. Er hat erklären wollen, warum er so ein starkes Interesse für die Hornlosigkeit hat entwickeln müssen, zwangsläufig. Wenn man ins Reden kommt über sich selber, dann lässt man unwillkürlich das weg, was nicht richtig dazupassen will. Oder man tut etwas dazu. Man hat es gern, wenn eines auf das andere passt, ohne Fuge oder Kante. Franz ist so aufrichtig gewesen, das hat einen manches Mal schon fast traurig machen können. Trotzdem hat er auch, er wird es bestimmt nicht gewollt haben, versucht, die eigene Geschichte glatt zu klopfen, wo sie ausgebeult war.

Für das, was ich über diesen Abschnitt seines Lebens zusammenstelle, habe ich also keine Bestätigung, oder nur selten eine. Dabei ist die unabhängige Bestätigung eines Sachverhalts, das predigte der Paul Kammerer uns unablässig, enorm wichtig. Auch wenn der Kammerer sich selber nicht streng daran hielt. Von der Wissenschaft her gesehen ist ein Sachverhalt erst dann bestätigt, wenn ein Zweiter diesen Sachverhalt auch so beobachtet hat, oder wenn man mit einer zweiten, unabhängigen Methode dasselbe Ergebnis herausbringt.

Jedenfalls kam Franz nach der Frohnwieser-Schule auf die Reformschule in Laibach. „Landwirtschaftliche Reformschule für einen wissenschaftlichen Bauernstand" hieß die Anstalt mit vollem Namen. Alle sagten nur Reformschule dazu.

Von seinen damaligen Klassenkameraden konnte ich keinen auftreiben. (In Laibach gab es richtige Klassen, höchstens zehn oder zwölf waren in einer Klasse, wegen Reform. Das war jedenfalls nicht der zusammengeschmissene Haufen vom Herrn Frohnwieser.) Der Abel wird mehr über Franz' Schulzeit wissen, weit hätte ich ja nicht zu ihm. Aber der Abel kommt natürlich nicht in Frage. Der mal bestimmt nicht.

Ich schweife ab. Eh meine Lieblingsbeschäftigung, weshalb ich als Journalist gescheitert bin. Da wollen sie immer, dass du augenblicklich auf dem Punkt bist.

An der Laibacher Reformschule sind jedenfalls Sachen

ins Spiel gekommen. Man muss praktisch von Leidenschaften sprechen.

8

Jetzt muss ich doch noch einmal abschweifen. Damit man begreift, wie Franz es überhaupt auf die Laibacher Reformschule geschafft hat. Für einen aus Steinbüchl, der Vater Sauschneider, war das ja nicht vorgesehen.

Sagen wir: So setze ich es mir jedenfalls zusammen aus den Stücken, die Franz mir erzählte und dem, was ich von Marija und Jožefa erfuhr. Sogar der Abel hat etwas beigesteuert, ohne es zu wissen natürlich.

Jožef Meguşar stand nach dem Unglück seiner Tochter Jožefa erst einmal ohne Stier da. Das Kurzwarengeschäft war alles, womit er die Familie ernähren konnte. Nur, dass es dabei ein Problem gibt, sozusagen ein Mengenproblem. So viele Stellen an einer Hose gibt es ja nicht, wo du einen Knopf hinnähen kannst. Jožef brachte deshalb nur eine begrenzte Menge von Knöpfen, Bändern und den anderen Kurzwaren an die Leute los. Träumen, dagegen, können die Leute gar nicht genug, der Traumbedarf ist praktisch unbegrenzt. Mit Träumen kann man expandieren. Die Nachfrage ist da, mit dem Bargeld muss es halt stimmen.

Zugute kam ihm, dass in Wien gerade ein Amerikaner ein Photogeschäft eröffnet hatte. *Atelier* hieß das Geschäft, und die Besitzer waren Henry Hayler & Söhne.

Man führte dort keine einzelnen Ansichtskarten oder Photos, sondern so genannte „Kollektionen". Die hatten ausdrucksstarke Namen. ‚Was für Sitten!' hieß eine. Eine andere ‚Die sieben Schleier der Salome', obwohl Schleier waren auf den Karten eher weniger. Fremde Länder konnte man sich damit sozusagen im Kopf erobern. Dafür war zum Beispiel vorrätig: ‚Die Entführung aus dem Serail' oder ‚Vielweiberei bei den Wikingern'. Es konnten auch Mongolen oder Aschanti-Neger sein, das hing von der Jahreszeit ab.

Das Atelier Henry Hayler & Söhne war nach den neuesten Erkenntnissen des fabrikmäßigen Arbeitsprozesses organisiert, taylorisiert haben die Amerikaner dazu gesagt. Zum Beispiel posierten dieselben Mädel in der Früh als Jungfrau Bernadette im weißen Gewand mit blauem Gürtel für die Serie ‚Die Wunder von Lourdes'. Danach legten sie ein bisschen ab, das war dann die Serie ‚Kecke Bademoden'. Nach der Mittagspause ließen sie auch die Bademoden fallen, damit sie für ‚Wienerinnen – im Harem gedemütigt' photographiert werden konnten. So deckte ein einziges Modell einen ganzen Packen Träume ab, praktisch und kostengünstig. Für den Kunden war es ja auch interessant, wenn er gemerkt hat, dass die heilige Bernadette, sie hat am Mundwinkel ein rötliches Muttermal gehabt, als hätte sie gerade Marillenmus gegessen, dass die Bernadette also auch noch eine andere Seite gehabt hat.

Die Kollektion wurde am nächsten Arbeitstag in Schwarz-Weiß abgezogen. Gerne genommen wurde die handkolorierte Ausfertigung. Die war dreißig Prozent teurer und wurde im Anschluss an die Schwarz-Weiß-Abzüge hergestellt. Am teuersten waren die dreidimensionalen Photographien. Mit denen hat der Kenner praktisch in den fremden Welten verschwinden können.

Anschließend wurden die Träume in neutrale braune Umschläge eingetütet und an Weiterverkäufer wie Jožef Meguşar geschickt. Sauber durchrationalisiert das alles.

Jožef Meguşar hatte nicht sämtliche Kollektionen der Firma Henry Hayler & Söhne im Angebot. Nur ein paar, die dreidimensionalen hätten sich seine Krainer Kunden eh nicht leisten können. Er hatte die Karten zu einer einzigen Kollektion zusammengemischt. Nannte sie ‚Die Augen der Liebe', im Lungau sind sie ja recht gefühlig. Die nüchternen Krainer wussten eh, was gemeint war. Jožef spekulierte, die Krainer haben einfachere Träume, zu viel Auswahl verwirrt sie nur. Die Augen der Liebe wurden gut angenommen. Es sah so aus, als wäre das Geld für einen neuen Stier bald beisammen.

Durch reinen Zufall stieß Jožef Meguşar auf eine weitere Geschäftsidee. Er hatte gemerkt, wenn er andeutete, dass er die Augen der Liebe auch gerne einmal gratis der Ehefrau vorführen könne, damit sie weiß, wovon der Mann so träumt neben ihr, oder dass der Nachbar bestimmt gerne wisse, wer welche Karten angeschaut und gekauft hat, dann wurde man sich schnell über das eine oder andere Zusatzgeschäft einig. Jožef brauchte abgelagertes Holz für die Stalltür, Jožefa ein paar Eier, um zu Kräften zu kommen, Franeka wünschte sich einen gelben Rock. Das alles ließ sich im Handumdrehen regeln.

Auf diese Weise wurde auch Franz in der Laibacher Reformschule angenommen, obwohl die zuerst behaupteten, ihre Klassen wären voll. Der Direktor war ein starker Träumer und treuer Kunde von Jožef Meguşar. Er hat deshalb doch noch einen Platz für Franz gefunden. Es war sozusagen ein Stipendium. Franz war es gleich, was es war.

Die ganze Reformschule war damals etwas Unerhörtes. Viele haben der Sache auch nicht getraut. Schulgeld war zu entrichten, eine ziemliche Summe, und der Vater musste schon Großbauer sein oder Förster, damit man es sich leisten konnte. Bis dahin hatte man gemeint, Mähen und Erdäpfelklauben, dafür braucht es keine Schule. Man geht mit dem Vater aufs Feld, wenn man das ein paar Mal gemacht hat, kann man es. Aufs Können ist es angekommen, nicht aufs Wissen. Könner hat man gebraucht. Wisser gab es eh genug. Aber in dieser neumodischen Schule lernte man Vererbung, Zucht, Stickstoff, Fruchtfolge, solche Sachen. Franz war sich sicher, dort würde es Lehrer geben, die etwas von Hornlosigkeit gehört hatten. Sie würden ihm weiterhelfen.

9

Ein Lehrer an der Reformschule, der aus vielen, wenn auch unterschiedlichen Gründen für Franz wichtig werden sollte, war ein gewisser Othenio Abel. Er war ein ausstudierter Biologe, der sich danach auf versteinerte Lebewesen geworfen hatte. Von Rechts wegen hätte er ja Professor an der Wiener Universität sein sollen. Warum er stattdessen Lehrer an der Laibacher Reformschule war, das wusste keiner so richtig. Kam das Gespräch auf Wien, fing Doktor Abel jedenfalls auf der Stelle an, von der unerhört interessanten Tierwelt der Krain zu schwärmen, die zu erforschen er zu seiner Lebensaufgabe gemacht habe, gleichgültig, ob sie schon versteinert war oder noch lebendig herumkroch. Während es in Wien nur Lebewelten und keine Steinwelten gebe, deshalb.

Bei den Schülern war er recht beliebt, obwohl er von Reformen wenig hielt, vielleicht auch gerade deswegen. Ich denke mir, das ganze Reformgeschäft, das mühselige Suchen nach neuen Wegen, das Infragestellen so vieler guter Gewohnheiten und Gewissheiten, hat in den Schülern eine Art Sehnsucht nach Lehrern geweckt, die einfach wussten, wo es langgeht. Und ihnen das auch sagten.

„Guten Morgen Männer, der Wahrheit eine Gasse!“, begrüßte er seine Schüler jeden Morgen, „heute werden ich Sie mit dem Brunstverhalten des Angler Sattelschweins bekanntmachen. Beschreibung: In der klassischen Färbung ist die hintere Körperhälfte des Angler Sattelschweins schwarz, ein weißer Sattel zieht sich über die Vorderhand. Es hat hervorragende Muttereigenschaften, gute Weidefähigkeit und ist außergewöhnlich anspruchslos in der Halteform und so weiter und so fort ..."

Entschlossen strich er sich das leberwurstfarbene Haar aus der Stirn, straffte die Schultern, die zu seinem Kummer gerne einmal nach vorne sanken, ständig musste er an seine Schultern denken, und warf sich dann mit Schwung hinein in das Thema Angler Sattelschwein. Die Schüler waren in einem Alter, in dem einen das Brunstverhalten grundsätzlich interessiert, notfalls auch das des Angler Sattelschweins. Sie fanden es großartig, wie schneidig der Doktor Abel so etwas Delikates anpackte. Außerdem war er der einzige Lehrer, der sie siezte.

Einmal kam der Doktor mit Franz länger zum Reden.

Irgendwie war das Gespräch auf die Drachenkinder in den Karsthöhlen daheim gekommen. Vielleicht hatte Franz spekuliert, von dort aus kommt man leichter zum hornlosen Vieh. Deswegen hatte er dem Abel viel erzählt. Vom Regen, den Spalten im Karst und wie es die Drachenkinder durch die Spalten drückt. Auf der Stelle war der Doktor sehr aufgeregt. Er wusste ja, dass Franz nur den sagenhaften Grottenolm (*Proteus anguinus*) meinen konnte, den der Kreiskassier von Adelsberg, Josip Ritter von Löwengreif, im Jahre 1797 in der Magdalenengrotte zum ersten Mal gefangen hatte. Eine Sensation, wenn er, Doktor Abel, die Lebensweise und Fortpflanzung des Grottenolms, den die abergläubischen Dörfler für einen kleinen Drachen hielten, während die Wissenschaft ihn ausgestorben glaubte, als erster Biologe aufklären könnte. Der Grottenolm wäre seine Rückfahrkarte zur Wiener Professur. Rückfahrt allererster Klasse.

Der Doktor Abel also von den Drachenkindern hören und gleich eine Exkursion mit der Klasse zu den Steinbüchler Karstgrotten organisieren war Eines. Abel ließ nie etwas anbrennen, und die Klasse hat Exkursionen natürlich gerne gehabt. Noch so ein Grund, weswegen sie den Abel verehrten. Franz wurde zum Reiseführer ernannt, die wissenschaftliche Oberleitung der Exkursion hatte selbstverständlich Doktor Othenio Abel.

10

Die Fahrt nach Steinbüchl verlief in prächtiger Stimmung, es wurde viel geredet und Limonade getrunken. Franz wusste, an einem so hellen, trockenen Augusttag wie heute, würden die kleinen Drachen bestimmt nicht aus ihren Höhlen kommen.

Doktor Abel nutzte die Fahrt, um die Buben über den Zusammenhang zwischen der Evolution und der aktuellen Weltsituation aufzuklären. Was das anging, bedeutete ihm Reformschule eine Verpflichtung. Abel war unruhig wegen der Machenschaften. Der Brandgeruch. Überall der Brandgeruch. Vom zuchtlosen Paris bis hin zu den Steppen Russlands, über die schon wieder die Mongolenhorden ritten, wurde gezündelt und gezettelt, ihm entging das nicht. Für den Doktor war nur die versteinerte Welt ordnungsgemäß.

Es war imponierend, wie Doktor Abel an jedem Hofhund, an jeder Ziege, an jedem Knecht, der mit dem Mähen aufhörte und ihnen nachstarrte, den Schülern aufzeigen konnte, dass die Natur das Schwache ausmerzt und dafür sorgt, dass nur das Starke überlebt und sich fortpflanzt. Das Bessere ist der Feind des Guten und setzt sich unbedingt durch, wenn wir ihm nicht in den Arm fallen. Er erklärte, dass es eine züchterische Todsünde ist, wenn man den Absichten der Natur entgegenarbeiten will. Die Natur ist klüger als wir, stärker ist sie ohnehin. Schwachköpfige mongolische Sabbler auf den Höfen zu verstecken, sie aufzupäppeln oder ihnen gar zu gestatten, ihr krummes Erbgut weiterzugeben, sei zwar menschlich verständlich, er selber könne und wolle es nicht einfach verurteilen. Trotzdem, sowas verschweinigele den Volkskörper. Bei allen menschlichen Rassen sei das ein verhängnisvoller Fehler, genauso wie bei Rindern, Schafen, Sattelschweinen, Eicheln, Rüben und Flachs, immer und ausnahmslos. Negative Eugenik, Ausmerzung des Schwachen, so wie die Natur selber das ja vorexerziere, darum müsse man sich kümmern. Dabei sah er die Schüler an, als sei das kommende Verhängnis aus der Form ihres Scheitels oder ihres Stirn-Nasen-Winkels ablesbar.

In Steinbüchl angekommen, wäre Franz am liebsten erst einmal nachhause gerannt, um Jožefa und Mutter zu umarmen. Den Vater würde er nicht treffen, der war bestimmt auf Stör. Aber Doktor Abel verlangte, dass

Franz ihnen stante pede (– so sagen sie in Wien, wenn sie meinen, es darf nichts anbrennen –) das Drachenfeld zeigte.

Also führte Franz sie auf das Feld der Familie Meguşar, auf dem die verfluchten Steine lagen, und wo nach ausgiebigen Regenfällen manchmal die Drachenkinder durch die Spalten im Karst stiegen.

Nur war da heute nichts. Außer den treuen Steinen, die dort wuchsen wie immer. Wäre auch ein Wunder gewesen bei der Trockenheit. Kaum dass man hörte, wie die unterirdischen Flüsse flüsterten, wenn man das Ohr auf die engen Spalten im Karst presste.

Doktor Abel war nicht bereit, solche Enttäuschungen widerstandslos hinzunehmen. Er trieb die Schüler über das Drachenfeld der Meguşars. Jeder Stein musste umgedreht werden. Es gab reichlich Steine zum Umdrehen. Die Buben werden dabei ein mulmiges Gefühl gehabt haben. Nicht ausgeschlossen, dass der eine oder andere Drache seine Verwunderung über diese Exkursion ausgerechnet an dem auslassen würde, der den schützenden Stein über ihm umdrehte. Davon hatte man gehört.

Mit dem Steineumdrehen ließ es der Doktor nicht gut sein. Franz musste Weidenruten aus dem Dorf besorgen. Die Schüler sollten damit in die schmalen Spalten hineinstochern und so die Drachen ans Tageslicht kitzeln. Einer der Schüler zog nur noch die Hälfte seiner Weidenrute aus der Spalte, und die Rute sah vorne wie abgebissen aus. Danach fuhr keiner mehr mit seiner Rute in die Spalte. Dem nächsten würde ein Finger, die Hand oder gleich der Arm abgebissen.

Doktor Abel fragte, was aus solchen Memmen im Leben später einmal werden sollte. Eine Antwort darauf erwartete er schon nicht mehr.

Doktor Abel sagte, dann müsse Franz eben die größten Kuhglocken heranschaffen, die es in seinem Dorf gebe. Franz, dessen Wunsch, Jožefa und Mutter zu sehen, immer drängender wurde, ging zwei große Glocken holen, die den Kühen zum Fest der Heiligen Magdalena umgehängt wurden, für werktags waren sie viel zu schwer. Die Schüler bekamen Anweisung, sich in zwei Gruppen aufzustellen, je eine am gegenüberliegenden Rand des Drachenfelds der Meguşars. Dann sollten die Gruppen sich entgegenrennen und dabei ganz fest die Glocken schwenken. Doktor Abel rechnete damit, dass die aufeinander zurasenden Schallwellen die kleinen Drachen in die Enge treiben und zum Erscheinen zwingen würden. Die Schüler taten zwar, was Doktor Abel von ihnen verlangte, aber es fehlte ihren Schallwellen die Überzeugung.

Inzwischen hatten sich Leute aus Steinbüchl am Rand des Ackers aufgestellt. Sie redeten gedämpft miteinander. So ein Zeug brachte man den Buben also in der Reformschule bei. Mit Stecken in den Karstspalten herumstochern, Glocken über den Acker tragen. Auf diese Reform konnten sie gut verzichten. Man blieb gescheiter beim Alten. Sie hüteten sich jedoch, dem Doktor Abel aus Wien auf seinen städtischen Unsinn anzusprechen.

Jetzt ordnete Doktor Abel an, mit Milcheimern, die auch wieder Franz besorgen musste, Wasser aus dem Bach heranzuschaffen, der sich hinter der Biegung nichts dabei dachte, träge und augustwarm davonzufließen. Die Schüler sollten eine Kette bilden, so wie beim Feuerlöschen. Der vorderste Schüler hatte sodann die von hinten durchgereichten Eimer in Empfang zu nehmen und in jenen Spalt zu leeren, bei dem man das Wasser nah am Ohr murmeln hörte. So nah, dass man die darunterliegende Höhle wahrscheinlich bald aufgefüllt und die Drachen zum Austreten gezwungen hätte.

Bei den Steinbüchlern machte sich Heiterkeit breit. Da konnte er lange schöpfen, der Herr Doktor. Jeder hier wusste, dass die Wasser unter dem Karst nicht müßig herumstehen wie gewisse andere Leute, sondern fließen, ungeduldig fließen die davon. Dass sie mit ihrem Glucksen und Rauschen und Murmeln und, an trockenen Tagen wie heute, mit ihrem Flüstern die Reichtümer des Dorfes Steinbüchl in andere Länder schwemmen oder gleich ins Meer. Wenn dieser Doktor die Reichtümer mit dem Wasser des kleinen Baches verdünnen wollte, dann sollte er das ruhig tun.

Selbstverständlich war es Franz, der, an die Spitze der Kette kommandiert, Eimer für Eimer in den Spalt leeren und den leeren Eimer wieder nach hinten reichen musste. Er hatte dem Doktor die Exkursion schließlich eingebrockt.

Zusammen mit den anderen Steinbüchlern war Marija herangekommen. Sie stand neben Franz, der ihr, während er seine Eimer leerte, von der Reformschule erzählte und wie sehr er hoffte, endlich der Hornlosigkeit der Rinder näherzukommen.

„Na Franz, das ist jetzt aber mal sehr unhöflich, dass du die junge Dame vor deinem Lehrer verstecken möchtest. Darfst sie mir ruhig vorstellen“, sagte Doktor Abel, der plötzlich neben den beiden stand, „was für Schönheiten ihr Krainer auf euren Höfen einsperrt, unfassbar.“

Er grinste Marija mit seinem kainsmäßigen Grinsen an, langte ihr unters Kinn und hob ihr Gesicht hoch. So machen sie es scheints in Wien, wenn sie sich eine Dame vorstellen lassen. Marija wurde rot, und weil Franz natürlich mal wieder schwieg, sagte sie ihren Namen selber. Dann hakte Doktor Abel Marija unter, ganz so, als wäre das hier die Wiener Ringstraße, und zog sie weg vom Steinacker der Meguşars in Richtung Bachbett. Plötzlich sah es so aus, als sei der Doktor Abel von Laibach, ja vielleicht sogar extra bis von Wien her gekommen, nur damit er mit der Marija einen kleinen Spaziergang am späten Nachmittag machen konnte. Damit er auf sie einreden, sein Gesicht auf Marijas hinuntersenken konnte (er war viel größer als Marija), und damit er amüsiert Marijas zögernden, wippenden Schritten zuschauen konnte. Marija drehte sich noch einmal nach Franz um, dann verschwand Doktor Abel mit ihr dort, wo der Bach seine Biegung macht.

Die Schüler kippten noch ein paar Eimer in den Drachenspalt. Dann sagten die Leute, sie könnten genauso gut aufhören, da käme heute kein Drachen mehr, unmöglich. Nicht an so einem trockenen Augusttag. Sie setzten sich auf den Acker. Sie waren müde vom Steine Umwenden, vom Glocken Tragen und die Wassereimer Weitergeben.

Sie wussten nicht mehr, wie lange sie herumgesessen waren. Nach einer Zeit, manche erzählten hinterher, es sei sogar schon dunkel geworden, tauchte Doktor Abel alleine wieder auf. Er schüttelte noch einmal den Kopf, sagte dann, sie müssten jetzt sofort wieder nach Laibach, höchste Zeit, und vorwärts Männer. Franz hatte die Jožefa und die Mutter nicht sehen können. Die würden von anderen erfahren, dass er da gewesen war, und was er und seine Klasse auf ihrem Acker gemacht hatten. Der Nachbar solle bitte Grüße ausrichten, ihm, Franz, gehe es gut, er lerne tüchtig in Laibach, auch über die Hornlosigkeit, und in sechs Wochen wolle er auf ein Wochenende heimkommen. Franz wohnte während der Schulwochen bei einem verwitweten Onkel in Laibach. Lieber wäre Franz gewesen, wenn Marija seine Grüße ausgerichtet hätte.

11

In seinen Aufzeichnungen schreibt Franz über die Exkursion. Er schreibt zwar nicht, wie er selber, die anderen, der Doktor Abel die Exkursion im Nachhinein angesehen haben – als einen Erfolg, als ein Scheitern oder als etwas Gleichgültiges, das man geradeso gut sofort wieder vergessen kann. Aber wo er sie so ungewöhnlich genau beschreibt, muss sie ihm aus irgendeinem Grund wichtig gewesen sein.

Vielleicht könnte man ja verstehen, warum der Doktor Abel nach der Exkursion einen so furchtbaren Hass auf Franz entwickelte, wenn man wüsste, wie die Exkursion im Nachhinein beurteilt wurde. Man hätte gerne gewusst, ob es da nur einen zufälligen zeitlichen Zusammenhang gab oder, wenn es doch kein Zufall war, was es mit den Ereignissen während der Exkursion zu tun hatte.

Nicht auszuschließen, dass Abels Hass damit zusammenhing, dass er den Olm nie zu Gesicht bekommen würde. Im Gegensatz zu Paul Kammerer ist Abel auf seinen Mäusen und Essigfliegen sitzen geblieben. Kammerer hat die geheimnisvollen, ja eigentlich: sagenhaften Grottenolme gehabt und die anderen Tiere, die er im Vivarium hat halten können, aber auch nur, weil er den Franz hatte. Insofern war es auch ein Wettkampf um Franz.

Jedenfalls konnte Franz ab dem nächsten Tag dem Abel nichts mehr recht machen. Rätselhaft. Am Schlimmsten war eine Schulstunde, in der Franz ein Drachenkind zeichnen sollte. Schließlich behaupte Franz ständig, er habe so eines schon mal gesehen, ja, in der Hand gehalten, sein Vater verkaufe sogar Photos davon und schleppe ein in Spiritus eingelegtes Exemplar in einem Koffer mit sich herum. Also werde Franz ihnen das Wundertier doch einmal skizzieren können, nichts Aufwendiges, gerne mit Bleistift, aber bittschön so, dass man es erkennt.

Für die Zeichnerei hatte Franz noch keinen Riss gehabt, so einen Riss, meine ich, wie er ihn für die Wörter, die Grammatik, das Rechnen gehabt hatte. Wohl hatte Franz inzwischen eine saubere, kleine Schrift, rund und unglaublich lesbar. So wie früher Wörter als butterglänzende Perlen aus seinem Mund gekullert waren, so etwa war seine Schrift. Aber Zeichnen? Unmöglich. Da wühlten seine Hände im Papier, knüllten es zu schwitzigen Kugeln. Jeder in der Klasse wusste, dass Franz für das Zeichnen noch keinen Riss gehabt hatte. Auch der Abel wusste das doch.

Doktor Abel stellte sich neben Franz' Bank, hielt das Papier straff und brüllte Franz an, er solle jetzt endlich diesen Olm aufzeichnen. Er verlange ja keinen Dürer von ihm, lediglich eine bescheidene kleine Zeichnung, nur die wichtigsten Merkmale sollten erkennbar sein, das Wesentliche. Doktor Abels Stimme wurde immer schriller. Tatsächlich brachte Franz nach einer Zeit des Beschimpftwerdens irgendetwas aufs Papier. Mit einem Olm hatte es insofern Ähnlichkeit, weil sich da etwas Längliches verzweifelt über das Blatt wand.

Der Abel reichte das Blatt durch die Bankreihen. Jeder musste sagen, was er in Franz' Machwerk sah. Erst zögerten die Buben, schauten sich nach Franz um. Dann fingen sie an, ein Spiel daraus zu machen. Sagten, das ist die Bratwurst, die Franz' Mutter von der letzten Kirchweih her aufgehoben hat. Oder das hätte der Dackel hinter den Büschen gelassen. Immer lustiger wurden die Vorschläge, bis sich die Klasse vor Lachen nicht mehr halten konnte.

Das Nächste war, dass Franz seinem Vater ausrichten musste, Doktor Abel wünsche ihn zu sprechen.

Als der Vater kam, gab Abel ihm einen Brief, der an eine junge Frau in Steinbüchl zuzustellen war. Wenn er, der Doktor Abel, sich recht erinnere, heiße sie Marija.

Ich weiß nicht, ob von Marija Antwort kam. Jedenfalls musste Jožef Meguşar noch ein paar Mal bei Doktor Abel antreten und Briefe in Empfang nehmen. Genaueres ließ sich nicht herausfinden, auch wenn es mich aus naheliegenden Gründen stark interessiert hat.

Irgendetwas schien den Abel an dem Briefwechsel (wenn es wirklich ein Wechsel war) furchtbar aufzuregen, so weit konnte man sich erinnern.

Abel kaufte bei Jožef dann noch die zwei Photographien mit den verschwimmenden Drachen, die man darauf hätte erkennen müssen. Und er bezahlte eine gewisse Summe dafür, dass er die Flasche aus dickem blauen Glas drei Tage behalten durfte. Eigentlich lieh Jožef die Flasche nie für ganze drei Tage her. Aber Abel deutete an, wenn er die Flasche nicht bekäme, könnte es Schwierigkeiten im schulischen Fortkommen für Franz geben, durchaus. So behielt er das Ding eben seine drei Tage.

In der nächsten Unterrichtsstunde – der Wahrheit eine Gasse Männer! – bewies Abel den Schülern, dass die Photos, auf denen sie einen Drachen sehen sollten, unbeholfene Fälschungen waren. Er bewies es ihnen, indem er eine Nacktschnecke auf einer Silberchloridplatte belichtete und während des Belichtungsvorgangs mit der Silberchloridplatte wellenartige Bewegungen vollführte. Das Ergebnis sah dann ziemlich genau so aus wie die Drachenphotos von Jožef Meguşar.

Das war aber noch nicht alles.

Der Höhepunkt der Aufklärung kam, als er die blaue Flasche auf das Pult stellte und verkündete, jetzt werde er den Geist aus der Flasche lassen. Man werde sehen, was so ein aus der Flasche entwichener Drache alles vermöge. Die Schüler wussten nicht, was sie denken sollten. Anders als dieser schneidige Wiener Doktor waren sie mit dem Krainer Glauben an Drachen und Drachenkinder aufgewachsen. Und so wie mit dem Glauben an das Christkind, die Unbefleckte Empfängnis, den Himmel nach dem Tode oder die Hölle und das Fegefeuer, so war es auch mit dem Drachenglauben. Irgendwann weiß man ja, dass es das alles nicht gibt. Aber wetten – wetten möchte man lieber nicht darauf. Es war still im Klassenzimmer, als Doktor Abel die blaue Flasche öffnete und den Inhalt bedenkenlos auf das Pult goss. Eine trübe, schwach nach Spiritus riechende Flüssigkeit, in der Flocken schwammen. Und, das sah jeder sofort, die Haut einer Würfelnatter, mit irgendetwas Ekelhaften ausgestopft. Sonst nichts.

„Muss man dazu noch etwas sagen, Männer?", fragte Doktor Abel, „muss man dazu nur ein einziges Wort sagen? Ich glaube nicht. Oder ...", er starrte plötzlich Franz an – „oder doch. Ein Wort muss fallen. Eines unbedingt. Nämlich: raus mit dir, Franz Meguşar. Ich will dich in dieser Klasse nicht mehr sehen und auch sonst nirgendwo in unserer Schule. Aus einer Sippe von Schwindlern und Betrügern stammst du. Sauschneider eben, was will man da erwarten. Der Wahrheit eine Gasse. Und durch diese Gasse verlässt du jetzt die Schule. Geh, wie du gekommen bist. Verschwinde."

Auf diese Art verließ Franz die Reformschule.

Und noch während Franz seine wenigen Sachen zusammenpackte, schrieb Doktor Othenio Abel, eine Abhandlung, betitelt „Völkisches Brauchtum der autochthonen Krainer Bevölkerung am Beispiel des Grottenolms (*Proteus anguinus*)". Neider wiesen sofort nach Erscheinen der Arbeit darauf hin, das sei ja wohl eher eine soziologische und keine biologische Untersuchung. Gleichviel – Doktor Abel wurde auf Grund dieser Arbeit rehabilitiert und konnte die Stelle als ordentlicher Professor für Paläontologie an der Universität Wien antreten. Einige hatten gewusst, dass Abel nach Laibach zwangsversetzt worden war, weil in Wien etwas vorgekommen war. Die Rede war von einer deutschen Studentin, andere wussten von einer ungarischen Reinigungskraft. (Es wird eher was mit einer Studentin gewesen sein. Mit einer Putzfrau was, das ist kein Problem und lässt sich immer vertuschen.) Jedenfalls wurde der Grottenolm auf diese unverhoffte Weise doch noch Abels Rückfahrkarte in die Hauptstadt. Vielleicht nicht gerade erster Klasse. Aber Rückfahrt ist Rückfahrt.

In einen vollständigen Bericht über die damaligen Ereignisse muss hinein, dass bald darauf die Laibacher Reformschule geschlossen wurde. Das Erziehungsministerium, vielleicht war es auch das Agrarministerium, stellte fest, die Reformen seien in dem einen oder anderen Punkt zu weitgehend. Und während der rehabilitierte Herr Abel zurück nach Wien fuhr, verloren der träumende Schuldirektor und alle anderen Angestellten der Reform ihre Stellen.

Franz hatte bei diesem Abgang natürlich keinen Abschluss, kein Zeugnis, keine Urkunde in die Hand bekommen, jedenfalls finde ich nichts Derartiges in seinen Sachen. Nicht einmal der amtliche Schulverweis ist da. Vielleicht haben sie ihn genauso verdruckt von der Schule verwiesen, wie sie ihn aufgenommen hatten. Oder er hat die Unterlagen verloren. Zeugnisse und Titel haben ihn nie interessiert.

Er schreibt einmal, der Hornlosenkönig oder Herzog Hornfehler, das wären die einzigen Titel, die ihn hätten interessieren können. Aber die waren nicht zu vergeben.

Nie habe ich Franz im Vivarium niedergeschlagen erlebt. Umgekehrt auch nicht, also dass er einmal vor Freude außer Rand und Band geraten wäre. Er hat immer einen großen Gleichmut gehabt. Selten einmal, dass man ihm eine stille Freude angemerkt hat. Überhaupt hat er seine Stimmungen nicht gern sehen lassen. Seine Neugier, die kein Ende hatte, die Sehnsucht nach der Hornlosigkeit, eine große Gleichmütigkeit. Und manchmal eine stille Freude. Damit ist er ausgekommen.

Trotzdem muss es ihn getroffen haben, dass er von der Reformschule hat abgehen müssen. Es gab doch keinen anderen Ort, wo ihm sonst einer etwas über die Hornlosigkeit hätte sagen können, oder wo wenigstens ein Interesse für seine Frage da gewesen wäre.

„Heute von der Reformschule herunter. Den Anzug, die Wäsche zusammengefaltet und weggepackt. Das mit der Hornlosigkeit dazugelegt. Es muss doch gehen. Es muss ohne Horn auch gehen, sogar besser. Kann ich es ganz alleine herausdenken? Muss unbedingt in die Hauptstadt, dringend ist das jetzt. Das Dringendste überhaupt. In Wien, wenn sie es nicht wissen, schlage ich es mir aus dem Kopf. Aber werden die es wissen? Wieder stark geregnet. Vielleicht kommen die kleinen Drachen in den nächsten Tagen heraus."

Meistens macht Franz nur ganz kurze Einträge in seinem Aufschreibbuch. Dass ihm dieser Eintrag über seinen Rauswurf so lang gerät, zeigt, wie fest es in ihm gearbeitet hat. Er sucht keine Schuld, er macht niemandem einen Vorwurf, auch dem Vater nicht. Diesem maßlos lebenshungrigen Vater, dem man leicht ein großes Stück Schuld hätte zuschieben können. Diesem Vater, der sich nie hat bremsen können, wenn es eine Geschichte zu erzählen gegeben hat. Dem kein Traum groß genug sein konnte oder blau genug aufgespannt. Der immer alles gekonnt hat, was er sich vorgenommen hat. Kein Wort davon. Nirgendwo in seinen Aufschreibbüchern eine Andeutung, dass Franz dem Vater eine Schuld gibt. Ich denke, Franz hat immer geglaubt, es ist seine eigene Schuld, wenn eine Sache nicht gegangen ist.

Dem Franz wird gar nicht aufgefallen sein, dass er seit Jožefas Unfall für den Vater praktisch eine Respektsperson geworden ist. Auf so etwas hat er nicht geachtet. Er wird höchstens gemerkt haben, dass er selber den Vater seitdem noch mehr gern gehabt hat, weil der ihm etwas hat zeigen wollen, was wichtig war.

Ich stelle mir vor, Franz ist deshalb nach Steinbüchl zurück, weil er gemeint hat, der Vater weiß, wie man nach Wien kommt. Der Vater hat immer geholfen, immer einen Ausweg auf der Hinterhand gehabt. Sogar den Fluch, der auf dem Drachenfeld und dem Leben der Meguşars lag, hatte der Vater bisher abgewehrt. Davon, jedenfalls, war Franz überzeugt.

Ich sehe den Franz vor mir, es ist ein weiter Weg von Laibach zurück nach Steinbüchl. Ein Stück wird ihn ein Bauer mitgenommen haben, dann hat der Postbote ihn hinten aufsteigen lassen, das letzte Stück ist er zu Fuß. Dabei wird er so ausgesehen haben, wie ich ihn später in Wien auch gekannt habe: Ein stiller Junge in einem Körper, der ihm zu groß war. Mit breiten Schultern und roten Händen. Ohne die glatten, geschickten Hände vom Vater, er hatte mehr die roten, schrundigen Hände der Mutter, kräftige Hände, aber auch immer ein bisschen im Weg. Ein Junge, in dem es noch nicht genügend Risse gegeben hat, dass er schon ein Mann geworden wäre. Ein Schuljunge auf dem Pausenhof, der Lehrer hat ihn an die frische Luft geschickt, obwohl er gar keine Lust auf eine Pause hat. Ein schmaler, inwendiger Junge, der gar nicht weiß, dass er eine Respektsperson vorstellt. Man hat dem Franz nicht angesehen, dass er älter wurde. Er hätte noch viel älter werden können, ohne dass man es ihm angesehen hätte.

12

So ist Franz wieder nach Steinbüchl. Ein paar gibt es immer, die grinsen, wenn man aus der großen Stadt zurückkehrt. Ist es dir zu hart geworden, das Herrenleben in Laibach?, haben sie ihn gefragt. Die meisten haben ihn gegrüßt, als hätten sie ihn erst gestern Abend nach dem Vesperläuten gesehen.

Es kam Franz so vor, als wäre er nicht weg gewesen. Ein Unterschied war, dass er nicht mehr unten in der Hochzeitstruhe mit den ausgesägten Seitenwänden geschlafen hat. Sondern oben auf dem Deckel der Truhe. Vorher war das der Platz für den Kurzwarenkoffer des Vaters. Jetzt wurde der Koffer unten hineingeschoben, dorthin, wo Franz früher geschlafen hatte.

Der Koffer und Franz wechselten die Plätze.

Franz dachte, er würde nur eine kurze Zeit in Steinbüchl bleiben, ein paar Wochen höchstens. Dann hätte der Vater bestimmt etwas gefunden, um ihn nach Wien zu schicken. Es hätte nichts geändert, wenn er gewusst hätte, dass aus den paar Wochen Jahre werden sollten.

Was den Vater anging, so war eigentlich ausgemacht gewesen, dass Jožef Meguşar und der Fortschritt fest zusammenhelfen. Die beiden hätten gemeinsam durch die Krain und die ersten Jahre des neuen Jahrtausends auf Stör gehen sollen. Wie Freunde praktisch. Freunde beim Sauschneiden, Freunde beim Nonnenmachen, Freunde beim Kurzwaren und Träume auf Kommission Nehmen. Freunde bei allem, Jožef Meguşar und der Fortschritt. So wäre es ausgemacht gewesen.

Einige Jahre hindurch hatte es ja funktioniert. Jožefs Musterkoffer, der immer gut eingefettet auf die Höfe geschleppt wurde, die Geschäftsbeziehung zu dem modernen Unternehmen Henry Hayler & Söhne, der durchrationalisierte Vertrieb, alles hatte gepasst.

Sollten die Steine auf dem Drachenfeld doch wachsen und sich vermehren – inzwischen glaubte Jožef, dass der Fluch seine Kraft verloren hatte. Auch um das Bespringen hatte er sich in letzter Zeit kaum noch gekümmert. Trotzdem war jeden Tag eine Mahlzeit auf den Tisch gekommen. Sogar seine immer wieder neu erfundenen Geschichten über stehende Brunst und was sonst er den Nachbarn erzählte, damit sie ihre Kühe zu seinem Stier brachten, hatten ihren Schwung verloren. Nachdem der Stier Jožefa verletzt hatte und geschlachtet werden musste, dachte Jožef daran, die Bespringerei ganz aufzugeben und sich vollends auf das Kommissionsgeschäft zu werfen. Zum Auskommen reichte es. Bauer war Jožef schon lang nicht mehr. War ja nie einer gewesen.

Es gab keinen Grund, warum Jožef nicht mit Vertrauen in die Zukunft hätte schauen dürfen.

Einen Grund gab es schon. Der Grund hieß Lioba Köberlein, Soldatenwitwe, eine Frau in ihren Dreißigern. Es hieß, sie sei aus Wien, selber redete sie ja nicht viel über ihre Vergangenheit. Die Behörde hatte ihr die Erlaubnis zum Betreiben einer Trafik in der Kreisstadt erteilt. Bei Lioba bekam man Rauchwaren, Schnupftabak, Zeitungen, Wettscheine. Überhaupt Dinge, die Jožef gerne im eigenen Sortiment gehabt hätte. Weil es Hilfsmittel waren, mit denen man schneller ins Träumen hineingerät.

Als Lioba Köberlein in der Kreisstadt erschien, wurde

sie wegen ihres Wiener Namens belächelt. Und die Leute fragten sich, in welchem Krieg ihr Mann eigentlich hätte fallen wollen, gehört hatte man hier schon länger von keinem mehr. Und noch so etwas: Wie kam sie bloß darauf, eine Trafik in der eigenen Küche einzurichten? Lioba hatte nämlich sofort am ersten Tag eine kleine Wohnung gemietet, die Spüle aus der Küche herausgebrochen, dafür ein paar Regale und einen rohen Holztisch hinein, das stellte jetzt ihren Verkaufsraum dar. Im Schlafzimmer stapelte sie den Warenvorrat. Recht geschäftsmäßig kam das den Leuten in der Kreisstadt nicht vor. Wo kochte sie ihre Suppe jetzt?

„Herrgott, Jožef, was sagt denn deine Franeka dazu, du schaust ja nur noch hinter der Soldatenwitwe her", sagten die Leute, wenn Jožef mit seinem Koffer bei ihnen vorbeikam oder mit ihnen im Wirtshaus saß.

„Schauen wird unsereiner wohl noch dürfen", lachte er, „außerdem ist die Lioba eine tüchtige Geschäftsfrau. Wir Geschäftsleute müssen zusammenhalten. Ihr Bauern würdet uns ja nur betrügen."

Eine schöne Witwe war die Lioba, das wurde allgemein gesagt, und da verstand man den Jožef. Mit ihren hellen, blauen Augen und dem viel zu vielen schwarzen Haar. Der Mund war ein bisschen schief. Aber das kam vielleicht nur von dem rötlichen Muttermal unterhalb des rechten Mundwinkels. Es sah aus, als hätte sie gerade Marillenmus gehabt. Man redete, dass man sich Lioba gut im Arm eines schneidigen Soldaten vorstellen könnte, eines Husaren vielleicht oder eines Ulanen, auf dem Tanzboden. Sogar in einem eleganten Wiener Café.

Das konnte man. Manche von denen, die häufiger bei Jožef Postkarten kauften, wollten eine Ähnlichkeit zwischen Lioba und der Bernadette von den Postkarten gesehen haben.

Über die Lioba, erzählte mir Franz später, ist daheim oft gestritten worden. Dass Franz mir damit praktisch wehtat, konnte er nicht wissen, gesagt habe ich ja nichts davon. Dieses Weib aus Wien! Schielt und hinterfotzig ist sie auch, hat die Mutter sagen können. Darauf der Vater, dass das ungerecht ist, nur weil sie Witwe ist, schielt sie nicht gleich. Saubere Witwe, hat die Mutter gelacht, es wird schon nicht der Krieg gewesen sein, der den armen Kerl ins Grab geschoben hat. Dafür hat sie jetzt den eingebildeten Pinkel, von dem du früher die Sachen in Kommission genommen hast. Der hat Zeit genug, dass er um sie herumscharwenzelt, der Harry Butter der.

Franz sagte, er habe nicht geglaubt, dass sein Vater tatsächlich hinter der Lioba her war. Möglicherweise war aber auch seine Vorstellung davon, was ein Mann macht, wenn er hinter einer Frau her ist, nicht sehr deutlich. Und dass die Mutter gehässig daherredete, das war doch nur, weil sie den Vater so fest gern gehabt hat. Die Störgeherfrauen haben ja viel mitmachen müssen. Ihre Männer sind auf den Höfen herumgekommen, immer hat man dort einen Schnaps trinken sollen, und natürlich hat man über das Sauschneiden geredet und über Befruchtung. Das Eine hat das Andere gegeben, und schon ist es dahin gegangen. Aber die Eltern waren auch zusammengewachsen über die Jahre.

„Erst die Steine auf dem Acker und dann ich, ewig

ungeschickt und kein richtiger Erbe, dann die Jožefa und der Stier. Die Eltern haben alles zusammen durchgebissen. Ich habe sie nie sagen gehört, dass sie sich gern haben, lieben schon gar nicht, das Wort gibt es nur in der Stadt. Aber getan haben sie es. Auch wenn sie kein Wort dafür gehabt haben."

Die Sache mit dem Harry Butter, von dem Jožef Meguşar seine ersten Kurzwaren und Träume auf Kommission genommen hatte, mit dem Harry und der Lioba, das machte dem Vater allerdings Kummer. Ein bisschen Eifersucht könnte bei seinem Kummer dabei gewesen sein. Vielleicht sogar ein ganzer Haufen Eifersucht. Aber eben nicht nur das. Er wusste, dass die Lioba eine angeborene Geschäftstüchtigkeit hatte. Nur, dass sich hinter sie ein anderer gesteckt hatte. Der zog jetzt an den Fäden. Vater glaubte, dieser Heimlichtuer wäre Harry Butter.

Das Ganze hatte mit den Öffnungszeiten der Trafik zu tun. Jedenfalls sagte mir Harry Butter das später einmal, also ist es seine Sicht der Dinge.

Dass eine Trafik Öffnungszeiten braucht, hatte in der Kreisstadt noch niemand gehört. *Ladenöffnungszeiten.* Sie wussten gar nicht, was sie mit so einem sperrigen Wort hätten anfangen sollen. Als man es verstanden hatte, konnte man sich wundern.

Lioba hatte jedenfalls einen Zettel an ihre Tür geklebt. Die Trafik habe folgende Ladenöffnungszeiten: von Montag bis Samstag, jeweils zehn Uhr bis zwölf Uhr sowie von vier Uhr am Nachmittag bis sechs Uhr. Sonntags ganztägig geschlossen. Es werde dringend gebeten, sich an die Ladenöffnungszeiten zu halten.

Als Jožef diesen schlampig hingeschriebenen Zettel las, dachte er, lang hält sich diese Trafik nicht. Aufmachen, wenn die Leute schon bei der Arbeit sind, und zumachen, wenn sie noch nicht wieder daheim sind, das kann nichts werden.

Jožef sollte sich stark irren. Die Öffnungszeiten waren nämlich unwichtig. Auf die Nichtöffnungszeiten kam es an. Man konnte bei der Soldatenwitwe durchaus während der Ladenöffnungszeiten einkaufen. Dazu betrat man die Trafik durch die Vordertür. Die Tür quietschte laut, nach einer hübsch langen Zeit kam Lioba aus ihrem Schlafzimmer, oder wo sie sonst gerade gewesen war, in den Verkaufsraum. Schaute, als habe man sie bei was gestört. Gerade ein Vergnügen war der Einkauf zu den Ladenöffnungszeiten also nicht.

Da war es ungleich angenehmer, während der Nichtöffnungszeiten einzukaufen. Dazu ging man hintenrum. Die hintere Tür hatte eine Klingel, die man draußen nicht hörte, sondern nur in Liobas Wohnung. Es sprach sich herum, dass die Lioba es mit diesen neumodischen Ladenöffnungszeiten nicht genau nahm. Und obwohl es keinen Unterschied macht, ob man sich seine Zigarette vor oder nach dem Vesperläuten besorgt, begriffen die Leute schnell, was es mit dem Hintenrum-Einkaufen auf sich hatte.

Hintenrum hat man mehr Zeit gehabt. Es gab keinen, auf dessen Abfertigung man warten musste, und keinen, der hinter einem drängelte, dass er endlich bedient wurde. Natürlich ist das für den Einkauf von Rauchwaren selten wichtig, da kennt man seine Marke, sucht nicht lange herum. Und so groß waren die Schlangen bei der Lioba während der normalen Öffnungszeiten auch wieder nicht.

Aber: die Heftel. Die Heftel und dass man sie hintenrum ungestört, ja praktisch ungesehen, kaufen konnte. Das hat es gebracht.

Mit den Hefteln (manche sagten auch: Heftigel, viele wussten zu Anfang weder was ein Heftel noch was, im Gegenteil, ein Heftigel ist), mit den Hefteln war es folgendermaßen. Hier müssen jetzt unbedingt die Wankelmütigkeit des Fortschritts und Harry Butters Heimlichkeiten zur Sprache kommen.

Das Wiener Atelier der amerikanische Firma Henry Hayler & Söhne hatte kürzlich auf die allerneueste Drucktechnik umgestellt. Statt auf dem dicken, teuren Photopapier wurden die Träume jetzt auf dünnem Zeitungspapier gedruckt. Statt einer Kollektion von Postkarten (die gab es für Liebhaber des Altmodischen und Gehobenen zwar noch immer, sie wurden aber immer teurer) erwarb man ein Heftel aus Zeitungspapier. In dem Heftel waren die Träume griffbereit und übersichtlich geordnet zusammengefasst. Vielleicht nannte man diese Druckerzeugnisse Heftel und nicht Heft, um herauszustreichen, dass es sich um nichts Ernstes, nichts Bleibendes handelte. Geordnet, aber nicht bleibend, etwas, was ständig ergänzt und erneuert werden muss. Träume halt, die man hat oder auch nicht, die man zwischendurch braucht, und die schon wieder vergehen werden, wenn man das Heftel zuklappt.

Neue Heftel erschienen zunächst monatlich, dann ging die Firma auf den Zweiwochenrhythmus über. Henry Hayler & Söhne stellten zufrieden fest, dass die Nachfrage zusammen mit dem Angebot stieg. Sie kamen mit dem Heftel-Drucken kaum hinterher. Henry Hayler & Söhne stellten extra Leute ein, die als Agenten übers Land fuhren und sich nach frischen Modellen umschauen mussten. Die Kundschaft hatte enormen Hunger nach Frischem. Harry Butter hatte das Kommissionsgeschäft aufgegeben und umgesattelt. Er war jetzt eine Art Chefagent bei Henry Hayler & Söhne. Arbeitete die neuen Agenten ein. Butter wurde geholt, wenn es einen besonders schwierigen Fall gab, etwa eine wirkliche Schönheit, deren Eltern nicht wollten, dass die Tochter als Bernadette posierte. Solche gab es.

Beim Heftel-Erwerb zeigte sich die ganze, ja man muss fast sagen: Zauberkraft von Liobas Ladenöffnungszeiten. Wer zur Lioba ging, wusste, es ist nichts dabei, wenn man sich ab und zu mal einen Traum gönnt. Trotzdem wollte keiner ein Heftel kaufen, oder auch nur darin herumblättern, wenn ein anderer ihm dabei hätte zuschauen können.

Mit den knappen Ladenöffnungszeiten gab es immer eine Entschuldigung, dass man nicht rechtzeitig da war. Dann konnte man ohne rot zu werden am Hintereingang klingeln, hätte ja sein können, man braucht dringend einen Kautabak. Man wurde sofort eingelassen, Lioba schien darauf gewartet zu haben, dass sie hintenrum aufmachen konnte. Die Soldatenwitwe führte die Kundschaft in den Verkaufsraum, schob wortlos den Karton mit den neuesten Hefteln über die Theke, setzte sich in die entfernteste Ecke der ehemaligen Küche. Man möge sich Zeit lassen, ruhig gründlich anschauen, aber bittschön mit den Augen, nicht mit den Fingern. Lioba war so ernst, als spräche man über Kataloge mit Erdäpfelsaatgut. Auch das machte einem das Kaufen leichter.

Franz hat mir erzählt, dass er selber nicht selten in Liobas Trafik war. Er hatte sich ägyptische Zigaretten angewöhnt, die plattgedrückten. Senussi hieß die Marke, wenn ich mich richtig erinnere. Irgendwie glaube ich, Franz, der ja immer wieder warten musste, bis es einen Riss getan hat in ihm, damit er auf etwas Neues gekommen ist, Franz wollte sich mit dem Zigarettenrauchen selber beweisen, dass er genauso schnell leben konnte wie die Zeit, dass er kein behäbiger Pfeifenstopfer war. Zigaretten gab es bei Lioba stückweise, man konnte auch nur eine oder zwei kaufen. Die Heftel hätten ihn nicht so interessiert, sagte er. Das glaube ich ihm sogar.

Dass Lioba so selten lächelte, hatte einen einfachen Grund. Sie hatte ziemliche Zahnlücken, man erschrak richtig, wenn sie einmal unverhofft den Mund aufmachte. Deswegen schaute sie meistens ernst und redete nicht viel. Franz hat sie gut verstanden. Manche behaupteten, sie betreibe die Trafik nur, damit sie sich ein paar anständige Zähne leisten konnte, irgendwann einmal, wenn sie ihre Schulden abbezahlt und einen

Grabplatz auf dem Hundsturmer Friedhof neben ihrem Mann gekauft haben würde. Manche wollen das mit den Zähnen gleich auffallend gefunden haben. Das und die Ähnlichkeit mit der Bernadette, die auch so ein ernstes Geschau hermachte und ein Marillenmal unter dem Mundwinkel trug.

Jetzt habe ich wahrscheinlich ziemlich umständlich erzählt. Aber man soll ja verstehen, wie es dahin gekommen ist, dass der Fortschritt sich von Jožef Meguşar und seiner Kommissionsware ab- und der Lioba Köberlein und den Hefteln zuwandte.

Und weil er schon einmal im Gehen war, hat der Fortschritt gleich ein paar Schritte mehr gemacht.

Als Nächstes führte die Lioba nämlich ein, dass man die Heftel abonnieren konnte, dann musste man nicht hintenrum und lange herumsuchen. Sie wurden einem von der Trafik per Post in einem unauffälligen Umschlag zugestellt. Auf diese Weise hatte man immer Träume auf Vorrat, auch wenn man sich die gar nicht ausgesucht hatte. Diejenigen Träume eben, die von der Druckerei alle vierzehn Tage frisch geliefert wurden. Man musste sich mit dem Aussuchen nicht mehr quälen.

Eine weitere Neuerung: Der Verkäufer, in dem Fall Lioba Köberlein, Soldatenwitwe aus Wien, übernahm die Träume nicht mehr auf Kommission, dafür waren sie ja auch deutlich billiger als die Karten, sondern kaufte eine feste Stückzahl. Für den Verkäufer und das Atelier Henry Hayler & Söhne entfiel die umständliche und teure Rücksendung unverkaufter Heftel.

Mit den Abonnements wurde die Abrechnung vereinfacht. Henry Hayler & Söhne vereinbarten mit den Verkäufern halbjährliche Verträge und feste Abnahmezahlen. Das Schlimmste für einen modernen Unternehmer ist ja die Unsicherheit. So aber konnte man von Halbjahr zu Halbjahr auf einen festen Zuwachs der Nachfrage kalkulieren.

Die Kunden entwickelten eine Treue zu den Träumen des Ateliers Henry Hayler & Söhne, (Mister Hayler nannte das eine ‚solide Kundenbindung' und war sehr zufrieden), das Vertriebsnetz wurde ausgebaut, zusätzliche Verkaufsstellen angemietet. Das Geld für Lioba Köberleins Zähne war bestimmt bald zusammen.

Außer Jožef Meguşar, dem der Fortschritt untreu geworden war, hatte jeder einen Vorteil von dieser fortschrittlichen Organisation.

13

„Vater hat rechten Gram, Tag und Nacht den Kurzwarenkoffer herumschleppen und nichts verkaufen, das ist arg", trägt Franz in seinem Aufschreibbuch ein. „Mutter schimpft ihn. Sie sagt, wenn man vom Fortschritt daherredet, davon wird keines satt. Und die Ausbildung von mir ist auch nicht fertig. Wenn keiner was aus seinem Koffer will, soll er halt wieder einen Stier hertun. Die anderen müssen auch von ihrem Acker leben. Welche haben einen fetten Acker, welche einen dürren. Man muss es annehmen und nicht hadern. Er fängt wieder das Trinken an. Hat so fest gerechnet, dass er nicht mehr Bauer sein muss."

Auch das so ein langer Eintrag. Manchmal hat sogar Franz seinen Gleichmut schwer festhalten können.

Zwischen Jožef und Franeka wurde es wieder so schlecht wie in der Zeit vor Jožefas Geburt. Jetzt erinnerte Franeka sich auch wieder daran, dass ihr Vater damals, als sie im allerersten Glück mit Jožef war, sie gewarnt hatte: bloß keinen Sauschneider, die haben den Arsch ewig in den Wolken, die können nicht stillhalten die Sauschneider, und du sitzt daheim und musst nach dem Land und den Kindern schauen. Die haben das Davonlaufen im Blut.

Jožef dachte, wie schwer sich etwas ändert. Man denkt, der Fluch, der auf den Meguşars liegt, ist nur noch ein Aberglaube, man ist weggekommen vom Steinacker. Aber dann schmeißt der Fortschritt mit der Lioba zusammen, und alles fängt von vorn an. Nichts ändert sich. Man kommt auf, aber nur für ein paar Wochen, ein Jahr vielleicht oder zwei, für ein ganzes Leben reicht es nie. Nicht einmal so lang reicht es, bis die Kinder groß sind.

Am Ende musste Jožef von einem Großbauern einen frischen Stier hertun, auf Kredit. Der Großbauer hatte oft aus Jožefs Koffer gekauft, Jožef dachte, es würde ein einfaches Geschäft. Aber der Mann war zu Lioba übergelaufen mit ihren verfluchten Nichtöffnungszeiten. Jetzt stellte er sich an, wollte keinen Nachlass geben. Hohe Schuldzinsen hätte er schon gewollt.

Jožef Meguşar, der sich nie als Bauer gefühlt hatte,

als Sauschneider ja, aber nicht als Bauer, und das sind ja auch verschiedene Berufe, der gerne mit den Leuten redete und große Träume träumte, Jožef Meguşar sollte sich, wegen der Flatterhaftigkeit des Fortschritts, wieder mit der Bespringerei und der Duldung beschäftigen?

„Da pfeif' ich drauf!", hatte Jožef zu seinem Sohn gesagt, „da pfeif' ich dir drauf. Die Lioba samt ihren Ladenöffnungszeiten, als wenn das schon was wäre. Ein Ansporn für mich, das ist es! Da werde ich erst so richtig warm, da komme ich in die Form, so ist das." (Er hatte sich städtische Ausdrücke angewöhnt.)

„Und der Stier? Einen Stier hast du ja auch gekauft. Wie wird das zusammengehen?", hatte Franz gefragt. Er wäre gerne so rückhaltlos im Träumen gewesen wie der Vater. Die Hornlosigkeit war weit weg. Hätte Franz noch ein anderes Ziel gehabt, er hätte die Hornlosigkeit jetzt aufgegeben, aufgeben müssen. Aber er hatte halt kein anderes. Er musste nach Wien. Dort würden sie es wissen.

„Stimmt, der Stier. Den hat deine Mutter sich eingebildet. Da steht er jetzt im Stall. Und der Stall braucht eine neue Tür und ausmisten, und der Stier will Futter und frisst jeden Monat das Zinsgeld, und brünstige Rinder bräuchte er auch. Da habe ich uns was Feines eingebrockt. Der Stier. Warte Franz, für den fällt mir schon noch was ein. Später. Jetzt muss ich mich erst einmal um den Kinematographen kümmern."

In Wien sagte Franz mir, dass an den Träumen seines Vaters nichts Schwächliches gewesen ist. Im Gegenteil.

Eine große Kraft haben die gehabt, haben etwas vorwärts gebracht, obwohl bloß Träume. Natürlich hätte der Vater die meisten gar nicht zu Ende träumen wollen. Verlieren ja nur ihre Farbe und ihren Trost, sobald sie am Ende etwas Wirkliches werden. Wahrscheinlich kann man Träume nur so gut verkaufen wie der Vater, wenn man selber ein gewaltiger Träumer ist.

„Das mit dem Kinematographen habe ich aufgeschnappt, weißt ja, dass ich meine Ohren überall habe. Die Leute denken, ich höre nur meinen eigenen Geschichten zu. Wenn sie die oft genug gehört haben, dann reden sie ungeniert miteinander. Das ist der Augenblick, wo ich was aufschnappe. Bei Henry Hayler & Söhne haben zwei Agenten darüber geredet. Über die Apparate, die sie seit Neuestem in Amerika bauen. Eine Drehtrommel wie bei einem riesigen Revolver. In der Trommel stecken Photos, eines dicht neben dem anderen wie die Patronen in der Revolvertrommel, nur viel, viel mehr. Da hast du, sagen wir, eine Tänzerin. Auf dem ersten Photo beide Füße noch auf der Erde. Auf dem zweiten stellt sie den rechten Fuß ganz auf die Spitze. Auf dem dritten zeigen die Zehenspitzen gerade zur Erde und sie hebt den Fuß bis zur Wade. Auf dem vierten Photo bis zum Knie. Jedes Photo hebt sie das Bein noch ein bisschen höher, bis du meinst, jetzt muss es sie doch in der Mitte auseinanderreißen. Innen in der Trommel ist eine helle Lampe, außen hat es Schlitze zum Hineinschauen. Jetzt kurbelst du, und die Trommel dreht sich, dreht sich schneller und schneller, lässt die Photos an deinen Augen vorbeifliegen. Wenn du fest genug kurbelst, dann sind es auf einmal nicht mehr einzelne Photos, eine einzige glatte Bewegung ist es jetzt. Halt eine wunderschöne Tänzerin, die ihr Bein hebt, und ihre Zehen schauen dabei in den Boden. Das *Rad des Lebens* nennen sie den Apparat in Amerika, wo er herkommt, manche sagen die Zaubertrommel. So etwas will ich. Nicht die Heftel auf dem dünnen Zeitungspapier, die kann die Lioba sich behalten. Nicht mal farbig sind die, wohin träumst du dich damit denn schon. Aber für das Rad des Lebens sollte ich nach Amerika. Oder ich müsste einen kennen, der nach Amerika geht und zurückkommt mit solchen Apparaten. Dann fahren wir über die Höfe und kurbeln das Rad des Lebens. Wir lassen die Tänzerin das Bein heben, bis über das Knie hebt sie das Bein, und einen Adler lassen wir über den Gletscher fliegen und die Bernadette vor der Grotte niederknien. Wir gehen auf die Höfe, packen das Rad des Lebens aus und kurbeln los. Jeder kann zuschauen, nicht wie die Heftel, die versteckt werden hinten in der Lade. Jeder kann sehen, wie die Tänzerin das Bein hebt und wie der Adler fliegt und die Bernadette niederkniet. Nichts zu verbergen. Da ist nur ein Tanz, ein Flug und ein Gebet."

„Du weißt Vater, dass ich ungeschickt bin. Bestimmt kurbele ich nicht gleichmäßig genug. Dann bleibt der Adler über dem Gletscher stehen."

„Kurbeln tu schon ich, damit es ganz glatt wird. Man muss schauen, ob die Augäpfel bei den Zuschauern zucken, und wenn, dann muss man schneller kurbeln. Bis du merkst, die Augäpfel rutschen ganz weich über den Gletscher oder mit der Bernadette auf die Knie, und dabei sehen sie dir alles, sogar das Marillenmal unter Bernadettes Mundwinkel. Dann stimmt die Geschwindigkeit. Braucht eine Übung, das schon. Und die Jožefa spielt Bisernica."

„Die Jožefa? Ist die nicht zu klein? Schief ist sie auch ein bisschen. Wird das gehen?"

„Ach was! Wenn eines alt genug ist für die Bisernica, dann ist es auch alt genug für das Rad des Lebens. Die Jožefa, die muss mit. Wie die schauen werden, wenn ich mit der Jožefa daherkomme und gleich stelle ich das Rad des Lebens im Herrgottswinkel auf. Vielleicht daneben das dicke blaue Glas mit dem kleinen Drachen, aus Sentimentalität, und damit die Leute eine Erinnerung haben. Da ist den Leuten gleich schon einmal feierlich zumut. Dann fängt die Jožefa auf der Bisernica an, und dann hören die Leute das Reden auf, und die Jožefa macht weiter, und ich sage ihnen, jetzt können sie in das Rad des Lebens hineinschauen, und weiter spielt die Jožefa und weiter und immer weiter, und die Leute schauen die Tänzerin an, die Bernadette und den Adler, alles bewegt sich für die, das sehe ich an ihren Augäpfeln. Das ist doch was anderes als Heftel auf billigem Zeitungspapier."

Als Franz mir erzählte, wie Jožefa das Spielen auf der Bisernica gelernt hat, eine Birnen-Bisernica ist es gewesen, weil der Klangkörper gebaut ist wie eine Birne, hat man ihm seine stille Freude angemerkt. Oft ist seine Freude nicht über seinen Gleichmut hinausgekommen, hat halt stillgehalten. Aber immer, wenn er von der Jožefa was erzählt hat. Dann hat man seine Freude gut gemerkt.

Die Bisernica hatte der Vater irgendwann einmal als Bezahlung für einen Satz Knöpfe und Bänder und die ganze Kollektion Augen der Liebe genommen. Die krummen Finger des alten Bauern, von dem er sie hatte, haben die Töne auf der Bisernica gefunden, ganze Tage hat er sie gesucht, er ist im Austrag gewesen und außer Holz hacken und Schnee wegtun und eben die Bisernica spielen hat er nicht mehr viel gemacht. Jožef hat sich gar nicht vorstellen können, was der Alte mit den Knöpfen und Bändern hätte anfangen wollen, zuerst hat er die Bisernica gar nicht als Bezahlung nehmen wollen. Eher hätte er ihm die Knöpfe und Bänder und Karten geschenkt. Der Alte hat es nicht geduldet, und so hatte Jožef Meguşar das Instrument ehrfürchtig nachhause getragen. Franeka hat geschimpft, weil Jožef immer mit dem Krempel heimkommt, den ihm die Leute aufgedreht haben, wenn sie nicht haben zahlen können. Aber dann hat sich doch ein Platz für die Bisernica gefunden.

Jožefa hat die Bisernica eines Tages gesehen, und man hat gleich gemerkt, sie ist ganz verzaubert, wenn sie darauf spielen darf. So ungeschickt sie manchmal ihre Füße hat bewegen können, so gut haben ihre Finger Melodien gefunden. Oft hat dann die Mutter die richtigen Lieder dazu gesungen. Die anderen Mädchen sind herumgerannt und gehüpft. Die Jožefa hat nur die Finger tanzen lassen.

Einmal hat der Lehrer Frohnwieser sie spielen gehört. Der Frohnwieser hat ja geglaubt, dass im Franz etwas schlummert. Jetzt hat er gemerkt, auch in der Jožefa ist was. Seither ist die Jožefa jeden Dienstagnachmittag und am Donnerstag vor dem Vesperläuten zum Lehrer Frohnwieser gehumpelt und hat gut spielen gelernt. Wenn sie mit der großen braunen Birne im Schoß da gesessen ist und hat den Tönen hinterhergehorcht und dabei den Kopf schief gehalten, hat man gemeint, ihr Schiefes, das war nicht der Stier. Sondern das Schiefe, das muss so sein. Es hat auch so sein müssen.

„Ich muss dem Frohnwieser sagen, dass die Jožefa ein paar lustigere Melodien lernt, nicht nur ihre Kirchenlieder und Trauermärsche. Vielleicht reicht es ja schon, dass sie die Kirchenlieder schnell herunterspielt, die werden dann schon lustig, wenn Jožefa nur schnell genug macht. Die Jožefa und das Rad des Lebens und ich, der Kurbler und meine Geschichten, die fast immer stimmen, ich drehe sie ja nur ein bisschen ins Licht, das weißt du doch Franz? und die schnellen Lieder im Herrgottswinkel – das wird einen guten Umsatz machen. Bestimmt. Da werde ich mir den Fortschritt schon wieder einfangen."

„Ob ich das so gut kann? Was soll ich denn dabei machen?", hatte Franz gefragt und es war nicht besonders mutig herausgekommen oder so, als fände er diese Zukunft irgendwie glänzend. Tänzerinnen und Adler und Gletscher. Er wollte die Hornlosigkeit. Das war doch sein Wunsch.

Der Vater hat ihn angeschaut, dann war er eine Zeit lang still, dann hat er gesagt:

„Ach Franz. Was bist du für ein Träumer. Als wenn das was für dich wäre. Du bleibst daheim und kümmerst dich um den Stier und die stehende Brunst und dass die Leute eine Befruchtung wünschen. Ich muss ja erst einmal den Kinematographen kaufen. Und gleich zu Anfang werde ich noch keinen guten Umsatz machen. Du schaust, dass wir am Abend eine Mahlzeit auf dem Tisch haben. Und ich schaue um die Zukunft. Ja, das machst du Franz."

„Ja so", hat Franz geantwortet.

„Einer muss daheim sein, wenigstens so lang, bis ich ein Rad des Lebens beschafft habe, ich weiß ja nicht einmal genau, wo es die Räder gibt, und ein Vermögen werden sie kosten. Da brauchen wir halt doch noch einmal den Stier und viele Befruchtungen, und du musst schauen, wie wir uns derhalten. Ich zähle auf dich, Franz. Ich zähle ganz fest auf dich. Die Mutter und die Jožefa zählen auch auf dich. Ich hätte mit der Reformschule in Laibach ja noch eine Rechnung offen. Ich könnte sie dazu bringen, dass sie dich wieder nehmen müssen, einen Hebel hätte ich. Aber ich habe mir gedacht, ach was, der Franz hat genug gelernt. Und durch den Streit mit dem Doktor Abel ist er jetzt richtig erwachsen geworden, dann soll er halt nicht mehr auf die Schule, sondern bleibt hier und schaut, dass es umgeht mit uns. Derweil kümmere ich mich um ein Rad des Lebens."

Es hat schon gepasst, dass ich das mache, während er nach dem Rad des Lebens schaut, sagte Franz. Wegen Wien habe ich jetzt nicht gefragt. Manchmal, hat der Franz gesagt, manchmal wäre er gern nach dem Vater gekommen. Vom Wolkigen hätte er gern mehr gehabt, vom Abhebigen. Er, Franz, ist mehr nach der Mutter gekommen, die Erdigkeit, das war von ihr. Und den

Gleichmut, den keiner in der Familie sonst gehabt hat. Die Jožefa ist dann wieder nach dem Vater gekommen, auch wenn sie sich mit den fröhlichen Liedern manchmal schwer getan hat. Und wegen dem Schiefen war es schwer mit dem Leichten. Vielleicht hat ihr auch noch die Übung gefehlt, dass sie noch nicht schnell genug gespielt hat, damit die Lieder fröhlich wurden.

14

Innerlich wäre die Meguşarfamilie fast im Lot gewesen. Aber essen muss man auch, sonst hält es dich nicht lange im Lot. Und mal ein paar Schuhe, weil die alten durchgelaufen sind, ein frisches Hemd. So Sachen.

Jožefs Kinematographenträume waren halt genau das: Träume. Das Lot kann stimmen. Aber satt musst du eben auch werden.

Der Plan, dass Jožef sich um den Kinematographen kümmert und Franz derweil das Geschäft mit dem Stier besorgt, wäre ja kein schlechter Plan gewesen. Keiner, der an Franz' Ungeschick gescheitert wäre. Mit dem Ungeschick ist es in seiner Reformschule zwar nicht besser geworden, aber für das Geschäft mit dem Bespringen braucht es auch nicht viel. Der Stier hat alleine gewusst, wie das geht. Hat ein bisschen in sich hineingehorcht auf die Stimme der Natur und hat es gewusst. Sogar wenn man nicht hineinhorcht in sich, was ein Stier vielleicht nicht so oft macht, ist die Stimme der Natur in dem Fall laut genug. Wenn er nur gescheit angebunden war. Ein Anbindegeschick ist gefordert gewesen, mehr nicht.

Viel heikler, geschäftlich gesehen, war die Ehrlichkeit vom Franz, also dass er immer geradeaus hat sein müssen und nie hat abbiegen können. Franz, auch später noch, hat nur daran denken müssen, dass jetzt eine kleine Notlüge erforderlich wäre, schon hat er einen knallroten Kopf aufgehabt und hat nicht mehr gewusst, wohin schauen. So hat er lieber den Mund zusammengekniffen. Bloß, dass du mit Maulkneifen in Geschäften nicht recht weiterkommst.

Wenn die Leute mit ihren Rindern zu deinem Stier kommen, dann wollen sie deine Geschichten hören. Sie wollen, dass du sie schwindlig redest. Wenn der Stier springt, soll die Welt sich um sie drehen. Gesagt muss werden, dass das heute ganz ausnahmsweis schwierig wird, weil die Kuh ist zwar rinderig, aber die Duldung ist nicht weit genug, am Ende ist gar keine Duldung da, vielleicht ist die Kuh überhaupt eine unduldsame. Oder dass sie einen Gebärmutterkrampf hat, eine Brustentzündung. Oder sie hat beim Herkommen in eine Drachenspalte geschaut. Da verschauen sie sich gerne. Es wird notwendig sein, die Kuh noch ein oder zwei Mal zum Stier zu geben, damit es was wird. Und hier, das ist eine gute Salbe. Ziemliche Arbeit, ja freilich. Aus Ringelblumen und den kleinen Blauen, die ohne Namen, hinter dem Bach wachsen sie. Einen Sud aus Breitwegerich hätte ich auch noch da. Den Sud nimmt die Kuh ein paar Tage lang ein, und die Salbe schmierst du ihr am Abend drauf und dann kommst du wieder her, und wir probieren es noch einmal. Solche Geschichten werden erwartet. Viel Kühe waren es eh nicht in Steinbüchl, da musst du schauen, dass die Leute dir jedes Rind zwei oder drei Mal bringen. Wenn alles auf das erste Mal funktioniert, denken die Leute, sie brauchen dich nicht.

Aber statt dass Franz die Sauschneidermärchen erzählt, die sein Vater ihm beigebracht hat, ist bei ihm wieder das Missionieren durchgebrochen. Das Missionieren ist für ihn sozusagen die ehrliche Form des Sauschneidens gewesen. Nur, dass es sich beim Franz zu einem Geschäftshindernis ausgewachsen hat. Ich weiß nicht, wo er das Missionieren hergehabt hat. Von Vater oder Mutter jedenfalls nicht, und auch von einem weiter entfernten Meguşar mit der Anlage ist nichts bekannt geworden. Vielleicht war es gar kein Missionseifer. Vielleicht war es mehr das Ingenieursmäßige, das Franz schon als Kind gehabt hat. Dass er es nicht ausgehalten hat, wenn er gesehen hat, man müsste etwas besser machen, es auf eine wissenschaftliche Grundlage stellen. Das hat ihn dann nicht mehr losgelassen. In der kurzen Zeit auf der Reformschule hat er das von Grund auf und ein für alle Mal gelernt – wissenschaftliche Grundlage. Besser ich nenne das gar nicht Missionieren. Weil von einem Eiferer und Rechthaber hat Franz nichts gehabt. Ihm war es darum, die Leute sollten verstehen, dass man jeden Schritt in seinem Leben auf wissenschaftlicher Grundlage macht. Das wollte er selber auch.

„Warum bringst du dein Rind ausgerechnet heute her?“, hat er fragen können, wenn der Nachbar wieder mit einer Kuh gekommen ist, bei der von Duldung weit und breit nichts gewesen ist.

„Schau – da, ganz am Ende vom Buckel, wo der Schwanz ansetzt, da drückst du mit dem Ellbogen drauf –“, Franz, der plötzlich ganz und gar nicht mehr ungeschickt war, zeigte es dem Nachbarn – „da drückst du drauf, und wenn sie stehen bleibt und es leidet, dann bringst du sie her zum Bespringen. Wenn sie es nicht leidet und dir höchstens einen Tritt gibt, musst du eben noch warten, dann wird es nichts mit der Befruchtung, und du hast sie ohne Sinn und Verstand hergeschleppt.“

Und Franz machte den dicken Strick wieder los, mit dem er den neuen Stier der Meguşars festgebunden hatte – der Stier hatte einen viel ärgerlicheren Charakter als der alte – und sagte, der Nachbar könnte es in ein oder zwei Tagen nochmal versuchen. Vorher da hinten draufdrücken, wie er es ihm gezeigt hatte. Eine Befruchtungsgebühr nahm Franz nicht, wenn der Stier es gar nicht probiert hatte. Auch seine Unterweisungen waren gratis. Wenn der Nachbar von dem Ringelblumensud gewollt hat, hat er eine Tasse davon haben können, berechnet hat Franz dafür nichts. Der Vater hatte immer dafür gesorgt, dass das Ganze sein Sauschneidergeheimnis blieb, das er sorgfältig weggeräumt hat. Außer ihm hat es keiner gekannt. Franz stritt mit dem Vater nicht darüber. Aber er machte es anders.

Der Vater hätte gar keine Zeit gehabt, mit Franz darüber zu streiten, ob der es recht machte als Ernährer der Familie. Jožef musste seine Geschäftsbeziehungen pflegen, was immer härter wurde wegen der Konkurrenz durch die Heftel von der Lioba, und sich kümmern, wo er einen Kinematographen herbekommt. Wochenlang war er nicht zuhause. Und wenn er mal da war, dann hat ihn alles aufregen können, weil nichts weitergehen wollte. Manchmal ist er ungerecht gewesen, was der Franz an ihm nicht kannte. Jožef war daheim eigentlich nur glücklich, wenn Jožefa ihm die Lieder auf der Bisernica vorspielte, die sie beim Frohnwieser dazugelernt hat. Da konnte er dann wieder der alte, sorglose Jožef sein, schaute seine Tochter mit unbändigem Stolz an. Nur manchmal sagte er, mehr als Vorschlag, ob sie nicht mal versucht, ein bisschen schneller zu spielen, damit es fröhlicher herauskommt. Zu der Zeit schaute er sich auf den Höfen auch nicht mehr so fest um nach einem weichenden Sohn für die Jožefa. Vielleicht kam er überhaupt weniger auf den Höfen herum in dem Augenblick. Einen Kinematographen haben die Leute nicht herumstehen wie eine Hochzeitstruhe oder eine Birnen-Bisernica und warten nur darauf, dass sie den in Zahlung geben können. Kinematographen musst du in der Stadt suchen, eigentlich in Amerika. Viel erzählt hat Jožef daheim jetzt ja nicht mehr, was er eigentlich macht.

Jožefa war inzwischen neun, mit ihrem Alter hat man sich leicht vertan. Aber das Alter interessiert sowieso nur für das Kirchenregister und am Ende dann für den Grabstein.

Bis heute sieht man der Jožefa ihr Alter nicht an. Wie dem Vater nicht und ihrem Bruder Franz auch nicht.

Der Franeka hat man schon angesehen, dass sie älter wurde.

Zwei Mal in der Woche ist Jožefa zum Musikunterricht. Manchmal holte Franz die Schwester beim Frohnwieser ab. Nicht, weil sie den Heimweg gefürchtet hätte. Seit dem Stier war ihre Furcht aufgebraucht. Vorsichtig ist sie gewesen, das schon. Hat zweimal überlegt, ob sie in den Stall gehen soll, hat die Stalltür nie hinter sich zugemacht und den Bruder vorher gefragt, ob der Stier wirklich gut angebunden ist, er soll das noch einmal nachschauen bitte. Aber keine Furcht.

Franz passte das Abholen so ab, dass er das Ende der Musikstunde mitbekam. Da musste Jožefa nämlich nicht mehr die strengen Übungen machen. Sie durfte auf der Bisernica spielen, was ihre Finger fanden. Fremde Töne fanden ihre Finger dann, in Steinbüchl hatte die bisher keiner gehört, Jožefa selber auch nicht. Einzig ihre Finger wussten, dass es solche Töne gibt. Der alte Frohnwieser hat seine Blockflöte heraus und Jožefa begleitet, vielleicht war es auch umgekehrt. Jedenfalls spielte Frohnwieser bescheiden hinter Jožefas Fingern her. Mit seinem harten Husten hat er schlecht schnaufen können. Obwohl man von der Husterei nichts mehr merkte, sobald die beiden zusammen spielten. Jožefa hat dann den Kopf schief halten können, als gehörte es so. Der Frohnwieser lächelte unterm Flöten mit den Augen, und seine Luft hätte plötzlich vom Nachmittag bis zum Jüngsten Tag gereicht.

Manchmal setzte sich Marija zu den dreien. Seit einiger Zeit wohnte sie beim Frohnwieser. Nachdem Marija die

Tante gewarnt hatte, sie rennt ihr die Mistgabel hinein, wenn die Tante sie noch einmal schlägt, war Ruhe. Aber jetzt fing die Tante an, über Marija zu tratschen. Eine ganz Schamlose, das ist sie. Eine, die ihr Nachthemd nicht richtig zuknöpft und dem Onkel schöne Augen hin macht, wenn sie meint, die Tante sieht es nicht. Rinderig, das ist sie. Das arme Mädchen kann ja nichts dafür, sie hat die ewige Brunst im Blut von der Mutter her. Aber man muss sie vor sich selber schützen. Und den Onkel. Überhaupt alles, was eine Hose anhat. Von Rechts wegen müsste sie das Mädchen anbinden. Am Ende sah es auch der Onkel, dass Marija ihm schöne Augen machte. Irgendwas ist hochgestiegen in ihm, und Marija musste aus dem Haus geschafft werden.

Frohnwieser, der alte Lehrer, wusste alles vom Dorf. Seit er wegen seines harten Hustens in Rente hatte gehen müssen, wusste er noch mehr. Die Leute kamen ins Reden mit ihm, er hörte zu, davon kamen sie dann noch mehr ins Reden. Die meisten waren früher bei ihm im Klassenzimmer gesessen. Damals hatte Frohnwieser den Eltern gesagt, im Sohn oder in der Tochter schlummert etwas. Das hatten sie ihm nicht vergessen. Frohnwieser wusste mehr als der Pfarrer, der den Leuten von Steinbüchl die Beichte abnahm. Beim Beichten kommt es mehr auf Vollständigkeit an, also dass man keins der Gebote vergisst. Oft sagt man im Beichtstuhl etwas, nur damit es vollständigkeitshalber gesagt ist und der Pfarrer nicht glaubt, man hält seine Sünden zurück. Über das, was einen wirklich bedrückt, redete man selten in der Beichte. Damit ging man zum Frohnwieser. Der hatte dazu nichts zum Sagen. Für lange Reden hätte er eh keine Luft gehabt, eine Absolution bekam man auch keine von ihm. Höchstens einen harten Husterer.

Er könne, wenn er gut darüber nachdenke, eigentlich eine Hilfe im Haushalt brauchen, hatte er zu Marija gesagt. Sie müsse ja doch einmal weg von der Tante. Platz sei genug in seinem Haus, und die ewigen Bratkartoffeln, das Einzige, was er außer Rührei auf dem Herd zusammenbrachte, die könne er nun wirklich nicht mehr sehen.

Am nächsten Tag zog Marija mit ihren paar Büchern und einem Bündel Wäsche zum Frohnwieser. Der Speiseplan änderte sich. Im Dorf traute sich keiner, schlecht darüber zu reden. Es war ja der Frohnwieser. Über die meisten von ihnen hatte er gesagt, es schlummere etwas in ihnen. Die Marija würde das Nachthemd schon ordentlich zuknöpfen, wenn sie beim alten Frohnwieser war. Das würde sie bestimmt.

Frohnwieser half manchmal noch in der Schule aus, wenn sein Nachfolger zur Lehrerfortbildung nach Laibach musste oder einen seiner Migräneanfälle hatte, die er pünktlich bekam, wenn es regnete. Die meiste Zeit aber schrieb Frohnwieser an einem Buch über die Flora und Fauna der Krainer Karsthöhlen, korrespondierte mit anderen Naturfreunden, mit Forschern, Zoologen und Botanikern aus Wien. Manchmal bekam er sogar einen Brief aus Wellington in Neuseeland oder aus Marseille. Oft besuchten ihn Wissenschaftler, meistens diejenigen, die sich mit der Ordnung der lebendigen Dinge beschäftigten. Dann beratschlagten sie, ob das Venushaar zu den Hornmoosen oder zu den Lebermoosen gehören soll und wer die Cousinen der Felsentaube sind.

Frohnwieser zeigte Marija Kräuter, die sie sammeln sollte. Wie man sie schneidet und trocknet. Welche man zusammenmischen muss für einen Tee, der einem den Kopf durchbläst. Wein servierte er seinen Wissenschaftsfreunden selten. Frohnwieser besaß das größte Haus in Steinbüchl, es musste einmal eine Kutschstation gewesen sein oder eine Unterkunft für Pilger, und es war nicht ganz klar, wie der Frohnwieser, von seinem Lehrergehalt so ein großes Haus hatte kaufen können. Viele seiner Bekannten blieben über Nacht, das Frohnwieserhaus hatte Zimmer mehr als genug, manchmal wollten sie nach einer Woche immer noch nicht weg. Er war froh, dass er ihnen jetzt nicht mehr nur Bratkartoffeln auftischen musste; Marija hatte fest zu tun. Sie saß gerne im Musikzimmer, hörte Frohnwieser und Jožefa zu, schaute manchmal auf Franz hin. Ihr Leben war besser geworden.

15

Bei den Meguşars zuhaus ging es sich immer weniger aus. Franeka wusste bald nicht mehr, wie es weitergehen sollte. Der Vater hinter dem Kinematographen her oder hinter der Lioba, die Jožefa mit ihrem schiefen Kopf, in dem es nur Töne gab und Lieder, Franz, der von der Hornlosigkeit träumte und den Nachbarn erklärte, woran man die stehende Brunst erkennt – aber keiner, der sich dafür interessiert hätte, was es zum Abendmahl gibt.

Am Ende hielt es Franeka nicht mehr daheim. Sie

nahm eine Arbeit als Zimmermädchen an. Der Gusenbaur hatte in seinem Gasthof ein paar muffige Zimmer für die Fremden hergerichtet. Die kamen, sobald es regnete. Eine Folge der Abhandlung von Othenio Abel. Abel hatte sie nicht in einem wissenschaftlichen Journal veröffentlicht, das liest eh niemand, sondern in einer illustrierten Zeitschrift, die in den besseren Kreisen Wiens damals gern gelesen wurde. Sie hieß „Die Gärtnerin aus Liebe“. Eine gute Folge dieser schlechten Abhandlung war, dass viele Wiener Liebesgärtnerinnen, kaum dass es anfing zu regnen, ihre Männer bedrängten, man solle endlich in die Krain fahren und die Drachenkinder anschauen. So ein Aberglaube entsteht bei den Eingeborenen ja nicht grundlos. Deswegen waren jetzt, vor allem im Herbst und Frühjahr, wenn es viel geregnet hat, ständig Fremde da, die auf die Drachenkinder gespitzt haben. Nicht nur der Gusenbaur mit seinen hergerichteten Zimmern verdiente daran. Man konnte mit den Fremden leicht einmal einen Nebenverdienst machen. Ein paar Gläser Wein waren allemal drin. Weil bei dem vielen Regen saßen die Fremden im Wirtshaus und ließen sich von den Steinbüchlern mit ihren Geschichten anschmieren. Die Steinbüchler lachten unter dem Erzählen und sagten, jetzt wird ihnen der Mund aber wirklich trocken. Außerdem konnte man von den Fremden erfahren, was in Wien los war. Das Wetter, einen Krieg, den Hunger, die Kartoffelpreise haben die Leute in Steinbüchl schneller und gründlicher mitbekommen, als die in der Hauptstadt. Aber welche Schuhe man tragen muss auf dem glatten Parkett, welche Krankheiten die Gattinnen haben sollen, welche illustrierten Heftel die Hauptstadt las, dafür musste man die Fremden fragen.

Dass Franeka den Fremden die Kissen aufschütteln durfte, das Frühstück richten, den Abort hinter ihnen putzen, das schaffte der Gusenbaur nur deswegen an, weil er der Franeka einen Gefallen tun wollte, und damit bei den Meguşars am Abend etwas auf dem Tisch stand. Er hat den Leuten immer einen Gefallen tun müssen, und die Franeka langte hin für zwei.

Es kam sie schwer an. Nicht wegen der Arbeit, sie hat harte Arbeit nicht gescheut, nicht die Franeka. Aber für diese eingebildeten Wiener buckeln, ihre Betten richten, ihren Abort putzen. Hätten die das nicht selber machen können? Warum warteten sie, bis das Zimmermädchen das besorgte? Wenn es regnete, (und nur wenn es regnete, war ja eine Aussicht auf Drachen), also praktisch immer, lagen die nassen Schuhe und stinkigen Socken in den Zimmern herum. Gut war die Laune der Fremden auch nicht, weil Drachen siehst du nur alle heiligen Zeiten, da kann es regnen, wie es will. Die meisten wollten unbedingt auf den Steinacker der Meguşars. Doktor Abel (jetzt Professor Doktor Abel) hatte in seiner Abhandlung die Exkursion mit seiner Reformschulklasse detailliert beschrieben, sogar der Name der Familie Meguşar stand in der Zeitung. Jetzt sind die Fremden auf dem Acker der Meguşarfamilie herumgestapft, haben sich um nichts geschert und die paar kleinen Flecken, wo noch Gras wuchs, zusammengetrampelt. In Wien stellt man sich ja nicht vor, dass man von so winzigen Flecken Gras leben kann. Leben muss.

Und dann der Fluch. Franeka fand, es wäre besser, die Drachen in Ruhe zu lassen. Man hatte erlebt, dass die Grauochsen lang vor der Schlachtreife starben. Und Franz war von seiner geliebten Reformschule geflogen, nachdem der Abel die Klasse in den schmalen Karstspalten hatte herumrühren und Wasser nachgießen lassen. Und der Jožefa hatte der Stier das Horn hinein. Sollte der Fluch nie aufhören? Es war gescheiter, man tat so, als gäbe es keine Drachen, keine schmalen Spalten und keine großen Steine. Dann ging vielleicht auch der Fluch weg.

Es müssen kalte Tage gewesen sein bei der Meguşarfamilie. Wenn die Aborte sauber waren, standen noch immer Fremde auf ihrem Acker. Stierten mit Weidenstecken in den Spalten herum. Beim Gusenbaur konnte man Weidenstecken kaufen, in das dicke Griffende hatte der Gusenbaur geschnitzt ‚Zum Andenken an meine erste Drachenjagd' und eine Jahreszahl. Franeka ist ohne ein Wort an den Fremden vorbei.

Daheim saß, viel zu selten, Jožef am leeren Tisch.

„Sag bloß nicht, das Heimkommen lohnt sich gar nicht mehr", sagte Franeka dann.

„Es ist halt eine Durststrecke, durch die muss ich durch", antwortete Jožef mild. Und fügte, obwohl er sich selber nichts aus der Bibel machte, für Franeka hinzu (sein Leben lang hatte er – zu Unrecht wie sich später herausstellte – angenommen, dass sie tief gläubig sei):

‚Selig, die hungern und dürsten nach der gerechten Welt, denn sie werden gesättigt werden.'

Dabei, erzählte Franz mir später, hat der Vater doch bestimmt einen grimmigen Hunger gehabt.

Geträumt haben sie beide, Jožef, der Vater und Franz, sein Sohn. Die Träume des Vaters waren schneller abgegriffen und zur Seite getan als die vom Franz. Träume waren es in jedem Fall.

Gesagt wird, dass nur Menschen, die irgendwie vom selben Schlag sind, sich richtig gern haben können. Deswegen habe ich nie ganz verstanden, wie fest Franz an seinem Vater hing, er war doch bestimmt ein anderer Schlag. Schon von außen keine Ähnlichkeit. Ich selber habe Jožef nie kennengelernt, habe nur Photos gesehen. Was weißt du schon über einen, wenn du ihn nur vom Photo her kennst. Als ich jetzt Franz' Sachen durchging, gab es da eine Holzschachtel, in der lag, eingewickelt in roten Stoff, ein großer Packen Photos vom Vater. Muss damals viel gekostet haben. Man hat seinerzeit lange überlegt, ob man sich ein Photo leistet, und wann es unbedingt hat sein müssen. Zur Taufe, ja. Zur Heiligen Erstkommunion, manchmal. Zur Hochzeit, schon. Auf dem Sterbebett oder im Sarg, unbedingt. Bei den Meguşars ist oft kein Essen auf dem Tisch gestanden, aber für einen ganzen Packen Photos vom Vater wäre Geld da gewesen? Eitel war er doch nicht, der Vater, hat Franz gesagt. Die Sauschneiderschürze bis zum Bauch hinaufgerollt, eine saubere Jacke, eine Krawatte sogar, der Mittelscheitel mit Wasser gekämmt, obwohl ihm die schwarzen Haare bis auf den Hemdkragen gefallen sind, die Augen haben weit hinaus übers Dorf geschaut, freundlich, aber weit hinaus, so hatte sich der Vater auf den Photos hingestellt.

Er wollte, dass man seinen Geschichten gern zuhört, das ja, er wollte mit jedem Freund sein, er hatte viel mehr gute Worte für die Leute als schlechte. Aber eitel? Nein. Von seiner Schwester Jožefa und von seiner Mutter Franeka nur ein einziges Photo. Vom Vater einen ganzen sündteuren Packen. Als wäre es schwer, den Vater festzuhalten. Als bräuchte es von dem eine Erinnerung, die Franz jederzeit in die Hand nehmen konnte. Die Schwester und die Mutter sind hineingebrannnt gewesen in ihn, die hat er genau vor sich gesehen, wann immer er sie gebraucht hat. Trotzdem – warum gleich ein ganzer Packen Vater? So wie Franz ihn schilderte, kann ich es mir einfach nicht vorstellen, dass Jožef selber so oft hat photographiert werden wollen. Wer dann hat all diese Photos angeschafft?

Von außen her gar keine Ähnlichkeit zwischen Franz und Jožef. Von innen her? Ja gut – große Träumer halt, alle beide. Aber die Träume waren aus anderem Stoff. Ein harter, solider Stoff, wie eine fabrikneue Arbeitshose für werktags, so ein Stoff war das beim Franz. Wenn Franz einmal einen Traum hatte, dann hat er ihn nie mehr losgelassen. Dann war der auch hineingebrannt. Die Hornlosigkeit war hineingebrannt in ihn wie, sagen wir, die Mutter und die Schwester. Die Träume vom Vater waren leichte. So flüchtig wie der Duft des Pflaumenschnapses, wenn er die Flasche aus dem Koffer und aufgemacht hat, damit man auf ein Geschäft, einen Kredit oder den Sohn hat anstoßen können. So leichte Träume, dass sie davongeflogen sind, festhalten hat der Jožef sie nie können. Wenn es sich für den Jožef nicht ausgegangen ist mit einem Traum, dann legte er sich einen anderen zurecht. So wie er sich das saubere Hemd auf den Schemel für den nächsten Tag hin hat.

Als Jožef wieder einmal in der Kreisstadt niedergeschlagen im Wirtshaus hockte, vielleicht nicht nur niedergeschlagen, sondern auch ein bisschen betrunken oder nicht nur ein bisschen, sondern sehr betrunken, sturzbesoffen praktisch genommen, sitzt plötzlich Harry Butter neben ihm.

„Der Meguşar Jožef, ihn schau an! Gesagt wird, du bist auf der Jagd nach dem Rad des Lebens? Irgendwie muss ich dich ja bewundern, Jožef. Immer die ganz großen Ziele abstecken, auf die Weise kommt man wenigstens an die kleinen heran. Das machst du schon recht. Aber weil ich gerade von den kleinen Zielen rede. Die Lioba will ihr Geschäft erweitern, die Lioba Köberlein, schau nicht so, die Lioba vom Trafik. Es läuft gut bei ihr und unverschämt solid. Das weiß ich, weil ich ihr manchmal ein bisschen draufhelfe. Als Soldatenwitwe hast du ja nicht die geschäftliche Erfahrung. Aber die Lioba hat das Geschäft im Blut, das darf man sagen. Also erweitern will die Lioba."

„Dann ist es ja recht, wenn sie erweitern will. Der Amerikaner hat die Karten jetzt so teuer gemacht, die Leute wollen nur noch Heftel. Glückwunsch für die Lioba. Sag ihr das. Ich wünsche ihr viel Glück."

„Die Lioba würde daran denken, eine zweite Trafik aufzumachen. Nicht hier in der Kreisstadt, mehr in die

Richtung Steinbüchl, sagen wir auf der halben Strecke. Die Leute hätten es nicht so weit, könnten die Heftel leicht zu Fuß kaufen."

„Ja, dann: noch einmal Glückwunsch. Eine Filiale. Muss ja wie geschmiert laufen, wenn sie an eine Filiale denkt."

„Sie würde einen brauchen. Einen mit Erfahrung. Einen mit den Verbindungen. Einen, der weiß, wie es läuft."

„Aha."

„Ja, wirklich."

„Für die Filiale?"

„Schon ja. Es geht ja jetzt nicht mehr so geschwind mit einer zweiten Trafik. Kriegt nicht jeder die Genehmigung für eine Trafik-Filiale. Die Lioba müsste außerdem beweisen können, dass es wirklich einen Bedarf gibt für eine zweite Trafik. Einen *Geschäftsplan* nennen sie es, und den bräuchte sie. In dem muss stehen: nach eingehender Erprobung und Feststellung des wirklichen Bedarfs und so weiter ..."

„Warum erzählst du mir das, Butter? Habe ich dich etwa nach einem Geschäftsplan gefragt? Dich frage ich nicht mal nach dem Wetter."

„Hast du nicht, Jožef, hast du nicht. Keine Ahnung, warum, aber die Lioba denkt jedenfalls, du wärst der Richtige. Wenn einer herausfindet, wie groß der Wunsch nach Rauchwaren und Zündhölzern und ja, auch nach den Hefteln ist, die Lioba hat inzwischen ein ganz breites Sortiment, sage ich dir, wenn einer sowas herausfindet, weil er eine Erfahrung hat und eine Ansprache bei den Leuten und die Verbindungen, und er weiß, wann man den Koffer auf- und wann man ihn wieder zumachen muss, und wann man die dicke blaue Flasche heraustut und wann den Zwetschgenschnaps, und wann man das Maul hält und wann man redet – also das bist eigentlich nur du. Meint die Lioba. Ich selber sag gar nichts dazu. Ich richte nur aus, was die Lioba denkt. Überleg es dir. Die Lioba sagt, du kannst jederzeit kommen und mit ihr darüber reden."

Damit spendierte Harry Butter noch einen Wein, sagte darüber hinaus nichts mehr und ging.

Ein paar Wochen später ist Jožef dann hintenrum zur Lioba. (Jedenfalls reime ich es mir so zusammen. Von dem hat mir Franz weniger erzählt, er war ja selber nicht dabei. Ein paar Einzelheiten habe ich von Jožefa aufgeschnappt, die hat immer genau hingeschaut, keiner hat ihr das zugetraut.) Sie redeten lange miteinander. Es war nicht so, dass Lioba nicht reden konnte. Konnte sie schon. Wenn sie viel hat reden müssen, hat sie die Hand vor den Mund, dann hat man die Zahnlücken weniger gesehen. Mit der Filiale war Aussicht, dass die Lücken sich bald schließen würden, deswegen hat sie beim Reden mit dem Jožef die Hand auch runter. Jožef hat sie die ganze Zeit anschauen müssen beim Reden. Am Ende verstand er, es ist gescheiter, er tut den Plan mit dem Kinematographen erst einmal auf die Seite und hilft der Lioba mit den Zigarren und dem Schnupftabak. Und mit den Hefteln vor allem. Also er ist praktisch in ihr Geschäft eingestiegen, den Bedarf ermitteln oder erzeugen, der Kundschaft den Mund wässrig machen, was halt nötig ist, wenn man eine Filiale aufmacht. Sachen auf Kommission nehmen und so, er wusste ja, wie das geht, und wenn inzwischen auch alles viel fortschrittlicher und durchorganisiert gewesen ist, auch der Vertrieb praktisch taylorisiert, die Grundbegriffe hatte er gehabt. So ein großer Unterschied zum Kommissionsgeschäft war auch wieder nicht. Er hatte es im Blut vom Sauschneiden her – das mit den Leuten Reden und die Leute Reden Lassen und sie überzeugen von etwas, das sie eh haben wollten.

Dem Jožef hat es jetzt nicht viel ausgemacht, dass er praktisch Liobas Laufbursche auf den Dörfern war. Er ist noch seltener daheim gewesen. Auch das hat ihm nichts ausgemacht, wenn es nur kalte Erdäpfel gegeben hat, die er sich selber aus der Speise hat heraustun müssen. Immer noch war es eine Freude für ihn, der Jožefa zuzuhören und mit ihr zu besprechen, wie sie bald ihre Sachen im Herrgottswinkel aufstellen werden. Er braucht nur den Kinematographen.

Bloß dass im Hintergrund von der Lioba immer dieser Butter, dieser Kerl herumscharwenzelt ist, das hat ihm nicht gepasst.

Es war jetzt so, dass die Familie ohne die Aborte beim Gusenbaur nichts zum Essen gehabt hätte. Franeka hat diese Arbeit ja gehasst, beschwert hätte sie sich nie. Ein bisschen wird sie gehofft haben, dass Aborte nicht für die Ewigkeit sind, weil heimlich könnte sie doch auch an Jožefs Kinematographen geglaubt haben. Jeder glaubte an die Kinematographen und die, die es nie zugegeben hätten, am meisten. Keiner konnte Jožefs

Träumen aus. Nicht einmal die Franeka, gerade sie nicht, die doch unter seinen Träumen am meisten zu leiden hatte. Das sagen alle. Wenn man mit ihm am Tisch saß, war man schon verzaubert. Man musste aufstehen und weggehen, sonst hätte man ihm alles geglaubt. Sogar die Unbefleckte Empfängnis. Beim Abendmahl, wenn sie alle beieinander gewesen sind, hat Franeka deshalb gesagt, der Jožef soll bittschön bloß nicht so viel reden. Sie kommt davon nur aus dem Lot, und die Aborte fallen ihr noch schwerer. Gut, hat Jožef gesagt, halt ich das Maul, Franeka. Aber näherkommen tu ich der Sache, mehr sag ich nicht und ich sag nur das. Jožefa saß still und ein bisschen schief da, viel ist in Steinbüchl eh nicht gesagt worden. Was Jožefa zum Sagen gehabt hätte, das sagten ihre Finger auf der Bisernica.

Derweil dachte Franz über den Stier nach. Es war, wenn man von der Franeka absieht, ein freundliches Schweigen, in das die Geschichten des Vaters hineingefallen wären, wenn er sich nicht so zusammengerissen hätte. Nur das vom Näherkommen musste er einfach sagen. Gar so unglücklich war das Leben der Meguşars vielleicht gar nicht.

16

Einmal holte Franz seine Schwester beim Frohnwieser ab. Ein Fremder saß dabei und hörte Jožefa und Frohnwieser zu, ein gewisser Doktor Kammerer Paul aus Wien. Man hätte vielleicht meinen können, seit der Sache mit dem Doktor Abel wäre Franz auf die Doktoren nicht mehr so gut zu sprechen gewesen. Aber so war der Franz nicht.

Doktor Kammerer war Wissenschaftler, Tierkunde. Die Tiere sind die Helden meiner Wissenschaft, nicht deren Gegenstände, sagte er. Am meisten interessierten ihn die Tiere, die in zwei Welten lebten, Lurche, Olme, Salamander. Die im Nassen genau so daheim waren wie im Trockenen, und im Dunklen ebenso wie im Hellen. Zwei Heimaten, ein Wort, das in der Mehrzahl gar nicht üblich ist, ist das nicht faszinierend?, konnte er begeistert fragen. Frohnwieser nickte. Franz wusste es nicht; er war schon fest genug an seine eine Heimat gebunden und ist dort nicht ausgekommen.

Doktor Kammerer war wissenschaftlicher Assistent in Wien an einer biologischen Versuchsanstalt von der bisher nicht einmal Frohnwieser, der sich doch von Marseille bis Wellington auskannte, etwas gehört hatte – dem Vivarium. Kammerer hatte die Abhandlung des Doktor Abel – ein Scharlatan! und so einen machen sie zum Professor! – von den Drachenkindern gelesen, eine gute Bekannte hatte ihm „Die Gärtnerin aus Liebe" ausgeliehen. Jetzt war er, genau wie die Wiener Hausfrauen, bloß ohne Aberglauben, nach Steinbüchl gekommen. Er wollte ein paar Tage den Karst untersuchen, schauen, was es mit den Drachenkindern auf sich hatte. Dem Abel und seinem Gärtnerin-aus-Liebe-Geschreibsel war nicht zu trauen. Natürlich hatte sein Freund Frohnwieser Recht – die Tierwelt der Karsthöhlen war faszinierend. Von allen ihren seltsamen Geschöpfen fand er, Kammerer, den Grottenolm das unglaublichste Geschöpf. Kammerer sagte es ohne Rechthaberei: Die Drachenkinder sind Grottenolme. Er hatte nichts dagegen, wenn die Leute hier sie Drachenkinder nannten. Er liebte Geschichten, die auf den ersten Blick falsch waren, deren Zauberkern man erst entdeckte, wenn man sehr genau hinschaute.

Der Grottenolm kommt blind auf die Welt. Wozu bräuchte er in der Dunkelheit, in der er sein Leben verbringt, auch Augen. Aber die Anlage zu Augen hat er. Und wenn er in zwei Heimaten leben kann, in einer finsteren und einer taghellen – könnte er dann nicht auch lernen, seine Augen zu öffnen, sie aus den flachen Gruben heraus, in denen sie schlummern, zum vollen Sehen zu entwickeln? Könnte er das Sehen lernen, wenn man ihn in eine andere Heimat verpflanzte?

Jeder, der Franz Meguşar nur ein bisschen gekannt hat, wird sich leicht vorstellen können, wie es Franz gerissen hat, als Kammerer über seine Arbeit und seine, ja, Berufung, so hat er es empfunden, schwärmte. Zucht, Vererbung, Befruchtung, hatte Kammerer gesagt, das sind meine Themen.

Obwohl Jožefa, Marija und Frohnwieser darauf warteten, dass Franz jetzt wieder mit der Hornlosigkeit anfing, blieb Franz still. Augen weit aufgerissen, atemlos, aber still. So geschickt war er nun doch geworden, dass er nicht sofort wieder herausplatzte mit der Hornlosigkeit, während Kammerer über die Grottenolme immer mehr ins Schwärmen geriet.

Einmal unterbrach Franz den Kammerer und fragte, ob man auch in die umgekehrte Richtung züchten könnte. Also, dass das Drachenkind, wenn es im Licht und auf dem Land Augen entwickelt, die auch wieder verliert, wenn man es zurücksetzt in die Dunkelheit und die Flüsse, die den Reichtum davontragen. Ob man, ganz allgemein gefragt, nicht nur die Augen, sondern auch andere Merkmale und Anlagen wegzüchten könnte dadurch, dass man ein Tier in die richtige Umgebung bringt, wo es eine Anlage, die es eigentlich hat, nicht braucht. Dass das Tier darauf verzichtet, praktisch.

Kammerer merkte sofort, da sitzt ein Überzeugter, einer, der das Zeug zum Missionar hat, und hat ausführlich geantwortet. Ein Wort gab das andere, und es wurde immer später, und die beiden wollten nicht aufhören. Am Schluss fragte der Frohnwieser, ob sie nicht ein Stück Brot essen und einen Speck und eine Brunnenkresse, er hat frische Brunnenkresse, damit man gut nachhause kommt. Der Frohnwieser war ziemlich müde, und obwohl er sich ja wirklich sehr interessiert hat für die Fauna und Flora der Krain, hat er das Gespräch zwischen Kammerer und Franz ein bisschen speziell gefunden.

Habe ich erwähnt, dass Marija dabeisaß? Wahrscheinlich nicht. Marija hat das gekonnt: nicht mehr da sein. Die Leute haben gemeint, sie sind allein, können ungeniert miteinander reden.

Es wird Franz nicht aufgefallen sein, wie Marijas Augen geleuchtet haben, wenn sie den Kammerer Paul angeschaut hat. Ein so schöner Kerl, warum hätten sie nicht leuchten sollen? Franz wusste doch nicht, warum bei einem Mädchen die Augen leuchten. Dafür ist er immer zu jung gewesen. Wäre ich dabei gewesen, mir wäre es aufgefallen. Später habe ich Marija einmal danach gefragt. Sie wurde gleich zornig. Die Zucht, also ob man etwas hinzüchten kann, und ob man es wieder wegzüchten kann, ja, das hätte sie natürlich interessiert. Vielleicht, dass ihre Augen davon geleuchtet haben. Wenn sie überhaupt geleuchtet haben. Was sie im Nachhinein nicht glaubt, weil sie damals Besseres zu tun gehabt hat, als ihre Augen leuchten zu lassen.

Auf seiner Brauttruhe konnte Franz lange nicht einschlafen. Endlich hatte er einen gefunden, der bestimmt selber wegen der Hornlosigkeit nicht schlief. Morgen würden sie einen Ausflug machen, eine wissenschaftliche Exkursion. Franz würde Kammerer dorthin führen, wo der Regen die Drachenkinder aus den Höhlen hinauf ins Tageslicht schwemmt.

Regen wäre genug gewesen, er fiel aus dem grauen Himmel wie Spaten. Aber Drachenkinder haben einen eigenen Kopf. Franz wusste nie, was sie außer Regen eigentlich noch verlangten, damit sie herauskamen. Kammerer schien den Regen nicht zu spüren. Konzentriert stocherte er mit dem Weidenstecken in den Felsspalten und Ritzen. Es sah aus, als würde er dabei die Luft anhalten, so behutsam tat er.

Als es mittags Angelus läutete, hatte sich noch kein Grottenolm gezeigt. Es wurde Nachmittag, es regnete ungerührt weiter. Die Grottenolme blieben verschwunden. Es läutete zum Abend-Angelus. Noch nie hatte es hier Grottenolme gegeben. Es würden auch in den nächsten hundert Jahren keine auftauchen, sogar wenn es weiter so schüttete. Die Grottenolme waren eine Einbildung, so wie der Drachenvater, der sie abzählte.

Dem Doktor Kammerer aus Wien sah man keine Ungeduld an. Er fuhr so zärtlich mit dem Stecken in den Felsspalten herum, als wollte er den Tieren über den Rücken streicheln. Er machte leise Schnalzlaute, summte, zwitscherte, brummte. Man hätte meinen können, er redete den eigensinnigen Kindern gut zu. Oder mindestens, dass er die unterirdischen Flüsse zum Stehen brachte, die die Reichtümer der Krain davontragen. Damit die Drachenkinder sich leichter taten mit dem Aufstieg.

Franz hatte Kammerer die Stellen gezeigt, die er kannte. Er wanderte hinter Kammerer her, steckte einen Stecken hinein, wo Kammerer es gerade schon versucht hatte. Vielleicht, dass man tiefer hinein musste oder behutsamer sein. Es war gescheiter, das selber nachzuprüfen.

Mit jeder Minute wurde Franz aufgeregter. Nicht wegen der Drachenkinder. Die waren, wie sie eben waren, starrköpfig, unberechenbar. Aber er hatte Angst, der Tag wäre auf einmal vorbei, und er, weil er die Worte nicht herausgebracht hatte, hätte die Gelegenheit verpasst, den einzigen Menschen, der auf der ganzen Welt davon etwas verstand, nach der Hornlosigkeit zu fragen.

Sie waren nass bis auf die Knochen, Franz fror. Kammerer bestimmt auch. Kammerer lag bäuchlings auf einem scharfkantigen Karstfelsen und mühte seinen Weidenstecken in eine Spalte hinein, als Franz es nicht mehr aushielt.

„Im Pinzgau sollen sie Rinder ohne Hörner haben. Sind Ihnen solche schon mal begegnet? Sie kommen ja herum, für Sie hört die Welt nicht in Steinbüchl auf. Gibt es hornlose Rinder? Nicht dass die Leute nur so daherreden, weil das Pinzgau weit ist und keiner ist dort gewesen und hat es nachgeschaut. Und dann bildet man sich Sachen ein, weil jemand sich hat wichtigmachen wollen."

„Hornlose Rinder, Franz, das interessiert dich?"

„Unser alter Stier hätte meine Schwester Jožefa umgebracht mit dem Horn. Sie haben die Jožefa beim Frohnwieser gesehen. Sie spielt die Bisernica und hält den Kopf schief. Deswegen. Wissen möchte ich, warum der Stier der Jožefa das Horn hinein hat. Der Vater sagt, er glaubt nicht, dass er jetzt noch einen für die Jožefa auftreibt zum Einheiraten. Er sagt, das wird schwer."

„Merkwürdig, Franz, ich habe das selber auch schon wissen wollen. Das heißt, ich habe mit der Frage angefangen, die man zuerst beantworten muss: Warum haben Rinder überhaupt Hörner? Gibt es einen vernünftigen Grund für ein Horn? Ich meine – ein Rind steht ohne Weiteres auf der Wiese. Es frisst, es legt sich nieder, es steht auf, es käut wieder. Wozu braucht es in seinem friedlichen Leben Hörner?"

So weit war Franz nicht rückwärts gegangen, obwohl er viele Nächte deswegen auf seiner Brauttruhe nicht hat einschlafen können. Aber dafür war der Kammerer ja auch ein Wissenschaftler, dass er weiter rückwärts ging. Das Rückwärtsgehen musste man in der Wissenschaft hart lernen, hatte Franz damals gedacht. Im Vivarium hat er dann gefunden, dass es genauso war: Von den praktisch wichtigen Sauschneiderfragen, die man nur beantworten kann, wenn man es vom Vater und Großvater her im Blut hat, rückwärts zu den einfachen Fragen, die jeder hätte beantworten können. Wenn er sich die Frage nur gestellt hätte.

Kammerer hatte Recht. Warum bildet das Rind sich Hörner ein? Das muss man als Erstes untersuchen. Was will das Rind denn? Außer die kleine Schwester aufspießen, was ja höchstens ein Nebenzweck sein kann, eigentlich gar kein vernünftiger Zweck – für einen Grasfresser. Wenn man den Grund erfasst und gepackt hatte, dann konnte man ihn ausreißen wie ein hartes Unkraut. Augen braucht man, um zu sehen. Wenn es nichts zum Sehen gibt, braucht man auch keine Augen. Ohren, damit man merkt, wie die Luft scheppert. Wenn sie nicht scheppert, braucht man keine Ohren. Aber Hörner?

„Ist dir schon einmal aufgefallen, dass kein einziges Raubtier Hörner trägt oder Geweih, kein Einziges? Kannst du dir einen Löwen mit einem Geweih vorstellen oder einen Adler mit einem Horn auf der Nase? Oder, nur als Beispiel, den Herrn Lehrer Frohnwieser mit Elchschaufeln hinter den Ohren? Im Ernst: Hörner taugen dir nichts, wenn du andere umbringen musst. Du kannst nicht schnell rennen mit einem Geweih und du kannst dich schlecht verstecken. Ein Horn brauchst du, wenn du dich wehren musst, wenn die anderen sehen sollen, du willst deine Ruhe. Hörner sind für fromme Pflanzenfresser. Das mit eurem Stier und der Jožefa, das muss ein Irrtum gewesen sein. Dass ein Tier fromm ist, erkennst du daran, dass es Hörner hat."

Franz sagte mir später, dieses merkwürdige Gespräch im Regen, erst in der allerletzten Minute hätte er sich getraut, es anzufangen und noch heute wäre er froh, dass er es überhaupt angefangen hat, das war praktisch ein Erweckungserlebnis für ihn, ein Pfingsten, so etwas in der Art. Jedenfalls eine neue Helligkeit auf dem verfluchten Steinacker seiner Familie.

Da lag dieser Paul Kammerer auf dem Bauch, bohrte den Weidenstecken in eine Spalte und erklärte Franz die Welt. Genau genommen redete Franz nur mit Kammerers Schulterblättern, manchmal gab ihm der Ellbogen einen Hinweis, oder Kammerers Hintern wölbte sich hoch zu einem Widerspruch. Man redet ja selten mit Menschen, die so dort flacken. Und trotzdem: nichts weniger als eine Erweckung. Kammerers Stimme kam dumpf und von unten aus den Rissen im Karst. Sonst war sie eher hoch, immer eine Spur atemlos.

Bisher hatte Franz geglaubt, was eben alle glauben – man muss auf den Zufall warten. Irgendwann schickt der Zufall dir ein Kalb auf die Welt, seine Milch ist fetter, sein Fleisch ist weißer als das der anderen, ein Rahmkalb. Und wenn du Glück hast und keinen Fluch auf dem Acker, dann kommt so ein Rahmkalb durch, und auch seine Nachkommen geben fette Milch und weißes Fleisch. Oder eben, wenn der Zufall heute gerade einmal darauf Lust hat: kein Horn. Ewig kann man auf so einen Zufall warten. So viel Geduld hat keiner.

Und da kam dieser Mensch aus der Stadt. Seine Schulterblätter redeten schneller als sie in Steinbüchl das Magnifikat herunterbeten. Auch seine Ellbogen und sein Hintern bestätigten: Machtlos ist man nicht, und ewig darauf warten, dass der Zufall einmal die richtige Laune hat, das muss man gewiss nicht. Rückwärts gehen und fragen, wozu schleppt das Rind Hörner herum. Und dann weiterfragen und weitermachen. Immer weiterfragen.

Franz sagte mir, es sei ihm vorgekommen, als hätte der Kammerer eine Tür aufgerissen, die aus den Regenmauern hinausführte in eine helle Welt, in der man verstand, was man sah. Eine Welt, in der Jožefa ihren Kopf nicht schief halten musste. Franz würde das Horn überflüssig machen. Bis es dem Rind zu blöd wurde, Hörner herumzuschleppen, die einem höchstens den Kopf nach unten drücken. So lange würde er arbeiten.

Es ging auf den Abend zu. Franz stand sprachlos und starrte über Kammerers Schulterblätter hinweg in diese helle Welt. Er merkte nicht, dass Marija über das Feld gekommen war.

„Abendbrot wäre gerichtet", sagte sie. „Frohnwieser meint, ihr müsst jetzt einmal was essen, ihr habt den ganzen Tag nichts gehabt. Und morgen wäre auch noch ein Tag. Mehr Regen muss halt sein."

Kammerer, noch immer auf dem Bauch, strengte sich ziemlich an, seinen Kopf zu Marija herumzudrehen, ohne mit der Hand aus dem Felsspalt zu rutschen. Wieder dieses Leuchten in Marijas Augen, auch wenn man das in der Dämmerung nicht leicht sah.

„Ah, die Marija, das ist jetzt nett, dass du uns holst", sagte Kammerer, etwas gequetscht klang es, so auf dem Bauch, „der Franz und ich, wir sind da gerade gesprächsweise auf ganz etwas Interessantes gestoßen – warum haben die Rinder Hörner? Hast du dir das schon einmal überlegt, Marija?"

Marija sagte nichts, schaute Franz an. Jetzt hatte er es geschafft. Hatte es geschafft, auch den Kammerer anzustecken. Zäh war er, das musste man ihm lassen, ein zäher Träumer. Er hatte nichts außer seinen Träumen, aber die hielt er fest.

„Ich glaube, es ist so", sagte Kammerer, zog jetzt doch den Stecken heraus und setzte sich auf, sonst hätte er sich für das Leuchten in Marijas Augen den Hals abdrehen müssen, „ein Rind ist kein Raubtier. Ein Rind ist eine Beute, auch wenn es sein Leben nur gegen den Schlachter verteidigen muss. Ein Rind will kein Presssack sein und keine Wurst. Es will weiterleben. Dafür hat es Hörner."

Marija, die sonst schon mal merken ließ, dass sie Franz' ewige Hornlosigkeit satt hatte, schaute, als höre sie so eine umstürzlerische Rede zum ersten Mal. Sie setzte sich auf einen der riesigen Steine, ihr Mund stand ein bisschen offen. Kammerer spürte gleich, wie sehr diese Frage in ihr brannte, und geriet tüchtig in Schwung.

„Noch etwas. Ein Räuber ist einsam, ein Einzelgänger. Geraubt wird allein oder höchstens in kleinen Rudeln.

Ganz anders machen es die Beutetiere. Die Beute lebt in Herden, das ist sicherer. In Amerika drüben soll es Rinderherden geben mit zehntausend Stück und mehr. In so einer Herde verlierst du dich leicht, wenn du nicht weißt, wo dein Platz ist, wo oben ist und wo unten und wo die Mitte und wo vorne und hinten. Da rennst du den ganzen Tag herum und triffst immer nur welche, die du nicht kennst. Hörner sind praktisch Rangabzeichen, da kennst du dich auch unter den Fremden aus. Interessant übrigens, wo wir Menschen in dieser Einteilung eigentlich hingehören. Wir leben in Herden, aber Raubtiere sind wir auch. Die einzige Raubtierart, die in Herden lebt. Manche rechnen uns mehr zu den Aasfressern, ganz geklärt ist das nicht. Und noch etwas. Grasfressen ist eine friedliche Beschäftigung, aber keine demokratische, dafür gibt es zu wenig Gras. Eine Herde hat ihre kleinen Barone und ihre großen Könige. Die Barone mit kleinen Hörnern, größere für die Herzöge, die größten hat der König, von mir aus", Kammerer lächelte Marija an: „von mir aus auch die Königin. Das sind die beiden Gründe, auf die ich bisher gekommen bin für die Hörner – dass die Beute sich verteidigt und dass die Beute in Herden herumläuft. In der Herde willst du wissen, wo oben und unten ist."

Marija wird es gar nicht gemerkt haben, dass sie die Hände andächtig über der Brust gefaltet hielt, fast wie die Bernadette, wenn sie in der Grotte von Lourdes betet. Er packte einen an, dieser Mann aus der Stadt. Stieß einen auf einen Weg, den man noch nie gegangen war. Hinter einen blühenden Busch.

Jetzt stand sie auf. Schwungvoll reden, das können die Wiener Doktoren. Es war gleich, worüber sie eigentlich redeten, schon von dem Glanz und der Begeisterung wurde es einem schwindlig. Wenn man sich wieder auf die Füße stellte, hatte man eigentlich gar nichts verstanden von Beute und Baronen und Königinnen. Aber wenigstens stand man wieder auf den Füßen.

Gut, dann gingen sie also heim zum Frohnwieser. Auf dem Heimweg hörte Kammerer nicht auf, zu glänzen und zu begeistern. Bis sie beim Frohnwieser angekommen waren, hatte er die Welt von Grund auf erneuert.

Franz hat mir gesagt, ihm wäre damals fast der Kopf geplatzt. Er hätte den Doktor Kammerer so gerne seine eigenen Pläne wissen lassen, ihn gefragt, ob sie stimmten. Aber wenn er sie herausbrachte, würden sie sich dünn und schäbig anhören, das wusste er jetzt schon. Konnte ein Rind aufhören, sich als Beute zu fühlen? Na gut, das mit dem Schlachter am Ende, darüber musste er noch nachdenken. Aber abgesehen von den Grauochsen, die kein Jahr alt wurden, war ein Rinderleben hübsch lang. Es konnte friedlich sein, warum denn nicht. Wenn man keine Beute ist, und wenn es Gras genug gibt, wofür soll man ewig schwere Hörner mit sich herumschleppen? Es war alles ein wilder Traum und nichts davon würde vielleicht jemals Wirklichkeit werden. Aber es hatte einen Riss getan im Franz, wieder einmal. Ab jetzt wusste er: Die Natur holt sich, was sie braucht. Was sie nicht braucht, tut sie auf die Seite. Das war der Riss. Die Erweckung, so könnte man auch sagen.

Marija hatte Kaiserschmarren gemacht, und Frohnwieser hatte Jožefa nach der Musikstunde gefragt, ob sie nicht auch einen Kaiserschmarren vertragen würde. Plötzlich sagte Franz, er wollte sich gerade Preiselbeerkompott aufladen:

„Und wenn man sie in Frieden lässt, die Rinder, ich meine, wirklich in Frieden? Wenn sie merken, keiner will ihnen was – wozu dann noch Hörner? Vielleicht muss man Steine an die Hörner hinbinden, dass ihnen die Hörner schwerer werden und sie schneller merken, dass sie keine Hörner mehr brauchen?"

„Man müsste das Rind vom Frieden überzeugen, du hast völlig Recht, Franz, das wäre es. Es muss merken, dass der Frieden losgegangen ist und die Hornlosigkeit. Diese Überzeugung wird es an die Kinder vererben. Die nächste Generation wird schon kleinere Hörner haben, oder nur noch eines. Die Hörner schrumpfen, die Stirn wird frei. Ich weiß nicht, wie viele Generationen wir brauchen werden, um zu beweisen, dass sich Überzeugungen, also sagen wir: die Überzeugung von der Friedlichkeit, vererben. Dass einem das ins Blut geht. Keine einfache Sache, wenn man zehntausend Jahre lang Beute war. Aber stell dir vor, was das für die Menschheit bedeutet."

„Dass kein Stier mehr der Jožefa das Horn hineinrennt, nie mehr. Das wäre gut, jedenfalls", sagte Franz.

„Weit mehr, Franz, weit mehr bedeutet deine Hornlosigkeit. Wenn es uns beim Stier glückt, dann muss es auch bei anderen Tieren gehen. Und warum sollte es dann nicht auch beim kompliziertesten, verschlagensten und geheimnisvollsten Tier funktionieren – beim Menschen? Warum sollte es dann nicht möglich sein, dem Menschen auf Dauer einzupflanzen, dass es gescheiter ist, Frieden zu halten? Eine glückliche Zukunft auf planmäßiger, wissenschaftlicher Grundlage. Das alles steckt in dem, was du so bescheiden Hornlosigkeit nennst."

Frohnwieser unterdrückte mühsam einen Husterer.

Franz, obwohl erweckt, wird nicht gewusst haben, was er auf Kammerers schäumende Begeisterung hätte sagen sollen. Sein Traum war einfacher, vielleicht nicht einmal ein richtiger Traum. Nur die Lösung eines praktischen Problems. Franz machte sich immer um das Naheliegende Sorgen. Eine Zukunft auf wissenschaftlicher Grundlage, das klang fein, ja. Aber wie weit weg das für sie alle war. Viel greifbarer als, sagen wir, Mariä Heimsuchung war es nicht. Maria durch ein Dornenwald ging, der hat in sieben Jahren kein Laub getragen.

„Ich könnte dem Stier doch auf der Bisernica vorspielen, das müsste gehen. Erst wird er denken, ich bin verrückt. Aber dann merkt er wegen der Musik, dass ihm ja keiner was Böses will", sagte Jožefa, als hätte sie seit der Sache mit dem Stier damals über nichts anderes gegrübelt. Franz hat mir hinterher erzählt, wie sehr er seine kleine furchtlose Schwester in diesem Augenblick bewundert hat.

„Ich muss nur aufpassen, dass es nicht zu langsam ist, damit er nicht traurig wird, aber auch nicht zu schnell, damit es ihm nicht gleich in die Füße fährt." Jetzt waren die Augen vom Doktor Kammerer mit Leuchten dran. Überhaupt muss in Steinbüchl an dem Tag ein starkes Augenleuchten gewesen sein, die Marija sowieso, der erweckte Franz auch, und jetzt noch der Kammerer. Natürlich hat jeder seinen privaten Grund, warum er die Augen leuchten lässt. Den Grund vom Kammerer habe ich selber erst im Vivarium erfahren.

Paul Kammerer hatte nicht nur eine Liebe für die Tiere und eine Liebe für die Wissenschaft, das Züchten und die Befruchtung. Genauso gern hat er die Musik gehabt, und von Haus aus hätte er einer werden wollen, der Musik erfindet. Mit Tönen und Instrumenten ist er genauso zart und geschickt gewesen wie mit den Tieren, die zwei Heimaten haben. Vielleicht hat er gerade die so gut verstanden, weil er selber zwei Heimaten gehabt hat: die Töne und die Tiere. Und Frauen. Frauen, die waren auch noch so eine Heimat von ihm. Und das Berühmtsein. Und anderen Menschen eine Erweckung sein. Eine einzige Heimat, das wäre zu eng für ihn gewesen. Warum er dann doch so fest bei der Wissenschaft geblieben ist, weiß ich gar nicht, selber bin ich unmusikalisch.

Er hat immer zu uns gesagt, auch die Wissenschaft ist in Wirklichkeit Musik. Und umgekehrt ist eine gute Musik streng wissenschaftlich. Die Wahrheit muss einen Rhythmus haben. Wenn etwas stimmt, fährt es geradeaus ins Herz hinein. Daran erkennt man sofort, ob etwas stimmt. Bevor man eine Formel nicht auf der Orgel spielen kann, ist sie nicht zu Ende ausgedacht. Wenn Kammerer sich wieder einmal nicht mehr herausgesehen hat, bei seinen vielen Formeln und Plänen und seinen Frauen, hat er Notenpapier heraus und hat es mit einem Choral oder einem Lied probiert. Er hat immer gesagt, dass Musik die Welt präziser erklärt als unser Chef, der Professor Przibram. Und dass die Welt mit der richtigen Melodie nicht nur erklärt ist, sondern auch ein bisschen heller. Professor Przibram hat gesagt, da hat der Kammerer schon Recht.

„Ich schreibe Lieder für dich, Jožefa!", hat er mit den Augen geleuchtet, „die spielst du dem Stier auf der Bisernica vor. Dann lernt er den Frieden kennen und die Angst vergeht ihm. Lieder für den Rindsfrieden, so werde ich sie nennen. Das mache ich. Natürlich muss auch immer genug Gras da sein. Oder Eschenlaub, oder Eicheln oder was sie sonst so fressen. Darum kümmert sich der Franz. Mit ewigem Hunger kann man nicht Frieden machen. Leider muss ich morgen schon zurück nach Wien, aber ich verspreche dir, Jožefa, das Erste, was ich mache, ist, ich schreibe ein Rindslied für dich."

Das hat Paul Kammerer tatsächlich gemacht. Verlassen hat man sich auf ihn können.

Am nächsten Morgen ist er gleich früh weg. Frohnwieser ist nicht aufgestanden. Der hat gerne lang geschlafen. Dafür bin ich schließlich in Rente gegangen, hat er gesagt, für das Ausschlafen. Marija hat sich zum Kammerer an den Küchentisch gesetzt, es war noch dunkel draußen, sie schenkte ihm Kaffee ein, schob ihm Brot hin und die Schüssel mit Preiselbeerkompott von gestern. Aus Frohnwiesers Schlafzimmer ist manchmal ein Husterer gekommen.

Am übernächsten Tag hat der Postbote einen dicken Umschlag aus Wien zum Frohnwieser gebracht. Notenblätter. Frohnwieser musste Jožefa die Melodie herausbuchstabieren, vom Blatt weg hat sie es noch nicht gekonnt. Ein Brief an Franz dabei. Unbedingt soll Franz einmal nach Wien kommen, sie sind ja praktisch mitten im Gespräch unterbrochen worden, es muss weitergehen, und eine ganz große Bedeutung hat das alles. Wirklich. So bedeutsam, dass er, schreibt Kammerer weiter, über den Meguşarstier und seinen Hörnern fast die Drachenkinder vergessen hätte. Die sind ihm erst in Wien wieder eingefallen. Ob Franz daran denkt, beim nächsten Regen, ein oder zwei Exemplare zu fangen? In ein geräumiges Glasgefäß, am besten bereitet er es gleich vor, dann ist es zur Hand, wenn die Drachenkinder herauskommen. Müsste schwarzes Glas sein, das werden sie in Steinbüchl nicht finden, also vorher schon Ruß draufstreichen. Die Drachenkinder sollen glauben, sie sind in ihrer Grotte. Und zweimal am Tag, besser dreimal, frisches Wasser. Sie leben ja im fließenden Wasser, das trägt die Reichtümer davon und ist frisch und immer kommt frisches nach. Wenn er sie dann in dem schwarzen Glas hat, ob er sie nach Wien bringen könnte? Drachenkinder kann man nicht einem fremden Postboten in die Hand geben. Vivarium, Fritz-Grünbaum-Platz 1, die Adresse, und wenn er abends käme und ihn nicht mehr im Vivarium findet, obwohl er dort bis spät in der Nacht sei, er lebe dort praktisch, könne er auch zu ihm kommen, Adresse Franz-Schubert-Straße 13. Mein Gott, Grottenolme, fließendes Wasser brauchen sie, und er kann es kaum erwarten, jeden Tag betet er um Wolkenbrüche. Überhaupt hätte er gleich noch eine viel bessere Idee, auch wenn in seinem Kopf alles rasend herumfährt, und warum hatte er in Steinbüchl noch nicht daran gedacht: Vielleicht will Franz bei ihm arbeiten? Im Vivarium brauchen sie Menschen, die sich auf Tiere verstehen, wirklich verstehen, von Grund auf, jemanden, der weiß, die und wir sind vom selben Fleisch und Blut. Will er sich das einmal überlegen? Ach was, nicht überlegen, einfach kommen. Die Marija möge er bitte grüßen, ganz herzlich solle er sie grüßen, besonders herzlich eigentlich. Vielleicht könne die ihn ja auf dem Weg nach Wien begleiten. So ein schwarzes Glas kann schwer werden, wenn man es allein tragen muss.

17

Man möchte doch verstehen. Aber verstehen geht nur, wenn eine Ordnung da ist, eine Reihenfolge. Dann kann man es sich zusammenreimen. Ein oder zwei Stücke dazu tun, die einem fehlen. Ohne eine ordentliche Reihenfolge geht der Sinn ab. Deshalb würde man gerne wissen, ob das Leben in Steinbüchl sich nach dem Besuch Kammerers geändert hat.

Woran man so eine Änderung gekannt hätte?

An der Franeka nicht leicht. Die hat weiter die Aborte beim Gusenbaur geputzt und stinkige Socken in den Wäschekorb gelegt. Obwohl Jožefa sagt, angemerkt hat man der Franeka schon etwas. Wenn sie heimgekommen ist, hat sie gar nicht mehr aufhören können mit dem Händewaschen. Danach hat sie die Ringelblumensalbe vom Franz eingerieben. Hat sich zum Abendessen hingesetzt, aber auf der Stelle hat sie wieder aufstehen müssen, noch einmal zum Waschbecken, den Bimsstein hineingerieben, wieder und wieder hat sie die Hände gewaschen, hat gerochen daran, sie von der Nähe angeschaut, ganz blutige Hände hat sie gehabt, manchmal ist sie mitten in der Nacht auf und hat die Hände gewaschen. Dieser infame Geruch ewig. Die Hände wollten ihr einfach nicht sauber werden. Das war es mit der Franeka und es war traurig.

Jožef der, – was machte Jožef eigentlich? Fragte man einen nach dem Jožef, dann hatte der ihn gerade noch gesehen, mit ihm geredet, auch ein Glas Wein war gern getrunken worden. Ja und sonst? Ich weiß es einfach nicht. Was er machte, das hätte vorher schon keiner recht sagen können, jetzt noch weniger. Der Jožef schaut nach vorne, haben alle gesagt, als wenn nach vorne Schauen ein Beruf wäre. Lioba hätte es einem vielleicht sagen können, aber die hat, man weiß warum, wenig gesprochen. Jedenfalls war er kaum noch zuhause. Manchmal kam Jožef am Montag in der Früh heim, wenn er wusste, die Franeka ist beim Gusenbaur. Nahm Jožefas Bisernica und legte sie auf seine Knie, saß wie ein Fremder in seiner eigenen Küche und dachte, er sieht sie zum ersten Mal. Wenn Franz zufällig da war, fragte er ihn nach dem Geschäft mit dem Bespringen, sagte, dass er den Kinematographen noch nicht, aber nah dran sei er, ganz nah.

Jožefa ist in die Musikstunde zum Frohnwieser und jeden Tag in den Stall – der Stier ist fest angebunden,

Franz, wirklich fest? Schaust bitte nochmal – und dem Stier die Lieder vorgespielt, die der Kammerer aus Wien geschickt hatte. Das war ja auch anders jetzt, dass der Stier praktisch jede Woche ein neues Lied bekommen hat. Kammerer schickte die Lieder, und der Franz sollte ihm berichten, wie der Stier reagiert. Ob er die Ohren zurück hat oder nach vorn (schlechtes Zeichen), ob er den Schwanz angehoben hat (auch ein schlechtes Zeichen), ob er die Augen zugezwickt hat (gut) und so weiter.

Am stärksten merkte man dem Franz eine Änderung an. In seinen Sachen habe ich ein Wachstuchheft gefunden, er muss es um diese Zeit angelegt haben. Vielleicht war es einfach nur ein weiteres Aufschreibbuch, aber es hatte einen gelben Umschlag, das war auffallend. Man wird es praktisch als den ersten Schritt von Franz in die richtige Wissenschaft anschauen.

„Korbinian bringt zwei Rinder, kein Anzeichen von Brunst. Habe ihm gesagt, er soll wieder heimgehen mit seinen Rindern."

„Die Nachbarin bildet sich ein, die ihre wäre jetzt rinderig genug. Natürlich kein Brunstzeichen. Heimgeschickt. Der Stier strengt sich umsonst an, und sie wird nur recht ärgerlich mit dem sinnlosen Bespringen."

„Adolf sagt, er setzt sich in den Stall und wartet es ab, bis seine so weit ist. Weil ich sage, sie braucht noch. Jetzt ist er seit zwei Tagen da, isst von unseren Erdäpfeln und will nicht gehen."

„Es wird besser sein, ich lasse sie gar nicht erst kommen, wenn es eh keinen Zweck hat. Stört nur den Stier, der soll besser der Jožefa zuhören in der Zeit", steht dort zum Beispiel.

Zwei Tage später trägt er ein:

„Wenn ich auf die Höfe ginge und die Brunst selber kontrolliere, dann könnte ich auch gleich schauen, wie sich die Kälber machen. Sie werden ja ihre Hörner nicht von jetzt auf gleich verlieren, ich denke eher Schritt für Schritt, erst kürzer oder vielleicht stumpf, damit könnten sie ja auch anfangen. Es muss doch einen ersten Schritt geben. Ich muss halt aufpassen, dass ich ihn erkenne."

Oder er schreibt:

„Welche Musik? Das ist das Erste. Spielt Jožefa ihm die richtige vor? Und welche Maßnahmen gibt es noch, um ihm die Angst zu nehmen? Muss fest darüber nachdenken."

Oder:

„Schwierig, die Hörner schwer zu machen, ohne dass er wütend wird. Steine an die Hörner hinbinden macht ihn wütend, das hätte ich mir auch denken können. Am ehesten vielleicht eine Art Joch bauen, alles andere schüttelt er ab und dann kann man wieder ein, zwei Tag nicht in seine Nähe. Das macht auch keinen Frieden."

Oder:

„Überlege, ob ich eine neue Stalldecke einziehe. Die müsste so tief sein, dass er den Kopf mitsamt Hörnern nicht hochbekommt. Vielleicht irgendwie gepolstert, damit es nicht rumpelt, wenn er hinkommt."

Oder:

„Er stellt die Vorderbeine etwas weiter auseinander, als müsste er sich besser abstützen."

Jeden Tag eine Beobachtung, eine Überlegung, wie er es besser machen könnte. Nach einiger Zeit Eintragungen über die Kälber, deren Vater der Stier war. Wann geboren, Geburtsverlauf, welches Gewicht, welche Färbung, wann ohne Hilfe gelaufen, wann das erste Mal selbst getrunken.

Dann Eintragungen zur Hornbildung. Franz fühlt nach den weichen Knospen auf der Stirn. Man kann sich überhaupt nicht vorstellen, dass aus solchen empfindlichen Knospen Hörner werden sollen, schreibt er. *Stirnknospen* nennt er sie in seinem gelben Wachstuchheft oder *Denkknöpfe.* Er reibt sich Salz auf die linke Handfläche und lässt das Kalb daran lecken. Spürt dabei mit den Fingern am Rand der Zunge nach, wie das Blut dort pocht. Gleichzeitig fühlt er mit der freien rechten Hand nach den weichen Hornanlagen, spürt das Blut pochen im selben Schlag, wie seine Zungenhand es spürt. *Blutknospen* nennt er sie deshalb auch manchmal.

Franz ist sich sicher, es nützt nichts, wenn er diese weichen Blutknospen abschneidet. Kammerer hatte diesen Gedanken aufgebracht. Wenn man im richtigen Augenblick die Hörner entfernt, abreißt, abschneidet, abbrennt, irgendwie eben, dann vererbt sich dieser hornlose Zustand möglicherweise, hatte er geschrieben. Auf den richtigen Zeitpunkt wird es dabei ankommen, der ist kritisch. Franz widerspricht nicht offen. Kammerer war derjenige, der ihm die Erweckung verschafft hat. Aber Franz tut es einfach nicht, hält es für brutal. So entsteht keine Friedfertigkeit. Er beobachtet, er befühlt weiter die weichen Knospen. Er denkt nach.

Er streicht Bienenwachs auf die Blutknospen. Er versucht es mit Schweineschmalz, das er erhitzt und mit Ruß zusammenrührt. Er bindet den Kälbern feste Stoffbahnen um den Schädel, bis sie aussehen, als hätten sie Nachthauben auf. (Franz hatte einen Rock in Bahnen geschnitten, den Franeka nicht mehr trug, jedenfalls hatte er es nie gesehen. Es ist der Rock, den sie als Ledige hatte, Franeka hatte nachgedacht, ob sie ihn wieder anlegen sollte. Sie ist ja praktisch ledig. Jetzt machte Franz Kopfbinden für die Rinder daraus, sie sagt nichts dagegen.)

Die Hörner gehen nicht weg. Wachsen wie vorher, auch die Knospen ändern sich nicht.

Jede Beobachtung steht in seinem Wachstuchheft. Unbestechlich. Franz wünscht sich so, dass die Hörner aufhören zu wachsen. Aber wenn sie nicht aufhören wollen mit dem Wachsen, dann steht das auch genauso in seinem Heft. Er belügt sich nicht und andere auch nicht.

Bald stellt Franz fest, er hat zu wenig Kälber, um seine Theorien zu überprüfen. Wie viel Kälber kommen in einem Dorf wie Steinbüchl im Jahr schon zur Welt? Zehn vielleicht, zwölf? Was kann er für Schlussfolgerungen ziehen, wenn bei drei Kälbern das Bienenwachs die Hörner gelb glänzen lässt, bei drei anderen scheint das Schweineschmalz die Hörner noch zu vergrößern, und die restlichen reiben sich die Nachthauben immer wieder herunter? Ist es erlaubt, daraus Schlüsse zu ziehen?

Solche Einträge sind viel länger als das, was er in sein Aufschreibbuch über sich selbst, die Familie, das Dorf schreibt. Franz muss damals, ganz allein, niemand hat es ihm ja zeigen können, das genaue Hinschauen gelernt haben. Auf alles achten bei den Tieren: den Herzschlag, die Stellung der Vorderfüße, die Ohren, die Weichheit der Knospen, alles. Bestimmt hat ihm diese Lehre, in die er da bei sich selber gegangen ist, später geholfen, auch die Menschen besser zu verstehen. Andere Menschen hat er nämlich ganz gut verstanden. Die haben das selten gemerkt.

Es ist dahin gekommen, dass Franz samt seiner selbst ausgedachten Wissenschaft praktisch der Viehdoktor von Steinbüchl wurde. Und weil man sich um diese Zeit noch keinen eigenen Menschendoktor leisten konnte, – wenn es unbedingt sein musste, dann holte man für ein Bauerskind mit blauem Husten den Viehdoktor, und solange sie noch keine Viehdoktoren gehabt haben, halt den Sauschneider –, weil das eben so war damals in Steinbüchl und nicht nur dort, wurde der Franz zwangsläufig, trotz seiner Jugend, ein halber Doktor. Für die Rinder, die paar Pferde, die Säue, die Bauerskinder. Besser ein halber als gar keiner. Auf eine ganz andere Art, als sein Vater Jožef es sich vorgestellt hatte, war Franz jetzt doch noch Sauschneider geworden.

Jeden Tag ist Franz in die Ställe gegangen. Ob die Kühe in der Brunst sind, hat er nachgeprüft. Am liebsten hätte er sie jeden Tag in der Brunst gehabt, je mehr und je schneller die Kälber kamen, um so eher sah er doch, ob

Jožefas Lieder und die niedrige Stalldecke und überhaupt die Friedfertigkeit anschlugen, und ob bei den Kälbern etwas davon ins Blut ging.

Er wurde die Hebamme der Steinbüchler Rinder. Frohnwieser hatte ihm die alte Leinentasche geschenkt, in der er früher die Hefte der Kinder und die Lehrbücher herumgetragen hatte. Darin steckte jetzt Franz' Hausapotheke. Die Ringelblumensalbe für den Ausschlag, die getrockneten Arnikablüten für Schwellungen, das Johanniskraut, es hilft gegen die Traurigkeit (der Stier hat auch jeden Tag Johanniskraut fressen müssen), das Schweineschmalz für den blauen Husten, das Steinöl, den Hahnenfuß, die Schafgarbe und den Spitzwegerich, er hatte alles dabei. Geld hat er damit nicht verdient. Im Gegenteil. Die Kräuter, die Binden, die Salben ließ er den Leuten ebenso gratis ab wie seine Ratschläge für ein gesundes Leben oder die Dienstleistungen des Stiers. Er wusste, wie sehr alles Neue die Menschen beunruhigt. Sie sollten nicht auch noch dafür zahlen müssen.

Er wollte Jožefa überreden, dass sie mit ihm in die Ställe kam. Bestimmt musste man nicht nur dem Stier, also dem Vater, sondern auch den Müttern und den Kälberkindern die Bisernica spielen. Aber dafür war keine Zeit, Franeka bestand darauf, dass Jožefa in die Schule ging, danach musste sie nach dem Haushalt schauen. Mit neun Jahren war sie alt genug dafür.

Franeka war tagsüber nicht daheim, weil sie beim Gusenbaur arbeitete, damit es sich überhaupt ausging. Manchmal wird sie gedacht haben, wenn sie nicht mehr zum Gusenbaur geht, dann würde der Hunger Mann und Kinder lehren, dass man schauen muss, wo man bleibt. Dass man nicht nur immer seinen eigenen Träumen nachlaufen kann. Essen muss man schon auch.

Vielleicht wäre ja alles so weitergegangen, eine Zeit lang wenigstens. Es hätte doch nichts weiter geschehen müssen, außer dass Franz das Hinschauen noch besser gelernt, Jožefa die Rindslieder noch flotter gespielt und der Gesundheitszustand und die Liebe zur Musik in Steinbüchl sich ganz allgemein und Stück für Stück gehoben hätten.

Wäre da nicht diese rätselhafte Sache mit Franekas Händen gewesen. Im Nachhinein habe ich sie eigentlich gar nicht so rätselhaft gefunden. Ich stelle mir vor, der Meguşarfamilie wird es nicht unrecht gewesen sein, wenn es ein Rätsel blieb.

Es war so.

Mit dem Bimsstein wurden Franekas Hände nicht mehr sauber. Sie nahm jetzt eine Rostfeile. Den Dreck von den Aborten bekam sie auch mit der Feile nicht weg. Sie probierte es mit einer Eisenbürste. Aber das Blut mischte sich nur mit dem Dreck, und Franeka bekam ihn noch schwerer los. Ihre Hände entzündeten sich. Franeka konnte nicht aufhören zu arbeiten. Genauso wenig konnte sie aufhören, ihre Hände sauber zu machen. So wurde alles schlimmer und die Entzündungen zu Geschwüren. Über Nacht verklebten das gestockte Blut, der Dreck und die Geschwüre. Franeka zog Fäustlinge über ihre offenen Hände und ging zum Gusenbaur. Abends musste Jožefa den Schorf samt den Fäustlingen mit Kamillensud abweichen und die Finger vorsichtig voneinander lösen.

Der Gusenbaur sagte, so leid es ihm täte, aber die Aborte würden nicht sauber genug. Die Wiener seien unwahrscheinlich heikel. Sie sollte die Jožefa mitbringen, vielleicht ginge das. Zum Abortputzen sei die doch jetzt alt genug. Sonst müsste er sich um eine andere umsehen.

Franeka schüttelte den Kopf. Es kam überhaupt nicht in Frage, dass Jožefa statt Schule die Aborte vom Gusenbaur putzte.

Am Ende sagte Gusenbaur, Franeka müsste morgen nicht mehr kommen. Er gab ihr noch einen halben Sack Erdäpfel, die ihm übrig geblieben waren. Meinte, sonst habe er auch nichts zu verschenken, sie solle daheimbleiben. Wenn es herum sei mit ihren Händen, könnte sie bei ihm ja wieder um Arbeit nachfragen.

Tags darauf stand Franeka auf wie immer, ließ Jožefa die verbackten Handstümpfe aufweichen (Franz konnte es nicht mit anschauen, er rannte dann immer in den Stall) und ging zum Gusenbaur. Sie stellte sich vor die Gastwirtschaft hin und fing an, ihre Arme zu schwenken und zu drehen. Wenn sie die Arme nur geschwind genug drehte, würde das schlechte Blut vorne bei den Fingerspitzen herauskommen. So etwas wird sie vielleicht gehofft haben. Eine Stunde machte sie das und noch eine. Gusenbaur kam heraus und sagte, sie solle aufhören damit. Die Fremden wollten schon wissen, was mit ihr los sei. Franeka antwortete nicht. Die Sonne stieg am Himmel hoch und beschien die Gestalt vor der

Gastwirtschaft, die nicht aufhörte, ihre Arme zu drehen. Gusenbaur kam noch einmal heraus, diesmal mit dem Hund. Aber der Hund bellte nicht, leckte nur Franekas Füße. Dann schickte Gusenbaur nach dem Franz. Wenn er seine Mutter nicht sofort abhole, geschähe noch ein Unglück.

Franz legte den Arm um die Mutter und führte sie heim. Franeka wehrte sich nicht. Franz fühlte sich hilflos.

Am nächsten Morgen stand Marija vor dem Häusel der Meguşars. Frohnwieser hatte ihr Rollgerste und Speck mitgegeben und was in seiner Speise gewesen war. Er hatte ihr gesagt, sie solle bei den Meguşars mit anpacken, eine Zeit lang könne er schon auf sie verzichten. Bei ihm würde es halt wieder Rührei geben. Ihren Lohn würde er natürlich weiterzahlen. Und Jožefa solle ja nicht den Musikunterricht heute vergessen.

„Der Frohnwieser ist ein guter Kerl", sagte Franz zu Marija, die den Herd in der Küche nachschürte. „Aber dich herschicken, das ist schlecht. Weil das meine Sache ist."

„Was ist deine Sache?"

„Schauen, dass es sich ausgeht mit uns. Der Vater muss den Kinematographen herschaffen. Die Mutter hat das mit den Händen, und die Jožefa ist mit der Schule noch nicht fertig. Also ist es meine Sache."

„Ja dann", sagte Marija und rührte das Rollgerstenmus. Aber sie blieb.

Franz konnte es nicht aushalten, so sehr schämte er sich.

Er ging zum Frohnwieser. Sagte, sie müssten das jetzt schriftlich machen.

„Schriftlich willst du was machen? Und was wäre das?“, fragte Frohnwieser, der sich gut an Franz’ Schulzeit erinnerte und wie schlecht der damals alles, was so fest in seinem Kopf steckte, auf ein Stück Papier herausgebracht hatte.

Der Doktor Kammerer, sagte Franz, habe ja schon ein paar Mal geschrieben, dass er nach Wien kommen und bei ihm arbeiten solle, er hätte eine Stelle für ihn. Er werde dann also nach Wien gehen, das ist jetzt fest, weil es so nicht weitergehen kann. Die Mutter geht vor die Hunde, Jožefa ist zu jung für das alles, zu Essen hätten sie kaum noch. Und jetzt auch noch die Marija. Sie müssten bitteschön schriftlich festhalten, dass Herr Frohnwieser dem Franz Meguşar einen Kredit gibt, den der Franz Meguşar mit Zinsen zurückzahlt, sobald er beim Doktor Kammerer seinen Lohn bekommt. Geschenkt wolle er nichts. Aber weil es jetzt zu alledem gekommen sei, müsse er eben leihen. Frohnwieser solle einen vernünftigen Zins bestimmen. Und schriftlich gemacht werden müsse, dass die Marija wieder zurück zu Herrn Frohnwieser geht. Sie sollte, falls das möglich wäre, morgens und abends vorbeischauen, ob Frau Franeka Meguşar, also seine Mutter, Hilfe wegen ihrer Hände brauche. Der Kredit, um den er bitte, müsse reichen, damit er die Marija bezahlen kann. Und die nächste Rate für den Stier. Die würde am Freitag fällig, also dafür müsste es auch reichen. Wenn er jetzt nach

Wien müsse und seine, na ja, vielleicht könne man es wirklich *Versuche* nennen, in Steinbüchl nicht fortsetzen könne, es wäre eine Schande, wenn Jožefa ihre Rindslieder alle umsonst gelernt hätte. Er würde schon einen Weg herausfinden, wie er eine Vererbung der Friedfertigkeit weiter beobachten könne. Jetzt erst einmal Wien.

Das war es, was Franz schriftlich machen wollte. Für sein Alter und so schwer, wie er sich mit Schriftlichem getan, und so wenig er von Geschäften verstanden hat, war es erstaunlich klar.

„Ist recht Franz", sagte Frohnwieser, „ich setze uns etwas Schriftliches auf. Das wird ein bisschen dauern, weil wenn es schriftlich ist, soll es ja auch gescheit sein. Du schaust derweil, wie du nach Wien kommst. Der Doktor Kammerer braucht dich wirklich, das ist kein Städtergeschwätz. Mir hat er es auch geschrieben. Er will nämlich zusätzlich zu seinen ganzen anderen Tieren die Gottesanbeterin studieren, er braucht dringend Hilfe. Er sieht sich nicht mehr heraus. Vielleicht hat dieses ganze Unglück so wenigstens etwas Gutes. Dass du weggehst aus Steinbüchl und wirst in Wien etwas. In dir schlummert was Franz, das sage ich dir."

Man konnte Franz nichts ausreden. Er war nicht widersetzlich, nicht uneinsichtig oder stur. Das war es nicht. Aber wenn es einmal den Riss getan hatte, dann gab es für ihn nur noch eine einzige Richtung. Franz hat gemeint, was man anfängt, führt man zu Ende. Auch wenn man das Ende nicht sieht. Oder es gar kein Ende gibt. Oder nur ein schlechtes. Ich glaube, das war das erste Mal in seinem Leben, dass er nicht wusste, was mit dem Riss gemeint war. Wenn er jetzt nach Wien geht, rennt er nur davon und er hat immer geglaubt, man darf nicht davonrennen. Jožefa hat sich ja auch wieder neben den Stier hingesetzt und die Rindslieder gespielt. Trotzdem musste er davon. Es war seine Sache, und hier hielt er es nicht mehr aus.

18

Vorher muss ich ein anderes Ereignis berichten. Es geschah, bevor Franz nach Wien ging.

In Steinbüchl redeten sie darüber, dass der alte Frohnwieser in die Kreisstadt fahren würde. Er fuhr öfter einmal in die Kreisstadt, zu einem Ohrendoktor, hieß es. Jetzt, wo Frohnwieser älter wurde, war das etwas, was ausführlich besprochen gehörte. Allgemein wurde festgestellt, dass Frohnwieser zunehmend krumme Ansichten über Dinge hatte, die in Steinbüchl eigentlich gerade und fest standen. Die meisten führten seine Fassungslosigkeit gegenüber der Welt auf seine Taubheit zurück. Vielleicht lag es aber auch an dem Husten, der ihn hernahm. Wenn er diesmal in der Kreisstadt wieder keine Hilfe fände, wollte er angeblich weiterfahren bis Laibach oder sogar bis Wien. Frohnwieser hatte mit Franz besprochen, dass er Jožefa mitnehmen würde. Sie hatte junge Ohren, er hätte Gesellschaft und Hilfe. Und für das Mädchen wäre es gut, einmal aus Steinbüchl herauszukommen. Man muss ja nicht leben in der Stadt. Aber gesehen muss man die Stadt haben, auch als sehr junges Mädchen. Das und noch manches Andere wurde über Frohnwiesers Fahrt in die Kreisstadt gesprochen. Ihm war es recht.

Jožefa freute sich auf die Fahrt. Sie hatte ihre eigenen Pläne für den Tag in der Kreisstadt, die sie für sich behielt, nicht einmal Franz sollte davon wissen. Sie würde schauen, was sich machen ließ, wenn Frohnwieser beim Ohrendoktor war. Ein wenig merkwürdig fand sie die Sache mit Frohnwiesers Ohren schon. Wenn der alte Lehrer zuhörte, wie ihre Finger die Lieder auf der Bisernica suchten, verstand er doch jeden Ton. Aber das ging keinen etwas an, und Hauptsache, sie fuhren in die Kreisstadt.

So alt war die alte Kollegin, die ihnen die Tür öffnete, gar nicht, wie Frohnwieser behauptet hatte. Sie hieß, stellte Frohnwieser vor, Frau Gann, Gundel Gann. Frau Gann umarmte Frohnwieser und küsste ihn auf beide Wangen. Dann küsste sie Jožefa und verlangte gleich, Jožefa solle Gundel zu ihr sagen.

Jožefa fand, dass sie in der Kreisstadt seltsame Gewohnheiten hatten. Aber unangenehm war es auch wieder nicht, weil Frau Gann gut roch. Gundel von mir aus.

Sie führte die beiden in ein Zimmer, das sie den Salong nannte. Da war ein großer Tisch gedeckt, mit Rührei und kaltem Braten und geräuchertem Fisch, mit kleinen Schalen Kren und Preiselbeeren, es gab Gulasch und weiße Kaiserwecken. Außer den Eiern hatte Jožefa so etwas noch nie gesehen. Die Teller und Schalen waren aus dünnem Porzellan, in der Mitte weiß, darum herum grün, mit einem goldenen Rand. Jožefa war sich gar nicht sicher, ob man von solchen Tellern überhaupt essen konnte, oder ob man das alles besser nur anschaute.

Frau Gann kannte, so jedenfalls kam es Jožefa vor, sehr viele Worte und wollte die meisten davon auf der Stelle loswerden. Sie hätten ja früh aufbrechen müssen von Steinbüchl, sie wisse, wie sehr Frohnwieser das frühe Aufstehen hasste, wie hatte er das heute überhaupt geschafft, in jedem Fall wäre ein spätes zweites Frühstück jetzt richtig. Damit bat sie die beiden an den Tisch. Die Russen frühstücken überhaupt erst am Nachmittag. Frohnwieser nickte zufrieden.

Jožefa hatte noch nie überlegt, wie alt Frohnwieser eigentlich war, es war ja auch unwichtig. Jetzt mit einmal war es ein bisschen wichtig, und da fand sie ihn gar nicht alt. Sie hörte zu, wie die beiden über Menschen redeten, die sie kannten, über Bücher und über Orte, an denen sie vielleicht zusammen gewesen waren, über Theaterstücke. Der harte Husten, den er sonst gerne hatte und der ihn zum Stillsein zwang, schien weg zu sein. Genau wie die Taubheit. Je länger ihr zweites Frühstück dauerte, desto mehr schien Frohnwieser zu vergessen, weswegen sie eigentlich hergekommen waren.

„Und in deinem Steinbüchl sollen die Leute Mitleid mit dir haben, weil der arme alte Frohnwieser taub wird, und muss schnell noch zum Doktor in die Kreisstadt, damit er wenigstens ein bisschen was hat von seinen alten Tagen, mein Gott!", lachte Frau Gann, warf den Kopf zurück und klatschte in die Hände, als müsse sie nachprüfen, wie weit es mit Frohnwiesers Taubheit wirklich sei.

„Eine richtige Lüge ist es ja gar nicht", sagte Frohnwieser, „es ist nämlich einerseits und andrerseits. Einerseits höre ich wirklich jeden Tag schlechter. Andrerseits kommt das nur daher, dass meine Ohren jeden Tag gescheiter werden. Die wissen inzwischen besser als ich, dass das meiste Gerede nichts ist als weißes Rauschen, Geschwätz, das die Ohren gar nicht erst bis hinauf zum Hirn durchlassen müssen. Einerseits habe ich jetzt mehr Zeit, auf das hinzuhören, was überhaupt wichtig ist. Andrerseits verstehe ich schlechter, was die Leute wollen. Verstanden werden wollen sie nicht. Mir geht es ja mit den Augen auch so. Als würde ich ein Fernglas scharf stellen. Außerhalb von dem, was ich scharf stelle, sehe ich nur verschwommenes Zeug. Sehe ich besser als früher oder schlechter? Das sollst du sagen, Gundel. Aber ich muss jetzt wirklich einmal weg, in die Stadt. Wenn ich noch mehr esse und noch mehr rede, kann ich gar nicht mehr aufstehen. Eine Stunde vielleicht, höchstens zwei. Soll ich dir auf dem Heimweg etwas mitbringen?"

Nein, sagte Frau Gann. Sie habe ja nun ausreichend Zeit gehabt, sich auf seinen Besuch vorzubereiten, es sei alles da. Aber den Hausschlüssel solle er mitnehmen. Sie habe vor, Jožefa die Stadt zu zeigen, wenn die möge, oder den Zirkus oder die Kirche oder ein Kaffeehaus für ein drittes Frühstück. Wenn sie länger ausblieben, sei es besser, er könne sich selber einlassen. Er solle nicht vor ihrer Tür warten müssen, nie mehr.

Wieder reichlich feste Küsse auf die Wangen. Dann ging Frohnwieser. Jožefa erzählte mir später, sie hat das bemerkenswert gefunden: Dass man sich in der Stadt auf die Backen küsst, als wäre man verheiratet, dass man nicht hustet und mehr als einmal frühstückt. Auch beim dritten Mal wird die Mahlzeit immer noch *Frühstück* genannt.

Woher habe ich erfahren, was Frohnwieser wirklich in der Stadt wollte? Vielleicht hat Jožefa es mir gesagt. Vielleicht wusste sie es, wie sie viele Dinge weiß, über die sie nichts sagt, höchstens man fragt sie direkt danach. Für das Leben von Franz hatte es wohl keine so große Bedeutung. Für meines schon. Zum Ohrendoktor wollte Frohnwieser jedenfalls nicht.

In Wirklichkeit hatte er im Sinn, den Jožef Meguşar zu treffen. Es war nicht zum Aushalten. Irgendeiner musste Jožef aus seinen kindischen Träumen werfen. Vielleicht wusste Jožef es ja gar nicht oder wenn, dann schob er es von sich weg oder die Leute sagten es ihm gar nicht: dass seine Familie vor die Hunde ging. Natürlich sagt man das jemandem nicht gerne, der einem gerade einen Wein spendiert. Gesagt gehörte es trotzdem. Dass Franekas Hände nur noch schorfige Stümpfe waren, schon lang passte der Ehering nicht mehr auf den Finger. Dass die kleine Jožefa demnächst die Aborte beim Gusenbaur putzt, statt dass sie in die Schule geht und die Bisernica spielt, damit das Rind eine Friedfertigkeit bekommt. Dass Franz, Jožefs gleichmütiger, ungeschickter Sohn, ein passabler Sauschneider werden könnte. Stattdessen muss er jetzt weg von daheim in die fremde Hauptstadt Wien, weil einer die Familie doch durchbringen muss. Was das alles wiegt, würde er Jožef Meguşar fragen, das alles gegen einen Kinematographen. Oder von mir aus gegen eine Soldatenwitwe oder gegen die Heftel. Frohnwieser wusste von den Hefteln und Lioba, weil er alles wusste. Und weil es vielleicht gar kein solches Geheimnis war.

Frohnwieser hatte gehört, dass Jožef Meguşar in der Kreisstadt bei einem Ungarn wohnte. Für den schnitt er die verblühten Rosen und die bitteren Buchsbaumhecken. Es hieß, er dürfe dafür in einer Art Schuppen, den der Ungar *Gartenhaus* nannte, hausen. Bis um die Mittagszeit traf man ihn dort. Danach musste man es in den Wirtshäusern versuchen, was Frohnwieser nicht gern getan hätte. Ganz so, als sei er in der Kreisstadt daheim (vielleicht gehörte Frohnwieser zu den Menschen mit zwei Heimaten oder mehreren) zog er jetzt los, die Adresse des Ungarn stand auf einem Zettel. Er kannte die Straße, um die es sich handelte.

Derweil saß Jožefa vor den grünen Porzellantellern im Salong, hörte Frau Gann zu, die unablässig erzählte. Als wollte sie Jožefa einfatschen mit ihren endlosen Geschichten, wie ein Krippenkind. Jožefa kannte das von ihrem Vater, auch wenn seine Geschichten anders gingen. Es war bequem, sie musste nur zuhören, zwischendurch lächeln oder auch mal irgendwas fragen. Was für ein interessiertes und gut erzogenes Mädchen, dabei kommt sie vom Dorf, wird Frau Gann gedacht haben. Und nicht gemerkt haben, dass Jožefa nur grübelte, wie sie endlich zu ihrem eigenen Plan käme.

Nur die vielen Farben in Frau Ganns Salong, die lenkten Jožefa ab. Sie ließ, fast ohne Absicht, die Finger über die Porzellanteller wandern. Spürte das Grün, es war tief, sie spürte, wie es davonströmen wollte. Das Weiß dagegen war kühl und abweisend, der Rand des Tellers überraschte ihre Finger, das Gold war freundlich, ein bisschen rauh vielleicht, ja, oder wie ein Orgelton. Sie spürte das Braun des Sessels, auf dem sie saß, Furchen waren darin, frisch hineingepflügt. Einmal stand sie auf, fragte, so wie sie es von der Schule her gewohnt war, ob sie austreten dürfe. Aber natürlich, sagte Frau Gann, und im Vorbeigehen musste Jožefa Frau Ganns Haare berühren, die wie ein Kornfeld im August leuchteten.

„Ich will in eine Trafik", sagte Jožefa, als sie vom Austreten zurückkam.

Frau Gann, in einer Erzählung unterbrochen, von der sie selbst sehr gerührt war, fühlte sich überrumpelt.

„Eine ... Trafik willst du sehen?"

Jožefa nickte eifrig.

„Ich muss wissen, was eine Trafik ist, und wie es da zugeht. Nicht lang. Danach ist bestimmt noch Zeit für die Stadtkirche oder etwas Richtiges, bitte, eine Trafik!"

„Na was ist eine Trafik denn schon? Ein Regal mit Rauchwaren, ein paar Zeitungen, Zündhölzer, eine Soldatenwitwe. Das interessiert dich?"

„Ja bitte. Es interessiert mich sehr."

Frau Gann hatte selten mit Kindern zu tun. Sie war selber einmal eines gewesen, aber daran erinnerte sie sich kaum. Sie fühlte sich hilflos und hätte jetzt Frohnwieser gebraucht. Es kam ihr ungehörig, fast schon unanständig, vor, mit einem Dorfmädchen in die Trafik zu gehen. Man wird dort etwas kaufen müssen, eine Zigarre oder Streichhölzer, eine Trafik ist ja nicht zum Besichtigen da. Andrerseits hatte Frohnwieser dieses merkwürdige Mädchen mitgebracht. Es musste etwas Besonderes an ihr sein, sie spürte das ja selbst. Frohnwieser würde bestimmt wollen, dass sie dem Mädchen ihre Wünsche erfüllte.

Tatsächlich gab es nicht weit entfernt von ihrer Wohnung eine Trafik. Sie kam oft daran vorbei, hätte nie gedacht, dass sie jemals dort hineingehen würde. Es war, wie sie gehört hatte, die einzige Trafik in der Kreisstadt. Sie hatte auch gehört, man könne dort hintenrum.

„Na schön, dann komm", sagte sie zu Jožefa. Sie setzte einen Strohhut auf, der aussah, als trüge ihn sonst eine der Damen auf dem großen, ungenauen Bild, das in Frau Ganns Diele hing.

Es war ein sonniger Tag. Die Menschen hatten es nicht mehr so eilig wie am Morgen noch. Mitten in der Woche kam es Jožefa so vor, als trügen sie alle ihre Sonntagskleider. Sie schauten in den Boden oder starr geradeaus.

Nach einiger Zeit kamen sie an ein Häusel, über dessen Tür ein Schild hing „Tabak Trafik". Ein Zettel klebte dort: „Diese Trafik hat folgende festgelegte Ladenöffnungszeiten: von Montag bis Samstag, jeweils zehn Uhr bis zwölf Uhr und vier Uhr am Nachmittag bis sechs Uhr. Sonntags ganztägig geschlossen. Es wird höflichst & dringend gebeten, sich an die vorstehend bezeichneten Ladenöffnungszeiten zu halten."

„Aha", sagte Frau Gann. Es hatte noch nicht Mittag geläutet, immerhin wäre wohl noch geöffnet. Die Vordertür ging schwer auf, sie quietschte, als wolle sie bestimmt keine Kundschaft. Die beiden gingen trotzdem hinein.

Frau Gann, die nicht rauchte, und sich die Zeitung mit der Post bringen ließ, war noch nie in einer Trafik gewesen. Sie hatte gehört, es sei ein Ort, an dem kleine Leute biederen Lastern nachgingen, ein merkwürdiger Ort für eine Stadtbesichtigung mit einem sehr jungen Mädchen.

Das Licht mühte sich von der Straße durch zwei Fenster, die aussahen, als seien sie mit Magermilch zugestrichen. Über einen Küchentisch war ein Stück bräunliches Linoleum genagelt, das sollte die Theke darstellen. Dahinter ein paar Regale, die Rauchwaren unerwartet ordentlich aufgestapelt. An einer Wäscheleine hingen mit Klammern befestigt die erste Seite von Zeitungen, das „Linzer Volksblatt" oder die „Neue Kronenzeitung".

Jožefa interessierte sich nicht sonderlich für diesen schlecht aufgelegten Verkaufsraum. Sie stellte sich vor der Theke auf, schien genau zu wissen, worauf sie wartete.

Nach einer langen Zeit tauchte ein Mann auf. Er trug einen gestreiften Schlafanzug, über den er hastig eine Sonntagshose und ein schwarzes Jackett gestreift hatte. Weil man mit einem Schlafanzug ja auch irgendwie ausreichend gekleidet ist, hatte er darauf verzichtet, die Jacke oder die Hose ordentlich zuzuknöpfen. Während er redete, versuchte er, sich eine Krawatte um den Hals zu binden, riss sie immer wieder los, fing von neuem an. Er machte eine, ja man muss sagen: galante Verbeugung.

„Guten Tag, die Damen und küss' die Hand. Welchen Wunsch darf ich Ihnen erfüllen?" Damit wies er schwungvoll auf die Regale hinter sich. Als seien die voller ausgesuchter Kolonialwaren.

Frau Gann überlegte noch, ob gestreifte Schlafanzüge, die aus Hose und Jacke herausschauen, die übliche Arbeitskleidung der Trafikanten sind, als Jožefa schon sehr ruhig antwortete:

„Grüß Gott. Ist die Frau Lioba Köberlein da?"

„Ja so, die Frau Köberlein. Es ist an dem: Da, also anwesend wäre sie eigentlich schon, aber Zeit hätte sie gerade keine. Wenn die Wünsche der Damen nicht gerade kreuzkompliziert sind, dann könnte ich es ja einmal versuchen, ob ich sie zufriedenstellen kann? Eine Zeitung, heute ausnahmsweise mal eine französische?" Der Mann hatte einen ausladend gelben Schnurrbart und zwinkerte Gundel zu, während er gleichzeitig so tat, als sei Jožefa für ihn ein vornehmes Fräulein, vor dem er herumschwarwenzeln musste.

„Ich muss aber unbedingt mit der Frau Köberlein sprechen ..."

Gundel hatte sich neben Jožefa gestellt und ihr die Hand auf die Schulter gelegt, als wollte sie Jožefa beruhigen.

„Wahrscheinlich sprechen wir ja gerade mit dem Herrn Köberlein und du wirst dein Anliegen genauso gut ihm vorlegen können", sagte sie.

Sie spürte an den straff angespannten Muskeln Jožefas, dass es wohl gescheiter war, so zu tun, als wäre es das Normalste von der Welt, dass ein Bauernmädchen aus Steinbüchl in die Kreisstadt fährt, in die nächste Trafik marschiert und nach Frau Köberlein verlangt.

„Butter", sagte der Mann, der jetzt beschlossen hatte, die Krawatte nicht zu knoten, sondern wie einen Schal um den Hals zu werfen, „Butter, gestatten, mein Name, und ich vertrete Frau Köberlein, wenn die anderweitig unabkömmlich ist, die aber ansonsten und davon abgesehen nicht meine Gattin ist. Obzwar und im Vertrauen" – wieder dieses alberne Zwinkern – „ich mir das manchmal von Herzen wünschen würde."

„Bitte holen Sie jetzt die Frau Köberlein", sagte Jožefa. In ihrer Stimme war so etwas wie in der Bronzeglocke von Sankt Pankraz, wenn sie zum Hochamt läutet.

„Vielleicht sagst du mir, wie du heißt und worum es geht?", fragte Harry Butter (um wen sonst hätte es sich bei diesem Menschen handeln können).

„Ich bin die Meguşar Jožefa. Und ich will der Frau Köberlein sagen, dass sie unseren Vater wieder zurück nach Steinbüchl schickt. Wir haben ihn daheim notwendiger. Die Mutter hat blutige Stumpen, und der Franz hat sich Geld geliehen. Deswegen muss ich jetzt mit Frau Köberlein reden."

Harry Butter und Gundel starrten Jožefa an. Jetzt wird Jožefa in diesem Augenblick bestimmt nicht kriegerisch dreingeschaut haben, das kann sie gar nicht. Sie wird in diesem Magermilchlicht gestanden haben wie hineingewachsen, hat den Kopf schief gehalten, weil sie ihn immer schief halten muss. Eine Zeit lang hält man ihren Blick aus. Aber am Ende macht man, was sie will, unweigerlich.

Harry Butter hat sich deshalb auch ohne ein weiteres Wort umgedreht und ist zurück durch die Tür, die in das Innere der Trafik führte. Sehr sorgfältig hat er die Tür hinter sich zugemacht.

Erst ist nichts gewesen. Dann hat man einen Streit gehört, immer lauter. Wie Katzen, die sich anfauchen. Dann müssen Möbel umgekippt sein, irgendwas hat gegen die Wand gescheppert. Danach wieder Stille. Eine Schublade ist aufgezogen und mit ziemlicher Wut wieder zugepfeffert worden.

Anschließend ist Harry Butter wieder herausgekommen. Von dem gestreiften Schlafanzug hat noch mehr herausgeschaut, die Krawatte war weg. Dafür hat sein gelber Schnurrbart jetzt so geglänzt, als wenn er Fett hineingeschmiert hätte.

Er hatte einen Briefumschlag in der Hand (so einen braunen, in dem sie sonst die Hefteln verschickt haben, aber das wussten Gundel und Jožefa natürlich nicht), den hat er der Jožefa hingehalten.

„Die Frau Köberlein kann jetzt wirklich nicht. Aber sie sagt, ich soll dir das hier geben."

Jožefa rührte sich nicht. Der Umschlag zitterte leicht in Harry Butters Hand. Es ist schwer, der Jožefa einen

Heftelumschlag lange hinzuhalten. Nach einer Weile zog Butter die Hand zurück, öffnete die Umschlagklappe und ließ Jožefa den Packen Geldscheine darin sehen. Jožefa sagte noch immer keinen Ton. Schaute dem Harry Butter nur ins Gesicht. Sie konnte genauso ingenieursmäßig schauen wie ihr Bruder Franz.

„Frau Köberlein sagt, sie kann deinen Vater nicht nach Steinbüchl schicken, weil sie ihm gar nichts zum Sagen hat. Wenn er nach Steinbüchl zurück will, dann geht er, und wenn er nicht zurück will, dann geht er nicht. Sie begreift nicht, wie du überhaupt auf die Idee kommst, dass sie ihm etwas zu sagen hat. Aber die Frau Köberlein weiß selber, wie es ist, wenn es einem dreckig geht, sie hat es selber durchmachen müssen, ihr muss man davon nichts erzählen. Hier“ – er nickte zu dem Umschlag hin –, „das soll ich dir geben, es ist nicht viel, aber ein bisschen wird es doch helfen. Sie wird es mit dem Jožef abrechnen, es ist kein Geschenk, keine Angst, quasi ein Vorschuss, den sie halt diesmal an seine Familie ausbezahlt und nicht an Jožef selber.“

Von Jožefa kein Mucks. Sollte Harry Butter doch denken, dass noch nicht zu Ende geredet war.

Jetzt drehte Harry Butter sich zur Seite, griff in die Tasche seiner Sonntagshose und stopfte schnell, als schäme er sich dafür, ein paar zusätzliche Scheine in den Umschlag.

„Ich bitt’ dich, Mädel, jetzt nimm es halt.“

Jožefa rührte sich nicht, hielt nur den Kopf schief.

Da streckte Gundel die Hand aus, nahm den Umschlag, packte Jožefa am Arm und zog sie aus dem Laden.

Als Franz – der Besuch in der Kreisstadt war schon viele Tage her – Jožefa das nächste Mal abholte, gab Frohnwieser ihm einen Umschlag mit Geld.

„Vom Vater? Dann haben Sie den Vater in der Kreisstadt getroffen?“, fragte Franz.

In Steinbüchl war darüber geredet worden, dass der alte Frohnwieser nicht nur beim Ohrendoktor gewesen sein konnte. Niemand wusste etwas Genaues, und aus Frohnwieser war nichts herauszubekommen.

Frohnwieser hatte gerade einen so starken Husterer, dass er nur eine ungenaue Kopfbewegung machen konnte. Jožefa hatte sonst auch nichts erzählt von der Stadt. Nur eben, dass sie bei einer netten Dame im Salong gewesen waren, wo grüne Teller mit weißem Rand auf dem Tisch stehen. Und dass sie dort ein zweites Frühstück bekommen hatten, und wenn sie noch ein bisschen länger gewartet hätte, auch noch ein drittes. Man fand es allgemein bemerkenswert, dass Frohnwieser in der Kreisstadt eine nette Dame mit Salong kannte.

Franz öffnete den braunen Umschlag, zählte von dem dünnen Bündel die erste Rückzahlungsrate für den Kredit ab und legte die Scheine auf Frohnwiesers Tisch. Ich habe es immer gewusst, sagte er mir später. Ich habe immer gewusst, dass der Vater an uns denkt. Er hat nur manchmal Abhaltungen gehabt.

Es war nur so, dass das Geld in dem Umschlag schnell weniger wurde. Kammerers Antwort, wann Franz endgültig nach Wien kommen könnte, ließ auf sich warten. Aber jetzt, wo es entschieden war, hatte Franz es nicht mehr so eilig mit dem Wegfahren.

Morgens, wenn es noch dunkel war, kam Marija vom Frohnwieser herüber. Manchmal brachte sie etwas zum Essen mit. Der alte Frohnwieser hatte in letzter Zeit einen hitzigen Magen, vielleicht war es auch ein Magenkatarrh. Da blieb Essen übrig, um das es schade gewesen wäre.

Mit Marija war es so, dass man denken konnte, sie wäre im Häusel der Meguşars aufgewachsen. Nie musste sie fragen, wo etwas hingehörte. Sie wusste es und räumte auf und brachte eine Ordnung hinein, wo es eine brauchte. Sie bewegte sich ruhig und zielstrebig. Nur manchmal machte sie ihren Bachstelzenschritt. Das sah dann aus, als würde sie die ganze Zeit ein Lied singen, nur in ihr selber drin. Und sie könnte es nicht mehr aushalten und müsste einfach einen kleinen Tanzschritt dazu machen.

Franz sah ihr gern zu, wenn sie die Schränke öffnete, Socken fand, die schon lange hätten gestopft werden müssen, Kleider, an denen die Knöpfe fehlten oder die keinem von ihnen mehr passen konnten. Marija warf nie etwas weg. Sie wusch die Sachen, plättete sie, nähte die Knöpfe an und stopfte die Löcher. Was täglich benutzt wurde, was noch passte, die Arbeitskleider und der Sonntagsanzug, die Bettwäsche und die Leinentücher, wurden sauber gestapelt. Was abgelegt war oder sich gar nicht mehr flicken ließ, legte Marija so behutsam zusammen, als hingen noch alle Erinnerungen darin, ein Säckchen mit Lavendel kam dazu, dann packte sie die Bündel in hartes braunes Papier und legte sie auf ein Regal, das Franz ihr hatte bauen müssen. Manchmal dachte Franz, Marija machte den Haushalt reisefertig.

Stünde morgen ein Wagen vor der Tür, sie hätten sofort alles hinauftun können, festmachen und davonfahren. Das wäre möglich gewesen.

Franeka sah Marija zu, wollte selten einmal ein Stück von einem Stapel lieber auf einen anderen legen, weil sie wusste, da, wo Marija es hingelegt hatte, genau da gehörte es hin. Als Franeka ihre Hände noch gut hatte bewegen können, hatte sie viel genäht und geschneidert. Jožef hatte oft guten Stoff mit heimgebracht als Bezahlung für die Kurzwaren und Karten. Für Franeka hatten die Kleider den Geruch und die Farbe der guten Zeiten und der schlechten, die Sorgen waren darin fest eingesäumt und das wenige Glück. Es war schon in Ordnung, dass Marija das alles jetzt nicht nach Glück oder Kummer sortierte, sondern eines nach dem anderen, so wie es kam, auf den Stapel legte.

Franeka war stumm geworden. Marija half ihr, die Hände mit warmem Schweineschmalz einzureiben, auf die Art konnte man den Schorf ablösen, es ging jetzt besser. Mehrere Male am Tag knetete und streichelte sie Franekas Hände, die sonst hart geworden wären wie Klauen.

Franz sah Marija zu, danach fürchtete er sich weniger vor Franekas Händen. Er strich darüber, zupfte den Schorf ab, legte sie auf seine Knie, als probierte er schon einmal das Abschiednehmen. Sogar der Ehering passte jetzt wieder.

Wenn Marija morgens kam, schürte sie als Erstes den eisernen Küchenherd an. Kurz darauf roch es nach Gerstenmus. Franz hatte erst geglaubt, er könnte es nicht ertragen, dass Frohnwieser ihnen Marija schickte.

Jetzt fiel es ihm schwer, sich das Haus, den Stall, den Garten, in dem so wenig wuchs, ohne Marija vorzustellen.

In seinen letzten Tagen in Steinbüchl wollte Franz das kleine Elternhaus kaum verlassen. Er musste auf den Postboten warten. Kammerer schien in Wien alles gründlich vorzubereiten, er hatte Franz noch nicht geschrieben, an welchem Tag genau er kommen sollte.

Franz überlegte, ob er Marija bitten könnte, dass sie nach den Kälbern schaute und ihm regelmäßig berichtete, wie es sich mit den Hörnern entwickelte. Ließ es dann aber bleiben. Jožefa sagte, es sei sogar Franz, der von solchen Sachen nichts wusste, dann doch merkwürdig vorgekommen, dass Marija, über die die Tante täglich die dreckigsten Sachen herumtrug, auf die Höfe hätte gehen sollen. Wer weiß, auf welche Ideen die Männer kommen, wenn ein Mädchen allein auf ihrem Hof erscheint.

Den Stier musste man jedenfalls gut füttern, Jožefa würde ihm weiter Lieder vorspielen. Kammerer hatte schon länger keine neuen geschickt, aber die alten Lieder halfen sicher auch.

Endlich kam der Brief von Kammerer aus Wien. Wo Franz denn stecke? Es sei doch alles abgemacht. Wahrscheinlich könne Franz sich nicht von seinem Steinbüchl trennen, ob er auf dem Dorf versauern wolle. Wenn Franz nicht sofort anrücke, dann müsse er die Stelle mit einem anderen besetzen, selbst wenn der andere nicht so geschickt sei mit den Tieren wie Franz.

Am Tag, bevor er nach Wien aufbrach, ging Franz über den verfluchten Karstacker seiner Familie. Der Acker hatte ihnen alles eingebrockt, man kam nicht los davon. Wieder einmal war der Himmel über der Krain auseinandergebrochen und goss seine grauen Wasser über die Steine. Neben einer Felsspalte saß ein Drachenkind. Franz setzte sich dazu. Das Drachenkind rührte sich nicht, drehte nur den Kopf mit der Halskrause aus den roten Fleischfäden zu ihm, als wartete es darauf, was Franz ihm zu sagen hatte. Sie sahen nichts, diese Drachenkinder. Aber hören konnten sie mit ihrer ganzen Haut. Franz nahm das Drachenkind vorsichtig hoch, es schien damit einverstanden, ja sogar ganz gerne in seiner Hand zu sitzen, trug es nachhause. Dort ließ er es vorsichtig in das Glas gleiten, das er auf Weisung Kammerers schon vorbereitet hatte. Wechselte den Tag über ein paar Mal das Wasser.

Nachts konnte er schlecht schlafen, eigentlich gar nicht, war froh, als er hörte, wie Marija noch vor Tagesanbruch kam. Sie würde ihm das Frühstück machen, während er ein letztes Mal in den Stall ging. Sie würde ihm auch etwas zusammenpacken für den langen Weg.

Dann saß er in der Küche. Dachte nach.

Stand mit einmal auf, holte das schwarze Glas mit dem Drachenkind vom Tellerregal, wo er es gestern hingestellt hatte.

„Ich lass ihn dir, Marija“, sagte er. „Was soll er in Wien? Er bleibt bei dir und ich glaube, er schaut nach dir, beschützt dich.“

Marija öffnete das schwarze Glas und schaute das

Drachenkind an, das still in seinem frischen Wasser schwamm.

„Es sind keine Drachenkinder", sagte sie. „Gar nicht. Es sind Menschenfischlein. Die Haut ist doch so blass wie unsere und genauso glatt. Keine Schuppen, keine Zacken. Nur dass man bei ihnen durch die Haut in sie hineinschauen kann. Ein Menschenfischlein. Das lebt im Dunklen. Wie wir."

Franz musste los. Wien würde nicht auf ihn warten. Er umarmte die Mutter und Jožefa. Er fragte Marija nicht, was sie gemeint hatte. Gab ihr nur die Hand. Aber es arbeitete in ihm, dass Marija sagte, wir leben im Dunklen. Das dürfte nicht sein, dass jemand so auf unser Leben schauen muss.

Er ging zum Bahnhof. Marija begleitete ihn noch.

Der Zug wäre schon beinah abgefahren, da sagte Marija schnell, Frohnwieser habe gesagt, sie soll ihn nach Wien begleiten. Und stieg ein.

Teil II

19

In meinem Bericht über Franz muss ich jetzt sowieso den Sprung von Steinbüchl nach Wien machen, da schenke ich es mir, die Sachen genau so hintereinander zu erzählen, wie sie tatsächlich vorgekommen sind. In der richtigen zeitlichen Ordnung wäre es ja so, dass Franz, kaum war er in Wien angekommen, im Vivarium das Arbeiten angefangen hat. Ich war zwar seinerzeit schon in Wien, aber nicht am Vivarium, sondern beim Abel. Wusste damals weder etwas von Franz, noch vom Vivarium, der Gottesanbeterin oder dem blinden Grottenolm. Erst viel später, Franz war inzwischen eine wichtige Figur am Vivarium, bin ich auch dort eingestellt worden. So haben wir uns kennengelernt. Und angefreundet, das darf ich schon sagen. Obwohl die Gründe, die mich ans Vivarium gebracht haben, weniger freundschaftlich waren. Dazu komme ich noch. Schonen will ich mich bestimmt nicht, und meine Rolle auf schön umschreiben. Aber wenn ich mit dem Ende anfange, versteht man vielleicht besser, wie es dazu gekommen ist. Am Ende ist unsere Freundschaft und sind wir alle nämlich in ein Schlamassel geraten, was nicht unsere Schuld war. Ich fange mit dem Schlamassel an, wir alle haben damals am Vivarium gearbeitet. Wien und seine Zeit und unsere Freundschaft waren da praktisch schon vorbei. Erst danach gehe ich wieder zurück in die zeitliche Ordnung und zu Franz' Ankunft in Wien. Jeder kann dann selber schauen, ob es von dem Augenblick, wo Franz am Bahnhof stand, bis zum Schlamassel, ein paar Jahre später, wirklich nur diesen einen Weg gegeben hat, den wir alle nun einmal genommen hatten.

An dem Morgen jedenfalls, an dem Doktor Kammerer uns im Aufenthaltsraum des Vivariums zusammenrief, weil er uns einen Brief vorlesen wollte, da ahnte keiner von uns, dass mit diesem Brief das Schicksal des Vivariums, vieler seiner Mitarbeiter, ja sogar Kammerers eigenes Schicksal besiegelt war. Wir dachten, es wäre nichts weiter als einer der unverschämten, dummen, drohenden Briefe, mit denen das Vivarium in letzter Zeit überschwemmt wurde.

„Noble! Noble heißt der Mensch auch noch zu allem Überfluss", lachte Kammerer, aber recht fröhlich hörte es sich nicht an, und wedelte mit einem Briefbogen, „Professor Gladwyn Kingsley Noble, demnächst also der Herr Großinquisitor hier. Er soll uns auf Herz und Nieren prüfen, die Leitung der Universität hat das veranlasst, und er schreibt, dass er darauf rechnet, in den nächsten Tagen bei uns im Vivarium zu sein, und was für eine Ehre es ist, dass er unsere Arbeit aus nächster Nähe begutachten darf. Er freut sich darauf, uns jederzeit in Griffweite zu haben. Wir sollen uns bitte bloß nicht stören lassen, so tun, als sei er überhaupt nicht da, alles wie sonst. Er geht davon aus, dass er trotz seines delikaten Auftrags bei uns willkommen ist.

Also, wenn es denn sein muss: willkommen! Mehr als diesen lächerlichen Namen, bei dem das ‚e' immer nach hinten durchrutscht, werdet ihr von ihm nicht wissen müssen. Ich könnte euch höchstens noch mitteilen, dass er aus New York kommt, wo seine puritanischen Großväter die Indianer umgebracht haben, weil sie den falschen Glauben, das fruchtbarere Land und die schöneren Weiber hatten, nicht unbedingt in dieser Reihenfolge. Und worauf spezialisiert sich so einer? Auf was wohl – auf Kriechtiere. Da kann er mit seinem wissenschaftlichen Interesse gleich in der Familie bleiben. Nur nicht nach oben schauen, immer schön die eigenen Kniescheiben anglotzen, wenn man überhaupt welche hat. Der Herr lebt in einer kleinen, flachen Welt, das kann ich euch jedenfalls sagen. Und so einer soll plötzlich darüber entscheiden, ob wir hier weitermachen können. Unfassbar. Besser nicht nachdenken darüber."

Wenn man keinen Überblick hatte, verstand man schwer, was der Brief uns mitteilen sollte. Kammerer hatte als Einziger den Überblick, er und Professor Przibram und die paar anderen Doktoren am Vivarium, die vielleicht gerade noch. Aber die meisten von uns waren keine Doktoren. Wir waren Tierpfleger, Bühnenbildner oder Elektriker, der einfache Mann von Wien halt. Ich selber gehörte erst seit Kurzem dazu. Warum ich ins Vivarium und in diese wüste Streiterei hineingeraten bin, das, wie gesagt, berichte ich schon noch, jetzt erst einmal ein Einblick in den Noble.

In welchem Streit sollte dieser Professor Noble den Schiedsrichter machen, worum ging es dabei? Um nichts Neues. Der Streit ist viermal tausend Jahre alt oder noch älter, geht praktisch los mit Adam und Eva, hatte Kammerer uns erklärt. Ob der Mensch sich ändern kann, indem er die Welt ändert, und ob ihm die Änderung ins Blut geht. Oder ob er sich völlig ausgeliefert ist, seine Erbanlagen ein Brocken Stein, in den die guten und schlechten Eigenschaften für alle Zeiten hineinmarmoriert sind. Daran wäre dann angeblich nichts zu ändern. Höchstens, dass man diejenigen mit den schlechten Eigenschaften im Blut aussortiert und auf die Seite tut. Das war die Meinung, die Kammerer immer bekämpft hat.

Ich weiß auch nicht, warum Kammerer alles immer gleich von so weit oben herunter hat anschauen müssen. Wenn etwas nicht wenigstens vom Alten Testament bis hin zum Jüngsten Tag gereicht hat, ist es für ihn gar nicht in Betracht gekommen. Eigentlich hätte er doch Arbeit genug damit gehabt, dass er nachschaut, ob der Feuersalamander seine gelben Flecken verliert, wenn er ihn auf schwarzem Sand aufzieht, oder umgekehrt seine schwarze Zeichnung, wenn er auf gelbem Sand leben muss. Oder ob der Grottenolm Augen bekommt, wenn er ihn aus seiner Karsthöhle herausholt, wo ihm Augen eh nichts nützen, und ihn zwingt, im hellen Licht zu leben. Solche Sachen. Damals fand ich, Kammerer hat den Kopf zu sehr in den Wolken. Inzwischen weiß ich, er war überzeugt, man muss die Frage, ob uns Veränderungen ins Blut gehen, durch ernsthafte Experimente nachprüfen. Bisher war das in der Wissenschaft offenbar eher Glaubenssache gewesen. Jedenfalls nichts, was man mit einem Experiment nachprüfen könnte.

Wenn man es so herum anschaut, war es kein Wunder, dass die Gegenseite gemeint hat, ihre Welt gehe augenblicklich unter, wenn Kammerer Recht bekommt.

Der Kammerer mit seinen Feuersalamandern und Seescheiden – was ist der schon?, haben seine Gegner sagen können, von denen er mehr hatte als Haare auf dem Kopf. Ein Schaumschläger, ein Scharlatan, in einer Praterbude gehört der ausgestellt, in der Wissenschaft hat er nichts zu suchen. Jude natürlich. Das war auch so etwas – wenn man von einem gesagt hat, er ist Jude, dann hat man sofort einen Konkurrenzvorteil gehabt. Die Professorenstelle, die Kammerer notwendig gehabt hätte, die würde er nicht bekommen, nie im Leben. Nicht, solange in Wien die richtige Wissenschaft mehr gilt als der Aberglauben. Magnetiseure, Geißler, Heilsprediger, Lebensreformer, von all dem Geschwerl hatte Wien genug. Jetzt war das wissenschaftliche Jahrtausend angebrochen, unwiderruflich.

Diese anderen, die Gegenseite, das war die Wiener Universität und überhaupt alle, die sich einbildeten, nur sie verstünden die Biologie. Weil in ihre engen Hirnschalen nicht hineingepasst hat, dass man es sich auch ein bisschen vernünftiger und freundlicher richten kann in der Welt, und dass man diese Möglichkeit streng wissenschaftlich beweisen kann. Auf der einen Seite unser Vivarium, auf der anderen Seite alle anderen, so war das damals. Deswegen haben sie den Kammerer, den vor allem, aber auch den Przibram, das ganze Vivarium bekämpft. Der Schaum ist ihnen vor dem Mund gestanden. Eine rasende, eine unbegreifliche Wut. Noch mehr Schärfe bekam der Streit dadurch, dass es zwischen dem Vivarium und der Wiener Universität nicht nur um eine Weltanschauung und eine ganze Religion ging. Sondern ums Monatsgehalt, die Reputation, Titel, Lehrstühle und später sogar ums Leben.

In der letzten Zeit war der Streit immer verbissener geworden. Kammerer hielt in brechend vollen Sälen Vorträge, die Wiener Hausfrauen haben an ihn hingeschmachtet und sich die Hände wund geklatscht. Tags drauf stand in den Zeitungen, welche Farbe Kammerers Krawatte gestern gehabt, und wie oft die Eszterházy bei seinem Vortrag genickt hat, und dass die Auersperg, also wer war bloß der elegante Herr an ihrer Seite. Sind mehr als drei Leute beisammengestanden, hat der Kammerer auf der Stelle angefangen, einen Vortrag zu halten. Reden hat er können wie ein Kurzwarenvertreter. Sogar die ganz Verstockten sind bekehrt aus seinen Vorträgen herausgekommen. Die Universitätsprofessoren hätten ihre Hörsäle gern ebenso mit schmachtenden Hausfrauen voll gehabt wie der Kammerer. Neidig waren sie. In der Wissenschaft geht es immer auch um Weiberblicke.

Wegen der ganzen Streiterei sind wir schon gar nicht mehr dazu gekommen, ordentlich zu arbeiten.

Gestritten wurde hauptsächlich über die Geburtshelferkröte. Kammerer hielt es für eine liebenswürdige

Laune der Natur, dass das unschuldige Tier einen so verheißungsvollen Namen hat. Dieses hinreißende Scheusal wird bei der Geburt der neuen Wissenschaft helfen, behauptete er. Das hat die anderen zum Rasen gebracht.

Dabei ging es eigentlich lediglich um die Brunstschwielen der Geburtshelferkröte. Professor Abel, für den die Wahrheit durch die Gasse daherkommt, die er persönlich geschlagen hat, der Abel tönte: Kammerer hat nicht den Schneid, dass er eine unabhängige Untersuchung der Brunstschwielen machen lässt. Abel würde uns drei Experten nennen, von denen dürften wir einen auswählen. Wenn der unabhängige Experte meint, es ist auch nur ein bisschen was dran an unserer wüsten Krötengeschichte, dann schreibt er, Abel, es in die „Die Gärtnerin aus Liebe“ hinein, die illustrierte Zeitschrift, von der man wusste, wie stark sie in den besseren Kreisen Wiens gelesen und diskutiert wurde. Einen öffentlichen Widerruf würde er schreiben. Andernfalls enthüllen, dass es sich beim Vivarium um eine Fälscherwerkstatt handelt, in der nicht nur Tiere gefälscht werden. Für die Wahrheit ist der Abel über Leichen.

Natürlich war das ein Angriff, den Kammerer hat parieren müssen. Eine Wahl hatte Kammerer gar nicht – er musste unter Abels drei so genannten Experten einen aussuchen. Sonst wäre er als Feigling dagestanden, der etwas zu verbergen hat. Das war ja das Perfide an Abels Vorschlag. Warum er ausgerechnet den Professor Noble aussuchte, weiß ich nicht. Wahrscheinlich wegen seinem Namen und weil er so einen weiten Weg bis von

New York her hatte. Vielleicht nahm ihn für den Professor Noble auch ein, dass der einmal einen Stummfilm über Lachmöwen gemacht hatte. Der wird doch schon rot, wenn er an das Wort Brunst nur denkt, spottete Kammerer, der wird dem Charme unserer Geburtshelferkröte hilflos zum Opfer fallen.

Möglicherweise werden Sie nicht genau wissen, was es mit der Geburtshelferkröte auf sich hat. Ich bin auch erst nach ihr im Vivarium eingestellt worden und musste mich mit ihr bekanntmachen. Den Anfang habe ich gar nicht mitbekommen.

Wenn man selber an so einer Sache beteiligt war, ist es schwer, darüber zu berichten, ohne sein eigenes Gefühl in den Bericht hineinzubringen. Andrerseits finden Sie heute einfach keinen mehr, der nicht entweder auf die eine Seite gehört oder auf die andere. Eine Unvoreingenommenheit gibt es gegenüber der Geburtshelferkröte nicht mehr. Bei keinem. Bestimmt hat dazu beigetragen, dass Kammerer alles in einem größeren Zusammenhang hat sehen wollen.

Jožefa sagt, die Kröte kann ihr gestohlen bleiben. Sie will nur nicht, dass der Franz in einem schlechten Licht dasteht. Wenn ich schon in seinen Sachen herumsuche, dann soll ich mich daran halten. Der Franz hat Hornlosigkeit im Sinn gehabt, und ja, er war ewig ein bisschen aus der Zeit. Willst du ihm das etwa vorwerfen? Sogar wie er ganz erwachsen war, ist ihm das Ungeschick geblieben. Vor allem mit der Wahrheit war er unbeholfen. Er hat sie sich nie herrichten können. Er hat sie immer nur so nehmen können, wie sie dahergekommen ist. Bei Kammerer bist du unter der Menschheitsgeschichte nicht davongekommen. Für Franz hat gezählt, dass es im Stall friedlich zugeht. Was auch nicht falsch ist. Jedenfalls lässt sich das leichter nachprüfen.

Deshalb muss ich als Erstes erklären, worum es bei der Krötensache geht. Meinen eigenen Beitrag halte ich da erst einmal heraus. Vielleicht sage ich gar nichts darüber. Das muss ich gründlich überlegen und abwarten, was Jožefa meint. Auf Jožefa kommt es an.

Damit es wirklich ganz unverdächtig herauskommt, überlasse ich es einem anderen, über die Krötensache zu berichten, einem gewissen Koestler, Professor natürlich, Arthur Koestler. Er ist selber nicht verwickelt, ein Nachgeborener praktisch. Zu dem Zeitpunkt, als er unsere Krötenversuche und die anderen Versuche beschrieben hat, waren alle Versuchstiere lange schon tot, die allermeisten beteiligten Wissenschaftler auch, und er hätte durch Lügen nichts zum Gewinnen gehabt.

20

Erst einmal, warum heißt diese Kreatur, die, wahrscheinlich ohne es zu wollen, so viel Skandal macht, Geburtshelferkröte? Ein rechte Schönheit ist sie ja nicht. Der Rücken mit hellgrauen Pusteln übersät, an den Flanken zwei Reihen roter Warzen, goldene Augen, die schlitzförmige Pupille senkrecht. Bei der Begattung stößt das Weibchen Eier aus, die hängen mit einem schleimigen Faden beisammen. Das Männchen besamt die Eier und wickelt sich danach den besamten Eierfaden um seine Hinterbeine. Sieht aus wie eine reichlich unbequeme Perlenkette. Diesen Hochzeitsschmuck schleppt das Männchen so lange mit sich herum, bis die Jungen ausschlüpfen. Daher Geburtshelferkröte oder Alytes. Außer ihrem Hochzeitsschmuck noch eine Besonderheit, über die Koestler berichtet:

„Während die meisten Krötenarten sich im Wasser begatten, tut dies *Alytes* an Land. Während der Paarung im Wasser umklammert das Krötenmännchen das Weibchen an den Hüften bis das Weibchen den Laich ausstößt Um an dem schlüpfrigen Körper des Weibchens im Wasser einen festen Halt zu haben, bildet das Männchen während der Paarungszeit an den Handflächen und Fingern dunkelgefärbte Schwielen aus, aus denen kleine Hornfortsätze herausragen: Das sind die berühmten Brunstschwielen.

Die Geburtshelferkröte jedoch, die ja an Land kopuliert, wo die Haut des Weibchens verhältnismäßig trocken und rauh ist, braucht diese Schwielen nicht und besitzt deshalb auch keine. Das Weibchen stößt eine Menge Eier aus, die in langen Gallertfäden eingebettet sind. Diese besamt das Männchen, schlingt diese 'Perlketten' um seine Hinterbeine und trägt sie mit sich, bis die Jungen ausschlüpfen. Daher der Name Geburtshelferkröte.

Kammerer stellte damals nun die Behauptung auf, dass *Alytes*, wenn man sie dazu zwingt, mehrere Generationen lang wie andere Kröten im Wasser zu kopulieren, allmählich Brunstschwielen als ein erworbenes Erbmerkmal ausbildet.“[1]

Diese Brunstschwielen sind schwarz gefärbt und heben sich deutlich von der Haut des Vorderarms ab. Für einen Kriechtierforscher wie den Noble können die schon mal aussehen wie Fingerhandschuhe, die vorne abgeschnitten sind, damit man die Fingerspitzen frei hat für die feine Arbeit und trotzdem warme Hände behält.

Möglicherweise wüssten Sie gern, wie der Lauf der Welt damit zusammenhängt, wo eine Kröte kopuliert. Wir selber im Vivarium hätten die Frage, ob sie das Kopulieren im Wasser oder an Land erledigt, ja gar nicht so aufgeblasen. Wenn unsere wissenschaftlichen Gegner das nicht gemacht hätten. Sogar Kammerer hielt es anfangs für einen nebensächlichen Versuch, hat keinen Haken gesehen, an dem er seine Weltanschauung aufhängen könnte. Ich komme später noch zu den Einzelheiten. Jetzt soll Herr Koestler erst einmal schildern, wie Kammerer das Experiment überhaupt machen wollte:

Der erste Schritt bestand darin, "den Fortpflanzungsmodus der Geburtshelferkröte zu ändern. Dies geschah, indem die Kröten bei ungewöhnlich hohen Temperaturen (+25 bis +30 Grad Celsius) gehalten wurden, ihnen jedoch ein Bassin mit kühlem Wasser bereitgestellt wurde. Dies veranlasste die Tiere, sich immer länger in dem Bassin aufzuhalten, bis sie sich schließlich auch im Wasser paarten."[2]

Kammerer, das muss man ihm lassen, ein hinterfotziger Experimentierer war er schon. Jeder andere hätte versucht, die Viecher immer wieder zum Kopulieren ins Wasser zu schubsen oder eine glatte Wand um ihr Bassin zu ziehen, an der sie nicht hochkommen. Kammerer heizte den Kröten einfach ein, genial, praktisch genommen. Die Kröten haben gar nicht gemerkt, wie ihnen geschieht, und warum es ihnen so viel angenehmer vorgekommen ist, im Wasser zu kopulieren.

„Aber die Eier, die das Weibchen im Wasser ausstieß, quollen sofort auf und blieben nicht an den Beinen des Männchens haften. Sie sanken auf den Boden des Bassins, wo die meisten von ihnen zugrunde gingen. Wieder war es eine tour de force Kammerers, einige dieser ‚Wassereier' zu retten und aus diesen im Wasser gezeugte *Alytes* zu züchten.

Wie bereits erwähnt, versuchte der Kustos der Reptiliensammlung des Londoner Naturhistorischen Museums die Experimente zu wiederholen, was ihm aber nicht gelang. Er war nicht imstande, auch nur ein einziges im Wasser gezeugtes Exemplar aufzuziehen."[3]

(Nur der Ordnung halber: Es war nicht Kammerer persönlich, der die Wassereier rettete. Das waren der Franz Meguşar und ich. Nächtelang saßen wir mit Stirnlampen am Krötenbassin. Durften die Kröten mit unseren Lampen nicht beim Kopulieren stören. Gleichzeitig hätten wir sofort sehen sollen, wenn das Weibchen die Eier ausstößt. Dann sollten wir hineinlangen und sie in einer Art Haarnetz auffangen. Schnell musste es gehen, damit die Eier nicht aufquellen und platzen. So Verrückte wie uns, die nächtelang die Kröten beim Kopulieren diskret beleuchten, wird der Kustos im Londoner Museum keine gehabt haben.)

„Als Kammerer im Jahre 1909 an den Nachkommen

seiner im Wasser sich paarenden *Alytes* Brunstschwielen entdeckte, war dies ein Zufallsergebnis, dem er keine besondere Bedeutung beimaß Später schrieb er:

‚Das merkwürdigste Kennzeichen der 'Zucht aus Wassereiern' bieten die *Vordergliedmaßen des geschlechtsreif gewordenen Männchens.* Zuerst bemerkte ich in der F3- (Urenkel-)Generation, daß der erste Finger an seiner Ober- und Außenseite sowie auf dem Ballen schwarzgrau verfärbt und gleichzeitig etwas verdickt war. Die ganze vordere Extremität erschien muskulöser und abweichend in ihrer Haltung, nämlich mehr einwärts gewendet. Früher hatte ich die neu aufgetretene, beim normalen Brunftmännchen von *Alytes* nicht vorhandene Daumenschwiele nur makroskopisch und skizzenhaft abgebildet Das Interesse daran schien mir damals mit dieser Darstellung vorläufig erschöpft. Inzwischen sind Umstände eingetreten, die es mir wünschenswert sein ließen, gerade jener *Begattungsschwiele* eingehendere Untersuchungen zu widmen.‘“[4]

Sie fragen sich wahrscheinlich, warum ich diese hirnrissige Begattungsschwiele nicht mit eigenen Worten beschreibe, der Krötendaumen bis zum Ballen verdickt und schwarzgefärbt, so viel Beschreibung wird man von einem Berichterstatter doch verlangen können. Nein, schwierig ist das tatsächlich nicht, und ich würde es schon zusammenbringen, irgendwie. Aber hier geht es um Betrug. Betrogen und gelogen ist mit der Begattungsschwiele worden. Ganz gewaltig betrogen. Da zählt dann plötzlich jedes Wort, jedes wird einzeln abgewogen, berochen, betastet, geschmeckt.

Es ist ja auch in all den Jahren danach nie herausgekommen, wer den Betrug eigentlich organisiert hat. Man möchte nicht in den Verdacht kommen, dass man die Geschichte erzählt, weil man sich einen sauberen Fuß machen will. Daher die Dokumente im Original zitieren. Dokumente haben so was Solides. Möglichst viel die anderen reden lassen. Wäre mir überhaupt lieber, ein anderer erzählt, was damals vorgekommen ist, und ich selber halte mich im Hintergrund. Aber jetzt stecke ich nun mal mittendrin, und Jožefa leidet es nicht. Sie verlangt, dass ich die Geschichte erzähle, weil auf mich hat sie wenigstens einen Einfluss, mich kann sie korrigieren. Den Koestler nicht. Jeden Satz wird sie sich einzeln vorlegen lassen.

Wir könnten uns zum Reden irgendwohin setzen. Vielleicht in das Wirtshaus, in dem Jožef immer die Geburtstage vom Franz verhockt? Das kennen Sie ja inzwischen. Ich kann auch besser reden, wenn ich ein Glas Wein habe, der Mund wird einem da nicht gleich trocken.

Dann fange ich halt mit der Jožefa an. Für mich fängt alles mit Jožefa an, deshalb.

Es ist an dem: Die Jožefa soll halt endlich meine Frau werden. Das bisschen Schiefheit an ihr vergisst man eh gleich. Man müsste mich schon direkt darauf ansprechen, damit ich mich überhaupt daran erinnere. Ich würde durch die Heirat den Meguşar-Hof mit übernehmen und mich um alles kümmern, auch um den Austrag für die Franeka. Kümmere mich ja jetzt schon um alles. Es macht mir nichts aus, hart zu arbeiten, obwohl ich kein Bauer bin und nicht von Bauern abstamme. Und an den Fluch glaube ich nicht.

Die Jožefa wäre nicht abgeneigt. Glaube ich jedenfalls. Immerhin haben wir schon eine Tochter, Charlotte. Jožefa weiß wahrscheinlich gar nicht, dass sie eigentlich keine gute Partie ist, oder wenn, ist es ihr gleich. Ich glaube, bei ihr spielt die Vernunft die Rolle, Gefühl eher weniger. Ich denke mir, das Gefühl kommt mit der Zeit. Bei mir war es gleich da. Ich könnte auch nicht sagen, dass es in all den Jahren schwächer geworden wäre. Jožefa hat allerdings eine Bedingung – das Andenken an ihren Bruder Franz. Gesagt ist worden, der Franz wäre derjenige, der den Betrug mit der Begattungsschwiele gemacht habe, weil er den Kammerer Paul habe hinhängen wollen. Franz und betrügen und dann noch andere Leute hinhängen, Jožefa sagt, da ist doch gar kein Drandenken. Unmöglich. Der Franz, der es sich mit der Wahrheit nie hat richten können, der soll so eine lumpige Begattungsschwiele? Im Leben nicht. Meine Aufgabe, hat Jožefa bestimmt, ist es jetzt, mit diesem Bericht hier dem Franz seine Ehre wiederherzustellen. Die vor seinem Heldentod. Seine ganze Ehre, aber ohne den Krieg. Ich bin damals als Augenzeuge im Vivarium dabei gewesen, ich muss es wissen, von mir verlangt sie einen wahrheitsgemäßen Bericht. Für Jožefa kann der nur darauf hinauslaufen, dass der Franz das mit der Begattungsschwiele, also das war er bestimmt nicht. Wenn der Franz seine Vorkriegsehre wiederhat, dann überlegt sie sich die Sache mit der Verlobung, aber keinen Tag vorher. Ich würde ja wohl kaum die Schwester eines Begattungsschwielenbetrügers heiraten wollen, sagt sie. Also.

Marija würde auch wollen, dass die Betrugsgeschichte vom Tisch kommt. Bei ihr ist es noch verwickelter. Marija begreife ich sowieso noch weniger als die Jožefa. Die Adresse, die ihr der Frohnwieser für Wien damals mitgegeben hat, das waren, wie sich herausstellte, Agitatoren. Haben in einer stattlichen Villa gehaust, die eine von ihnen geerbt hatte. In Wien hat die jeder gekannt, eine alteingesessene Familie, Anwälte, Priester, Generäle, sogar ein Schriftsteller. Die Enkel sind jetzt auf den Umsturz gekommen, das Unterste nach oben kehren, nichts weniger. Marija ist dort eingezogen, nachdem sie mit Franz in Wien angekommen war. Ich denke oft, wenn ihre Tante nicht so hundsgemein mit ihr gewesen wäre, dann hätten sie die Ideen der Glöckels nicht so interessiert. Bei Marija kann ich nie auseinanderhalten, ist das jetzt ihr Gemüt oder sind das ihre radikalen Ideen. Sie hat mir erklärt, das mit ihren leuchtenden Augen hin und wieder, also mit dem Kammerer als Mannsbild hat das nichts zu tun. Aber mit seiner Wissenschaft. Dass er beweisen kann, Vererbung ist kein Schicksal, wir können uns ändern, wenn wir die Welt ändern. Wem davon nicht die Augen leuchten, dem kann sie auch nicht mehr helfen. Der Franz hat dem Kammerer nie recht getraut, das weiß sie. Wahrscheinlich hat er ihn nur nicht richtig leiden können, vielleicht war sie selber, also an ihr könnte es auch mit gelegen haben. Die beiden waren einfach zu unterschiedlich. Und Franz, der Sohn eines Sauschneiders, da liegt einem das Verändern weniger im Blut. So einer ist schnell auf der Stör, aber langsam, wenn es um die neue Zeit geht. Dabei steht so viel auf dem Spiel mit der Begattungsschwiele, hat sie mir erklärt. Alles steht auf dem Spiel, alles, was uns wichtig sein muss, damit wir endlich hochkommen von den steinigen Äckern in Steinbüchl. Ein Auskommen könnte man haben, es könnte Erdäpfel genug geben, und kein Tier braucht mehr Hörner, auch wir nicht.

Manchmal ist die Wahrheit sehr persönlich.

Es geht um die Wahrheit. Damals ist es nicht darum gegangen, was sie nützt. Sondern darum, was die Unwahrheit schadet. Das ist nicht das Gleiche. Und für mich geht es heute darum, wie man es sich richtet. Vielleicht werde ich, wenn ich alles aufgeschrieben habe, einige Seiten wieder herausreißen müssen, damit die Jožefa sie nicht liest.

Also hatten die Umstände, die jetzt bei uns eintreten würden, einen Namen bekommen. Sie hießen Gladwyn und Kingsley und Noble und waren zusammengenommen der Kriechtierspezialist, der vom Kopulieren nur das gewusst hat, was darüber im Gebetbuch seiner puritanischen Großväter stand. Heute rede ich mich leicht daher, damals ging es ums Überleben.

Heute kann man es kaum noch begreifen, was damals alles von der Begattungsschwiele der Geburtshelferkröte hätte abhängen sollen. Der Ruhm vom Kammerer hing davon ab, und der Ruf vom Professor Przibram, und überhaupt der vom ganzen Vivarium. Ob alle, die im Vivarium arbeiten, in die Zeitung gehören oder ins

Gefängnis, ob wir anständige Leute sind oder Falschmünzer. Ob wir rausgeworfen werden sollen, und das Vivarium auf der Stelle zugesperrt wird. Ob man uns allesamt zum Dienst an der Waffe einzieht, damit wir wenigstens noch zu irgendwas taugen. Wenn ich jetzt darüber nachdenke, dann kommt es mir so vor, dass damals sogar der Frieden und der ganze Krieg irgendwie an der Begattungsschwiele hingen. Ich möchte ja nicht übertreiben, trotzdem. Ob man die anderen Völker totschlagen muss, weil ihnen die Niedertracht ins Blut gegangen ist, und überhaupt, weil sie fremd sind. Oder ob man sie verbessern kann. Das hätte man jedenfalls an der Begattungsschwiele erst einmal nachprüfen können, bevor man sich totschießt.

Gesagt muss natürlich auch werden, dass damals eine Zeit war, wo ein Furz sofort eine Weltbedeutung bekommen hat. Je nachdem, wer ihn gelassen hat.

21

Während wir uns im Vivarium wie die Lämmer zusammendrängen und auf den Herrn Professor Noble warten, und weil sich dabei ohnedies keiner auf die Arbeit konzentriert, berichte ich in der Zwischenzeit, wie es überhaupt zu dieser – ja: Katastrophe hat kommen können. (Sie werden gemerkt haben, ich versuche das alle paar Absätze neu, immer verlaufe ich mich in der Erinnerung.) Denn eine Katastrophe ist das schon gewesen.

Als Franz damals in Wien ankam, bestimmt stand er

da erst einmal erschlagen oben auf der Bahnhoftreppe und schaute in die Stadt hinein, wie in einen gewaltigen Topf, in dem Suppe mit Markknochen brodelt. So ist es jedenfalls mir gegangen, als ich das erste Mal in Wien war. Obwohl ich selber ein halber Städter bin.

Es war nur gut, dass der Frohnwieser bestimmt hatte, die Marija begleitet Franz in die Hauptstadt. Der Marija machte die Stadt nämlich gar nichts aus. Sie hatte genickt. Dann hatte sie für ein paar Tage im Voraus gekocht, damit für Franeka und Jožefa etwas im Haus war, ihre Tasche zusammengepackt und war mitgekommen. Ohne sie würde der Franz heute noch am Bahnhof stehen. Er hatte ja bisher keinen Riss gehabt für die Stadt, ich könnte nicht einmal sagen, ob er den Riss in seiner ganzen Wiener Zeit überhaupt gehabt hat.

Alles ist anders in der Großstadt. Hier liegt dir nichts im Blut, wie in Steinbüchl. Dort hast du, was du hast, und was du nicht hast, das hast du eben nicht, und nie. Hier kannst du alles haben, nur holen musst du es dir selber. Das, was man anpackt, kann man ändern, und die Liebe kann man kaufen. In Wien ist praktisch jeden Tag Mariä Heimsuchung. Und wenn sie beten:

‚Er stößt die Gewaltigen vom Stuhl und erhebt die Niedrigen. Die Hungrigen füllt er mit Gütern und lässt die Reichen leer‘ – dann wird das in Wien erhört. In Wien stößt er die Gewaltigen schon einmal vom Stuhl. In Steinbüchl haben die Hungrigen und Niedrigen die Hoffnung darauf längst aufgeben müssen. Dadrin liegt ein Unterschied.

Kammerer gehörte hierher. Das hier ist seine Stadt.

Trotz seinem Geschwärme, wie heimisch er sich bei uns in Steinbüchl fühle.

Gepäck hatte Franz nicht viel dabei: Seine Hornlosigkeit und die Sorge, ob er der Familie genug Geld heimschickt, ein paar saubere Socken und ein bisschen Unterwäsche zum Wechseln, das war alles. Marija hatte wenigstens noch das Menschenfischlein in dem schwarzen Glas dabei. Sie hatte es, vielleicht ohne lange nachzudenken, mitgenommen. Sie hatte nicht vor, es dem Kammerer abzuliefern. Meinetwegen kann er es sich anschauen, sagte sie zu Franz, aber nicht einmal anlangen lass ich ihn.

Später hätte Franz mir nicht mehr sagen können, wie sie den Weg zum Vivarium gefunden haben. Aber gefunden müssen sie ihn ja haben.

„Mein Gott Franz, endlich! Wir haben uns schon Sorgen um dich gemacht, du weißt doch, wie wir auf dich warten!“, sagte Kammerer und hätte den Franz stürmisch umarmt. Im letzten Augenblick hat er sich gebremst, nahm die rechte Hand von Franz in seine beiden, hielt lange fest.

„Und die Marija ist auch dabei, ganz entzückend. Da wird es für dich leichter gewesen sein, Steinbüchl zu verlassen.“

Marijas Hand wollte er gar nicht mehr hergeben.

Bei der Marija ging schon wieder dieses Leuchten in den Augen an, sie hat das nicht verdrücken können. Mir ist später aufgefallen, dass alle Frauen, die zu uns ins Vivarium gekommen sind, kaum war der Kammerer in der Nähe, dieses Leuchten gehabt haben. Die Ausnahme ist Frau Mahler gewesen. Zu der komme ich noch.

„Kommt, ich zeige euch die herrliche Welt der biologischen Wissenschaft!" Kammerer hatte sich zwischen Franz und Marija gezwängt, den rechten Arm um die Marija herumgetan und den linken um Franz, und dann führte er sie vor die hohe Flügeltür aus mattem Stahl, hinter der sein Reich anfing. Die Tür ging feierlich auf, dahinter steigerte sich die Feierlichkeit praktisch zum Hochamt. Kammerer flüsterte: „Ab hier bitte, wenn möglich, nicht mehr laut reden, das stört die Tiere, die müssen sich völlig aufs Leben und Fortpflanzen konzentrieren."

Für Franz und Marija fühlte es sich an, als wären sie auf einen Schlag wieder auf den Karstfelsen und den Äckern von Steinbüchl gelandet. Nur, dass unser ganzes Steinbüchl jetzt in einer Art Kirche Platz hatte, einer hochmütig stillen Kirche, in der es nicht nach Weihrauch roch, sondern nach Kaulquappen. Insofern, und auch wenn man alles gleich wiedererkannt hat, eine Fremdheit, eine große Fremdheit.

An den Kirchenwänden stapelten sich bis hoch zur Decke Aquarien und Terrarien. Die waren so unwahrscheinlich genau gebaut, dass man meinte, man stehe mitten in der Krain, auf den Karstfelsen, und die unterirdischen Flüsse, die die Reichtümer davontragen zum Meer, hat man unter den Füßen spüren können. Lange musste man auf diese zauberische Heimat hinschauen, die man doch so gut kannte, bis man merkte, was da eigentlich nicht stimmte: das Licht. Das Licht stimmte nicht. Ein so fahles Licht, das gibt es doch nie und nirgendwo in der Krain. Als hinge mittags der weiße Vollmond an einem Himmel aus Kupfer. Lurche lungerten auf dem künstlichen Karstfelsen herum. Man konnte ihnen beim Lungern zuschauen, die Terrarien waren wie kleine Bühnen gebaut, wo die Lurche ihr Leben für uns haben aufführen müssen. In anderen Landschaften saßen unter achatblauem Licht Wüstenmolche, und wie sich Franz und Marija umsahen, entdeckten sie immer mehr neue, sehr fremde Landschaften. Irgendwie waren die Kulissen, in denen Kammerer seine Tiere hat leben lassen, überzeugender als die Wirklichkeit selber. Jedenfalls für einen, der noch nie in der Wüste gewesen ist. Und obwohl ja nirgendwo ein weißer Vollmond am kupfernen Mittaghimmel hängt.

Mit stummen Gesten machte Kammerer sie auf die Maschinen und Apparate aufmerksam, mit denen man seine Welten auf einen Schlag ändern konnte: Lichtorgeln, die dir im Handumdrehen eine Sonnenfinsternis hermachten, oder Polarlicht oder Laurentiustränen und jede Farbe sowieso, Windmaschinen, die vom Föhnwind bis zum Taifun alles konnten, gigantische Heizschlangen, die das Terrarium in einen dampfenden Regenwald verwandelten.

Tanks mit blauen und schwarzem Wasser standen dort. Seitlich an den Bühnen Schalter für die Hebelmechanik, mit der Kammerer die Böden blitzartig absenkte und die Wasserspiegel steigen oder fallen ließ und die Tiere ungeschützt der Schwerkraft aussetzen konnte. Die Höhlen, in denen die Amphibien leben, ihre Wassernester und Schlammburgen waren durch Glasscheiben von den Beobachtern abgetrennt. So konnte man die Tiere Tag und Nacht kontrollieren und ihnen bei Verrichtungen zuschauen, die sie möglicherweise lieber alleine erledigt hätten. Überall Instrumente, die genau festhielten, wie viel Sauerstoff hineingeblasen wurde, mit welcher Wärme, Feuchtigkeit und Geschwindigkeit, während andere Instrumente maßen, wie viel davon den Lebensraum wieder verließ. Verborgene Hebel mit rotem Metallknopf. Drückte man die, brachen Vulkane aus, die Sterne stürzten vom Himmel und eine Sintflut verschlang das alles.

Wie ein begeisterter Bub führte Kammer die beiden durch seine Welten. Man merkte, wie schwer es ihm fiel, dass er nicht reden durfte, um die Tiere nicht durcheinanderzubringen.

Anschließend ist er mit ihnen in sein Arbeitszimmer, bat Luise, die Sekretärin, ob sie für seine Gäste, nein eigentlich: ab heute seine Mitarbeiter, also jedenfalls drei Mokka bitte, ließ sie an einem niedrigen Tisch niedersetzen und schaute sie erwartungsvoll an.

Marija hatte die ganze Zeit das Glas mit dem Menschenfischlein umklammert. Jetzt stellte sie es auf ihren Schoß.

Kammerer sah Franz an, sah Marija an, in ihren Augen war ja das Leuchten. Kammerer kannte das. Spätestens an dieser Stelle nach dem Rundgang wurde das Augenleuchten eingeschaltet und gesagt, unweigerlich wurde gesagt, dass Kammerer die Tiere wohl sehr lieben müsse, vielleicht sogar mehr als die Menschen? So schön und heimatlich dramatisch hatte er es ihnen hier hergerichtet.

Und richtig, Marija ließ ihre Augen leuchten und fragte:

„Und wie hoch genau wäre jetzt dann der Wochenlohn vom Franz?"

Kammerer war auf die Frage nach seiner Tierliebe vorbereitet. Darauf sagte er gerne etwas Kluges über die sehr weibliche Lust und Leidenschaft der Gottesanbeterin. Oder dass die Salamander sich mit Farben verführen. Jetzt musste er erst nachdenken.

Marija zählte derweil auf, wofür der Wochenlohn vom Franz reichen musste: Franeka und Jožefa mussten davon leben, Salbe für Franekas verschorfte Hände und Jožefas Schulhefte mussten gekauft und die Raten für den Stier endlich abbezahlt werden, ein paar dringende Reparaturen am Stall und am Hausdach wären nötig. Der Kammerer, immer hat er sich eingebildet, keiner kennt die Frauensleute so tiefgründig wie er, starrte sprachlos in Marijas leuchtende Augen. In so einem ja, fast heiligen Augenblick an so etwas Ordinäres denken wie an Wochenlohn und Dachreparaturen.

„Nun", Kammerer stotterte, das kam bei ihm eigentlich nicht vor, „wie viel auf Schilling und Pfennig genau das jetzt wäre, also dazu müsste ich den Professor Przibram fragen, der hat da die Hand, also das gehört zu seinem Aufgabenbereich. Aber ich glaube er hat etwas davon gesagt, dass es auf den Lohn, nun, sagen wir einmal, eines Hilfstierpflegers hinauslaufen wird." Kammerer nannte eine Summe.

Marija rechnete nach. Sie stellte fest, dass es gerade

so für die Steinbüchler Verpflichtungen ausreichen könnte, aber auch nur, wenn die Schulbücher für Jožefa nicht teurer würden und Franeka nicht mehr Salbe brauchte. Und wovon würde Franz in Wien leben?

„Der Franz verlangt bestimmt nichts und ich habe ihn oft geschimpft, dass er sich auf sein Bettelmönchleben noch was einbildet. Aber sogar einer wie der Franz muss essen und trinken. Und auch wenn er sonst nichts nimmt von eurem aufgemaschelten Wien, schlafen muss er doch irgendwo. Wenn da nichts draufgelegt wird, dann nehmen wir unser Menschenfischlein und unsere Taschen und fahren zurück nach Steinbüchl. Irgendwas findet der Franz. Er kann ja viele Sachen, auch wenn Sie ihn jetzt gerade für dumm verkaufen möchten."

Der Franz hat mir später gesagt, es ist ein merkwürdiges Gefühl gewesen, wie die beiden da über ihn gestritten haben, als würde er mit seiner Mokkatasse gar nicht dabeisitzen. Einerseits hat er sich geniert, er hat sich immer geniert, wenn es darum gegangen ist, dass er Geld bekommen sollte. Andrerseits, ein schönes Gefühl war es schon auch, dass die Marija sich so um mich gekümmert und so fest für mich geredet hat.

„Ach Franz!", wandte sich Kammerer jetzt an Franz, als müsste er ihm und nicht der Marija antworten, „Geld! was ist Geld, wenn es um die gewaltigen Ziele unserer Wissenschaft geht. Sicher, wir sind ein Institut, das sich an bestimmte langweilige Regeln halten muss, wir müssen dem Wissenschaftsminister, dem Rechnungshof und dem Steueramt Rechenschaft ablegen, wie wir unser Geld verwenden. Aber für uns, die wir hier arbeiten und den größten Teil unseres Lebens verbringen, spielt das doch keine Rolle, nicht wahr? Freilich, stimmt schon, die erste Zeit wirst du nur einen Hilfsarbeiterlohn bekommen. Aber für das Wohnen musst du nicht zahlen, ich sehe zu, dass ich dich bei Freunden unterbringe, die Marija auch, wenn sie möchte, aber die verrät mir ja nichts über ihre Pläne. Essen könnt ihr umsonst hier in der Kantine. Das ist einmal der Anfang. Sobald es geht, mache ich dich zu meinem Assistenten, wir lassen dich nebenzu studieren. Ich brauche nur erst meine Professorenstelle, dann ist da kein Halten mehr. Aber im Grunde, weißt du" – Kammerer verteilte den Rest Mokka auf ihre drei Tassen –, „zählt das doch alles nicht, Geld, Titel, Lohn. Was bei uns hier zählt, das sind deine Ideen, dein Geschick, deine Geduld. Wir reden hier nicht über die Schulden vom Wurstkaufen, sondern über Vererbung, Brunst, Experimente, Hornlosigkeit und bei all dem gilt die Putzfrau genauso viel wie der Direktor. Ein Hilfstierpfleger wie der Franz Meguşar kann die Arbeit des Institutsdirektors machen. Du bist das, was du leistest, Franz, nicht das, was am Ende der Woche in deiner Lohntüte steckt. Wenn du darauf bestehst, falle ich dem Przibram auf die Nerven, dass er dir mehr zahlt als üblich. Und dass du merkst, wie ernst ich das meine, sagen wir ab jetzt ‚du' zueinander –" er hob mit einer eleganten Bewegung die Mokkatasse auf Augenhöhe –, „ich bin der Paul, du bist, wie ich ja schon weiß, der Franz, und du bist, mit Verlaub, die reizende Marija. Also noch einmal: willkommen! und ich freue mich auf unsere Zusammenarbeit."

Marija wollte Kammerer seine schwungvolle Laune nicht verderben. Dass sie eigentlich nicht vorhatte, im Vivarium zu arbeiten, würde er früh genug erfahren.

Kammerer stand auf, sagte den beiden, sie sollten ihre Sachen nehmen, er werde sie jetzt persönlich zu einem guten Freund fahren. Dort könnte jedenfalls Franz unterkommen, für Marija fände sich auch noch etwas Passendes. Das schwarze Glas mit dem Grottenolm könne Marija auf dem Regal dort lassen. Die schüttelte nur den Kopf. Aquila, einfach ‚der Aquila' ohne Vornamen, ein Schüler des berühmten Meisters. Dort würden sie und Franz unterkommen. Ein bisschen sagen wir: gewöhnungsbedürftig vielleicht. Aber es sei ja nur vorübergehend, nur für die erste Zeit.

22

Kammerer führte sie hinaus auf einen gepflasterten Hof. In der Mitte des Hofes stand, umgeben von hohen Kastanien, ein hochbeiniges Raubtier, ein schwarzes Automobil, eine Höllentruhe mit abgeschnittenem Deckel. Das Ding gehörte eigentlich Professor Przibram, dem Leiter des Vivariums und Kammerers Chef. Davon sagte Kammerer aber nichts.

Die Fortbewegung dieser Maschine machte den beiden Angst. Kammerer schoss in das heillose Gewusel der Straßen hinein wie ein Wolf in die Schafherde, seine dicke, rot glänzende Oberlippe über die Zähne hochgezogen. Stieß dabei immer wieder zufriedene Knurrlaute aus. Zwischendurch wies er Marija und Franz auf Reiterstatuen, riesenhafte Kirchen und beinah ebenso große Adelspaläste hin, schrie unerhörte Namen oder Jahreszahlen und gestikulierte mit beiden Händen in der blauen Luft herum. Die beiden wurden auf dem glatten Sitzleder hin und her geschleudert, klammerten sich schließlich aneinander, sonst war kein Halt.

Vor dem ochsenblutroten Haus seines guten Freundes Aquila bremste Kammerer. Vielleicht war es auch weniger er selber als der steinerne Torpfosten, der ihn bremste. Jedenfalls kam die Wolfsmaschine zum Stehen, Kammerer griff sich, beiläufig als nähme er nur eben seine Aktentasche, den Autoscheinwerfer, den er bei dem Bremsmanöver abgerissen hatte und der jetzt neben dem Pfosten auf dem Bürgersteig lag, führte die beiden eine breite Treppe hinauf, öffnete die Eingangstür, ohne sich mit Klingeln und Klopfen aufzuhalten. Schwungvoll wedelte er mit dem Scheinwerfer, um die beiden hineinzubitten.

Er führte sie in einen Raum, in dem Palmen, Farne, Vasen mit lang verblühten Schnittblumen und Samtvorhänge ein dickflüssiges Licht durchließen. Franz kam es vor wie Hustensirup. An den Wänden hingen Gemälde. Das Fleisch der nackten Frauen hatte einen Grünstich, wie verdorbene Wurst. Nach einer Zeit gewöhnt man sich in Wien ja an alles. Aber das, was man dort als Erstes zu sehen bekommt, bleibt einem im Gedächtnis hängen. Franz hat mir später erzählt, er hätte sich die ganze Zeit vorstellen müssen, dass die Frauen auf den Gemälden in Hustensirup kopulieren. Angenehm zum Anschauen hat er es nicht gefunden. Diese

Frauen haben ihn in den ersten Wiener Wochen die ganze Zeit verfolgt.

Kammerer wies sie an, sich zu setzen, ging zu einer Kommode, holte Kristallgläser und eine Flasche heraus, ein ganz fabelhafter Madeira sei das, goss ein. Marija und Franz klammerten sich an ihre Gläser, tranken nicht.

Jetzt öffnete sich eine Tür, die sie zwischen den Pflanzen vorher nicht gesehen hatten, und der Maler Aquila trat heraus, er musste es sein. Aquila nenne er sich erst, seit er ein bekannter Maler ist, hatte Kammerer ihnen erklärt, nur Aquila, nichts weiter, den Vornamen habe er bei der Gelegenheit auch gleich gestrichen. Früher habe er Adler Adolf geheißen, aber mit so einem Namen malst du natürlich keine grünen Frauen.

Der Maler Aquila hatte sich ein Stück Samt um die rundlichen Hüften gewickelt. Früher einmal musste er ein dürrer Kerl gewesen sein, das sah man an den Ärmchen und den haltlosen Schultern. An seinen Bauch hatte er allerdings hart hingearbeitet, eine große weiße Kugel, die in dem zähen Licht des Raums schwamm. Seine Zehennägel waren gelb, dick und bogen sich um die Zehenspitzen herum nach unten, als müssten diese empfindlichen Anhängsel seines Körpers besonders geschützt werden.

Aquila nickte schweigend, goss sich ein Glas Madeira ein, lehnte sich dann gegen eine Topfpalme und starrte auf Marija. So wie man in der Theke vom Schlachter nach einem preiswerten Kalbsnierenbraten für das Sonntagsmahl schaut.

Von dem Ganzen bekam Franz nicht viel mit. Er sah Aquilas Blicke gar nicht, verstand nicht, warum der Maler Marijas Handgelenk packte, er musste samt seinen Ärmchen doch recht kräftig sein, Marija vom Kanapee hoch und in das Zimmer zerrte, aus dem er gerade gekommen war.

Alles das geschah so schnell und war so unbegreiflich, dass Franz sich an dem Wenigen festklammerte, was er von diesem ersten Tag in Wien verstanden hatte: Er hatte das Vivarium gesehen, dort würde er arbeiten und Geld nachhause zur Mutter und Jožefa schicken können, dann hier noch dieses merkwürdige Haus, wo er Unterkunft bekommen sollte. Und sonst? Nach der ganzen Verwirrung war es jedenfalls höchste Zeit, wieder zur Hornlosigkeit zurückzukommen. Nur deswegen war er ja hier.

„Keine Angst", sagte Kammerer, der interessiert zugesehen hatte, wie Aquila Marija in das andere Zimmer zerrte, „der will nur das unbekleidete Fleisch, der hat nicht mal einen Sinn für etwas anderes. Früher, als er noch Adler Adolf hieß, war Aquila Photograph, pikante Herrenbilder, hat in einem Atelier gearbeitet, Hayler & Söhne, das seinerzeit ein Amerikaner hier in Wien betrieben hat, keine Ahnung, was daraus geworden ist. Aquila hat seine Photographien koloriert, dabei muss ihm die Malerei einfach zugeflogen sein."

Kammerer wies auf die Gemälde, die zwischen Samt und Palmen vor sich hin schwollen.

„Es ist ja was sehr Rätselhaftes mit der Photographie, ich weiß nicht, Franz, ob du darüber schon einmal nachgedacht hast. Einerseits geht jeder ohne nachzudenken davon aus, der Photograph ist dabei gewesen, deshalb muss das, was er herzeigt, einfach wahr sein. Schließlich hat es ein Apparat aufgenommen, der keine Vorlieben oder Abneigungen hat. Der Apparat und die Gegenwart desjenigen, der den Apparat bedient, bezeugen die Wahrheit. Andrerseits lügt die Photographie sozusagen grundsätzlich. Sie erfasst dich in irgendeinem Augenblick, meistens im falschen. Das bist nicht du, nicht einmal, wenn du dich nackt herzeigen musst. Die Gemälde dagegen, die du hier siehst, die erfassen die Frauen so, wie sie wirklich sind. Aquila hat diese Frauen gepackt und in Stücke gerissen und sie dann mit Pinsel und Farbe auf seiner Leinwand wieder zusammengesetzt, ein bisschen viel Grün vielleicht, na ja. Aber sonst: das Wesentliche. Weg mit allem, was ohne Bedeutung und unwesentlich ist, das Innere nach außen gestülpt, sodass man jetzt Schönheiten und Hässlichkeiten sieht, die vorher gar nicht da waren. Ich frage mich immer, warum die Geschichte der Zivilisation den umgekehrten Weg eingeschlagen hat. Eigentlich hätte zuerst die Photographie erfunden werden müssen und als Zweites dann die Malerei. Der Weg muss doch vom Zufälligen zum Wesentlichen gehen, nicht umgekehrt. Ich werde dir gleich in den nächsten Tagen beweisen, wie wichtig dieses Problem gerade auch für unsere Arbeit im Vivarium ist. Die Wissenschaft muss sich, genau wie die Malerei, um das Wesentliche kümmern, um den inneren Kern der Dinge. Nicht um das Zufällige. Das innere Wesen muss nach außen gestülpt werden."

Kammerer hatte jetzt das Weinglas abgestellt, hielt

den abgebrochenen Scheinwerfer in der Hand, als könne er damit die grünen Damen besser beleuchten.

„Die Photographie gibt halbe Antworten. Die Malerei stellt Fragen, und wenn sie gut genug ist, dann sind es Fragen, die jede Generation wieder für sich beantworten muss. Meine ganze Arbeit im Vivarium ist in diesem Sinne wissenschaftliche Malerei."

Franz sagte mir, dass er unter diesen Hügeln von Fleisch und den Palmen natürlich nicht verstanden hatte, wovon Kammerer eigentlich redete (er sollte es bald verstehen, wenigstens einen Teil davon). Allerdings hatte Franz schon herausgefunden, dass die Leute in Wien es gerne haben, wenn man auf ihre schlauen Reden etwas sagt, was ein bisschen dazu passt. Die Geübteren brachten etwas heraus, was gar nicht dazu passte. Aber bis man das konnte, musste man das halbe Leben in Wien gelebt haben.

„Wenn ich", sagte Franz jetzt, „kein Photo, sondern ein Gemälde von einem Rind machen will, nur einmal so beispielshalber, muss das gemalte Rind da Hörner aufhaben oder wäre es auch ohne Hörner ein Rind, und das kennt man gleich, weil ich sein Inneres nach außen gestülpt habe? Und weil das Rinderinnere eigentlich hornlos ist? Weil das Horn nicht unbedingt zum Wesen des Rinds gehört? Also nicht ich natürlich, ich würde es nicht malen. Dafür fehlen mir das Auge und die Hand. Der Herr Aquila vielleicht oder halt ein anderer, der sich mit dem Herausstülpen auskennt."

Man merkt schon, dass Franz jedes Mittel recht war,

wenn er nur auf die Frage hat zurückkommen können, die ihn überhaupt nach Wien geführt hatte.

„Eine wichtige Frage, Franz, eine ganz zentrale Frage der Biologie stellst du da. Die Frage nämlich: Was, wenn überhaupt etwas, ist ein Rind? Und: Wie lange ist ein Rind ein Rind? Was genau muss zusammenkommen, damit es ein Rind ist? Genau zwei Zehen, ein Pansen, Ohren, Euter, Schwanz und eben – Hörner? Ist es mit drei Zehen auch noch ein Rind? Und mit vier? Und ohne Hörner? Wie viel darf dazukommen, ohne dass es sein Rindsein verliert? Wie viel kann, andrerseits, weggelassen werden? Ab wann ist das ganze Wesen kein Rind mehr, sondern irgendetwas anderes, kein Rind, aber noch kein Schaf und auch keine Ziege, sondern etwas ganz Neues und Unerhörtes? Was ist das Wesen des Rindes oder, was dasselbe ist, was ist wesentlich für das Rind?"

Während Kammerer zwischen den gepflegten Rabatten der Philosophie herumschweifte, wo er sich gerne aufhielt, hörte man aus dem Nebenzimmer – nichts. Kammerer machte eine Pause, hielt lauschend den Kopf schief, fuhr dann fort:

„Weißt du, Franz, ich bin zu der Überzeugung gekommen, dass es so etwas wie eine *Art*, wie wir seit Linné sagen, also eine Art, die einen Namen hat und die der liebe Gott fertig ausgesägt auf die Weide gesetzt hat, und wehe! nichts kann und nichts darf sich daran verändern, dass es solche Arten nicht gibt. Weder im Tierreich noch bei uns Menschen gibt es die. Ja, auf den Weiden von Steinbüchl oder Semmering oder Tirol sehen wir Tiere, die wir ohne nachzudenken Rinder nennen, weil wir genau wissen, was wir mit ihnen tun müssen: sie jeden Abend melken, sie bespringen lassen, sie zum Schlachter führen. Aber wenn da eines Tages Tiere stehen, die statt brauner, weißer und schwarzer Flecke blaue Flecken haben – würden wir sie noch immer für Rinder halten, auch wenn außer den blauen Flecken alles genau so ist, wie der liebe Gott es gewollt hat? Und was, wenn sie statt zwei Hörnern neben den Ohren, ein einziges Horn auf der Nase oder ihren Euter unter dem Kinn tragen, warum sollte es das nicht geben, wären das immer noch Rinder? Was sagst du, Franz?"

Franz hatte Kammerer nicht verstanden. Es machte ihm jedenfalls Sorge, dass ein Rind seine Hörner ja nicht zufällig zugeteilt bekommen hat. Sondern weil es ein Beutetier ist, das sich wehren will, und weil es in der Herde lebt, damit es sich dort besser wehren kann als ein einzelnes Tier. Aber in der Herde muss man wissen, wo oben und unten ist. Deswegen hat es Hörner. Vielleicht wäre es ohne Hörner kein Beutetier mehr. Vielleicht wäre es plötzlich ein hornloses Raubtier, na gut, vielleicht nicht sofort, aber doch so nach und nach könnte es zum Raubtier werden. Und wenn es dann hinter den Schweinen oder den Gänsen oder den Dorfhunden herjagt, ist ihm der dicke, hin und her schwankende Euter im Weg, und es verliert mit den Hörnern zusammen seinen ordnungsgemäßen Euter, und es gibt keine Milch mehr, und überhaupt war die ganze mühselige Erziehung zur Friedfertigkeit umsonst.

Er grübelte noch, als Marija wieder hereinkam. Ihre Backen brannten, sie starrte Franz wütend an.

„Hier bleibe ich jedenfalls nicht“, sagte sie zu Franz, so, als wäre außer ihnen beiden keiner im Zimmer. Frohnwieser hatte ihr die Adresse von Leuten aufgeschrieben, die sie für ein paar Tage aufnehmen würden. Sie hielt Kammerer den Zettel mit der Adresse hin, erwartete ganz selbstverständlich, dass er sie fahren würde.

„Dorthin willst du?“, fragte Kammerer ungläubig.

Marija, das Leuchten in ihren Augen war jetzt weg, zuckte mit den Schultern. „Wohin denn sonst?“, sagte sie.

Kammerer stand auf und verließ mit ihr Aquilas Haus, als müsste das jetzt auf der Stelle erledigt werden.

Für Franz war alles viel zu schnell gegangen. Er saß auf dem Kanapee mit dem klebrigen Samtbezug, dachte nach, hoffte, Marija würde gleich wieder hereinkommen. Aber das tat sie nicht.

Der Maler Aquila hatte, nachdem Kammerer mit Marija verschwunden war, nicht mehr viel zu sagen, wenn ich genau sein soll: gar nichts. Hatte ja vorher schon nichts gesagt. Als säße Franz überhaupt nicht auf dem Sofa, griff Aquila sich einen Pinsel und wandte sich zur Staffelei, kniff ein Auge zusammen, hob den Pinsel, ließ ihn wieder sinken, trat einen Schritt zurück, noch einen, legte den Kopf schief, schloss die Augen und drückte den Pinsel dann andächtig auf die Leinwand. Er zog, tanzte, hüpfte um die Staffelei herum, sein weißer Bauch schlug Wellen im Siruplicht. Er blies die Backen auf, brummte, sprühte Speichel, rülpste und drückte den Pinsel immer wieder und ohne sichtbare Spuren auf die Leinwand.

So verging die Zeit bis zum Abend. Franz konnte nicht erkennen, dass das Bild Fortschritte machte, aber er sagte sich, dass er ja auch kein Maler war. Immerhin, so viel begriff er, dass man in Wien nur dann ein berühmter Maler wird, wenn man halb nackt allerlei Geräusche hervorbringen kann, die ihre Bedeutung haben.

Irgendwann warf Aquila den Pinsel auf den Boden, schaute Franz lange an, wickelte dann den Samtvorhang von seinen runden Hüften. Er zeigte auf ein Sofa zwischen zwei Palmenkübeln, sagte, dort, unter seinen Weibern, dort könne Franz schlafen und hiermit, er warf ihm den Samtvorhang zu, könne er sich zudecken, obwohl es ja warm genug sei und er, Aquila, auch noch nie von einem Tier gehört hätte, das sich zum Schlafen zudeckt. In der Küche, Aquila machte eine ungenaue Rundumbewegung, müssten sich kaltes Kotelett und eingelegte Gurken finden, auch eine angebrochene Flasche Rotwein, guten Appetit und ansonsten solle er gut schlafen, seine erste Nacht in Wien. Morgen würden sie zusammen frühstücken, bevor Kammerer ihn zum Vivarium abholte. Dann verschwand er, sein weißer, haltlos herunterhängender Hintern verharrte noch eine Weile im leeren Türrahmen.

Ich glaube nicht, dass Franz in dieser Nacht viel geschlafen hat. Überall Frauenfleisch, der Samtvorhang, der nach Madeira, Terpentin und den Ausdünstungen Aquilas roch, die Angst, dass man im Vivarium Sachen von ihm erwartete und verlangen würde, von denen er keine Ahnung hatte. Und dann war Marija weg. Er sagte sich, dass man um Marija keine Angst haben muss. Bestimmt hatte Frohnwieser ihr die Adresse von zuverlässigen Leuten aufgeschrieben. Frohnwiesers Bekannte waren grundsätzlich zuverlässig. Aber ganz sicher war er eben doch nicht. Nichts war unmöglich in diesem unbegreiflichen Wien, kein Mensch kannte sich aus. Er brauchte Marija, um sich zurechtzufinden, in jedem Fall die ersten Tage. Irgendwie kam es ihm mit einmal so vor, als sei Marija in dieser rasenden Stadt aufgewachsen, wusste, wie man hier reden musste und verstand die halb nackten Sitten. Das Vivarium war auch ganz anders, als er es sich vorgestellt hatte. Er hatte gedacht, es würde so etwas wie ein großer Stall sein, so ähnlich wie die Ställe daheim, nur mit gefliesten Böden und größer und einer Wasserleitung, damit man den Mist gleich wegspülen kann, so ungefähr.

Am nächsten Morgen wurde Franz von einer jungen Frau in einem kurzen schwarzen Kleid und mit vollen Lippen geweckt. Er glaubte zuerst, er wäre noch immer in einem Traum, die Frau sagte nichts, zog ihm nur den Samtvorhang weg, unter dem er vollständig angezogen gelegen hatte, die Schuhe, immerhin, hatte er heruntergetan.

Sie führte ihn in ein Zimmer, das bis auf ein Bett, einen Tisch und zwei Stühle völlig leer war. Wände und Mobiliar waren, wie mit demselben Pinsel, weiß angestrichen. Aquila stand dort, breitete die Arme aus und wünschte einen guten Morgen. Statt des Samtvorhangs trug der Maler heute einen roten Seidenrock, ansonsten aber wieder nichts. Seine nackte Haut war mit dem Weiß bemalt, das von den Wänden und Möbeln übrig geblieben war. Auf dem Tisch standen ein Korb mit Semmeln, Eier, Konfitüren, Kaffee. Franz setzte sich und starrte auf den Berg blasser Kaiserwecken. Aquila, in der Hand eine Kaffeetasse, lief hinter Franz herum.

„Weißt du, wie Diogenes mit dem Platon diskutierte? Platon hatte behauptet, der Mensch ist ein federloses zweifüßiges Tier. Als Diogenes das hörte, rupfte er einem alten Hahn die Federn aus und brachte das nackte Vieh in Platons Schule – ‚hier habt ihr Platons Menschen', soll er dabei gesagt haben. Verstehst du, was ich damit meine? Na schön, du wirst es genauso wenig verstehen, wie meine Schöne hier –" er fasste der jungen Frau, die wie ein Möbelstück im Zimmer stehen geblieben war, unter das Kinn und zwang sie, nach oben zu sehen, „sie kommt aus Ungarn, und wenn sie nicht taubstumm ist, was ich eigentlich vermute, dann versteht sie doch wenigstens kein Wort. Du wirst sie auf dem kleinen Bild links neben der Palme wiedererkannt haben, oder?"

Aquila stand jetzt dicht hinter Franz und fuhr mit dem Finger prüfend das Ohrläppchen von Franz nach, den Hals entlang und blieb dann auf der Schulter liegen.

„Was willst du eigentlich im Vivarium? Unbegreiflich wie der Kammerer da den lieben langen Tag vor seinen hässlichen Kröten und Seescheiden hockt und notiert, ob sie schmatzen oder kopulieren. Dabei könnte er die schönsten Frauen Wiens kopulieren, der Hund. Und was sollst du dabei machen? Ich sag dir was, du wirst heute nicht ins Vivarium gehen, dem Kammerer erkläre ich das schon, du wirst mir heute Modell stehen du und meine Schöne hier“ – seine Hand glitt von Franz’ Schulter nach vorne zu dessen Drosselgrube – „die Regennymphe verführt den Kuhhirten, so werde ich es nennen, los trink deinen Kaffee aus, mich juckt es schon in den Fingern.“

Wie er aus dem kahlen Zimmer gekommen ist und auf die Straße hinausgefunden hat, das hat Franz mir später nicht mehr sagen können. Jedenfalls muss er auf den lärmenden Straßen Wiens herumgestolpert sein wie ein betrunkener Stallknecht und die Leute gefragt haben, wie er zum Vivarium kommt. Der Morgen war ungewöhnlich heiß, und die meisten haben ihm gar nicht geantwortet oder wenn, dann haben sie ihn in die falsche Richtung geschickt. Die Menschen rannten, als kämen sie für irgendwas zu spät. Wenn sie warten mussten, um über die Straße zu kommen, blätterten sie hastig in ihren Zeitungen. „Serbische Verräter“ oder „Heimtücke liegt den Serben im Blut“ waren die Schlagzeilen. Franz begriff es nicht.

23

Im Nachhinein muss man rätseln, wie der Przibram und der Kammerer aus dem kuriosen Haufen von Leuten, die im Vivarium gearbeitet haben, auch nur einen Suppenlöffel Wissenschaft haben herauskochen können. Keiner von uns hat Tierpfleger gelernt, das habe ich schon gesagt, und eine Liebe oder wenigstens ein Interesse oder eine Neugier für Tiere waren eigentlich nicht da. Ein Brotberuf, halt. Genauso gut hätten wir Akten herumgetragen oder Lebensversicherungen verkauft, wenn uns eine Behörde oder eine Versicherungsanstalt nur eingestellt hätte. Da war der Franz die große Ausnahme. Ich glaube, die Tiere waren ihm wichtiger als Menschen, mit Ausnahme seiner Familie und der Marija. Kammerer wird schon gewusst haben, warum er ständig Reden hielt, wie wichtig die Olme und Seescheiden und Feuersalamander sind, und dass die Grundfragen der Biologie davon abhängen, ob wir sie dazu bringen können, sich fortzupflanzen und zu vererben, was wir ihnen beigebracht hatten. Das war halt sein Mittel, uns zur Arbeit anzuhalten. Wir waren ja meistens nicht bei der Sache und haben das, was er uns aufgetragen hat, mehr so nebenzu erledigt. Aber wenn es um Grundfragen der Biologie geht, bei Grundfragen möchte man ja doch dabei gewesen sein. Man bemüht sich.

Als Franz endlich ins Vivarium hergefunden hatte, wird ihn gewundert haben, dass ihn alle wie Luft behandelten. Gar nicht behandelt, eigentlich. Er war einfach nicht anwesend. Jeder machte das weiter, woran er gerade saß – Mehlwürmer zerschneiden, Neunaugen ausnehmen, Fliegen die Flügel ausreißen, vor den Glaswänden der Terrarien hocken und das Rotlicht ein- und ausschalten oder in große Laborbücher, die man sich auf die Knie gelegt hatte, Eintragungen machen. Gedacht war es so, dass wir die Tiere keine Sekunde aus den Augen lassen und alles haarklein aufschreiben sollen, was die da drin in ihren künstlichen Welten treiben. Kammerer hatte sich extra ein Zeichensystem ausgedacht, das wir in den Laborbüchern benutzen sollten, damit jede Verhaltensänderung schnell und präzise und immer auf dieselbe Weise festgehalten wurde. Ich war zum Beispiel oft bei den Seescheiden eingeteilt. Todlangweilige Viecher, die ihre Nahrung durch eine Art Siphon in sich hineinstrudeln, deshalb nennt man sie Nahrungsstrudler, und ihre Notdurft mit einem ziemlich gleich aussehenden zweiten Siphon wieder rausstrudeln. Immerhin zwei getrennte Siphons, das muss man ihnen anrechnen.

Kammerers Zeichensystem ging so: Eine senkrechte Linie im Laborbuch mit einem großen „E" daneben bedeutete: „Eingangssiphon wedelt allenfalls träge in Richtung der Strömung"; eine Wellenlinie mit einem „A" hieß: „Ausgangssiphon strudelt kraftvoll gegen die Strömungsrichtung"; ein „A" und dazu ein kleines „k" hieß, wenn die Wellenlinie mehr zackig verlief: „Ausgangssiphon zuckt krampfhaft gegen Strömungsrichtung" – und so hatte man schnell ein ganzes Strudler-Alphabet beieinander. Jede Tierart hatte ihr eigenes Alphabet, mit dem man seine Beobachtungen Minute für Minute hinbuchstabieren sollte. Das war schon anspruchsvoll. Wenn du das ein paar Stunden hintereinander machst, dann strudeln dir die As und Es und die Wellenlinien und überhaupt alles nur so im Schädel herum.

Deswegen war es praktisch, dass der Kammerer uns immer genau erklärt hat, welches Ergebnis er sich für seine Versuche erwartet. Damit alles seine Richtigkeit hat, zitiere ich hier wieder einmal wörtlich, was er über die Versuche mit den Seescheiden berichtet hat. (Unsere Seescheiden werden ‚Ascidien' genannt und die Art, die Kammerer untersucht hat, war die *Ciona intestinalis*, die Schlauchseescheide, die so aussieht, als wächst eine Handvoll durchsichtiger Därme aus dem Felsen unter Wasser.)

„Schneidet man die zwei Siphone der Ciona intestinalis (den In- und Exhalationsschlauch) ab, wachsen diese nach und werden im Vergleich zu ihrem vorherigen Zustand etwas größer. Wiederholtes Amputieren jedes einzelnen Exemplars ergibt schließlich extrem lange Gebilde, denen die aufeinanderfolgenden, neugebildeten Anteile das Aussehen gegliederter Schläuche verleihen. Die Siphone der Nachkommen solcher Individuen sind gleichermaßen länger als gewöhnlich, die an den Eltern beobachteten knotigen Nahtstellen erscheinen indessen geglättet. Wo solche Knoten zu beobachten sind, treten sie nicht als Folge der Amputation auf, sondern sind auf eine Unterbrechung der Wachstumsphase zurückzuführen, so wie die Jahresringe an Bäumen den Winterwuchs anzeigen."[5]

Bevor wir den Versuch mit den Seescheiden angefangen haben, hatte Kammerer uns genau erklärt, was er erwartet: dass die Siphone erstens mit jeder Amputation länger nachwachsen, dass es zweitens knotige Nahtstellen gibt, und dass drittens die Nachkommen schon mit längeren, aber glatten Siphonen zur Welt kommen.

Was Kammerer erwartet hat, haben wir dann auch zuverlässig beobachtet. In die Labortagebücher haben wir „V“ für Verlängerung, „VV“ für erhebliche und „VVV“ für extreme Verlängerung geschrieben. Man hat ja hinterher immer noch darüber diskutieren können, was eine extreme und was nur eine erhebliche Verlängerung ist. Ein paar Streber, die sich beim Kammerer einkratzen wollten, haben ausschließlich „VVVs“ beobachtet, was blöd ist und unmöglich. Solche Hundert-Prozent-Resultate hat der Kammerer sofort nachgeprüft und korrigiert. Wenn man ein paar Abweichungen hineingeschrieben hat, häufiger nur ein „V“ oder „VV“ oder auch einmal gar keine Verlängerung, dann war Kammerer glücklich. Biologie ist ja keine Mathematik, und hundertprozentige Ergebnisse gibt es nicht. Eine gewisse kleine Variation muss schon um der Wahrheit willen sein, hat er uns gepredigt.

Auf die Art haben wir immer gewusst, was im Laborbuch stehen soll; die Arbeit war weniger anstrengend und ist uns leicht von der Hand. Wir haben die Eintragungen ins Laborbuch machen können, ohne dass wir die Viecher ständig anstarren, wir haben ja gewusst, was herauskommt. Herauskommen soll. So haben wir uns die meiste Zeit mit interessanteren Dingen beschäftigen können, über Politik diskutieren, Tipps für die Pferdewetten austauschen, Spielschulden zusammenrechnen oder Rezepte für ein anständiges Gulasch aufschreiben.

Im großen Aufenthaltsraum saßen drei Tierpfleger bei der Brotzeit. Franz, mit dem keiner redete, hatte die ganze Zeit das Gefühl, er muss eine Aufnahmeprüfung ablegen, die Leute erwarten irgendwas von ihm. Das hat er mir später erzählt. Am Brotzeittisch war ein Stuhl frei, einer hat, ohne den Franz anzuschauen, den Stuhl so hingeschoben, als würde er den Franz zum Hinsetzen einladen.

„Was hältst denn du davon?“ Derjenige, der ihm den Stuhl hingeschoben hatte, legte eine illustrierte Zeitung vor Franz hin. Sie hieß „Die Gärtnerin aus Liebe“. Der Mann zeigte auf einen Artikel von einem Professor Freud: „Die kulturelle Sexualmoral und die moderne Nervosität“. Die Männer am Brotzeittisch schauten Franz jetzt gespannt an, grinsten, und Franz wurde, ohne zu wissen warum, rot.

„Schaut ganz so aus, als hättest du den Artikel schon gründlich durchgelesen“, lachten sie und dann setzten sie ihren Streit über diesen Artikel fort. Die ewigen Vorträge vom Kammerer hatten dazu geführt, dass sie alles, was in der Zeitung kam, von einer höheren Warte aus durchlasen, und automatisch zu jedem Gegenstand, egal ob Krieg, Gulasch oder Sexualmoral, eine Meinung hatten.

Ich bin davon überzeugt, dass der Beruf, den man hat, der prägt einen unweigerlich. Ein Feuerwehrmann wird schon unruhig, wenn ich mir nur eine Zigarre anzünde. Im Vivarium saßen wir den ganzen Tag und die halbe Nacht vor den Terrarien und warteten darauf, dass die Viecher endlich kopulierten, damit sie das, was ihnen ins Blut gegangen war, weitervererben konnten. Wir gingen mit diesen Beobachtungen sozusagen ins Bett und standen am nächsten Morgen damit wieder auf. Am Ende schaut man die ganze Welt nur noch unter diesem Kopulierblickwinkel an. Die ganze, ich sage jetzt einmal summarisch: Sexualität hat einen berufsmäßig interessieren müssen. Die macht einem am Ende nichts mehr aus, da ist man sachlich, das steckt drin in einem nach einiger Zeit. Unwillkürlich hat man dauernd Einschlägiges beobachtet, hat in alles eine Bedeutung hineingelegt, und hat dazulernen wollen. Deswegen hat man sich auch über einen Artikel in der „Gärtnerin aus Liebe" richtig ereifern können.

Der Professor Freud schrieb in seinem Artikel, dass Darwin Recht hat: Angefangen hat die menschliche Gesellschaft als Horde mit einem richtigen Kerl als Anführer. Ihm gehörten auch sämtliche Weiber der Horde. Wie allen Tieren ist uns dieser Anfang ins Blut gegangen, auch wenn wir es nicht wahrhaben wollen und allerlei gezierte Tänze aufführen, um die Weiber und uns selber anzuschmieren. Es wurde allgemein gefunden, dass man dem Kammerer vorschlagen sollte, die unbewusste Unterdrückung der geschlechtlichen Frage nicht nur an Kröten und Salamandern, sondern auch an menschlichen Versuchspersonen experimentell zu untersuchen. Das war auch so eine Berufskrankheit von uns: dass man sich immer sofort ein Experiment hat vorstellen müssen, wenn man eine Antwort auf eine praktische Frage gesucht hat. Einige haben sogar gemeint, nur Fragen, die man experimentell beantworten kann, sind überhaupt richtige Fragen, alle anderen gehören in die Kirche. Jetzt drehte sich die Diskussion darum, welches Verhaltensalphabet mit welchen Abkürzungen man für die Beobachtung der ‚modernen Nervosität' benutzen würde.

„Vor dem Freud, so wenn einer schon heißt, da weißt du doch gleich, was los ist, vor dem Freud hat auch unser Kammerer Respekt", sagte der Erste. „In der Zeitung steht, er hat in der k. u. k. Zoologischen Station in Triest die Geschlechtsorgane des Aals untersucht und eine stark beachtete Abhandlung darüber geschrieben: ‚Beobachtungen über Gestaltung und feineren Bau der als Hoden beschriebenen Lappenorgane des Aals'. Na ja. Übrigens ...", – er drehte sich zu Franz und streckte dem die Hand hin –, „ich bin der Bickel Hubert, wir machen gerade Brotzeit. Mit dem Bier ist jeden Tag ein anderer dran."

Franz sagte, er sei der Meguşar Franz, und jetzt drehte sich das Gespräch um ungarische Cervelat und serbische Würstchen, die in der Metzgerei bald nicht mehr geführt würden. Man beweist ja nicht gerade Patriotismus, wenn man die gern hat.

Am Abend zuvor hatte Kammerer Franz noch versprochen, heute Morgen werde er ihn richtig einführen und ihm ausführlich erklären, was sie im Vivarium machen und worin er persönlich auf Franz zähle. Er zähle nämlich sehr fest auf ihn, habe Großes mit ihm vor. Franz fand die Diskussion, die seine neuen Arbeitskollegen über Cervelat, die Lappenorgane des Aals und den Professor Freud führten, nicht uninteressant. Vielleicht ein bisschen ausufernd. Jedenfalls hat er angenommen, mehr als die Teilnahme an ausufernden Diskussionen würde schon von ihm erwartet. Nur, dass Doktor Kammerer, der es ihm genauer hätte erklären wollen, wie sich jetzt herausstellte, an diesem Vormittag gar nicht im Vivarium war.

Einer der Tierpfleger hatte gehört, Kammerer hielte einen Vortrag bei der Matinee der Wiener Althistoriker, bestimmt seine berühmte Nummer „Einzeltod, Völkertod, biologische Unsterblichkeit und andere Mahnworte aus schwerer Zeit", wurde vermutet. Ein anderer wusste aus sicherer Quelle, dass Kammerer beim Club der Semmeringer Harfenistinnen die Damen mit der „Erwerbung und Vererbung des musikalischen Talentes" zum Schwärmen brachte. Im Vivarium war er jedenfalls nicht. Was ihm keiner vorgeworfen hätte. Schließlich fließt das Geld fürs Vivarium und damit auch unser Lohn nur, wenn die Althistoriker und Harfenistinnen und die Stammgäste des Opernballs und die Bewunderer von Mahler und die Sammler von Schiele die Bedeutung der Seescheide anständig verdauen.

Wenn der Franz partout ungemütlich werden müsste, und der Professor Freud ihn nicht interessiere, überhaupt schienen die Krainer pressante Leute zu sein, die Arbeit läuft doch nicht weg, dann könnte er ja in Gottes Namen beim Przibram vorstellig werden, unserem obersten Chef. Der würde ihm schon erzählen, was er zu tun hätte. Dort hinten, die zweite Tür auf der linken Seite, nach der Ciona, das sei sein Büro.

Der Franz, immer noch verwirrt, ist hochgerumpelt und zum Przibram hinein. Nicht angeklopft, in Steinbüchl klopft keiner an. Entweder die Tür ist offen, dann geht man hinein, oder sie ist zu, dann bleibt man draußen. In Wien war das anders, aber der Professor Przbram schaute nur freundlich von seinem Mikroskop hoch und Grüß Gott! und dass er sich recht freut, dass der Franz endlich zu ihnen hergefunden hat. Der Doktor Kammerer hat schon viel von ihm berichtet, nur Gutes im Übrigen und über den Grottenolm natürlich, sie seien alle schon ungeheuer gespannt darauf. Wie schön, dass sie nun jemanden hätten, der persönliche Erfahrungen mit dieser Kreatur, und Platz nehmen, ich bitte Sie recht schön, er werde ihm einen ersten Überblick geben über das Vivarium und was sie hier machten. Der Kollege Kammerer sei unterwegs in Sachen Volksaufklärung, habe aber angedeutet, der Meguşar Franz sei ein Eifriger, wolle bestimmt sofort wissen, woran er arbeiten solle.

Zum Przibram muss Franz auf der Stelle einen Draht gehabt haben. Die beiden haben sich gemocht, obwohl sie praktisch aus verschiedenen Welten gekommen sind. Der Franz, ein Sauschneidersohn aus der Krain. Der Professor Przibram aus einer alten Familie von Fabrikanten, Physikprofessoren und Abgeordneten, seine Frau eine Gräfin Komorowska. Franz hat den Przibram bewundert, man könnte fast sagen, angehimmelt hat er ihn. Obwohl Franz leicht jemanden angehimmelt hat, für ihn haben die anderen immer gerade das gehabt, was ihm selber fehlte. Sie haben gescheiter reden können, sie sind auf praktischere Ideen gekommen, sie waren bessere Söhne, sie haben schon einmal ein Rind ohne Hörner gesehen. Gründe gab es genug, und wenn er wirklich einmal keine Gründe gefunden hat, dann hat er die Menschen einfach ohne Grund bewundern können. Angesehen hat man es ihm ja nicht, weil er immer so ingenieursmäßig geschaut hat. Das Bewundern und das die Menschen-verstehen-Wollen, das ist bei ihm in einem gegangen. Ersteres war die Voraussetzung des Letzteren.

Das Arbeitszimmer von Przibram war aufgeräumt, nicht zu ordentlich, so, dass man meint, da arbeitet gar keiner, aber so, dass man gemerkt hat, der weiß genau, wo er seine Sachen hingelegt hat. Mikroskope, Bücher, Papiere, Manuskripte und vor allem Bilder. Der Przibram hätte auch Maler werden können, wenn er nicht lieber Wissenschaftler geworden wäre. Hat sogar Ausstellungen gemacht, und Franz, der sich nach den grünen Gemälden des Herrn Aquila geschworen hatte, kein einziges Bild an einer Wiener Wand mehr anzuschauen, hat die Gemälde vom Przibram zwar fremd gefunden, verstanden hat er sie nicht, aber sie haben einen in Ruhe gelassen und nur mit einem geredet, wenn man das wirklich gewollt hat. Eine Erholung. Franz fand gleich, beim Przibram passt alles zusammen. Den Kammerer hat Franz ja auch sehr bewundert, hat nie vergessen, dass der ihm die Tür zur Welt der Hornlosigkeit aufgemacht hat. Nur wusste man beim Kammerer oft nicht, ob er jetzt gerade einen Schmäh macht, oder ob er wirklich so einen Haufen Begeisterung hat. Die Begeisterung vom Kammerer saß immer ein bisschen lose, wie eine Mutter, die zu groß ist für die Schraube und deshalb nicht ordnungsgemäß angezogen werden kann. (Franz hat ingenieursmäßige Vergleiche besser verstanden als andere.)

In Franz' Tagebuch sind die Einträge über Przibram fast

genau so lang wie das, was er sich zur Marija und zur Hornlosigkeit aufgeschrieben hat. Wort für Wort habe ich es jetzt nicht nachgezählt, aber das waren die drei, über die er schon das Meiste geschrieben hat. Über die Marija so viel, weil er sie nie richtig hat herausforschen können, und weil er das Wort nicht gefunden und ewig gesucht hat für *das Gefühl*. Das Gefühl, was er gehabt hat für sie. Von der Hornlosigkeit, na ja, aber das habe ich schon berichtet. Und vom Przibram hat er sich so vieles aufgeschrieben, weil es ihm wie ein richtiges Lehrbuch vorgekommen ist, was der zu ihm gesagt hat. Nicht so das Mitreißende, das Fiebrige und Schillernde, was der Kammerer an sich gehabt hat, sondern so geradeaus, wie der Przibram eben gewesen ist.

„Professor Przibram erklärt mir", schreibt Franz zum Beispiel, „die Experimente mit der Seescheide. Kammerer schneidet die Schläuche der Seescheide, die sie Siphon nennen ab. Damit die Tiere keine Schmerzen leiden, gibt er vorher einen ziemlichen Schuss Kognak ins Bassin, angeblich nimmt er immer einen extra guten dafür. Die Schläuche wachsen schnell nach. Das wäre noch nicht ungewöhnlich. Amputierte Gliedmaßen oder Teile des Körpers ersetzen, das können viele primitive Tiere, sagt er. Was sie alle hier fasziniert, ist, dass 1. die Schläuche mit jeder Amputation länger nachwachsen, und 2., noch wunderbarer, dass die nächste Generation Seescheiden sofort mit längeren Schläuchen auf die Welt kommt. ‚Elefantenrüsselartig', sagt Kammerer über die Schläuche. Der Drang zu längeren Schläuchen hat sich auf die Kinder vererbt, ohne dass, – und das ist der Springpunkt – ohne dass man den

Kindern dazu die Schläuche abschneiden muss. Er sagt, die längeren Schläuche sind das, was sie eine ‚erworbene Eigenschaft' nennen, die Elterngeneration ist ja mit kurzen Schläuchen geboren und hat erst durch die ständige Abschneiderei die Verlängerung erworben. Das hat sich auf die Kinder vererbt. Professor Przibram sagt, dass weder die Seescheiden selber noch das Vivarium irgendeinen praktischen Nutzen von den langen Schläuchen haben. Im Gegenteil, für die Seescheiden ist es unkomfortabel, wenn sie durch so lange Schläuche strudeln müssen. Aber das Prinzip ist wichtig. Die Seescheide lernt etwas, in dem Fall lernt sie, längere Schläuche für die abgeschnittenen nachwachsen zu lassen, und vererbt das Gelernte. Habe Prof. P. gefragt, warum die Schläuche eigentlich länger werden, es würde doch reichen, wenn sie auf die ursprüngliche Größe nachwachsen. Er meint, gute Frage, kann sich aber nicht vorstellen, was für ein Experiment man machen muss, um sie zu beantworten."

Natürlich wäre es dem Hornlosenkönig Franz lieber gewesen, die Siphone der Seescheiden hätten sich mit jedem Schnitt verkürzt. Aber das hat er jetzt erst einmal für sich behalten. Außerdem, und im Gegensatz zu vielen von uns im Vivarium, hat der Franz seine Wünsche und die echten Tatsachen recht gut auseinanderhalten können. Wenn es so ist, dass die Schläuche länger werden mit jedem Abschneiden statt kürzer, dann ist es eben so. Rinder sind keine Seescheiden und Siphone keine Kuhhörner.

Ich weiß nicht, ob das Gespräch über die Seescheide Franz' erstes Gespräch mit Przibram war, es ist jedenfalls die erste Eintragung, und ich kann mir gut vorstellen, dass die beiden sich nicht lange aufgehalten haben werden mit Gerede über das Wetter, sondern gleich zur Sache gekommen sind.

Heute, wenn ich in den Tagebüchern vom Franz diese Eintragungen lese, dann denke ich mir, es muss ihn im Arbeitszimmer vom Przibram praktisch wie ein Schlag getroffen haben: Dass diese fremde Welt mit den unzähligen Büchern, den Mikroskopen, den Terrarien, den Bildern, die mit einem reden, wenn man das will, und das Maul halten, wenn man nicht will, dass das seine Welt ist, dass das jetzt seine Welt werden muss. Dass er hierher gehört genauso oder sogar noch mehr, wie er in den alten Stall gehört, daheim in Steinbüchl und auf die Küchenbank, neben die schiefe Jožefa und die Franeka mit den Schorfhänden. Und ich muss daran denken, wie unbegreiflich es für den Franz (und den Przibram) gewesen wäre, als man, viele Jahre später, aus dem Vivarium ein Tanzlokal gemacht hat. „Weltberühmte Forschungsstätte wird Tanzlokal. Glück und Ende der Biologischen Versuchsanstalt im Wiener Prater“ hat damals, im August 1948, im *Neuen Österreich* gestanden. Aber da war der Franz seinen Heldentod schon lang gestorben. Und der Przibram war in Terezin verhungert, und seine Frau, die Gräfin Komorowska, hat sich das Leben genommen. Der Kammerer hat sich in die linke Schläfe geschossen gehabt, 1926 war das, eigentlich hätten sie in Moskau auf ihn gewartet gehabt. Schwer zu verstehen, ich meine – die linke Schläfe! Er war ja Rechtshänder. Ich glaube, dass auf dem Vivarium genauso ein Fluch gelegen ist, wie auf dem Steinacker der Meguşarfamilie. Nur noch härter. Aber in dem Moment war das alles weit weg, und hätte einer dem Franz oder dem Przibram gesagt, wie es ausgehen wird, sie hätten es ja doch nicht geglaubt.

Professor Przibram sagte, über die Pflege der Tiere müsse er dem Franz bestimmt nichts erzählen, das verstünde der Franz ohnehin besser als sie alle. Kammerer habe ihm, er hoffe, er sage da jetzt nichts Falsches, verraten, Franz rede sogar mit den Tieren? Na ja reden, darauf der Franz, reden tut er eigentlich nicht mit ihnen. Sie machen halt, was er denkt oder er denkt, was sie machen, da versteht man sich schon, und so schwer ist es ja nicht, wenn man selber den Mund hält und still ist und nur zuhört und nicht alles besser weiß.

Aber im Zeichnen wird er Unterweisung brauchen? Przibram darauf. Ja, da hat er noch keinen Riss gehabt, das Zeichnen fällt ihm sauschwer, musste Franz zugeben. Das Photographieren, darauf der Przibram, aber vor allem das Zeichnen, womit man das Wesentliche zum Ausdruck bringt, beschäftige sie hier am Vivarium sehr intensiv. Das habe viele Gründe, nicht nur den, dass sie das Wesen erfassen wollen und nicht den Zufall. Ein weiterer Grund sei, dass die Tiere, mit denen sie hier arbeiten, sehr lange Fortpflanzungszyklen haben. Manche brauchen fünf, sechs oder sieben Jahre, bis sie geschlechtsreif sind. Die Grottenolme pflanzen sich sogar erst nach mehr als zwanzig Jahren fort, hoffentlich könnten sie diesen Zyklus in der Gefangenschaft abkürzen. Wenn man jetzt die Vererbung erworbener Eigenschaften studiert, dann sind das natürlich die reinsten Ewigkeiten. Da wartet man zwanzig Jahre, um zu sehen, ob sich was vererbt hat, und zwanzig Jahre für die nächste Vererbung und so fort. Die wenigsten Wissenschaftler hätten die Geduld dafür. Aber weil man ja doch zwischendurch mal ein Ergebnis vorweisen muss, macht der Kollege Kammerer es so: Er tötet seine Tiere nicht, wenn eine Versuchsphase abgeschlossen ist, sondern er experimentiert mit denen immer weiter. Am liebsten würde er diese spät Herangereiften ewig am Leben erhalten und immer neue Versuche mit ihnen anstellen. Natürlich wird behauptet, solche Einzelfallbeobachtungen seien keine Wissenschaft mit harten Ergebnissen, sondern nur eine Anekdotensammlung. Gleichviel, jedenfalls müssen die Zwischenergebnisse immer haargenau – am besten eben in einer Zeichnung – festgehalten werden, weil das nächste Experiment, das unser Kollege Kammerer mit demselben Tier unternimmt, alles wieder ändert. Aber das werde Franz bald besser verstehen, Kammerer werde es ihm zeigen und auch zu ihm könne er jederzeit kommen, Zeichnen sei seine heimliche Leidenschaft. Dabei lächelte Professor Przibram.

„Professor Przibram sagt, wie froh er ist, dass ich in dieser furchtbar kritischen Phase für das Vivarium zu ihnen stoße. Versichere ihm, dass ich mit meinem Gehalt als Hilfspfleger völlig zufrieden bin, Hauptsache es reicht für Jožefa und die Mutter. Er: Ich kann mir die Wut gar nicht vorstellen, mit der alle Welt und ganz besonders die Wiener Universität über das Vivarium herfällt. Unvorstellbare Wut und Gemeinheit. Vielleicht ist es Eifersucht, denn nirgendwo sonst auf der

Welt gibt es ja ein so hochmodern ausgestattetes Institut. Jedenfalls steht mit all dem Spott und Dreck, der jeden Tag kübelweise über uns ausgegossen wird, die Existenz des Vivariums tatsächlich auf dem Spiel. Ergebnisse, wir müssen Ergebnisse produzieren, Ergebnisse, die sonst niemand zusammenbringt, und da käme ich, mit meiner Hand für Tiere, gerade recht. Tag und Nacht muss gearbeitet werden. Bestimmt bin ich keine Enttäuschung für sie. Es ist so schwierig, sagt er, Leute zu bekommen, die mit Tieren richtig zurechtkommen und eine Liebe für sie haben und den nötigen Ernst in der Beobachtung. Gott sei Dank am Ende doch noch auf die Hörnerfrage gekommen. Professor Przibram sagt, die Frage gehen wir an! Aber erst müssen Grundfragen geklärt werden. Wenn wir mit hornlosen Rindern daherkommen, lachen sich die Gegner des Vivariums tot. Das Schwierige mit den Rindern ist, sie leben nur in einer Welt. Nicht wie die Olme und Salamander, die dafür ausgerüstet sind, in zwei Welten zu leben und die man nur von der einen in die andere Welt schubsen muss. Erst die Seescheiden und die Grottenolme, dann die Rinder, das verspricht er mir. Man muss auch überlegen, warum es bisher noch kein Züchter, auch die geschickten und geduldigen nicht, geschafft hat, eine neue Art zu züchten. Vielleicht greift man zu tief ein, wenn man die Hörner wegnimmt?“

24

Von dem, was jetzt kam, steht gar nichts in den Tagebüchern vom Franz. Seltsam, weil hinterher doch jeder gesagt hat, was es für eine Sensation war. Nur: Sensationen, wenn er sie überhaupt erkannt hat, haben dem Franz nichts gegeben. Bis in sein Tagebuch hinein haben sie es nicht geschafft.

Der Franz saß noch beim Professor drin, die beiden werden mit ihren Kuhhörnern und ihrer wissenschaftlichen Geduld noch nicht zu Ende gewesen sein. Jedenfalls hat man sich, als wenn es heute gewesen wäre, daran erinnern können, wie die Eingangstür auf und sie herein ist: Frau Mahler, Mahler Alma. Den Kammerer hinter sich hergezogen wie ihren Dackel. (Ich bin ihr schon früher einmal vorgestellt worden, was sie natürlich vergessen hat. So wunderte es mich nicht, dass den unseren bei ihrem Anblick der Speichel beim Mund herausgetroffen ist. ‚Ein Weibsbild wie eine Granate', hat der Bickel Hubert formuliert. Der Bickel war bei der Heimatwehr, die reden gerne so gefechtsmäßig.) Sogar der Franz hat sich an den Auftritt von Frau Mahler erinnern können, deswegen weiß ich ja überhaupt nur, wie sich das seinerzeit abgespielt hat.

„So, mein lieber Kammerer, jetzt führen Sie mal Ihre Seescheiden vor, von denen Sie mir die ganze Zeit vorschwärmen. Bin schon sehr gespannt auf diese lasziven Kreaturen", sagt sie. Und wie sie das herausbringt. An alles musst du dabei denken, unwillkürlich, nur nicht an die blöden Nahrungsstrudler mit ihren abgeschnittenen Schläuchen. Dann setzt sie sich auf unseren Brotzeittisch. Einfach so.

Ob der Kammerer sie bei den Althistorikern oder den Harfenistinnen oder ganz woanders gefunden hatte, weiß ich nicht, ist für den Fortgang der Sache auch gleich. Der Kammerer stellt sich jedenfalls sofort an das Becken, wo die Seescheiden mit ihren durchsichtigen Därmen herumwedeln. Erklärt lang und breit, welche Bedeutung das Amputieren der Schläuche für das Verständnis der Evolution hat. Wenn er bewiesen haben wird, und viel fehlt nicht mehr, höchstens eine oder zwei Seescheidengenerationen, dass sich eine Reaktion, eine Reaktion, die von außen, durch die Umwelt hervorgerufen wurde, – in dem Fall also die Verlängerung der Siphone – vererbt, dann wird er Schritt für Schritt von den Seescheiden zu den höheren Tieren aufsteigen. Bis er schlussendlich beim Menschen ankommt. Natürlich wird es da nicht mehr um das Abschneiden irgendwelcher Schläuche gehen, sondern um die Vererbung musikalischer, künstlerischer, wissenschaftlicher Erziehungsfrüchte, um die Vererbung noch vollkommenerer Körper, (alle haben auf die Mahler hingeschaut), und eben darum, eine Umwelt zu schaffen, in der die Friedfertigkeit zum ererbten Normalfall wird. Mit der Seescheide hat er angefangen, er wird nicht ruhen, bis er seinen Beitrag zum Frieden unter den Menschen abgeliefert hat.

Die Frau Mahler warf die Arme in die Höhe. Musste ein paar Strähnen, die sich beim Zuhören aus der Frisur gelöst haben, wieder aufstecken. Das brachte ihren schutzlosen Nacken recht gut zur Geltung. Als wenn du in einen Abgrund hineinschaust, gerade so ist es gewesen, berichtete der Bickel Hubert später. Bei der Heimatwehr haben sie gerne abschüssige Vergleiche.

In diesem Augenblick kam der Professor aus seinem Zimmer, hinter ihm der Franz. Der Professor küsst der Frau Mahler die Hand. Dann zeigt der Professor auf den Franz. Das da ist unser jüngster Mitarbeiter, in dem schlummert was.

Ich bin der Frau Mahler, wie gesagt, schon früher vorgestellt worden und hätte ihr damals gern die Hand geküsst. Aber sie ist an Männern, die wegen ihr davonschmelzen, nicht interessiert. Bloß wehe! einer schaut sie nicht an oder lässt sich nicht auf den ersten Blick einfangen. Einer wie der Franz, der praktisch immer ingenieursmäßig schaut. Dem hättest du das Schmelzen gar nicht angesehen, sogar wenn er an ihr ein Interesse gehabt hätte. Das hielt sie nicht aus.

„Ein junger Held vom Dorf, wie aufregend!“, sie strahlte Franz an, „und bei meinem Freund Aquila wohnen Sie? Na da haben Sie mich ja schon kennengelernt. Ich hänge dort, das große Bild links neben der Palme, geben Sie zu, dass Sie mich sofort erkannt haben?“

Der Franz war noch so weit weg mit seinen Gedanken, dass er nicht einmal rot wurde, er schaute praktisch durch sie durch.

Der Kammerer, ein geriebener Hund ist er ja gewesen, nicht nur beim Experimentieren und Komponieren, mehr noch bei den Weibsbildern, sagte jetzt dem Professor, Madame Mahler hätte auf dem Herweg zum

Vivarium ein überraschend lebhaftes und zugleich scharfsichtiges Interesse an der experimentellen Biologie bewiesen. Fragen gestellt, die ihm eine ganze Reihe von Problemen in völlig neuem Licht gezeigt hätten, ein unverstellter, frischer Zugang zur Biologie. Er habe Madame Mahler deshalb gefragt, ob sie nicht mit ihnen am Vivarium zusammenarbeiten wolle, Teilzeit, so viel, wie ihre vielfältigen Verpflichtungen es ihr eben erlaubten. Für unser Vivarium wäre es ein unbezahlbarer Gewinn. Nicht nur, dass Madame ihre unverstellte, frische Sicht auf die Dinge einbringe. Sie könnte auch in maßgebende Wiener Kreise hineinwirken, quasi als zauberhafte Botschafterin des Vivariums.

„Aha", darauf der Professor, er hatte bestimmt nichts gegen einen frischen Blick auf die Biologie, nur hat er sich Frau Mahler wohl nicht mit dem Laborbuch auf den Knien vorstellen können, wie sie hineinschreibt, ob die Seescheiden gerade mit oder gegen die Strömung strudeln, „aha. Und welches Projekt, Herr Kollege Kammerer, halten Sie im Fall von Madame für passend?"

„Die Gottesanbeterin natürlich, welches sonst."

Mit der Gottesanbeterin war es so.

Die Larve der Gottesanbeterin häutet sich beim Heranwachsen ein paar Mal, weil ihre Haut zu klein wird für den zunehmenden Körper. Der Kammerer theoretisierte, dass in diesem Entwicklungsstadium ihre Haut praktisch das wichtigste Organ ist, mit dem die Larve mit der Umwelt kommuniziert und andererseits die Umwelt auf die Larve einwirkt. Das ganze Verhältnis zwischen Umwelt und Larve – und damit ja auch ihr komplettes Gedächtnis – muss also im Grunde in der Haut stecken. Der Kammerer wollte wissen, ob die Gottesanbeterin ihre Erinnerung daran, was sie in der Umwelt angestellt hat und was die Umwelt mit ihr, ob sie diese Erinnerung zusammen mit ihrer Haut verliert, also ob sie nach jeder Häutung wieder ein neues Gedächtnis bilden muss.

Als sie schon älter war und die Männer ihr nicht mehr so leicht dahingeschmolzen sind, hat die Frau Mahler ersatzweise ihre Memoiren geschrieben. Aber da hat sie sich vieles bereits gerichtet gehabt, und hinterher bist du leicht schlauer.

Sie habe es damals so aufgefasst, dass der Kammerer herausbringen wollte, ob die Gottesanbeterin durch die Häutung ihr Gedächtnis verliert. Das stimmt schon. Aber warum hätte sie dafür der Gottesanbeterin beibringen sollen, dass die ihre Mehlwürmer am dunklen Boden des Terrariums frisst, statt dort, wo sie es gewohnt war, nämlich oben im Licht? Keine Ahnung. Da bringt sie wohl irgendwas durcheinander. Als der Kammerer gemerkt hat, es graust sie vor den lebenden Mehlwürmern, hat er sich eine Handvoll gegriffen und aufgegessen. Schreibt sie. Das wäre möglich. Solche Kunststückchen hat er gern aufgeführt.

Ich sollte dazusagen, dass Frau Mahler überhaupt nie einen Mehlwurm angelangt hat. Wenn der Kammerer nicht da war, hat das immer einer von uns erledigen müssen. Gar kein Drandenken, dass bei ihrer nachlässigen Arbeit mit der Gottesanbeterin ein haltbares Ergebnis herausgekommen wäre, im Leben nicht. Aber weil Madame schon immer alles gewusst hat, schreibt sie in ihren Memoiren und dabei spielt sie nicht nur auf die Gottesanbeterin, sondern unsere ganze Arbeit an:

„Kammerer wünschte die Ergebnisse seiner Forschungen so glühend herbei, dass er unbewusst von der Wahrheit abweichen konnte."[6]

Der Kammerer dampfte vor Begeisterung. Konnte gar nicht mehr aufhören von der Gottesanbeterin und welche Erinnerung Frau Mahler ihr austreiben oder eintreiben soll. Bis sie plötzlich sagte:

„Ach wissen Sie, mein lieber Kammerer, mich armes Weib führen Sie doch leicht an der Nase herum. Allein Ihre Begeisterung, die Schwunghaftigkeit, mit der Sie all das erzählen, überzeugt mich bereits. Dafür müsste ich gar nicht erst diese ekelhaften Mehlwürmer verfüttern, und den Tieren dabei zusehen, wie sie ihre Haut ablegen. Du lieber Himmel, nein, ich bin ein viel zu leichtes Verführungsobjekt für Ihre Kunst und Wissenschaft. Ohne männliche starke Unterstützung traue ich mir die wissenschaftliche Arbeit im Vivarium nicht zu."

„Aber schönste Alma, jeder Mann im Vivarium wird es als Erfüllung seiner kühnsten Träume empfinden, wenn er Sie unterstützen darf, also dafür verbürge ich mich!"

„Mein lieber Kammerer, heben Sie sich den Süßstoff für Ihre naiven Studentinnen auf. Bei mir brauchen Sie schwerere Geschütze. Aber warten Sie einmal, mir kommt da ein Gedanke."

Als wenn es ihr tatsächlich gerade jetzt eingefallen wäre, schlug sie Folgendes vor. Sie sei, wie Kammerer wisse, und sie wolle daraus auch gar kein Geheimnis machen, gut, geradezu bestens, eng und aufrichtig mit dem Professor Othenio Abel befreundet. Der Wahrheit eine Gasse, Kammerer wisse schon. Kammerer wusste schon und nickte ohne große Freude. Und Kammerer wisse auch, dass Professor Abel ein berufsmäßiger Feind der Idee sei, erworbene Eigenschaften könnten vererbt werden. Auch das wusste Kammerer schon. In ganz Wien finde sich keiner, der das Vivarium glühender verabscheue als Professor Abel. Dabei habe er für seinen feindlichen Standpunkt scharfe und gewiss zutreffende Argumente zur Verfügung. Außerdem setze Abel sich dafür ein, dass Kammerer bestimmt keine Professur bekomme. Auch damit verrate sie kein Geheimnis. Wobei sie durchaus begreife, dass Kammerer von der Position einer Professur herunter ganz andere Möglichkeiten hätte, die Welt in Erstaunen zu versetzen und zu na sagen wir: überzeugen als ohne diesen Titel. Die Welt will geblendet sein. Nicht zu vergessen, dass auch die Geldmittel des Vivariums von solchen Äußerlichkeiten abhingen, das verstünde sogar sie. Sie selber sei zwar tatsächlich an der Biologie, an der Fortpflanzung und der Vererbung, interessiert. Freud und Darwin und Kammerer und Abel, das alles sei ungemein erregend. Nur leider ginge es ihr so, dass sie am Morgen von Kammerers Ansichten durchdrungen sei, am Mittag bewiese ihr Abel überzeugend das Gegenteil, am Nachmittag habe dann wieder Kammerer Recht und schließlich abends dann Abel. Sie schwanke von einer Wahrheit hinüber zur andren und wieder retour. Das alles sei zu stark für ein schwaches Weib. Nun habe sie kürzlich Professor Abels Labor besichtigen dürfen. Dort arbeite ein talentierter junger Kerl, den Abel, wie er sagt, gerne geistig abhärten und ertüchtigen würde. Sie fände es eine charmante Vorstellung, wenn dieser junge Mensch zu ihrer Unterstützung und seiner eigenen geistigen Abhärtung im Vivarium arbeiten dürfte. Mit dem könne sie sich hin und wieder beraten, wenn die Begeisterung für Kammerer wieder einmal mit ihr durchgehe, ihr selber würde es helfen, die Argumente beider Seiten zu verstehen. Denn gerade die, die Argumente der Gegenseite, werde der hoffnungsvolle junge Mann ja mitbringen. Und das Vivarium könne damit beweisen, dass es keinen geistigen Gegner fürchte, nicht einmal einen Schüler von Professor Abel, bekanntermaßen der schärfste Kritiker des Vivariums. Sie hätte auf diese Weise ein sagen wir mal geistiges Korsett, um sich ungeniert der männerfressenden Gottesanbeterin zu widmen. Auf diese Weise könne sie zeigen, nicht wahr, Herr Meguşar, ich darf Sie als künftigen Kollegen gleich Franz nennen?, was ihrerseits in ihr schlummere und aufgeweckt werden wolle. Und niemand werde mehr behaupten können, im Vivarium habe man nicht genug Zutrauen zu den eigenen Argumenten oder gar etwas zu verstecken.

25

Jetzt habe ich, von der ersten Zeile weg bis hierher, die ganze Zeit geschaut, dass ich ausschließlich Tatsachen bringe, ganz kalt nur Tatsachen serviere, bitteschön, die Herrschaften, und wenn, ganz selten einmal! ein Gefühl, dann Achtung: Gefühl! Das halte ich nicht länger durch. Ich bin auch nur ein Mensch. So viel Selbstbeherrschung kann keiner von mir verlangen. Weil, Sie werden es eh schon länger vermutet haben als ich selber, weil, – weil, der ‚talentierte junge Kerl', den der Professor Abel geistig abhärten wollte, der war ja: ICH.

So gedankenlos, wie wenn man beim Spazierengehen einen Kieselstein aus dem Weg schlenzt, genau so hat mich die Frau Mahler ins Vivarium hineinbefördert. Bevor ich noch gewusst habe, was los ist, bin ich mitten in dieser Geschichte gestanden. Am selben Tag, an dem Franz im Vivarium angefangen hat, genau an dem Tag hat die Mahler mich ins Spiel gebracht.

Um das genauer zu erklären, muss ich jetzt doch wieder in die zeitliche Ordnung gehen, weg von dem ersten Erscheinen der Mahler im Labor, zurück zu mir selber und meinen Anfängen beim Abel, die viel früher liegen.

Geboren bin ich in der Kreisstadt, aufgewachsen in der Nähe von Wien. Kein Stadtkind und kein Landkind also. Dass ich nach der Ausbildung gleich bei einer Zeitung untergekommen bin, wissen Sie ja schon. War eher Zufall, eine Neigung zum Schriftlichen habe ich ja, allerdings mehr zum Abschweifen, zum Phantastischen, nichts speziell Journalistisches. Die Zeitung selber war, außer dass ich dort schlechtes Geld verdient habe, recht bedeutungslos. Nicht einmal ordinär, dementsprechend wenig Leser. Ohne die Anzeigen hätte sie längst zusperren müssen. Ich fing als Volontär bei den Todesanzeigen an, aushilfsweise bei den „Damen- oder Herrenbekanntschaften gesucht". Journalismus war da eher weniger. Ausbildungsmäßig bin ich über den jung-gebliebene-Witwe-sucht-rüstigen-Herren-Stil nie hinausgekommen. Manchmal habe ich in meiner Freizeit, einen Ehrgeiz hat man halt doch, das Feuilleton gelesen oder einen politischen Leitartikel. Jetzt hat sich der Stil im Feuilleton von den Anzeigen nicht sehr unterschieden. Trotzdem. Der Redakteur hatte eine scharfe Nase dafür, wenn in den Anzeigen die Politik oder das Theater ‚herausgestunken' hat. Das durfte man augenblicklich umschreiben. War eh nicht viel zum Schreiben. Die meisten kamen mit ihren Anzeigen daher, die sie sich daheim fix und fertig ausgedacht hatten. An jedem Beistrich hingen da bleischwer die Gefühle, auf jedem Punkt verzweifelte Hoffnungen, da lässt du die Finger von Änderungen. Nichts hassen die so wie einen Zeitungsmann, der schlauer sein will als sie selber. Erwartet wurde, dass ich die gröbsten Rechtschreibfehler korrigiere und schaue, dass die Daten stimmen. Also dass der Geburtstag früher lag als der Todestag. Oder dass die Annonce der rüstigen Witwe, die einen Herrn für Freizeitgestaltung und Reisen sucht, in der Rubrik „Sie sucht ihn" stand und nicht unter „Wohnungsauflösungen".

An mir lag es gewiss nicht, dass immer weniger annonciert wurde. Gestorben ist ja weiter worden, nur angezeigt haben die Leute den Tod weniger. An jedem Wort haben sie geknausert, am billigsten wäre gewesen, gar nichts über das Sterben zu bringen. Mich haben sie noch ein paar Monate lang von der einen Abteilung in die andere verschoben. Zum Schluss war ich Pfortenpraktikant. Bis sie mir mitteilten, für mich sei keine Verwendung mehr. Ein paar Wochen nach meiner Entlassung erfuhr ich, dass sie die Zeitung ganz eingestellt hatten.

Danach half ich in der Trafik mit. Zum Tun war nicht viel.

Dann meinte Harry Butter, er könnte mich zu Hayler & Söhne vermitteln.

Hayler & Söhne hatten gerade auf Photoromane umgestellt und brauchten frische Leute. Das ganze Zeitalter war praktisch hungriger geworden. Man musste jetzt auch den Abonnenten mehr bieten. Es reichte nicht mehr, die Bernadette in ihrer vergoldeten Grotte abzubilden und sie anschließend im Harem herzuzeigen. Zu wenig Erregung. Mister Hayler war überzeugt, eine schriftliche Handlung, die was hermacht, sauber am Unterrand von den Photos platziert, – das würde den Hefteln mehr Pfeffer geben. Photoroman mit Untertiteln, frisch von der Leber weg, fertig. Mister Hayler sagte, ich, mit meiner Ausbildung als Journalist, so einen suche er gerade. Hätte ich ihm widersprechen sollen? In der Tageszeitung, die wüßten schon, wie man einen Abonnenten schnell genug dorthin bringt, wo man ihn haben will, sagen wir von der Lourdesgrotte in den türkischen Harem. Also eine anständig schwüle Atmosphäre, die Ehre verloren, bissel Gewalt, Hauptsache der Abonnent möchte immer schneller umblättern. Am Schluss: hängen lassen und Fortsetzung folgt. Und bittschön der Herr: gerade nur so viel Abschweifung, textmäßig gesehen, wie notwendig ist, damit es noch als Geschichte durchgeht, immer und ausschließlich nur diese „Stellen“, das wird langweilig. Aber wirklich – knapp und nur das Notwendigste. Er hat keine Lust, Papier und Druckerschwärze zu verschwenden.

Jetzt ist Abschweifen das Einzige, was mich am Journalistenberuf interessiert. Unterm Schreiben vergaß ich gern, wo ich eigentlich hätte hin wollen. Von Lourdes bin ich mal in Wladiwostok gelandet, mal in Semipalatinsk. Ulan Bator auch eine schöne Stadt, Archangelsk oder gleich der Tatarensund. Gegenden jedenfalls, die von der Erzählung und der Kulisse her eher frisch waren, die Damen hättest du in dicke Pelze einwickeln müssen. Pelze waren überhaupt nicht im Sinn vom Mister Hayler oder Söhne. So bin ich gleich nach den ersten Arbeitsproben wieder rausgeflogen.

Mir fiel eine Annonce ein, die ich auf meiner alten Arbeitsstelle einmal in die richtige Rubrik einordnen musste, und die ich mir aufgehoben hatte, warum, weiß ich gar nicht mehr. Wahrscheinlich, weil ich nicht wusste, in welche Rubrik sie gehörte. Gesucht wurde da eine männliche Person mit starken Überzeugungen und dito Händen. Als Assistenzkraft bei einem vom Reichskriegsministerium geförderten Forschungsvorhaben. Geeignete Kandidaten mit ausreichendem Selbstvertrauen sollten sich bei Professor Othenio Abel, Universität Wien, Institut für Paläontologie melden. Jetzt waren meine Überzeugungen durchaus stark, manchmal haben sie gewechselt, aber stark waren sie durchgehend. Selbstvertrauen wäre auch zur Hand gewesen, das wächst ja. Ein Vorhaben des Reichskriegsministeriums, da war man praktisch schon beim Militär, nur dass man nicht mit Kanonen hat schießen müssen, sondern mit starken Überzeugungen. Vielleicht war die Stelle ja noch frei. Die oder eine andere.

Wie durch ein Wunder gab es an dem Institut tatsächlich eine freie Stelle. Zuständig war dieser Professor Abel, Othenio Abel. Er trank Kaffee und aß ein kleines Gulasch, während er mit vollem Mund erzählte, dass er die letzten Wochen in den USA, bei seinem Kollegen Professor Morgan gewesen war. Deshalb hatte er sich nicht selber um die Bewerbungen kümmern können. Ich war der Erste, der sich bei ihm persönlich vorstellte. Noch am selben Tag sollte ich anfangen, Abel drängelte ziemlich. Keine Ahnung, was Paläontologie war. Irgendwas mit Versteinerungen, warum pressiert es einem, der Versteinerungen untersucht? Machte aber nichts, weil ich sowieso nichts Paläontologisches zu tun haben würde.

Als Franz mich später fragte, was ich beim Abel gemacht habe, wollte ich es zuerst nicht zugeben. Wie wir uns besser kennengelernt hatten, habe ich es ihm dann erzählt. Nicht alles habe ich ihm erzählt, aber das Wichtigste.

Abel steckte damals mitten in einer ‚schöpferischen Blockade' drin. Das erwähnte er einmal, als er mir beim Überstundenmachen zusah und dabei eine Flasche trank. Daheim war er vielleicht gerade nicht willkommen. Weinerliche Stimmung irgendwie. Seine Leberwursthaare waren nicht so glatt gekämmt wie sonst. Er bot mir ein Glas an, die anderen vom Institut waren schon nachhause gegangen.

„Seinerzeit habe ich alles auf den Grottenolm gesetzt, alles. Meine Güte, welche Pläne ich für dieses verrückte Tier gehabt hätte, eine glänzende experimentelle Zukunft für uns beide. Aber dann hat uns dieser Meguşar, mein Schüler an der Reformschule, wie die Narren auf seinem Karstacker in Steinbüchl herumstolpern lassen, keine Spur von einem Grottenolm. Das ganze Dorf hat sich verschworen, mir den Grottenolm nicht zu gönnen, diese Bauern. So fest hatte ich mit dem Grottenolm gerechnet. Und jetzt hat das Vivarium ihn. Verstehst du das?"

Ich verstand es nicht, wie hätte ich es zu dieser Zeit auch verstehen können. Nickte trotzdem mit dem Kopf.

Abel, bis dahin hatte ich gar nicht gemerkt, wie empfindlich er war, oder soll ich sagen empfindsam?, sagte, als er damals den Grottenolm nicht bekam, mit dem er solche Pläne gehabt hatte, war er richtiggehend trübsinnig geworden. Zu nichts konnte er sich aufraffen, Ideen keine, eine Existenzkrise praktisch. Fragen, die man mit einem Experiment beantworten könnte, wollten ihm keine mehr einfallen.

„Jeder Gedanke ist schon einmal gedacht, jedes vernünftige Experiment ist schon einmal gemacht, die Welt ist ausgedacht und ausgeforscht", jammerte er. Bis auf einen kleinen Rest war die Weinflasche leer.

„Und das Schlimmste ist – hier in Wien gibt es diesen Doktor Kammerer, er arbeitet am Vivarium. Der hat Grottenolme zur Verfügung, das muss man sich mal vorstellen – Grottenolme! Mit diesen raren Viechern kann er seine Jahrmarktkunststücke vorführen. Und wir hier an der Universität müssen mit ordinären Mäusen arbeiten. Ganz Wien läuft zusammen, wenn es *Grottenolm* hört. Dieser Kammerer füllt dir jeden Saal. Meine Mäuse? Bei Mäusen graust es die Leute höchstens."

Damit trotzdem irgendetwas weitergeht an seinem Institut, hatte Abel beschlossen, die Experimente des Professor August Weismann, Weismann, kennen Sie natürlich nicht, egal, weiterzuführen. Die gingen so:

Professor Weismann hatte die ewige Streitfrage untersucht, ob der Gebrauch von Körperteilen diese verändert, und ob so eine Veränderung ins Blut geht, und dann weitervererbt wird. Also ob der Giraffe, die sich nach immer höheren Blättern strecken muss, von Kind zu Kindeskind ein längerer Hals wächst, bis sie am Ende dieses wahnsinnig lange Ding aufhat. Angefangen hat sie mit einem Hals wie unsereiner auch. Aber wenn du dich auf Akazienblätter spezialisierst, an die musst du erst einmal hinwachsen. Jetzt hat man für so lange Versuche mit einem Giraffenhals gar nicht die Zeit. Die Professur muss her, da kannst du mit deinen Ergebnissen nicht trödeln. Deshalb ist argumentiert worden: Wenn es wahr ist, dass der ständige Gebrauch die Organe stärkt und vergrößert, und sich so eine Gebrauchsvergrößerung vererbt, dann muss der Nichtgebrauch genau das Gegenteil bewirken. Ungebrauchte Organe sollten kleiner und schwächer werden, bis sie nach einigen Generationen ganz verschwunden sein würden. Franz, mit seiner Hornlosigkeit, war sofort ganz aufgeregt, als ich ihm das erzählte. Er kannte den Abel ja von der Reformschule her, früher hätte der nicht solche gescheiten Ideen gehabt.

Eigentlich dauern Experimente mit dem Nichtgebrauch genauso lang wie solche mit dem Gebrauch. Weismann ist darauf gekommen, dass man den Nichtgebrauch sozusagen verschärft und abkürzt, wenn man das Organ, das über die Generationen hinweg verschwinden soll, abschneidet. Führt ja, klar, auch zum Nichtgebrauch, ein Organ, was nicht da ist, kannst du auch nicht gebrauchen, und das beschleunigt die Sache enorm. Natürlich kann man kein lebenswichtiges Organ abschneiden. Zum Glück gibt es genug Organe, da weiß kein Mensch, nicht einmal der Besitzer selber, wozu die Natur sie einem angehängt hat. Der Mäuseschwanz zum Beispiel. Wozu braucht die Maus ihren Schwanz denn? Außer, dass sie beim Fortrennen ein Körperteil mehr herumschleppen muss, hat der Schwanz doch keinen Sinn. Also, hatte Weismann gesagt, dann prüfen wir die Folgen des Nichtgebrauchs von Mäuseschwänzen. Wie? Na, indem wir sie abschneiden.

Weil ihm wegen seiner schöpferischen Blockade eh nichts Besseres einfiel, setzte Abel jetzt die Weismann-Versuche fort. Achthundertzweiundzwanzig Mäusen hatte Weismann die Schwänze abgeschnitten und sie anschließend kopulieren lassen. Nach dem Schwanzabschneiden musste gewartet werden, bis die nachfolgende Brut ausgewachsen war. Erst dann konnte man den Schwanz nachmessen. Außerdem musste sich das Kopulierbedürfnis wieder einstellen. Danach konnte man den nächsten Schwung abschneiden. So hat sich das Ganze doch ein bisschen hingezogen. Mit einer Hartnäckigkeit, die sie sich lieber für ein anständiges Ziel aufgehoben hätten, brachten die Mäuse weiterhin geschwänzte Kinder auf die Welt. Stur mit derselben Schwanzlänge, keinen Millimeter kürzer. Abel sagte, das Tausend mache ich jetzt voll. Wenn bei Tausend abgeschnittenen Schwänzen die Schwanzlosigkeit noch immer nicht vererbt wird, in keinem einzigen Fall, dann ist es bewiesen. Der Nichtgebrauch eines Organs führt nicht dazu, dass das Fehlen dieses Organs an die Kinder vererbt wird.

Etwas Neues war Abel dazu aber doch eingefallen: Er hatte sich einen Apparat ausgedacht, der die Sache schmerzlos machte. Es hätte ja sein können, dass es den Mäusen geht wie den Soldaten. Wenn man denen ein Bein amputiert, und man stellt sich recht ungeschickt an dabei, und der arme Kerl hat einen gewaltigen Schmerz, dann hört der Schmerz oft gar nicht mehr auf. Sein Leben lang leidet so ein Amputierter Schmerzen in dem Bein, das er gar nicht mehr besitzt. Ein paar Tage lang Krieg, ein ganzes Leben lang Schmerzen, furchtbar muss das sein. Im schlimmsten Fall vererbst du deinen Kindern die Erinnerung an ein schmerzendes Körperteil, das ist nicht der Sinn der Sache. Deswegen ließ Abel seine Techniker eine Miniaturguillotine bauen. Das eiserne Fallbeil konnte bis zur Weißglut erhitzt werden, dafür hatte Abel einen Flammenwerfer vorgesehen. Jetzt musste man die Maus packen, mit der linken Hand am Kopf, mit der rechten Hand am Schwanz und sie straff unter der Guillotine einspannen, sodass das weißglühende Fallbeil direkt über ihrem Schwanzansatz hing. Dann hat man den Flammenwerfer zur Seite geschoben und mit dem Mund den Hebel des Fallbeils auslösen müssen. Das Ding ist runtergekracht, hat den Schwanz abgehackt wie nichts, bildsauber, die Hitze hat die Wunde sofort verschlossen. Wenn man die Maus nur schnell genug losgelassen hat, dann ist sie davongerannt und das Einzige, was sie gemerkt hat, war, dass man ohne Schwanz leichter rennt. Man muss schneller sein als die Nervenleitgeschwindigkeit, erklärte Abel, das ist das ganze Geheimnis. Das Loslassen im richtigen Augenblick, das musst du lernen, das ist heikel, sonst ist nichts dabei. Ob ich mir das zutraue, hat Abel gefragt. Was keine ernsthafte Frage war, denn natürlich muss ein erwachsener Mann sich das zutrauen. Ich habe es schnell gelernt. Mit den Einzelheiten will ich Sie jetzt nicht belästigen. Obwohl ich sagen muss, wie ich es einmal heraus hatte, haben die Mäuse sich wirklich nicht mehr beschweren können. Wie der Nerv noch überlegt hat, ob er den Schmerz weitermelden soll, war der Schwanz schon lang abgehackt.

Franz hat nie verstanden, dass es sich um einen Wettkampf zwischen Abel und Kammerer handelte, den nur einer von beiden überleben konnte. Auf Spitz und Knopf ist es gegangen. Dem Franz war das fremd.

Abel behauptete, außer ihm und dem Kammerer macht überhaupt kein Mensch Experimente in dieser Frage. Das muss er dem Kammerer schon lassen. Alle anderen würden nur herumtheoretisieren oder glauben, es wäre längst alles bewiesen. Wer von beiden Recht hat und sein Rechthaben mit Experimenten und nicht nur mit klugen Sprüchen beweisen kann, er oder Kammerer, das ist die Frage. Davon hängt, nebenbei gesagt, auch ab, wer die Forschungsgelder bekommt.

Franz hat immer geglaubt, das sei alles praktisch ohne große Bedeutung. Er hat seinen Stall gesehen und dass ein Rind, das seit der Erfindung des Ackerbaus ja eigentlich gar nicht mehr nur zu seiner Rinderherde gehört, sondern zu der größeren Herde des Bauern, ja sogar des Dorfes, dass so ein Rind keine Hörner braucht. Weil die Regeln in der Menschenherde keine Hörner vorsehen. So jedenfalls hat der Franz es verstanden. Das ganze politische Gewäsch darum herum, mit dem hat man ihm gehen können.

Nun ist ein ganzes Institut mit dem Abschneiden von Mäuseschwänzen, selbst wenn man es auf eine so ausgefuchste Weise betreibt wie Abel, noch nicht völlig ausgelastet. Abel war in Amerika bei einem Professor Morgan gewesen, der mit schwarzbäuchigen Essigfliegen experimentierte. Wie alles hatte auch das mit Vererbung zu tun, obwohl, meinem Gefühl nach, der Abel hatte auch nicht ganz verstanden, was genau es damit zu tun hatte. Er wäre von Haus aus ja mehr für Versteinerungen zuständig gewesen. Essigfliegen tragen um die Taille zwei so kleine Wurstzipfel, die heißen Schwingkölbchen. Einen Namen haben die Dinger zwar, aber die Essigfliegen wissen selber nicht, wozu sie die überhaupt brauchen. Abel hatte den Einfall, wenn man ihnen die Schwingkölbchen entfernt, das bringt die schon nicht gleich um. Damit könnte man beweisen, dass sich durch den Nichtgebrauch dieser ohnehin nutzlosen Dinger keine schwingkölbchenlosen Essigfliegen entwickeln. Der Vorteil bei den Essigfliegen war außerdem, dass die alle zwei Wochen eine neue Generation in die Welt setzen, dass sie kaum Dreck machen, nicht viel fressen, wenig Platz wegnehmen und nicht schreien, wenn man ihnen die Schwingkölbchen ausreißt. Sobald ich die Mäuseschwanzguillotine einwandfrei beherrschte, könnte ich zum Schwingkölbchenausreißer aufsteigen, versprach mir Abel.

Aber irgendwie stellte ich mich mit den Mäuseschwänzen ungeschickt an. Mein alter Fehler wahrscheinlich, die ewige Abschweiferei. Schwer ist das ja nicht mit den Mäuseschwänzen, du musst mit dem Kopf halt dabei sein, der darf derweil nicht in Ulan Bator oder im Tatarensund sein. Jedenfalls bin ich nie bis zu den Schwingkölbchen befördert worden. Stattdessen: Labor Kammerer am Vivarium.

Später habe ich gedacht, die Essigfliegen waren nur so eine Art Lockspeise, und Abel hatte von Anfang an vor, mich so schnell wie möglich als Spion beim Doktor Kammerer einzuschleusen. Gesagt hat er davon zu Anfang keinen Ton. Nur dass er mich beim Vorstellungsgespräch gar nicht nach Zeugnissen oder besonderen Kenntnissen gefragt hat, das fiel mir auf. Wissen wollte er, ob ich zur Not einer Dame die Hand küssen, und ob ich die Augen offenhalten kann und dabei ein halbwegs ehrliches Geschau hermache. Ein ehrliches Geschau, als wenn das für einen Labordiener zählt.

Jedenfalls sagte Abel zu mir, nachdem Frau Mahler – ohne mein Wissen – den ‚talentierten jungen Mann', der geistig abgehärtet werden muss, angekündigt hatte, ab sofort würde ich im Vivarium arbeiten, stünde weiterhin in seinem Dienst und er zahle mir den Lohn als sein Labordiener weiter. Was sonst keiner wissen dürfe.

Spätestens da war ich also in die Geschichte hineingeraten. Jetzt wissen Sie das auch.

26

Freitags ist Rapport bei Abel über die Versuche, die sie am Vivarium drüben machen und wie sie die machen und was herauskommt. Es wird schon nichts herauskommen dabei. Aber Abels Aufgabe ist es, der Welt genau das zu beweisen. Machenschaften, er wird das abstellen. Ich soll schauen, dass ich unentbehrlich werde, wenn möglich auch Versuche verantwortlich übernehmen. Wahrscheinlich werden sie mich als Hilfstierpfleger einstellen, das machen sie mit allen Neuen so, das ist dann ein Zusatzlohn für mich, den kann ich behalten, er zieht ihn mir nicht ab. Vorausgesetzt, ich habe Ergebnisse für ihn. Wenn ich gefragt werde, wie es bei ihm, Professor Abel, so gewesen ist, kann ich ruhig einmal die Nase hochziehen. Keine Einzelheiten, Hauptsache niemand glaubt, wir beiden hätten ein gutes Verhältnis. Zur Not könnte ich auch schlecht über ihn reden, er wäre ein scharfer Hund und immer übergenau, so was eben.

Eingezwickt war ich damit, vom ersten Tag an. Weil, also jetzt der Franz zum Beispiel, den hatte ich sofort gern. Außerdem hätte der nichts gehabt zum Ausspionieren, so geradeheraus, wie der gewesen ist. Die anderen waren auch in Ordnung, und der Przibram war eh ein echter Mensch. Der Kammerer eigentlich auch. Vielleicht hätte ich das noch irgendwie gepackt, wenn nicht die Jožefa gewesen wäre. Das war ja der Irrsinn, dass ich Jožefa kennengelernt habe, weil der Abel mich ins Vivarium geschickt hat. Hätte Jožefa gewusst, dass ich das Vivarium und ihren Bruder ausspionieren sollte, es wäre auf der Stelle aus gewesen.

Zu meinen Gunsten könnte ich eigentlich nur anführen, dass ich für den Abel nicht viel wert gewesen sein kann.

Läppisch, was ich da rapportiert habe. Wo bleibt der Skandal, hat er geschnappt, ob ich zu blöd bin zu sehen, was vor sich geht. Alle wissen es, nur ich nicht. Und der Frau Mahler habe ich nicht mal die Hand küssen dürfen.

Als ich dann Jožefa kennengelernt hatte, der Franz hatte mich gefragt, ob ich Lust habe am Wochenende mit ihm heim nach Steinbüchl zu fahren, da war es ganz aus. Man hat doch ein Gewissen. Vor allem wenn Gefühle mit im Spiel sind. Und dann meine ewige Unsicherheit. Das hat mich auch später ja immer umgetrieben: Wird Jožefa mich nehmen, weil sie mich gern hat, oder nur, weil halt kein anderer Kandidat aus dem Krieg heimgekommen ist. Mich haben sie in einer Lazarettschreibstube eingesetzt, weil ich gesagt habe, ich wäre erst Journalist gewesen und danach so was Ähnliches wie ein Tierarzt an einem Wiener wissenschaftlichen Institut. Die meisten anderen haben es sich nicht so gut richten können.

Und jetzt, ich habe doch geglaubt, der Krieg ist über alles das drübergewachsen oder hat es die anderen Beteiligten wenigstens vergessen lassen, soll ich die Sachen vom Franz für den Nachruf durchschauen, den der Przibram schreibt. Alles reißt wieder auf, und Jožefa verlobt sich nur mit mir, wenn Franz' Ehre komplett wiederhergestellt wird. Dass ich meine Ehre dafür ruinieren muss, weiß sie ja nicht.

Ich glaube, wenn sie alles erfährt, trägt sie es nicht, will nichts mehr wissen von mir. Außerdem müsste ich ihr doch sagen, dass mir meine Eltern durchaus bekannt sind, mindestens meine Mutter. Dabei war es der Jožefa immer ganz recht, dass ich ein Beziehungsloser bin. Ich habe wirklich nur helfen wollen. Ich hätte dem Vivarium und den Mordsplänen vom Kammerer Erfolg gewünscht, wirklich, das hätte ich. Dass ich alles nur schlimmer mache, habe ich nicht voraussehen können.

Der Abel hörte bald auf, mir Geld zu geben. Verlass war auf den keiner. Trotzdem arbeitete ich im Vivarium weiter. Das war alles. Das Schicksal hat mich in den Arsch getreten.

27

„Was haben Sie denn, mein kleiner Kammerer, suchen Sie den Mut für meine Offerte zusammen? Ihre Gottesanbeterin gegen Abels talentierten jungen Mann – hätten Sie tatsächlich so wenig Zutrauen in die Verführungskraft Ihrer eigenen Arbeit?", hatte die Mahler gefragt. (Vergessen Sie meinen persönlichen Einschub von gerade eben ruhig. Es stehen also noch alle im Brotzeitraum und starren auf die Frau Mahler hin.) Der Kammerer schaute auf den Przibram, der Przibram zurück auf den Kammerer.

„Ihre Entscheidung, Kollege Kammerer", sagte der Przibram kühl. Die Hand küssen, ja, aber immer ein paar Schritte Abstand. Einwickeln hat er sich nicht lassen, der Przibram, der nicht. Und der Kammerer, was hätte er auch machen sollen, hat genickt. Er wird dabei nicht gerade glücklich geschaut haben.

„Wunderbar, mein kleiner Kammerer, dann ist das so abgemacht, und ich komme gleich morgen mit dem jungen Mann. Sie sind ab sofort mein Held und zeigen mir dann, nun – was Sie mir eben zeigen wollen."

Wie sie nur darauf gekommen ist, immer von ‚mein kleiner Kammerer' daherzureden. Der Mann war stattlich, leicht einen Kopf größer als sie. Sie nahm sich eine Scheibe Cervelat vom Brotzeitteller, leckte daran und legte sie wieder zurück. Dabei entdeckte sie die Zeitschrift mit dem Artikel vom Professor Freud.

„Ach was, und solche Erkenntnisse beziehen Sie also auch mit ein? Das ist aber mal fortschrittlich. Außerordentlich! Ich bin ja gut bekannt mit unserem Freud hier, ach was, befreundet sind wir. Wenn ich dem erzähle, dass Sie Ihren Seescheiden die Schläuche abschneiden, dann dürfen Sie sich auf eine saftige Deutung gefasst machen. Für den ist die ganze Welt ein einziges Feuchtgebiet, bevölkert von Seescheiden und ich weiß nicht was. Ich traue mich selber kaum, dem Mann auch nur zu erzählen, dass ich zum Frühstück eine Salzstange gegessen habe."

Die Luft war recht dampfig im Aufenthaltsraum. Jetzt tauchte auch noch die Marija auf. Sie ist spät aus dem Bett, die ganze Nacht hatte sie mit den Leuten diskutiert, zu denen sie der Frohnwieser empfohlen hat.

„Ich bin die Marija, die mit dem Franz aus Steinbüchl gekommen ist." Sie ist herum und hat jedem die Hand hin, auch der Frau Mahler, die sie interessiert anschaute.

Danach stellte sie das schwarze Glas mit dem Grottenolm auf den Tisch. Neben die Cervelatwurst und die Essiggurken.

Franz merkte, wie sehr Marija ihm die ganze Zeit abgegangen war. Man geht sich verloren in dem riesigen Wien, dem grünen Sirup von Aquilas Wohnung, den gespenstischen Bühnen der Amphibien. Er zog Marija zur Seite. Ob das denn anständige Leute sind, die der Frohnwieser ihr aufgeschrieben hat, wie hat sie geschlafen, und wie ist das Frühstücken abgelaufen, ob bei diesen Leuten auch Gemälde, und welche Kleider tragen sie überhaupt in der Früh, fragte er sie halblaut.

Ich glaube nicht, dass Marija begriff, was ihm solche Angst machte.

Glöckel sei der Name, und ein paar andere wohnten da auch noch, deren Namen sie aber nicht wusste. Ordentliche Leute seien es mit ordentlichen Gedanken, die ganze Nacht hätte man miteinander geredet.

„Bei den Glöckels, Auf der Schmelz, da wohnen Sie? Tatsächlich?" Professor Przibram hatte Franz und Marija zugehört.

„Das ist sehr aufmerksam von dir, Marija, dass du den Grottenolm mitgebracht hast, ich hab schon gefürchtet, du nimmst ihn wieder mit nach Steinbüchl. Wir müssen nur sorgen, dass wir gleich eine passende Unterkunft für ihn bauen. Im stehenden Wasser wird er sich nicht lange wohlfühlen."

Kammerer nahm das Glas mit dem Grottenolm, hielt es hoch wie eine Trophäe. Dann stellte er es vor einen der Männer, die am Tisch saßen. Es war derjenige, der die Terrarien baute. Kammerer hatte ihn im Theater in der Josefstadt entdeckt, dort war er Bühnenbildner gewesen. Er hatte eine Hasenscharte. Die Cervelat war von ihm.

„Bei diesem Maler bleibe ich keine Minute länger, Marija, da fürchte ich um mein Leben, jedenfalls um meinen Verstand, das mal gewiss. Meinst du, ich könnte mit dir zusammen zu deinen Glöckels?"

Die Marija hatte schon wieder dieses Leuchten in den Augen, Franz wusste nicht, ob sie ihm zuhörte.

„Wissen Sie, Alma", sagte Kammerer, „wissen Sie, was ich mit dem Grottenolm tun werde? Ich werde ihm die Augen öffnen, das werde ich tun. Zunächst einmal scheint er ja, trotz seiner Kiemen – die roten Fleischfäden um seinen Hals herum, das sind die Kiemen – auch Luft atmen zu können. Wieder eines dieser Lebewesen mit mehreren Heimaten, die ich so heillos liebe. Also muss ich ihn behutsam dazu bewegen, aus dem Wasser zu steigen. Ich glaube", er nickte dem Bühnenbildner zu, „das machen wir, indem wir das Wasser abkühlen, das wird er nicht mögen. Und dann bauen wir ihm eine Steinlandschaft aus sommerhellem Licht, ich bin ganz sicher, er wird in diesen Grübchen, die er seitlich vor der Fleischkrause hat, Augen entwickeln. Nicht nur für sich selber entwickeln, er wird das Schauen an die Kinder weitervererben. Marija und Franz – bitte, wir brauchen ein paar mehr Tiere, wir wollen ja die Vererbbarkeit untersuchen, zum Vererben braucht es mehr als einen. Der kleine Drache aus den finsteren Höhlen der Krain wird sehen können. Ist das nicht ein wundervolles Gleichnis, Alma?"

„Franz, Sie müssen nicht zu den Glöckels", unterbrach jetzt Professor Przibram. „Ich bin auch gar nicht so sicher, ob das die richtige Unterkunft ist, für Sie nicht und für Ihre selbstbewusste junge Freundin noch viel weniger." Przibram schaute besorgt. „Das Einfachste ist, Sie wohnen gleich hier im Vivarium. Platz haben wir. Die Tiere müssen ja Tag und Nacht beobachtet werden, deshalb haben wir ein paar Zimmer zum Übernachten hergerichtet, einfach, sehr einfach. Aber Sie sehen mir nicht aus wie jemand, der Wert auf Bettwäsche aus Seide legt."

„Und du Marija? Wo der Professor sagt, bei deinen Glöckels, das ist nicht das Richtige ...?"

„Meine Glöckels sind meine Sache, ich danke recht schön. Und gescheite Leute sind es eh. Sogar mit den Versuchen vom Doktor Kammerer kennen sie sich aus, obwohl selber mehr Lehrer. Es bedeutet was, sagen sie, das, was hier gemacht wird, viel bedeutet es, sehr viel. Beweisen, dass man das Leben ändern muss, damit die Tiere sich verändern. Und ein besseres Leben macht bessere Menschen, das wäre dann der nächste Schritt. Ich bin gut aufgehoben, bei den Glöckels, brauchst keine Angst haben, Franz. Außerdem kennt der Frohnwieser keine falschen Leute. Schau du darum, dass unser Menschenfischlein eine gute Unterbringung hat. Darum sollst du dich kümmern."

Wenn Marija eine Meinung hatte, dann hast du ihr die nicht ausgeredet. Franz wunderte sich, dass Marija plötzlich den Grottenolm so einfach hergab. Er setzte sich zu dem Bühnenbildner mit der Hasenscharte.

„Eine ganz glatte Welt musst du ihm bauen, sonst geht er uns ein. Keinen Sand, keine Kiesel, nur große Steine, aber glatt wie Seide müssen sie sein."

„Kennst dich aus, scheints, mit diesem, wie sagst du dazu – Menschenfischlein?", fragte der Bühnenbildner. Wegen der Hasenscharte verstand man ihn schlecht.

Franz zog Marija neben sich, flocht seine Finger fest in ihre hinein, konnte ihre Hand gar nicht mehr loslassen. Als wäre das, was er über den Grottenolm zu sagen hatte, auch für sie ganz wichtig.

„Über das Tier habe ich genug nachgedacht. Weil irgendwie gehört es zu dem Fluch, der auf unserem Acker liegt, vielleicht sogar auf unserer Familie. Ich glaube, er braucht keine Augen, um zu sehen. Erstens gibt es in seiner Welt nichts zu sehen. Und zweitens sieht er mit der ganzen Haut. Wenn du das Licht zu hell aufdrehst, verbrennt er. Manches sieht er vielleicht nicht mit der Haut, sondern mit seinen innerlichen Organen, der Milz, dem Magenpförtner, dem Zwerchfell, deswegen die durchsichtige Haut. Im Dunklen sein und eine durchsichtige Haut haben, das muss sich gut anfühlen. Ich stelle mir vor, er spürt auch noch andere Sachen, zum Beispiel, wo der Nordpol ist. Er könnte hinfinden, wenn er müsste. Und die Zeit kann er spüren, als wenn sie durch ihn hindurchfließt, er spürt sie wie einen

Wind oder einen Geruch oder ein Räuspern, was hat er denn außer der Zeit, nur das Wasser und die Dunkelheit. Wahrscheinlich spürt er auch, ob einer böse Absichten hat auf ihn oder es gut meint. Das alles muss so fein und empfindlich sein, der Sand würde ihn zerkratzen. Ein glatter Stein ist schon schlimm genug, nicht so weich wie das dunkle Wasser, aber das hält er gerade noch aus."

Marija ließ Franz ihre Hand, änderte nur behutsam das Flechtmuster der Finger. Es kam ihr so vor, als wäre sie unter all diesen Daherrednern mit Franz allein. In Steinbüchl waren sie nie so allein gewesen. Sie hörte ihm aufmerksam zu.

Der hasenschartige Bühnenbildner nickte. Er würde schon das Richtige hernehmen. Vielleicht sind Steine ja wirklich zu rauh. Lieber Planken aus weiß geschliffenem Treibholz, etwas in der Art.

Mit der freien Hand kratzte Franz ein bisschen von dem Ruß weg, den er auf das Glas getan hatte. Er konnte den Grottenolm nicht sehen.

Die Tierpfleger sinnierten, es wäre praktisch, wenn das Vieh irgendeine Olm-Seuche hätte, eine, die bisher keiner kennt und die sie jetzt am Vivarium entdecken. Wer mit einer unbekannten Seuche infiziert ist, muss nicht einrücken. Zurzeit war in der Hofburg viel vom Frieden die Rede. Das konnte nur heißen, dass sie Krieg vorbereiteten.

Frau Mahler las noch immer in dem Artikel vom Professor Freud. Ja, die ursprüngliche Form des Zusammenlebens ist die Vielmännerei, ein starkes Weib an der Spitze der Horde, schauen Sie nur diese kraftvollen Gottesanbeterinnen an. Professor Przibram, er ging auf jedes Argument mit größtem Ernst ein, sagte, das sei sicherlich ein interessantes Problem. Ihm persönlich sei ja die Vielmännerei weniger wichtig als die Frage, ob unsere Instinkte, die wir für das Zusammenleben in gut überschaubaren Familiengruppen entwickelt hätten, überhaupt geeignet seien, um auch das Zusammenleben in viel größeren Gruppen zu regulieren, sagen wir in der k.-u.-k.-Monarchie. Oder ob die höhere Zivilisation nur gegen unsere Familieninstinkte durchgesetzt werden kann, und wenn, ob es möglich sei, Instinkte für große Gemeinschaften und Staaten vererbbar herauszuzüchten.

Ob man hier vielleicht eine Arbeit für sie habe, fragte Marija plötzlich, egal was für eine, sie sei nicht heikel und scheue nichts. Irgendwer müsse doch die Terrarien herausputzen oder Gemüse klein schneiden für die Tiere. Sie mache alles, was anfällt. Wo sie jetzt beschlossen habe, dass sie in Wien bleibt, brauche sie auch eine Arbeit. Und immer noch dieses Leuchten in den Augen, wenn sie zum Kammerer hinschaute. Als wäre der Erlöser persönlich vom Kreuz heruntergestiegen. Obwohl, gläubig ist die Marija ja nicht gewesen.

Gedankenverloren kratzte Franz am Ruß des dicken Glases.

„Aber Marija", lachte die Mahler, „hier im Vivarium arbeiten, das schickt sich nicht für ein junges Mädchen. Viel zu viele Kleingruppeninstinkte, wie ich gerade gelernt habe. Ich habe einen anderen Gedanken – ich bräuchte in meinem Haushalt eine Hilfe, mehr eine Gesellschafterin eigentlich, jemanden zum Reden auch. Umso mehr, wenn ich mich hier um die Gottesanbeterin kümmern will. Ich glaube" — sie schaute gedankenverloren auf den Franz — „ich glaube, wir beide würden gut zueinander passen, Marija?"

Marija schwieg. Aber dann wird sie daran gedacht haben, dass sie unbedingt Geld verdienen musste, sie hätte sonst nicht in Wien bleiben können, mit den Glöckels den Zustand der Welt diskutieren. Und auf den Franz aufpassen. Und die bedeutsame Forschung wenigstens ein bisschen aus der Nähe miterleben. Sie zuckte mit den Schultern.

„Ist mir auch recht", sagte sie.

28

„Nun möchte ich Sie bitten, mir zu schildern, wie Sie hier am Vivarium die Ergebnisse Ihrer Untersuchungen festhalten. Welche Zahlen haben Sie sich bei den Versuchen mit *Alytes* notiert? In welches Laborbuch schreiben Sie die Ergebnisse der Versuche? Schreiben Sie die Ergebnisse sofort hinein oder erst später, etwa am nächsten Tag? Wo bewahren Sie das Laborbuch auf, und wer hat Zugang dazu? Welche Zahlen werden zur statistischen Auswertung herangezogen? Wie errechnen Sie Ihre Mittelwerte und Durchschnitte? Wie behandeln Sie die Ergebnisse, die Ihren Erwartungen widersprechen? Also bitte, Mister, jetzt mal frisch von der Leber weg."

Wo der Professor Gladwyn Kingsley Noble sein Frisch-von-der-Leberweg-Deutsch hergehabt hat, weiß ich nicht. Er war ein schüchterner Mann mit einem glatten Kindergesicht, immer ein bisschen gerötet, als wenn draußen ein kalter Wind geht und er kommt gerade herein. Wie ein Verhörspezialist ist er einem nicht gerade vorgekommen. Sondern wie das, was er ja auch war: ein Kriechtierkenner. Aber höflich und immer „bitte, Mister" und „danke, Mister". Nur dieses „frisch von der Leber weg" oder „keine Bange" hat nicht gepasst. Er wird es beim Abel aufgeschnappt haben. Professor Przibram hatte gesagt, wir sollten dem Amerikaner Auskunft geben, rückhaltlos, wir hätten am Vivarium nichts zu verbergen. Auch wenn Professor Noble von Herrn Abel hierhergeschickt worden sei, den Professor selber kenne er als einen integren Menschen, der sich der Wahrheit verpflichtet fühle. Über die man selbstverständlich streiten müsse, ohne solchen Streit kein wissenschaftlicher Fortschritt.

Seit einer Woche war Noble jetzt im Vivarium, schaute uns mit seiner Kriechtierhöflichkeit über die Schulter, ließ sich Präparate unter das Mikroskop legen. Hatte sogar sein eigenes Mikroskop dabei, ein Trumm Apparat, extra einen Reisekoffer habe er dafür bauen lassen, erzählte er. Nach dem Mittagessen, er selber nimmt nur eine kleine Schüssel Erdäpfelsalat, wurden wir, einer nach dem anderen, in das Büro gerufen, das Professor

Przibram für ihn hatte freiräumen lassen. Schlapp vom Essen mussten wir über unsere Arbeit Auskunft geben.

Dabei interessierte ihn unsere *Alytes*, die Geburtshelferkröte, am dringendsten. Eigentlich waren die Krötenversuche mehr eine Spielerei. Ich glaube, der Kammerer hatte sie nur angefangen, damit er mit der Frau Mahler was zum Reden gehabt hat. Begattungsschwielen, Brunst, da kannst du ja hübsch was hineinlegen. Ob das Krötenmännchen, wenn es im Wasser kopuliert, eine schwarze, rauhe Schwiele am Daumen ausbildet, damit es sich besser auf dem Rücken des Weibchens festhalten kann, das sieht er selber nicht als die dringendste wissenschaftliche Frage an, das rettet die Welt eher nicht, (zu uns Tierpflegern hat er ganz offen geredet), aber einen speziellen Reiz habe es halt doch irgendwie. Und die Wiener fahren darauf ab. Selbstverständlich Herr Kammerer, haha, das verstehen wir ausgezeichnet. Der Professor Przibram hat die Krötenversuche einmal sogar als *albern* bezeichnet. Aber er hat den Kammerer wursteln lassen. Der hat aus allem eine Sensation machen können. Hauptsache man redet über das Vivarium, dann findet unsere Arbeit auch Interesse. Am Ende stellt sich heraus, es ist ein katastrophaler Fehler gewesen, den Kammerer die Begattungsschwiele untersuchen zu lassen.

Ich muss ausholen, damit Sie begreifen, warum das ein katastrophaler Fehler war.

Gleich beim ersten Rapport hatte Abel eine komplette Liste verlangt. Ich soll ihm lückenlos alle Versuche aufschreiben, die wir am Vivarium durchführen. Die Seescheidenversuche und die mit den Salamandern kannte er schon und das mit der Gottesanbeterin wusste er von seiner Freundin Mahler. Was ich ihm sonst aufzählen konnte, hat ihn nicht befriedigt. Als ich, ganz bestimmt mehr nebenbei und unabsichtlich, etwas von der Begattungsschwiele erwähnte, hat es den Abel gleich gerissen. Die Begattungsschwiele, genau!, kräht er los. Wie sich diese widerwärtigen Kröten begatten, das interessiert das Geschwerl natürlich. Der Herr macht sündteure Versuche, der Herr schmeißt gutes österreichisches Steuergeld beim Fenster heraus, weil der Herr Kammerer unbedingt herausfinden muss, wie sich das Krötenmännchen auf dem Rücken des Weibchens festklammert. Begatten, kopulieren, Weiberrücken, was anderes haben die Kammerers und Freuds und Przibrams schon nicht im Sinn. Eine bildsaubere Kampagne wird er, Abel, mit der Kröte durchziehen. Begattung!, da wird die Phantasie des Wiener Publikums aufkochen, da wird der Saft steigen, jeder wird eine Meinung zu diesen Schweinereien haben. Ist mal etwas anderes, als die langweiligen Mäuseschwänze und schwarzbäuchigen Essigfliegen, die den Wienern eh egal sind. Ich soll sofort wieder ins Vivarium, er will jede Einzelheit, alles, was ich aufschnappen und wegschleppen kann. Damit packt er den Kammerer.

Ein zwiespältiger Mensch, der Abel. Als fände er es schwierig, mit sich selber einer Meinung zu sein. Für mich hat es ausgeschaut, als schaut er sich beim Reden zu und weiß nicht, ob er ernst nehmen darf, was er da behauptet. Probiert es erst einmal an den anderen aus, bevor er es selber glaubt.

Es störte keinen, dass ich im Vivarium arbeitete, mir dabei alles anschaute.

Oft habe ich mit der Frau Mahler diskutiert. Es hat sein können, sie wollte wissen, wie Professor Abel ein gewisses Experiment interpretieren würde. (Beim Experimentieren bekommst du nichts Hundertprozentiges, immer findest du Sachen, auf die kein Mensch gefasst ist.) Ich mit meiner abgebrochenen Ausbildung, woher hätte ich es wissen sollen. Also musste ich erst einmal den Abel selber fragen. Der wollte haarklein wissen, was das für ein Experiment gewesen ist. Dem Kammerer machte es nichts aus, dass ich vieles an den Abel weitergetratscht habe. Im Gegenteil, er hatte einen ziemlich sportlichen Charakter. Ein Gegner, den man ernst nehmen muss, das hat einfach mehr hergemacht.

Ich weiß nicht warum, aber als die Nachricht kam, dieser amerikanische Kriechtierforscher würde uns untersuchen, da war plötzlich alles anders. Die Brotzeit war weniger gemütlich, jeder hat über die Schulter nach dem anderen geschaut, ob er es auch richtig macht. Die ewige Beobachterei und Auflauerei, das alles hat uns nervös gemacht.

Dann, niemand wusste warum, starben die Gottesanbeterinnen. Am Tag zuvor waren sie noch so fröhlich gewesen, wie man es von Gottesanbeterinnen verlangen darf. Am Morgen darauf lagen sie, die Haut bis zu den Knien hinuntergestreift, in ihrem Terrarium. Die Arme nach oben gestreckt, so wie sie es immer machen. Als würden sie ein letztes Mal beten.

Frau Mahler war fassungslos. Hatte sie mit den Mehlwürmern etwas falsch gemacht? Waren die Mehlwürmer vielleicht verdorben gewesen? Richtig mitgenommen hat es sie. Sie müssen zusammen mit ihrer Larvenhaut eine Erinnerung heruntergestreift haben. Es gibt Erinnerungen, ohne die kannst du nicht leben, versuchte sie es sich zu erklären. Vielleicht, habe ich gesagt, ist den empfindsamen Gottesanbeterinnen auch nur die gekränkte Luft im Vivarium nicht bekommen. Obwohl ich eher geglaubt habe, es muss doch mit den Mehlwürmern etwas nicht in Ordnung gewesen sein. Denen siehst du es nicht an, wenn ihnen schlecht ist, und erbrechen können sie ja auch nicht wie unsereiner.

So sind die Tage immer zäher dahingegangen, jeder war froh, wenn Feierabend war.

Natürlich haben wir irgendwie weitergemacht, weitermachen müssen. Das Gute bei unserer Arbeit ist, das merkt man erst in so einer Zeit, dass du sie jeden Tag machen musst. Die Tiere hängen von dir ab. Du musst ihnen Futter hineintun, das Licht einschalten für sie und nach der Badewassertemperatur schauen. Jeden Tag, ob du gerade Lust hast oder nicht, ob du Grippe hast oder ein gebrochenes Bein. Ohne dich geht es nicht weiter. Das ist eine Hilfe.

Einzig dem Franz war nichts anzumerken. Wunderte mich nicht, Franz war eh ein Inwendiger. Er kümmerte sich um seine Menschenfischlein und um die anderen launischen Tiere, mit denen er besser zurechtkam als wir alle. Höchstens noch der Kammerer hat es manchmal so gut hinbekommen wie Franz. Aber der musste jetzt Vorträge halten, als ginge morgen die Welt unter.

Natürlich bedrückte es Franz trotzdem, es steht ja in seinen Aufschreibebüchern. Wirr, aber trotzdem irgendwie scharfsichtig, kommen mir seine Einträge aus dieser Zeit vor.

„Bestimmt ist K. ein großartiger Wissenschaftler. Voreilig ist er auch. Doch. Die Experimente sind noch gar nicht gemacht, und er weiß schon längst, was dabei herauskommt. Die Bedeutung für das Große und Ganze. Am Ende reden wir nur noch vom Großen und Ganzen, statt einfach mal unser Experiment zu erledigen. Die Menschenfischlein zum Beispiel. Was wird sein, wenn – wenn! wenn! – die einmal wirklich sehen? Davon haben wir doch noch lange keine Kur, die alle Blinden sehend macht. Müssen wir nicht abwarten, was das Menschenfischlein in der Höhle macht, in der es bisher gelebt hat. Bleibt es dort, falls, falls! es jemals sieht? Wie richtet es sich dort ein mit seinen Augen? Verlässt es die Höhle, lebt auf dem Karstacker? Das wird die Höhle und den Karstacker gründlich verändern."

Oder er schreibt:

„Sind halt Stadtmenschen, Kammerer und Abel. Verstehen nicht, wenn man die Furchen quer zu der Richtung pflügt, in der der Acker bisher gepflügt wurde, ändert sich alles – der Boden ist anders aufgerissen, der Wind kommt anders daher, die Sonne scheint anders, die Kartoffeln wachsen anders."

Und:

„Eigentlich müssten wir das Rind selber fragen, wozu es seine Hörner braucht. Wir bilden uns ein, wir wissen das besser als das dumme Rind. Wir beschließen: Ein Rind hat immer zu wenig Heu für zu viel Hunger, und in der Herde muss eine Rangordnung herrschen. Lösung: Hörner. Wenn man sich anstrengt, kann man sich die ganze Welt so zurechtdenken, dass alles, was existiert, die Lösung für ein Problem ist. Hörner, Flossen, Flügel, Unverschämtheit, Krieg und Pest, das muss alles sein, weil dafür gibt es ein Problem, das wunderbar passt, weil wir es passend gemacht haben. Warum hat der Stier überhaupt der Jožefa das Horn hinein, das kann ich nicht erklären. Wir spielen dem Stier Lieder vor, geben ihm genügend Heu und glauben, dann braucht er keine Hörner mehr. Vielleicht hat er die Hörner gar nicht deswegen, weil ihm das Heu fehlt und er nicht zum Singen aufgelegt ist."

Es muss Franz wirklich schlecht gegangen sein in dieser Zeit. Zweifel hat er sonst nicht gehabt. Er wollte Sachen verstehen und er wusste, Wissen wird nicht hergeschenkt. Lange Strecken hielt er es ohne festes Wissen aus, das hat er. Aber Zweifel? Und dann noch an der Hornlosigkeit?

Franz fing sogar an, über das Große und Ganze zu grübeln, obwohl ihm das eigentlich wie Zeitverschwendung vorgekommen sein muss.

„Es ist eine Hoffnung, dass wir etwas lernen und schlauer werden und dann unsere schlaueren Köpfe an die Kinder und Enkel vererben und so weiter. Aber das müsste eine Grenze haben. Wir lernen ja nicht nur vernünftige Sachen. Vater ist Sauschneider, der Großvater, der Urgroßvater und immer so weiter. Die Geschicklichkeit im Sauschneiden wird unserer Familie ins Blut gegangen sein (ich bin die Ausnahme). Aber arm sind wir immer gewesen, die wenigsten von uns haben lesen können, sie waren hart und ungerecht, anders haben sie sich nicht durchschlagen können. Wenn uns alles ohne Hemmung ins Blut geht – sind wir dann ein Geschlecht von Dummen, Harten und Abergläubischen geworden in vielen hundert Jahren? Was hätte uns denn davor bewahrt, nicht nur Geschicklichkeit, sondern genauso viel Schlechtigkeit zu lernen und zu vererben?"

Ein Haufen Fragen. Warum stellt ein Sauschneidersohn die? Kann sie doch nicht beantworten.

29

Eines Tages kam die Frau Mahler dann mit einem Vorschlag daher. Wahrscheinlich hat sie geglaubt, sie muntert uns damit auf. Schon wie sie die Tür aufgerissen hat, haben wir gemerkt, sie ist in einer strahlenden Stimmung. Eine belebende Luft ist mit ihr zusammen ins Vivarium herein.

„Mein kleiner Kammerer", rief sie und warf die Arme wie eine Sopranistin in die Höhe, „so geht das nicht weiter. Wir kommen hier ja noch alle um vor Trübsal, du lieber Himmel, Schluss damit! Wir organisieren eine Diskussion, einen Streit, nein, ein Duell, ein Duell der Wissenschaftsgiganten: Doktor Kammerer gegen Professor Abel! Wien wird kopfstehen. Vielleicht ist gerade das die Haltung, die man einnehmen muss, um zu erkennen, worin die beiden Giganten Abel und Kammerer sich unterscheiden."

„Aber Alma! Das Niveau, auf dem dieser Herr Abel gegen uns, gegen mich stänkert, also so tief kann ich wirklich nicht hinuntersteigen. Zudem kommt dieser Amerikaner, er kann jeden Augenblick in diesem Raum stehen. Da habe ich wirklich Anderes im Sinn, als einem Herrn Abel zur Popularität zu verhelfen."

„Was ist Ihnen denn wichtig, Paul – Ihre gekränkte Eitelkeit oder dass die Menschen endlich begreifen und schätzen, was Sie im Vivarium hier leisten? Sie sind sich Ihrer Sache doch sicher? Sie können die Arbeit des Vivariums doch gegen Abel verteidigen?"

Ich glaube, Kammerer sah ein, dass Frau Mahler Recht hatte.

‚Gladiatorenkampf um Darwins Lorbeer' nannte Frau Mahler ihre Idee. Sie glaubte, wenn eine Sache nur einen hochtrabenden Namen hat, dann schätzen die Leute sie gleich mehr.

Wenn Kammerer sich für etwas begeistert hatte, gab es kein Halten. Er stürzte sich in die Vorbereitungen. Feilte und hämmerte an seinem Vortrag, ließ uns Zeichnungen und Photographien, Schautafeln und Schaukästen herstellen. Wieder einmal wurde das Innere nach außen gestülpt und das Wesen vorgeführt. Nichts fand er überzeugend genug, das Publikum sollte der Wucht seiner Argumente nicht auskönnen, praktisch ein blitzartiges Erweckungserlebnis, so wollte er es. Anders als sonst probierte er seinen Vortrag wer weiß wie oft an uns aus. Wir mussten uns um den Brotzeittisch versammeln und anhören, welche Schlagfertigkeit und welches bezwingende Bild ihm über Nacht wieder eingefallen war. Wir mussten der Reihe nach sagen, ob wir es verstanden hatten, er fragte uns ab wie in der Schule. Besonders schätzte Kammerer es, wenn Marija zuhörte. Das Augenleuchten, natürlich, das brachten wir anderen nicht hin. Aber wir konnten auch keine so scharfen Fragen stellen wie Marija. Dabei war sie freundlich, zaghaft fast, musste sich erst räuspern, manchmal hatte sie ihre Fragen auf einen Zettel aufgeschrieben und schaute darauf. Aber wenn die Frage einmal heraus war, merkte jeder sofort, das war eine gescheite Frage, für die würde Kammerer sich jetzt richtig anstrengen müssen.

Ich selber suchte ziemlich mühsam Gründe zusammen, damit ich nicht zum Rapport bei Abel erscheinen musste. Er hatte, auf Frau Mahlers Vermittlung hin, die Herausforderung angenommen: Jetzt schien er sich einzubilden, es wäre überhaupt er selber gewesen, der das Ganze aufgebracht hatte. Von mir hätte er bestimmt wissen wollen, wie Kammerer argumentieren würde, wie er sich vorbereitete. Wahrscheinlich hätte ich es ihm gesagt, sagen müssen, wie soll man sich denn so etwas entziehen.

Frau Mahler, einen Nerv fürs Theater hat sie ja gehabt, hatte vorgeschlagen, die Schlacht im Festsaal der Wiener Universität zu schlagen.

„Aus allen Himmeln werden sie fallen, und hineinströmen werden sie, als wäre es ein Pilgerzug frommer, massenhafter Ekstase, das garantiere ich Ihnen Paul!"

Da auf einmal ließ der Rektor dem ‚geschätzten Kollegen' Kammerer ausrichten (nachrichtlich Herrn Professor Przibram), die Universität sei keine Jahrmarktbude, wo man Sägemehl auf den Boden streuen und die Sensationslüsternen zum Eintreten auffordern könne. Das sei dem geschätzten Kollegen offensichtlich nicht klar. Das Vivarium, seiner Kenntnis nach am Wurstelprater gelegen, habe gewiss mehr Übung mit derlei. Die Universität ihrerseits sei nicht der Sensation, dem Volkszorn oder auch nur der Volksmeinung verpflichtet, sondern ausschließlich der kühlen Wissenschaft. Davon habe man ordnungsgemäß auch Professor Abel in Kenntnis gesetzt. Im Übrigen angemessenen Erfolg für die weitere Arbeit, mit dem Ausdruck der vorzüglichsten Hochachtung.

Jetzt, wo die Einladungen und Plakate gedruckt und die Inserate aufgegeben waren, gab es kein Zurück mehr. Mit Hilfe des Rektors würde Abel es so aussehen lassen, als hätte Kammerer der Mut verlassen. Frau Mahler schlug sofort das Volksbildungsheim Margareten vor. Das sei mehr als ein Notbehelf. Für Kammerer ein Heimspiel. Im Margareten sei er oft aufgetreten, dort liebe man ihn geradezu. Dem Abel andrerseits wird sie gesagt haben, wenn er falkenmäßig in die breiten Kreise Wiens hineinstoßen wolle, dann müsse er ins Margareten. Nirgendwo sonst sitze der Professor neben dem Dienstmädchen und die Frau Hofrat neben dem Trafikanten, der abends mit harten Fingern in ungewohnten

Büchern blättere, weil er wissen wolle, ob er oder sein Cousin vom Affen abstamme. Wenn sie jemanden überzeugen wollte, dann hat die Frau Mahler an nichts gespart. Ganz sicher wird sich Abel wegen dem Margareten nicht gewesen sein, die Übung im Bierzelt und am Stammtisch hat ihm zu dieser Zeit ja noch gefehlt. Dann stimmte er zu. Keine Chance gegen Frau Mahler.

Der große Vortragssaal im Margareten war gestopft voll, kaum dass die Luft noch für alle reichte. In den Gängen zwischen den Stuhlreihen saßen die Leute auf dem Boden, sie standen auf den Fensterbrettern, die Türen waren aufgerissen, damit die vielen, die im Saal keinen Platz hatten, wenigstens draußen auf den Fluren etwas mitbekamen. Man hatte sich eine Jause mitgebracht oder nur eine gute Flasche, wenigstens eine Tüte mit gebrannten Mandeln. Man fragte den Nebenmann, auf wen von beiden er wette.

Auf dem Gang hatte Kammerer uns Terrarien mit Gottesanbeterinnen aufstellen lassen, dicke Seile schützten das Glas vor dem Andrang der Neugierigen. Die Gottesanbeterinnen kopulierten seelenruhig vor sich hin, sie waren es gewöhnt, ihren Geschäften unter Beobachtung nachzugehen. Abel hatte von Kammerers Vorbereitungen gehört. Einer von seinen jungen Kerlen hatte große Schaubilder malen müssen, die hingen jetzt über den Gottesanbeterinnen, als gehörten sie dazu. Von der Aufklärung her waren die Schaubilder nicht so gelungen. Was an Deutlichkeit fehlte, war durch Entschlossenheit ersetzt worden. Ich glaube, es ging bei der Darstellung um Katastrophen und Österreicher mit schweren Knochen und gewaltigen Kinnladen, die irgendetwas, vor allem sich selber, aus der Katastrophe herausretteten. Ganz sicher bin ich mir nicht.

Die Zuhörer, die unruhig wurden, weil die Hetz nicht anfing, teilten sich in zwei Parteien. Diejenigen, die bereits vorher wussten, der Abel behält unter allen Umständen Recht. Und die andere Hälfte, die wusste, der Kammerer gewinnt. Ein paar Unentschlossene wird es auch gegeben haben, die tatsächlich zum Zuhören gekommen waren. Viele werden es nicht gewesen sein, angesehen hat man es ihnen jedenfalls nicht.

Abel hatte das Los gezogen, als Erster zu reden (jede Einzelheit war vorher ausgemacht gewesen). Er hatte sich einen Schauspieler von der Burg engagiert gehabt, der ihm beibringen sollte, wie man die Zuhörer gewinnt, er war nur kleine Säle gewöhnt und Studenten, die ihm zuhören mussten, ob sie wollten oder nicht. Der Schauspieler hatte ihm gesagt, für so einen Vortrag muss man die Leute praktisch überfallen. Darin hat Abel ja später bekanntlich eine ziemlich Übung bekommen, auch ohne Burgschauspieler.

„Guten Abend“, fing Abel also an und beugte sich zu einem Zuhörer in der ersten Reihe hinunter, „macht es Ihnen etwas aus, uns mitzuteilen, was Sie sind? Merkwürdige Frage finden Sie? Nun, ich meine, sind Sie zufällig eine Küchenschabe? Ein Mehlwurm? Ein Schaf? Ein Marillenknödel? Nein? Und woher wissen Sie das? Wie? Sie brauchen sich nur an die Nase zu fassen, falls

Sie es wirklich einmal vergessen hätten – das behaupten Sie?

Nun, meine Damen und Herren, der gute Mann hier hat Recht. Völlig. Wann müssen wir uns schon an die Nase fassen, um uns zu vergewissern: Wir sind ein Mensch. Das wissen wir ohne langes Drumherum, wir brauchen keinen, der uns das extra sagt, nicht einmal den Herrn Kammerer brauchen wir dafür. Wir sind kein Mehlwurm, keine Gottesanbeterin und vor allem sind wir keine Geburtshelferkröte. Ich sage das nur sicherheitshalber. Und trotzdem, auch wenn es uns vielleicht peinlich ist, sind wir mit Mehlwurm und Gottesanbeterin verwandt, nah verwandt, unterliegen denselben biologischen Gesetzen wie diese und ja, Herr Kollege Kammerer, wir können von diesen niederen Tieren lernen. Darin sind wir beide ausnahmsweise ganz einer Meinung. Allerdings müssen wir dazu die Brille einer billigen Weltanschauung absetzen, Herr Kollege Kammerer, und mit unbewaffnetem Auge, völlig unvoreingenommen, leidenschaftslos beobachten, wie Mehlwürmer und Gottesanbeterinnen, wie die Natur überhaupt funktioniert. Darüber werde ich sprechen."

Die Abel-Seite des Saales fand den Einstieg ein bisschen geschwollen. Man lachte trotzdem gutmütig.

Abel hatte mit dem Burgtheater-Schauspieler Gesten eingeübt. Abel sollte zum Beispiel mit beiden Armen weit ausholen, (‚als würden Sie Korngarben zusammenbinden') und mittendrin stehen bleiben, weil ihm etwas noch Gescheiteres eingefallen war. Oder über die Köpfe der Zuhörer weg irgendwie in die Ferne starren und so lange schweigen, bis man es nicht mehr aushielt. Oder den Kopf hin und her drehen wie ein Adler (‚nicht wie ein Huhn!'). Abel machte seine Sache nicht schlecht, man muss gerecht sein.

Er wolle nicht mit der Vererbung erworbener Eigenschaften anfangen, auch wenn das wahrscheinlich jeder im Saal erwarte.

Auf der Abel-Seite saß ein Haufen junger Männer mit scharf ausrasierten Hälsen. Feste Kerle, die Abel mit ihren Bierflaschen zuprosteten, um ihm zu zeigen, was sie von ihm erwarteten.

Er werde zunächst einmal fragen, ob unsere Welt sich überhaupt verändert. Dann erst könne er sich damit beschäftigen, ob wir uns mit ihr zusammen verändern können, ja müssen, sodann, ob Veränderungen erworben und erst zum Schluss dann, ob dies Erworbene vererbt werde.

„Tatsächlich wissen wir aus der Versteinerungslehre: Es wird ununterbrochen gestorben. Nein, nicht um den Gemeinplatz geht es, dass wir sterblich sind. Sondern dass ausgestorben wird. Unablässig gehen Arten unter, wir kennen sie nur noch aus ihren Versteinerungen. Diese Veränderung der Welt durch das unumkehrbare Aussterben von Arten – und im Übrigen durch die Entstehung neuer Arten – nennen wir in der Wissenschaft: das Hintergrundsterben. Das Hintergrundsterben ist tatsächlich der Hintergrund des Lebens auf der Erde. Um mal eine Zahl zu nennen – alle vierhundert Jahre stirbt eine Vogelart aus. Was verschlägt es, haben wir nicht genug? Nun – immerhin handelt es sich bei den

Vögeln um die einzige überlebende Art der mächtigen und mutigen Dinosaurier. Und wenn es Sie, meine Damen und Herren, nicht beunruhigt, dass alle vierhundert Jahre eine Vogelart ausstirbt – das ist ja noch nicht alles. Denn dieses gemächliche, ja geradezu einschläfernde Hintergrundsterben ist nur einer von mehreren Beweggründen der Vernichtung."

Die scharf ausrasierten Hälse fanden, allmählich könne Abel schon mal in Fahrt kommen. Die Herren öffneten neue Bierflaschen und kauten Geselchtes, inzwischen fühlten sie sich in dem Vortragssaal eigentlich ganz zuhaus. Damen waren eher weniger.

„Zum Hintergrundsterben kommen in der Erdgeschichte nämlich fünf" – Abel hob die Hand und hielt fünf Finger ausgestreckt in die Höhe wie zu einem feierlichen Schwur – „fünf Perioden jähen Massensterbens. Über neunzig Prozent der lebenden Arten in fünf unvorstellbaren Katastrophen, Sintfluten, gigantischen Eiszeiten, Meteoriten, so zahlreich, dass der Himmel schwarz wurde, vernichtet und verschlungen, – und praktisch nur Augenblicke später explodierte die Welt schon wieder von neuen Arten, zahlreicher, findiger, stärker als die untergegangenen. Nach meiner Rechnung ist es so, und das kann man jeden Tag beobachten, dass die Menschheit und alles, was lebt, sich gerade einmal wieder am Rand einer neuen, dieses Mal der –" Abel hatte jetzt beide Arme erhoben, umfasste Korngarben – „sechsten Katastrophe steht."

Bisher war die Kammerer-Seite des Saales demonstrativ nicht bei der Sache gewesen. Man hatte sich mit dem Nachbarn unterhalten, laut raschelnd in der Zeitung geblättert, sich gegenseitig auf Bekannte aufmerksam gemacht, denen man durch herzliches Winken signalisierte, man sei ebenfalls gekommen, natürlich. Wien war eben interessiert, Naturwissenschaft, Kunst, Musik, das hing alles so herrlich und so vernünftig zusammen. Jetzt wunderte man sich, dass Abel überhaupt von Veränderungen redete. Das war unerwartet. Für einen wie Abel änderte sich doch nichts, alles war seit Adam und Eva unverändert. Katastrophen, na gut, die mag es gegeben haben, vielleicht waren es tatsächlich fünf gewesen und man stand am Rand der sechsten. Aber ständige Entwicklung? Das war nicht der Abel, von dem man gewusst hatte, was er sagen würde. Gleich würde er auch noch von zielstrebiger Höherentwicklung anfangen, das war doch Kammerers Argument. Zielstrebig – und zu welchem Ziel?

Abel, der merkte, dass er die Kammerer-Seite überrascht hatte, entwarf jetzt immer schwungvoller das Bild einer Welt, der der Mensch völlig gleichgültig, ja, die dem Menschen zutiefst feindlich ist:

„Gerade durch den Kampf gegen diese feindselige Natur, nein! im Grunde nur durch diesen Kampf haben wir uns weiterentwickelt, haben immer leistungsfähigere Rassen hervorgebracht. Wir müssen dankbar sein, dass wir uns wehren mussten, kämpfen mussten. Denn dadurch wurden wir widerstandsfähig und gescheiter, wir sind vom Neandertaler losmarschiert und bei Mozart, Nestroy und Semmelweis angekommen. Kein leichter Weg. Wie haben wir den Weg gefunden, warum mussten wir ihn überhaupt gehen? Weil es Pocken gab und Schwindsucht, Vulkane, Sintflut und – ja: Kriege. Weil wir uns gegen die feindliche Natur bewähren mussten. Endgültig von ihrem Antlitz gewischt hat die Erde nur Herdentiere, also alles, was sich zusammendrängen muss, weil der Einzelne wenig gilt und ausrichtet. Die Herde, die das Schwache schützt und voller Mitleid weiterschleppt, anstatt das Erbe der Schwachheit und des Mitleids endlich loszuwerden, in der Herde gab und gibt es keine Höherentwicklung. Nur wenige von den Arten, die in Rudeln leben, haben überlebt. Die Wölfe zum Beispiel, die den Rudelinstinkt in den Dienst der Unbarmherzigkeit gestellt haben."

Von Abels Rednerpult aus wird es ausgesehen haben, als teilten sich die Zuschauer ihrerseits immer entschlossener in zwei große Rudel. Mir kam es so vor, als schaute er auf jene, die zu seiner Unterstützung gekommen waren, mit einer gewissen Sorge. Ich kannte Abel gut genug und wusste, eigentlich hätte er viel lieber wie ein richtiger Professor geredet. Aber den ausrasierten Hälsen, die ihre Bierflaschen schwenkten, als Abel von den Wölfen anfing, kam er nicht aus. Sie trieben ihn zu immer schärferen Worten, und Abel geriet jetzt, trotz seines angewiderten Gesichts, ziemlich in Fahrt. Am Ende wartete er darauf, dass sie ihm begeistert zugröhlten.

„Das hat Darwin uns gelehrt: Die Stärksten mit den besten Erbanlagen setzen sich durch. Das können wir bedauern. Genauso wie wir es bedauern können, dass die Sonne am Abend untergeht. In beiden Fällen ist unser Bedauern bekanntlich nicht sehr wirkungsvoll.

Wir müssen das Hintergrundsterben überleben und auch noch die sechste Katastrophe, die nicht die letzte sein wird. Bisher waren wir ganz erfolgreich im Überleben – bisher! Denn jetzt kommt man uns damit, dass wir Sozialprogramme brauchen! Wir brauchen den Schutz der Schwachen. Wir brauchen eine freundliche Welt. Ja, die könnten wir schon brauchen, aber haben tun wir sie nicht. Natürlich bin auch ich für Freundlichkeit und für den Schutz der Schwachen, wer wäre das denn nicht? Wir sind Menschen und keine Untiere. Wir stürzen die Alten und Schwachen nicht vom Felsen herunter. Aber wir dürfen vor lauter Gefühlsduselei nicht übersehen, dass die Natur auch bei uns Menschen mit dem großen Knüppel zulangt, sie ist blind, und nur weil sie blind ist, auch gerecht. Wir dürfen die Schwachen nicht vernichten, wie kämen wir dazu. Aber sollen wir sie ermuntern, sich auch noch fortzupflanzen? Welche Chancen hat denn ein Schwachsinniger, ein geistig gesundes Kind zu zeugen? Gar keine. Null. Eher hält unser Bedauern den täglichen Sonnenuntergang auf, als dass ein Sabberer gesunde Kinder in die Welt setzt. Was hat so ein armer Hund denn im Kopf, außer schwachsinnigen Nachwuchs in die Welt zu setzen? So vermehrt sich das Schwache auf Kosten des Starken, bis wir einen immer größeren Teil unserer Reichtümer damit verschwenden, Schwachsinnige zu päppeln. Jawohl, schützen wir die Schwachen – aber sorgen wir doch wenigstens dafür, dass die Schwachheit nicht zunimmt in dieser Welt. Kümmern wir uns darum, dass die Starken sich vermehren, sonst haben wir den Kampf gegen die unerbittliche Natur verloren, bevor wir ihn überhaupt angefangen haben. Reißen wir alle künstlichen Schranken nieder, die unser Volk trennen, akzeptieren wir nur noch die natürlichen Schranken, die zwischen stark und schwach bestehen."

Die ausrasierten Hälse, überhaupt die ganze Abel-Seite, hielt wohl nicht viel von künstlichen Schranken. Man sah, wie froh sie waren, dass endlich einmal einer sagt, was man sonst aus Rücksicht auf die Schwellköpfe der Kammerer-Seite nie laut sagen durfte. Das musste heraus, genauso wie die Rülpser, die man auch nicht auf Dauer unterdrücken kann, und die jetzt selbstbewusster und volltönender herausdrängten. Man schaute auf die Kammerer-Seite hinüber, man fühlte sich als Wolfsrudel, man streckte die Mittelfinger in diese arroganten Fressen da drüben.

Und wo es schon mal so verheißungsvoll angefangen hatte, wollte jetzt keiner den Spielverderber machen.

Am nächsten Tag berichteten die Zeitungen, was sich anschließend im Margareten abgespielt hatte. Die Schlagzeilen hießen: „Das fesche Favoriten gibt Anschauungsunterricht in Darwin". Oder „Survival of the fittest wörtlich genommen". Oder „Scharfrasiert gegen Schillerkragen" (keine Ahnung, was sie damit meinten). Jedenfalls ging das, was der Abel hätte sagen wollen, ein paar Minuten versuchte er es ja noch, in einer wüsten katholischen Rauferei unter.

Im Nachhinein muss ich sagen, habe ich mich an dem

Tag am meisten über die Frau Mahler gewundert. Marija ist natürlich sofort los auf die ausrasierten Hälse. Einer von denen hat ihr den Arm auf den Rücken gedreht und nur dreckig gelacht, wie sie nach hinten ausgetreten hat. Seine Kumpane haben sich im Kreis drum herum gestellt, er soll sich beeilen, haben sie gesagt, sie hätten mit der Kleinen auch noch was vor. Da ist Frau Mahler hinüber auf die Abel-Seite ja – gerauscht, hat die angesoffenen Mannsbilder zur Seite geschoben:

„Sie, junger Mann, werden das Mädchen augenblicklich loslassen und sich bei ihr entschuldigen", hat sie gesagt, nicht laut, aber schneidend, und irgendwie haben die ausrasierten Hälse den Ton auch gleich verstanden und gehorcht. Der Kerl hat Marija tatsächlich ausgelassen, entschuldigt hat er sich natürlich nicht, und bevor die Helden sich erholt hatten, ist Frau Mahler mit Marija an der Hand schon wieder auf der Kammerer-Seite gewesen. Eine Frau wie eine Granate, das hatte der Bickel schon getroffen. Bei dem es sich übrigens jetzt auszahlte, dass er in seiner Freizeit immer mit der Heimatwehr unterwegs war. Er übernahm das Kommando über die Vivarium-Mannschaft.

„Kammerer, Przibram und die Frauen in die Mitte, einen Ring bilden und Abmarsch!", blaffte er und brachte uns wahrhaftig unbeschädigt aus dem Margareten heraus. Franz, der vor lauter dem Abel Zuhören zuerst gar nicht mitbekommen hatte, dass eine gewaltige Prügelei fällig war, deckte uns den Rücken. Er hat ja eine unbändige Kraft haben können, das wusste man, seit er den Stier von Jožefa weggerissen hat. Er war ein Grübler, ein Zweifler, ein Beobachter, ja – aber wenn es drauf angekommen ist, hat er so gut hingelangt wie nur irgendeiner. Hatte sein ingenieursmäßiges Geschau auf und schaute sich sozusagen selber interessiert dabei zu, wie er den Deppen das Kreuz abschlug.

30

Jetzt habe ich weit vorgegriffen, aber die Sache im Margareten hat mich beschäftigt. Außerdem sieht man daran ja auch, dass es um etwas gegangen ist.

Ich komme noch einmal zurück dazu, wie ich beim Abel habe rapportieren müssen.

Beim zweiten Rapport wollte er, dass ich die Verantwortung für die Krötenversuche übertragen bekomme. Wie ich das schaffe, ist ihm gleich, er will jedenfalls die Begattungsschwiele in die Hand bekommen. Mit einschlägigen Journalisten hat er Kontakt aufgenommen, die spitzen schon die Stifte. Versuchen kann ich es ja, habe ich geantwortet, dass ich mich bei der Geburtshelferkröte vordrängle. Aber das geht nur diskret, der Kammerer ist nicht blöd. Wenn es einer gar nicht abwarten kann mit der Arbeit, das fällt auf im Vivarium. Der Einzige, bei dem keiner was sagt, ist der Franz.

Dafür bezahlt er mich, bellt der Abel, und fertig. Ich, schon in der Tür, praktisch im Hinausgehen, und weil ich wollte, dass er seinen Zorn ein bisschen abkühlt, erwähne, wie wir das mit dem Zeichnen und Photographieren im Vivarium halten. Der Abel darauf:

„Was? Ihr fälscht Zeichnungen? Mein Gott – sofort greifst du der Henne in den Arsch und bringst mir das

Ei. Das nächste Mal Beweise, handfest, gerichtsfest, verstanden?“

Natürlich habe ich da nicht begriffen, was auf dem Spiel gestanden ist. Auch nicht, warum der Abel so getobt hat. Der Abel, seine schöpferische Blockade war überstanden, hatte beim Ministerium einen Haufen Geld für seine Untersuchungen über den Höhlenbären beantragt. (Ein mordsalbernes Vieh, wenn man mich fragt, nur eine einzige Heimat, völlig langweilig.) Er glaubt, die sind ausgestorben, weil sie es nicht geschafft haben, fett genug zu werden. Ein Triumph der österreichischen Wissenschaft, wenn er das nachweisen kann. Fettvorräte, volkswirtschaftliche Bedeutung. Bisher hat er kein Geld vom Ministerium bekommen. Er glaubt, der Minister hat dem Kammerer das Bärengeld für seine Skandalkröten gegeben. Was nicht stimmt, nur damit ich es einmal sage. Ich weiß aus erster Hand, dass der Antrag vom Abel dort verloren gegangen ist, wo das Meiste verloren geht: auf dem Amtsweg. Und der Kammerer und das Vivarium haben kein Ministeriumsgeld bekommen. Sondern die Familie Przibram hat zum weiß Gott wievielten Mal Geld in das Vivarium hineingesteckt, ihr Privatvermögen, keine Steuergelder. Das wenn man dem Abel gesagt hat, ist er noch mehr aufgegangen. Raffen, das können sie.

Über die Sache mit der Zeichnerei habe ich später oft mit Franz gestritten. Wir sind da nicht zusammengekommen. Franz wollte, dass nur das gezeichnet wird, was man buchstäblich sieht, kein Haar weniger, keine Falte zu viel. Aber was sieht man denn? Das ist der

Punkt. Sieht doch jedes was anderes, darauf ich. Ob ich ein weißes Nashorn sehe oder irgendwas, was er zufällig nicht sieht? Ob ich etwas anderes sehe als die Terrarien in dem Labor, in dem wir hier stehen oder den Brotzeittisch da hinten?, wollte Franz wissen. Der Kammerer, antworte ich, sagt immer, dass man unser Auge schon an die Hand nehmen muss. Von alleine sieht das gar nichts, es weiß ja nicht, wo es hinschauen soll. Die Welt ist praktisch überfüllt mit Sichtbarem, da tut es sich schwer. Man muss ihm zeigen, worauf es ankommt. Aber Franz war nicht zu überzeugen. Der musste sich selber überzeugen. Andere Meinungen hat er gelten lassen. Aber inwendig stur, das war er auch. Stur wie die Steine auf seinem verfluchten Acker in Steinbüchl.

„Streit mit Kammerer", schreibt Franz in seinem Tagebuch, „ich kann nicht zeichnen, sagt er. Richtig, leider richtig. Aber ich will auch nicht zeichnen, was er sagt. Ich soll die Photographie von einem Salamander (in S. sagen wir ‚Gelber Schneider' zu dieser Art) *retuschieren*! Die Salamander bilden ein gelbes Farbmuster auf ihrem schwarzen Körper aus, wenn sie auf einem gelben Untergrund gehalten werden. K. sagt, es wird vererbt und von Generation zu Generation deutlicher. Kann es nicht beurteilen, weil ich nur das Pärchen kenne, das hier lebt. Ich soll es so retuschieren, wie es in zwei, drei Generationen aussehen wird, er zeigt es mir. Wir brauchen Ergebnisse und wir brauchen sie jetzt, nicht in zwei Generationen. Er und alle anderen wissen, wie die Kinder des ‚Gelben Schneiders' in zwölf Jahren aussehen werden, also soll ich sie heute schon so zeichnen. Das wäre gar keine Fälschung, das wäre nur eine Verdeutlichung, eine Vorwegnahme der Zukunft. Das verlangt er wirklich. Ich: Aber ich kann doch nicht etwas zeichnen, was ich gar nicht sehe. Kammerer: Du kannst überhaupt nicht zeichnen, und was du siehst, ich weiß nicht, ob du überhaupt was siehst. Wahrscheinlich willst du nur eines – keine Hörner sehen. Er erklärt mir: Die großporige Haut des Gelben Schneiders ist immer feucht, reflektiert das Licht. Auf dem Photo sieht das aus wie weiße Flecken, die in Wirklichkeit nicht existieren. Aber das wissen nur wir. Die müssen wir sowieso wegretuschieren. Oder will ich, die Leute sollen glauben, die Tiere haben weiße Flecken? Also. Und wenn wir eh retuschieren müssen, dann können wir auch gleich die gelben Flecken heute schon dort hinzeichnen, wo sie morgen todsicher erscheinen. Ich kann dir genau zeigen, wo sie in der nächsten und übernächsten Generation sitzen werden, diese gelben Flecken, ich kenne die Stellen auf den weichen Bäuchen im Traum. Dafür verbürgt er sich. Das Innere nach außen stülpen, habe ich dir beim Aquila erklärt. Ohne Hilfe sieht das Auge keine Muster auf der Salamanderhaut. Ich: Aquila, ja dann. So wie ich die gelben Flecken zeichnen soll, sind sie nicht. Ich soll gelbe Flecken zeichnen, wo keine gelben Flecken sind, ein Muster, das es heute nicht gibt, nur weil Sie versprechen, morgen ist es da? Er, Kammerer: Aber in zwei Jahren sind sie doch da. Und jetzt sind sie auch anders als vor einem Jahr. Welche Flecken sind wirklich – die von heute? Die von vor einem Jahr? Die in der nächsten Generation? Das ist es doch gerade, dass die sich ständig verändern, während wir ihr Wesenhaftes erfassen und festhalten müssen. Ich: Dann hätten sie vor einem Jahr photographiert werden müssen. Noch besser, die Tiere wären damals getötet worden, man hätte sie präpariert. Ein toter Salamander verändert sich nicht mehr, jeder kann sich von dem gelben Farbmuster sein eigenes Bild machen. Er: Vier Jahre und mehr brauchen die Salamander, bis sie überhaupt daran denken, sich zu begatten. Wir können es uns nicht leisten, die zwischendrin zu töten. Bloß weil du nicht eine Generation vorausschauen kannst."

Franz verrannte sich. Wäre er nicht der Einzige von uns allen gewesen, der mit dem menschenscheuen Grottenolm hat umgehen können, der Kammerer hätte ihn hinausgeworfen. Wir anderen hatten gleich verstanden, dass man den Gelben Schneider nicht tötet, bloß weil man gerichtsfest beweisen will, dass sein Muster sich verändert hat. Photographieren war Töten genug. Photographieren und das Photo retuschieren, bis jeder andere genau das sieht, was wir hier im Vivarium sehen. Und auf die Geschlechtsreife warten. Mir war das gleich klar, aber ich habe mich mit Photographie ja auch ausgekannt. Von meiner Tätigkeit als Reporter her, und weil es mir im Blut gewesen ist.

Für den Abel hätte es gar nicht besser laufen können. Retusche, gelbe Flecken, wo gar keine sind, alles beieinander. Dass das Vivarium nicht mal vor dem Salamander zurückschreckt. Bestimmt ist auch die Begattungsschwiele nur retuschiert, also doppelt schweinisch. Da hat er den Kammerer am Wickel. Wunderbar. Und mit meiner geistigen Abhärtung gehe es tüchtig voran, hat er mich gelobt. Ach, und wo wir gerade dabei seien, ob diese Dorfschönheit, Marija, so hieße sie doch, noch in Wien sei? Habe Madame Mahler nicht so was gesagt, das Mädchen finge demnächst bei ihr als Hilfe an? Hier, er tut mir ein paar Geldscheine raus, mach dir einen flotten Abend mit ihr, hast es dir verdient. Diese Dorfschönheiten warten nur darauf. Retusche, ein Gottesgeschenk.

Bei meinem dritten Rapport prahlte Abel damit, er hat jetzt das Ernennungsverfahren zum Professor verschärft. Kein Beschnittener wird mehr Professor in Wien. Und ein beschnittener Betrüger, obwohl die ja allesamt Betrüger sind wie der Kammerer, gleich zweimal nicht. Judenfreie Universität, höchste Zeit. Die Schweinereien mit den Seescheiden und den Salamandern und den besinnungslos kopulierenden Kröten, so geht das nicht weiter, das lässt Wien nicht auf sich sitzen. Das Vivarium ist praktisch am Ende. Die Hofburg hat nur Geld für kriegswichtige Sachen. Die Erziehung des Menschen zur Friedfertigkeit, er hätte nichts dagegen. Nur – das ist ein Hirngespinst, irgend so ein Traum. Außerdem hat er dafür gesorgt, dass Einrichtungen wie das Vivarium mindestens drei Professoren haben müssen, sonst verlieren sie alle Zuschüsse und die staatliche Anerkennung. Falschmünzer, Raffer, Kapitalisten und Sauschneider, denen wird er heimleuchten. Dass Franz aus einer Sauschneiderfamilie kommt, auch das hatte Abel aus mir herausgepresst. Abel muss wieder mit seinen ausrasierten Hälsen beisammen gewesen sein. Irgendwie war er danach immer so scharf.

Ich schwor mir, jetzt ist Schluss. Ich gehe da nicht mehr hin zum Rapport, auf das Geld pfeife ich. Was jetzt mit der Marija ist, wollte Abel noch wissen. Er hatte angenommen, er trifft sie bei Madame Mahler. Ob ich schon? Saftiges Weib oder? Dienstmädchen brauchen Herrenmenschen, so hat die Natur es Gott sei Dank eingerichtet.

Ein paar Wochen später bin ich dann noch einmal zum Abel rapportieren. Bestimmt das letzte Mal, habe ich mir versprochen. Hingegangen bin ich überhaupt nur, weil ich vom Abel Geld zu bekommen hatte. Man will ja nichts schuldig bleiben. Außerdem wollte ich es zwischen uns glatt und sauber haben. Sonst macht er es mir vielleicht genauso wie dem Kammerer.

Neues hatte ich ja nicht zu berichten, war gar nicht richtig bei der Sache. Nur eines war neu, aber das ging nur mich etwas an: die Jožefa. In mir hat gar nichts anderes mehr Platz gehabt. Wenn ich mich in mir selber umgeschaut habe, bin ich in jeder Ecke an die Jožefa hingerumpelt.

31

Gekommen ist es wahrscheinlich so. Der Franz hatte mich nach Steinbüchl mitgenommen. Er wollte nachschauen, ob es mit der Friedlichkeit des Stiers vorwärtsgeht. Davon ist er ja nie losgekommen. Wir haben in ihrem Häusel übernachtet. Und da habe ich halt seine Familie kennengelernt, den Frohnwieser auch, und vor allem: Jožefa. In einen Zustand bin ich wegen ihr geraten, augenblicklich war ich in dem drin, einen Zustand, den ich bisher nicht gekannt hatte.

Franz war recht froh, dass er genügend Geld schicken konnte, damit die beiden daheim satt zum Essen gehabt und die Stube haben anheizen können, zum Gusenbaur hat keine von ihnen müssen. Frohnwieser hatte vorgeschlagen, Jožefa sollte im nächsten Jahr auf eine Musikschule gehen. Dort lernt sie nicht nur die Bisernica, sondern auch gescheite Instrumente, Klavier und Geige, die kann der Frohnwieser nicht. Sie lernt dort ein paar Jahre, dann geht sie als Musiklehrerin. Frohnwieser meint, es muss eh viel mehr Musik an den Schulen unterrichtet werden, das ist wichtiger als Rechtschreibung oder Religionslehre. Wenn sie es sich streng einteilten, reichte das Geld vom Franz auch für die Musikschule. Ich habe sofort überlegt, ob ich nicht auch etwas dazutun kann.

Der Stier war fett geworden. Vielleicht, dass Jožefas Bisernica und die Lieder vom Kammerer endlich anschlugen, vielleicht bekam er aber auch einfach mehr zum Fressen. Noch immer wuchsen die Steine aus ihrem Acker, und Jožefa ging jeden Tag hinaus, die Steine klauben. Das hatte sie immer so gemacht.

Franeka hatte das Reden fast verlernt. Wenn sie doch einmal redete, verstand man nicht gleich, was sie meinte. Ihre Hände waren jedenfalls wieder einigermaßen zu gebrauchen. Sie hatte einen Halt im Glauben gefunden, der ihr vorher abgegangen war. Die meiste Zeit saß sie auf der Küchenbank und häkelte kleine weiße Umhänge. Viele in Steinbüchl hatten ja Statuen von der heiligen Bernadette im Herrgottswinkel. (Die hatte Jožef ihnen aus seinem Kurzwarenkoffer verkauft, manchmal war es nicht die Bernadette, sondern der heilige Sebastian mit Pfeilen im Bauch oder der heilige Florian.) Es war praktisch eine Lästerung, wenn die Bernadette einen Umhang tragen musste, der gelb oder grau geworden ist in ihrer Küchenecke und nach herausgebratenen Zwiebeln riecht. Vorher hatte Franeka Socken für Franz gestrickt, weiße, damit er nicht Socken mit verschiedenen Farben anzieht. Aber Socken hatte Franz jetzt wirklich genügend, das hat er ihr recht behutsam gesagt. Seither also Umhänge.

Vom Jožef ist nicht geredet worden, obwohl er inwendig in ihnen vielleicht stärker da war als seinerzeit. Dass die Jožefa eine schmerzhafte Sehnsucht nach ihrem Vater gehabt hat und der Franz auch, das habe ich gemerkt. Aber kein Wort. Als könnte etwas, das man unvorsichtig heraussagt, ihn beschädigen oder die Erinnerung an ihn, jetzt, wo er weg war. In Steinbüchl wurde gesagt, dass er sich mit seiner Trafikantin verkracht haben soll, weil er mit seinen Schulden nicht mehr nachgekommen ist. Ein paar wollten wissen, dass er in den Lungau zurück ist, zu seinen Sauschneidern und Nonnenmachern. Dort war er ja daheim. Aber es wird schwer für ihn gewesen sein. Ein Bauer war er nie geworden, das Sauschneiden wird er verlernt haben. Und die Kurzwaren und Träume, die er anzubieten gehabt hätte, für die hatten die Leute jetzt keine Verwendung mehr.

Auf dem Rückweg von Steinbüchl nach Wien bin ich

in der Trafik bei meiner Mutter vorbei. Sie war froh, dass ich endlich eine ordentliche Arbeit in Wien gefunden habe und auch einen Freund, den Franz. Leute habe ich ja viele gekannt, aber einen Freund hatte ich nie gehabt. Meinen Stiefvater, den Harry Butter, habe ich nicht getroffen, er war unterwegs, die Geschäfte von Hayler & Söhne in Schwung halten. Vermisst habe ich ihn nicht.

32

Im Vivarium hat sich jetzt jeder so aufgeführt, als wäre er richtig froh darüber, dass einem bei der Arbeit ständig über die Schulter geschaut wird. So viel Schwung, so viel Genauigkeit beim Protokollieren, so wenig Brotzeit hatten wir sonst nicht.

Jeden Tag der Kriechtierspezialist Noble, immer höflich, selber redete er eigentlich nur bei seinen Verhörstunden nach dem Mittagessen. Die Schale mit dem halb aufgegessenen Erdäpfelsalat stand auf seinem Schreibtisch. Er bohrte und bohrte und brachte immer neue Sachen auf, die er erklärt haben wollte.

Frau Mahler tauchte nachmittags auf, setzte sich zu ihren Gottesanbeterinnen und unterhielt sich mit uns, mit dem Franz vor allem.

Ob sie den Noble schon von früher her gekannt hat, weiß ich nicht. Es schaute jedenfalls so aus, als genierte er sich, sie etwas zu fragen, weil sie dann gleich wieder ihre Lippen so merkwürdig hat offenstehen lassen. Nobles Gesicht war ohnehin rot vom Wind, es lief dann noch stärker an. Zu den Gottesanbeterinnen ist der Noble nicht hin, als hätte er die schon überprüft, und wissenschaftlich wären sie in bester Ordnung.

Beim Noble im Zimmer lobten wir den Przibram und den Kammerer über den grünen Klee. Oft machten wir aus, was der Noble wahrscheinlich hören will und wie wir es richtig hindrehen. Immerhin hatte der Noble ja eine andere Muttersprache. Da muss jedes Wort vorher genau ausprobiert sein, bevor man es anbringt. Zu verbergen hatten wir nichts, aber solche Sachen müssen halt bedacht sein.

Nur der Franz, der Franz war eine richtige Last. (Den anderen war das gar nicht klar. Dass einer die Welt so sehen könnte wie der Franz, das wäre ihnen überhaupt nicht in den Sinn gekommen.) Was geschieht, wenn er dem Noble steckt, wie wir unsere Protokolle führen oder, noch schlimmer, wie wir unsere Photos behandeln? Der Noble kriegt das doch augenblicklich in den falschen Hals und zieht weiß Gott was für Schlüsse.

Es war halt so: Der Franz hat es sich mit der Wahrheit nicht richten können. Wenn der dem Noble solche Sachen erzählt, mein Gott. Solange die Wiener Hausfrauen und Harfenistinnen noch zu uns gehalten haben, gut. Aber wenn einmal ein Amerikaner, dann haben wir verspielt. Der Franz, dem war das gleich, der nahm solche Sachen nicht einmal zur Kenntnis. Ich habe ihm gesagt, wenn er auch so stur ist. Er soll endlich einmal nicht nur das verstehen, was er sowieso verstehen will. Und ich weiß aus erster Hand, dass das gegen uns alle, gegen unsere Arbeit, gegen das Vivarium gerichtet werden soll, vernichtet sollen wir werden. Genauer kann ich es ihm jetzt nicht sagen, aber es ist so. Wenn es das Vivarium nicht mehr gibt, weil der Abel mit seiner Kampagne durchkommt, dann gibt es niemanden mehr, den die Hornlosigkeit kümmert. Ich höre die Wiener Universität schon im Chor wiehern – hornlose Rinder, auf die Idee kommt man nur im hirnlosen Vivarium. Das Vivarium wird geschlossen und wir rücken alle ein in die Kaserne. Wie ich den Franz angebettelt habe, er soll dem Noble bloß nichts von unserem Streit über die Zeichnerei und das Retuschieren sagen. Angebettelt. Angefleht habe ich ihn, er soll doch aufhören mit seiner Sturheit, nachgeben, ein Stück wenigstens, oder wenn er das schon nicht kann, wenigstens das Maul halten. Wenn er nicht zeichnen will, dann mache ich das schon für ihn. Soll er sich um den Grottenolm kümmern und dass der sehen lernt. Keiner kann das so gut wie er. Und das Sehen muss er ja nicht zeichnen, wenn es soweit ist. Augen sind Augen, da muss nichts retuschiert werden.

Franz hat nichts geantwortet. Er war ja keiner, der gerne herumgestritten hätte, gar nicht. Aber er hat nur einen Weg gesehen und nie einen Ausweg. Vielleicht, das glaube ich jedenfalls, hätte er manchmal selber gerne nachgegeben oder aufgehört mit seiner Sturheit. Er hat es nicht zusammengebracht.

Ich bin sogar zum Noble hinein und hab so etwas eingeflochten, wie dass der Franz nur bei uns im Vivarium ist, weil sonst keiner so gut mit den Grottenolmen umgehen kann. Sind ja so delikate Viecher, aber den Franz scheinen sie zu mögen. Abgesehen von den Grottenolmen müsste ich leider mitteilen, dass er ein bisschen schwach im Kopf ist, ein Depp praktisch genommen, wenn der Noble weiß, was das ist, alles muss man ihm zwei- oder dreimal sagen. Für die meisten erwachsenen Sachen hat er ja noch gar keinen Riss gehabt. Der Amerikaner wird nicht verstanden haben, was ein Riss ist, aber anders habe ich es nicht herausgebracht. (Das ist auch wieder so etwas, was die Jožefa um keinen Preis erfahren darf, dass ich den Franz für blöd hingestellt habe.) Ich habe mir sogar überlegt, ob ich dem Franz nicht was ins Essen gebe, nichts Schlimmes, nur dass er einen gescheiten Durchfall bekommt und deswegen nicht lang genug zum Noble hineinsitzen kann.

Auch mit der Marija redete ich darüber. Von allen, die ich kenne, konnte sie beim Franz am meisten ausrichten. Aber sie schaute mich bloß an und schüttelte den Kopf. Im Nachhinein denke ich, es wird sie fast zerrissen haben. Weil auf der einen Seite war für sie alles, was der Franz machte, richtig, so richtig wie das Vaterunser. Da hatte sie nie einen Zweifel, jedenfalls äußerlich. Sie wurde ganz giftig, wenn einer am Franz hätte zweifeln wollen. Auf der anderen Seite wusste sie: Was der Kammerer macht, bedeutet etwas für die Welt. Da darf nichts kaputt gehen und man muss es behüten. Ich glaube, es war furchtbar schwer für sie.

Jeden Augenblick hätte der Noble zum Franz sagen können, er möchte bitte zu ihm ins Büro kommen und jetzt frisch von der Leber weg. Bisher hatte Noble den Franz nur deswegen noch nicht verhört, weil die Frau Mahler so oft beim Franz saß, als müsste sie ihn beschützen. Vor ihr hatte der Noble eine Scheu. Dadurch gewannen wir Zeit.

Ob Frau Mahler wusste, welche Last wir mit Franz hatten, glaube ich nicht. Obwohl sie schon sehr aufmerksam war auf Menschen. Jedenfalls war sie es, die am meisten dazuhalf, dass Franz anfing, sich mehr Gedanken um Marija als um das Retuschieren zu machen. Erst Marija und dann die Hornlosigkeit, das wurde jetzt seine Reihenfolge.

Franz war der Einzige, der zur Mahler „Frau Mahler“ und „Sie“ sagen durfte. Wir anderen sollten „Alma“ sagen, sonst ist sie richtig aufgegangen.

„Seit wann siezen sich Arbeitskollegen? Oder meinst du, ich sitze zum Spaß hier herum und beobachte die Gottesanbeterin gar nicht?“, fragte sie dann und konnte einen dabei anschauen, als hätte man ihr eine Schweinerei angetragen. Dem Franz ließ sie es durchgehen. Da wusste man: Obacht, der Franz ist ein Besonderer.

Es dauerte nicht lang, und die beiden saßen wie die besten Freunde nebeneinander vor dem Terrarium der Gottesanbeterin. Franz erklärte seiner „Frau Mahler“ warum die Gottesanbeterin sich so merkwürdig verhält. Und sie erklärte ihm, warum er sich so merkwürdig verhält.

„Franz, ich bitte Sie, um Himmels willen, was macht dieses Untier denn jetzt da?“, konnte sie zum Beispiel fragen.

Franz hatte ihre Frage gar nicht gehört, weil er den Kopf in die Mehlwürmerkiste gesteckt hatte.

„Können Sie sich erklären, warum Marija immer dieses Augenleuchten einschaltet, wenn sie den Herrn Kammerer anschaut? Sie sind auch eine Frau, Sie müssen das wissen: Ist das normal?“, darauf der Franz, dabei ist er wieder aus der Mehlwürmerkiste heraus.

„Franz!“, jetzt hatte sie Franz’ Arm umklammert, „das große Tier ist doch das Weibchen und das kleine das Männchen? Jetzt, also die beiden da, sehe ich recht, das Männchen will, das Männchen wird, ich meine wie kann sie nur ausgerechnet in diesem heiligen Augenblick dem Männchen den Kopf abbeißen?“

Der Franz konnte am Kopulieren der beiden Fangschrecken, denn das war der Vorgang, der Frau Mahler so fassungslos machte, nichts Besonderes finden. Außerdem muss er gewusst haben, die Mahler geht bei den normalsten Sachen gleich auf wie eine Hefenudel.

„Eine Frau müsste eine andere doch verstehen. Jeder weiß, wie gerne der Herr Kammerer Sie hat, Frau Mahler, es wird ja auch kein Geheimnis daraus gemacht. Ich meine, Sie und der Herr Kammerer gehören zusammen. Da verstehe ich nicht, warum Marija ihr Augenleuchten einschaltet.“

„Franz, ich flehe Sie an“, die Mahler hat sich an den Franz hingedrückt, als sitzen sie in der Geisterbahn, „das Weibchen beißt dem Männchen den Kopf ab und er, er ... also das Männchen kopuliert weiter fort, als wäre nichts geschehen? Wie ist das möglich?“

Ich glaube, die Mahler wusste ganz gut, was die beiden Gottesanbeter im Terrarium da trieben, sie musste halt über alles reden. Gedankenverloren drehte Franz einen Mehlwurm in den Fingern herum, als wollte er ihn weichkneten wegen der besseren Verdaulichkeit. Er merkte nicht, wie dringend die Mahler es hatte, eine Antwort aus ihm herauszuquetschen. So sind die beiden vor der Gottesanbeterin gesessen. Der Franz hat den Mehlwurm massiert, und die Mahler hat dem kopflosen Männchen zugeschaut, das weiter kopuliert hat, als wäre nichts passiert, außer dass ihm halt der Kopf gefehlt hat und eine weiße Flüssigkeit beim kopflosen Hals herausgesickert ist.

„Geh Alma“, hat der Bickel gegrinst, der geglaubt hat, er müsste nachhelfen, damit die Unterhaltung zwischen den beiden richtig in Schwung kommt, „wer braucht zum Kopulieren schon einen Kopf? Wir haben eins von den Exemplaren mit heruntergebissenem Kopf einmal unters Mikroskop, das Mannsbild hat extra eine Art kleines Gehirn im Bauch, damit es stundenlang weitermachen kann, stundenlang! und ich sage dir, viel Hirn braucht es dafür nicht. Für die Weibsbilder ist es auch ein Vorteil, weil sie mehr Eier ablegen, wenn sie vollgefressen kopuliert haben.“

Franz kann noch immer nicht zugehört haben, sonst hätte er dem Bickel Bescheid gestoßen. Er konnte es nicht ausstehen, wenn über solche Sachen so anstößig dahergeredet wurde. Heikel war der Franz, vielleicht von seiner katholischen Kindheit her. Obwohl er vom Geschäft mit dem Bespringen etwas gewöhnt gewesen sein muss.

Aus Gründen, die ich hier jetzt nicht weiter ausführen möchte, kann ich mich an den Tag, an dem dieses Gespräch stattfand, genau erinnern. In Franz’ Tagebuch habe ich nachgeschaut, was er für diesen Tag eingetragen hat. Liest man den Eintrag, glaubt man, Franz schreibt über ein völlig anderes Gespräch.

„Frau M. spricht über Aquila“, schreibt er. „Dachte bisher, sie nimmt nichts ernst, habe mich geirrt. Sie sagt, Aquila hat Recht mit diesem grünlichen Fleisch: Wir Frauen bilden uns Gott weiß was ein, wie frei und stark wir sind, wenn er uns nackt malt und in seinen Salon zwischen seine Palmen hängt. Dabei bestätigen wir dem Mann nur, dass wir seinem albernen Bild von uns entsprechen, es sogar übertreffen. Wir haben nicht einmal die Wut der Gottesanbeterin in uns, wir sind nackt und weich und unterwürfig wie Moos. Er malt unser Wesen, er stülpt unser Inneres nach außen. Nicht weil er uns nackt malt, sondern weil er uns pflanzlich und unterwürfig begehrlich malt. Bin nicht sicher, ob ich Frau M. da verstehe. Sie, Franz, sagt sie zu mir, haben etwas vom Aquila, ohne es zu wissen. Sie bringen die Menschen dazu, ihr Inneres nach außen zu stülpen, weil man denkt, vielleicht, wenn ich dem Franz meine Geheimnisse verrate, hört er endlich auf, an seine hornlosen Rindviecher zu denken. Den weckt ja sonst nichts. Wer diese Gabe hat, Franz, muss sie auch nutzen, so wie der Aquila seine nutzt. Sie weiß, sagt sie, dass ich über Retuschieren und Zeichnen ganz anderes denke als K. Ob ich mir da nicht auch ein Beispiel nehmen will. An Aquila? Ausgerechnet.“

Ein paar Seiten weiter schreibt er:

„Frau M. redet über Marija. Was mir überhaupt nicht passt. Ich will nicht, dass jemand über Marija etwas zu reden hat. Sie sagt, ich muss endlich verstehen, dass ich

Marija gern habe, sehr gern. Ich soll es mir nur endlich selber zugeben, das Gernhaben. Und ich muss verstehen, dass ich auf Glöckel und Kammerer und überhaupt alle Männer eifersüchtig bin, obwohl Marija mir dazu noch nie einen Anlass gegeben hat, nie im Leben, das weiß sie genau. Ich bin ziemlich, ja was bin ich – verblüfft? Erschrocken? Aufgeregt? Darüber muss nachgedacht werden. So was sagt man doch nicht so daher, als wäre es gar nichts."

33

An einem frischen Morgen sah es dann so aus, als hätten wir die Landplage Noble los. Kein Kriechtierspezialist mehr, der höflich hinter uns herschlich, aufgeatmet haben wir, weg war der Mensch. Die Brotzeit konnte jetzt wieder reichlicher ausfallen, man hat in Ruhe auf seinen Gedanken kauen können. Wir waren uns einig: Kein Schwein kann vernünftig arbeiten, wenn einem ewig einer über die Schulter schaut. Man wird unsicher, unwillkürlich, auch wenn man alles bis aufs i-Tüpfelchen richtig macht. Sicherheit ist das A und O beim Experimentieren. Sicher muss man sich sein, dann kommen Korrektheit und Präzision von allein des Wegs.

Aber dann teilte uns Professor Przibram mit, der pflichtbewusste Herr Noble sei noch nicht fertig mit uns. Noble bildet sich ein, er handelt im allerhöchsten Auftrag der wissenschaftlichen Wahrheit, den lässt man nicht halb erledigt liegen. Er wolle nur für eine, höchstens zwei Wochen zu seinem Freund Bateson nach London. Professor Bateson, der weltweit führende Spezialist für Brunstschwielen. Spezialisten gebe es ja für alles Mögliche, für Brunstschwielen in Gottes Namen also den Mister Bateson. Mit dem Wundermann wolle Noble sich beraten; danach käme er noch einmal für eine abschließende Inspektionsrunde ins Vivarium.

Mit der Überprüfung unserer Arbeit sei er ansonsten durch. Das Ergebnis sei kein Geheimnis. Geradeheraus, wie die Amerikaner so sind, habe er Przibram erklärt, die Seescheiden halte er für untergeschoben. Untergeschoben?, habe Przibram ihn gefragt. Je nun, er habe in Erfahrung gebracht, dass das Vivarium seine Seescheiden von der Meeresforschungsstation Neapel beziehe. Es müsse Przibram doch bekannt sein, dass im Meer um Neapel herum eine spezielle Art von Seescheiden lebt, die außergewöhnlich lange und mit Ringen versehene Siphone ausbilden. Er sei sicher, dass man nach der Amputation der Siphone Exemplare der neapolitanischen Seescheide anstelle der normalen kurzrüsseligen Seescheide vorgezeigt habe. Er unterstelle dabei nicht unbedingt betrügerische Absicht. Die Seescheiden seien ja keine Dackel, die mit dem Schwanz wedeln, wenn man sie beim Namen rufe. Er nähme zu unseren Gunsten an, dass da einfach geschlampt worden sei, die neapolitanische Seescheide habe uns wohl mit ihren langen Siphonen in die Irre geführt. Wenn man die nicht penibel wie ein Gerichtsvollzieher protokolliere, er selber würde im Leben nicht mit so lasziven Wesen arbeiten, nie.

Was die Feuersalamander und ihr Färbungsmuster

anging, mit denen stünde nach seiner, Nobles Ansicht das Vivarium erst am Anfang der Beweiskette. Wenn überhaupt. Bisher fehle alles, um ihn zu überzeugen, mehr als eine exotische Idee sei da nicht. Wenn man zeigen wolle, dass eine Eigenschaft oder Fähigkeit neu erworben und dann an die nächste Generation vererbt wird, müsse man zunächst einmal beweisen, dass das Tier die nicht schon vorher besessen habe, in zurückgebildeter Form natürlich. Organe, Eigenschaften, Fähigkeiten verkümmern, wenn sie nicht notwendig sind und ständig in Gebrauch gehalten werden, das brauche er hier niemandem zu erklären. Das Ungenutzte werde manchmal im Inneren des Organismus geradezu versteckt, als schäme sich das Tier einer Fähigkeit oder eines Organs, das es nie benutze.

Der Fall der Salamander sei ganz ähnlich gelagert wie der der Grottenolme. Auch bei denen stehe das Vivarium noch am Anfang, obwohl, mit Verlaub, das Vivarium seine Vermutungen in Sachen Grottenolm publiziere, als seien die bereits Gewissheiten. Je nun, das werde sich ja alles erweisen. Er, Noble, könne sich gut vorstellen, dass die Olme ihre Augen überhaupt nicht brauchen, wozu auch, was würden die Tiere denn sehen wollen in ihren dunklen Höhlen. Setze man sie dem Licht aus, wie Kammerer das tue, dann bringe man die Olme auf längst vergessene Ideen. Aus den verborgenen Augengruben heraus könnten sich die verkümmerten Augen sozusagen zurückentwickeln, das halte er für vorstellbar, ja. Das sei aber keine neu erworbene Fähigkeit und kein erst durch das Licht entstandenes Organ. Die Augen waren immer da, nur durch Nichtgebrauch verkümmert, Kammerers Licht habe sie reaktiviert. So wie man Artilleriegeneräle reaktiviert, die verlernten in den Kaffeehäusern das Schießen ja auch nicht, haha.

Zu den Gottesanbeterinnen, nun, dazu wolle er sich lieber nicht äußern.

Und was die Brunstschwiele der Kröte angehe – da habe er, mit Przibrams Erlaubnis wolle er rückhaltlos offen sein, da also habe er einen ganz bestimmten Verdacht. Aber den werde er zunächst mit Professor Bateson besprechen. Bis in zehn oder vierzehn Tagen also und wohlan denn, frisch von der Leber weg. Er bedanke sich für die freundliche Aufnahme und bis über Kurzem.

Professor Przibram lässt sich nie anmerken, wenn er aufgeregt ist. Dabei konnte es gar kein Vertun geben: Wenn der Noble uns in einem einzigen Punkt Ungenauigkeit, Schlamperei oder Schlimmeres nachweist, dann sind wir geliefert. Dann können wir uns zusammenpacken. Alle. Die Professoren, die Doktoren, wir Pfleger, die Salamander und Gottesanbeterinnen, jeder. Uns würde man zum Militärdienst einziehen, die Tiere in die Donau werfen. Wenn man sie nicht einfach vergaß und verhungern ließ.

Frau Mahler, die an diesem Morgen mit Marija gekommen war, und mit uns am Brotzeittisch saß, leckte ganz in Gedanken an der Cervelat. Mit dem locker Daherreden war es in letzter Zeit nicht mehr weit her. Sie wird sich mal wieder in den Falschen vergafft gehabt haben. Das ist bei ihr dauernd vorgekommen, da hat sie dann recht gelitten. Sogar die Mehlwürmer, mit denen sie die Gottesanbeterin füttern sollte, hat sie selber in die Hand genommen, wenn es so um sie stand.

Jetzt lief sie ziellos zwischen den Terrarien auf und ab. Sie hörte uns zu, vielleicht wollte sie etwas dazu sagen. Dann setzte sie sich vor die Grotte mit den Olmen und schaute so angestrengt hinein, als wüssten die Olme eine Antwort. Es waren inzwischen drei Exemplare.

Das war so gekommen. Ich bin jetzt jedes Wochenende nach Steinbüchl. Unter den wochenlangen Regengüssen hatte Jožefa zwei Drachenkinder eingesammelt, ich sollte sie beim Kammerer abgeben. Was den natürlich ziemlich gefreut hat. Die drei Olme saßen auf dem warmen, glatten Stein und schauten Frau Mahler blindlings an. Vielleicht hatten sie auch nur keine Lust, ins Wasser zu gehen, weil der Kammerer es ihnen ziemlich eisig gemacht hat. Er wollte, dass sie ihr dunkles Wasser verließen und auf den warmen, hellen Steinen lebten. Dort würden sie ihre Augen brauchen.

Ich mich gleich neben Frau Mahler gesetzt. War eigentlich der Platz vom Franz oder vom Kammerer. Aber die beiden blieben heute ausnahmsweise am Brotzeittisch, die Gelegenheit habe ich natürlich ausgenutzt.

„Soll ich dir was sagen?“, hat sie mich gefragt, obwohl es nicht wie eine richtige Frage klang. „Kannst du etwas für dich behalten?“

Ich nickte.

„Ich habe heute Geburtstag. Weißt du, wie alt ich werde? Fünfunddreißig. Bald bin ich vierzig. Und das Leben geht an mir vorbei, als wäre ich einer von den blinden Olmen. Als ich an diesem fürchterlichen Geburtstagsmorgen heute aufgewacht bin, habe ich es richtig spüren können, wie es mir schneller und immer schneller davonrennt, mein Leben, das Leben überhaupt."

„Ja", sagte ich, „das verstehe ich."

War nur so dahergeredet. Ich habe ja die Jožefa gehabt, ich meine, inwendig habe ich sie gehabt und bin dort ständig hingestoßen an sie. Die Zeit von Montag bis Samstagabend, bis ich wieder nach Steinbüchl habe fahren können, ist mir nie schnell genug davon. Die hätte ruhig schneller rennen können die Zeit unter der Woche.

„Mit dreizehn wollte mir die Zeit kein Ende nehmen. Nichts wünschte ich mir so sehr, als siebzehn zu sein, ich habe gefürchtet, das erlebe ich nicht, so lang ist es bis dahin. Und jetzt schauen schon bald die Vierzig herüber, und bis ich mich umschaue, bin ich fünfzig und ein altes Weib und das Leben vorbei und verpasst. Macht dich das nicht wahnsinnig?"

Ich nickte, richtig bei der Sache war ich nicht.

„Mein Kammerer behauptet, wir Lebewesen – ‚wir Tiere' sagt er ja immer – unterscheiden uns durch die Anzahl der Bilder, die wir in unserem Hirn zur Welt verschmelzen. Je mehr Bilder wir, sagen wir: pro Minute für den Anblick der Welt brauchen, desto langsamer vergeht uns die Zeit. Wie in einem Kinematographen (Othenio hat mir das einmal vorgeführt bei einem Freund von ihm.). In den kann man auch mehr oder weniger Photos stecken und ihn schneller oder langsamer kurbeln. Und jetzt nimm diese kleinen, durchsichtigen Olme da. Für die kurbelt keiner Bilder von der Welt. Die sehen überhaupt keine Bilder, gar nichts sehen die. Wie vergeht denn denen die Zeit?"

Die Mahler musste wirklich argen Liebeskummer haben, dass sie so schwer ins Philosophieren hineingeraten ist.

„Sag mal, wie alt werden die Grottenolme eigentlich?", wollte sie jetzt wissen.

„Doktor Kammerer sagt, sie werden uralt. Hundert Jahre, hundertfünfzig, vielleicht sogar noch älter. Es will ihnen ja keiner was. Sie haben keinen Feind und keinen Freund, leben ohne jede Anstrengung dahin. Das Schlimmste, was ihnen passieren kann, ist, dass ihnen das Wasser zu warm wird oder zu kalt. Aber wo da unten andauernd neues Wasser nachkommt, ist auch das unwahrscheinlich. Merkwürdig, dass man ihnen die Jahre gar nicht ansieht."

Ich war jetzt sicher, bei der Mahler war es Liebeskummer oder eine frische Verliebtheit. Dann hat sie immer über die Zeit reden wollen. Wie schnell die rumgeht, und ob man das selber überhaupt merkt oder nur die anderen und solche Sachen.

Derweil hat Franz am Brotzeittisch erklärt, wenn wir den Noble überzeugen können, dann können wir jeden überzeugen. Alle haben gestaunt, weil der Franz doch nie jemanden hat überzeugen wollen. Für den Franz waren die Dinge, wie sie waren, was hätte es da zu überzeugen gegeben? Wenn einer das nicht verstanden hat, dann hat er eben den Riss noch nicht gehabt. An so einen kann man lang hinreden.

„Weißt du, was ich mich frage?", sagte die Mahler jetzt. Dabei redete sie mehr zu den Olmen hin als zu mir. Aber so leise gesprochen, dass ich mir einbilden konnte, sie meint mich. „Wie vergeht diesen wunderlichen Wesen da unten die Zeit? Woran denken die, wenn sie Geburtstag haben?"

„Sie wird den Olmen vergehen, wie sie uns vergeht."

„Interessant, dass du das sagst. Dass diesen uralten Menschenfischlein in ihrer Dunkelheit die Zeit nicht langsamer vergehen soll als uns. Ich kann mir das nicht vorstellen. Nimm eine Mücke und halte sie gegen einen Elefanten. Der Elefant wird hundert Jahre und mehr. Die Mücke einen Tag, wenn es hochkommt, zwei. Der Mücke kommt ihr Tagesleben doch genauso lang vor wie dem Elefant seines. Sie würde doch sonst vor Trauer über ihr kurzes Leben umkommen. Ich denke, je größer ein Tier ist, um so älter wird es, darin stimmst du mir doch zu. Und je kleiner, um so kürzer lebt es, oder hast du, abgesehen von unseren Menschenfischlein hier, von Winzlingen gehört, die hundert Jahre werden? Also muss die Zeit ihnen doch unterschiedlich schnell vergehen. Dem Elefanten langsam, die Stunden gehen ihm so behutsam vorbei, wie er seine gewaltigen Füße aufsetzt. Und der Mücke saust das Leben mit seinen Bildern nur so um die Ohren. Verginge es ihr nicht viel schneller als uns, könnte sie uns doch kaum so geschickt ausweichen, unsere Hand lebt ein viel langsameres Leben als der Mückenflug. Ich begreife nur nicht, wie so ein Menschenfischlein, das doch viel zu klein ist für ein langes Leben, älter werden soll als wir großen Menschen? Was ist sein Geheimnis?"

Ich zuckte mit den Schultern. Was weiß ich denn von Grottenolmen. Und von Elefantenzeit und Mückenflug. Inzwischen war ich sicher, dass es bei Frau Mahler um ein neues Mannsbild geht. Vielleicht hat sie ja den Abel abgelegt, und lässt sich wieder von einem Musiker anbeten. Oder einem Dichter.

Der Franz war immer noch im Reden. Selten, dass er so lange am Stück redete. Ich glaube, er wollte uns nur erklären, dass er es sich mit der Wahrheit unmöglich richten kann, das muss bittschön begriffen werden. Wenn der Noble ihn nach dem Retuschieren fragt, wird er ihm erläutern, warum das auch einmal notwendig sein kann, sagen wir, um Lichtreflexe zu beseitigen, die aussehen wie helle Flecken, aber keine hellen Flecken sind. Das kann er machen. Aber er kann nicht sagen, wir retuschieren nie und nichts, wenn der Noble ihn direkt darauf anspricht. Das kann keiner von ihm verlangen. Für das Retuschieren hat er keinen Riss gehabt, seine Schuld war das nicht. Wenn der Doktor Kammerer und der Professor Przibram es wollen, verlässt er auf der Stelle das Vivarium. Er will dem Vivarium beim Noble auf keinen Fall schaden, weil er eine Schuld beim Vivarium hat. Keiner hat bisher ein Verständnis für die Hornlosigkeit gehabt, nur wir hier. Wenn gesagt wird, er soll gehen, dann geht er.

Aber das hat ja niemand gesagt.

Die Reste von der Brotzeit sind aufgegessen worden, dann fütterten wir wieder die Tiere, maßen die Wassertemperaturen, stellten das Licht heller oder dunkler, schauten den Amphibien, die sich in ihrer veränderten zweiten Heimat zurechtfinden sollten, beim Leben zu, protokollierten das alles.

Hinterher hat sich keiner daran erinnern wollen, wer die Sache mit der *Tusche* aufgebracht hat. Vielleicht ist der Gedanke, Tusche zu benutzen, auch einfach in der Luft gelegen, und da war es gleich, wer ihn ausspricht, weil den Gedanken hat ja jeder mit sich herumgetragen. Jedenfalls glaube ich, dass der Franz nicht mehr dabeisaß. Er hätte sich gewehrt, das hätte er. Er wird mit Marija zu den Glöckels gegangen sein, als das Wort „Tusche" im Zusammenhang mit der Brunstschwiele das erste Mal benutzt wurde. Es kann gar nicht anders gewesen sein.

„Mit ein paar Tropfen Tusche die Zeit aufhalten, dieser Gedanke gefällt mir heute besonders gut", sagte Frau Mahler.

Aber Franz muss schon weg gewesen sein, das muss er. Er hätte das nicht durchgehen lassen.

34

Und auch das fiel mir erst danach auf, dass es ein Zusammentreffen war – der Frühling, und dass jeder vom Krieg geredet hat, und unsere Angst vor Noble. Der Frühling zog durch die Wiener Gärten, der Noble war in London und wir im Vivarium ratlos, fürchteten uns vor der Zukunft. Das alles ist zusammengekommen in unserer Angst, dass der Franz es sich nicht richten kann. Es war ja das Jahr 1914, zusammen mit den

Schneeglöckchen und Krokussen ist etwas aus der aufgeweichten Erde herausgebrochen, was einem hat Angst machen können. Damals wussten wir natürlich nicht, was es war. Unter den straff aufgespannten blauen Himmeln sind immer mehr zur Militärausbildung eingezogen worden.

Seit der Brotzeit an dem Tag, als der Noble weg war und die Mahler Geburtstag hatte, war der Franz irgendwie anders. Oder wir sahen ihn anders. Es war weniger, dass man das Gefühl hatte, er hätte wieder einen Riss gehabt. Mehr so, dass er uns seitdem als Sonderling vorkam, und wir ihm das nicht mehr nachsehen konnten. Er hatte ja offensichtlich begriffen, was geschieht, wenn er dem Noble sagt, im Vivarium wird retuschiert, die Tierhäute werden retuschiert, die Ergebnisse, vielleicht am Ende sogar die Wirklichkeit. Denn so würde Noble es auffassen. Deswegen war das Verständnis, die Geduld für den Franz immer weniger da. Wenn er wieder einmal sagte, er kann auch gehen, wenn wir meinen, dann ist jetzt schon einfach geschwiegen worden, dann sagte keiner mehr etwas darauf, bloß um den Franz aufzuhalten. Das kam vor, und man hat sich mit dem Gedanken angefreundet, dass Franz vielleicht tatsächlich geht.

Obwohl für die Experimente mit den Grottenolmen wäre es eine Katastrophe gewesen. Kammerer war sich sicher, dass die Olme inzwischen angefangen hatten, das Sehen zu lernen. Jedenfalls kamen sie sofort über ihre glatten Steine angekrochen, sobald sich Franz ihrem Terrarium nur näherte. So als würden sie zwischen all ihren Schatten den Franz doch erkennen. Mir kam vor, dass es Franz ähnlich ging wie seinen Olmen – dass sich die ganze Welt plötzlich in Franz' Schädel hineinpresste, dass er erst jetzt verstand, da draußen gibt es mehr als die Hornlosigkeit, die es noch nicht gibt. Als wäre er gerade aus dem Kurzwarenkoffer seines Vaters, wo er die Jahre verbracht hatte, mit Träumen und Postkarten und blauem Glas herausgekrochen in die Welt. Und die Welt war scheußlich.

Und dann war ja auch noch Marija mit ihren Glöckels und dem Sozialismus, das hat er ja auch packen müssen. Über die Idee selber könnte ich nichts Schlechtes sagen, dafür habe ich zu wenig begriffen davon. Vieles von dem, was Marija darüber sagte, kam mir ganz vernünftig vor, ich meine – für einen Tierpfleger. Aber wenn einer nur den Sozialismus im Kopf hat und der andere nur die Hornlosigkeit, dann hat der Sozialismus sozusagen noch eine persönliche Seite. Es war schwer für Franz, das glaube ich.

Marija hatte nämlich so viele Sitzungen und Demonstrationen, Schulungen oder wie ihre Aktivitäten schon hießen, dass sie abends fertig war mit der Welt. Sie saß im Stuhl, starrte vor sich hin, Franz wusste nicht, ob sie ihm überhaupt zuhörte. Dabei hätte er dringend über das Vivarium mit ihr reden müssen. Sie war die Einzige, die es zusammenbrachte: dass die Arbeit im Vivarium etwas bedeutete, und dass trotzdem auch Franz mit seinen Zweifeln irgendwie Recht hatte.

Die Arbeit bei Frau Mahler schaffte Marija kaum noch. Von Frau Mahler keine Beschwerde. Sie war zufrieden, wenn Marija ihr erzählte, wo sie gestern gewesen war, und welche Forderungen man dort aufgestellt hatte. Die Frau muss ihre Unterdrückung loswerden, die Frau kann und muss sich auf sich selber verlassen. Das interessierte Frau Mahler stark.

Die „Gruppe Glöckel“, so bezeichneten sich die Leute, mit denen Marija beisammen war, hatte die Aufgabe übernommen, die Hochschulen und besonders die Wiener Universität aufzuklären. Die hatte es weiß Gott notwendig, das verstand sogar ich, weil dort immer mehr ausrasierte Hälse das Sagen hatten. Die Gruppe Glöckel war sich sicher, dahinter steckte niemand anders als Abel, seine judenfeindlichen Kollegen und das Kriegsministerium.

Eines Morgens, der Noble war noch in London, wir redeten beim Brotzeitmachen über Tusche und Zukunft, kam Marija mit einem Plakat herein. Doktor Kammerer hält eine Massenversammlung für das Rote Wien hieß es da. Vor einem ochsenblutroten Hintergrund stand Kammerer am Rednerpult und hielt die Faust in den Himmel. Darunter „Vererbung als Schicksal oder Aufgabe? Sollen wir unseren Kindern blaue Augen oder eine bessere Welt mitgeben?“ Kammerer sah unbeholfen aus, aber auch ehrlich. Wahrscheinlich hat es der Plakatmaler einfach nicht besser hinbekommen. Trotzdem hätte ich gern gewusst, ob sich der Kammerer beim Reden so abmühte oder der Plakatmaler beim Malen.

Kammerer würde darüber sprechen, dass die sozialistische Revolution eine Welt erschafft, die den Menschen schrittweise zu einem friedliebenden Lebewesen macht. Er würde das von einem streng naturwissenschaftlichen Standpunkt aus beweisen. Bei diesem drängendsten Problem unserer Zeit gehe es nicht um Glauben, sondern um Wissenschaft. Weiters wurde darauf hingewiesen, dass die Bärenfettforschung des Professor Abel Kriegsvorbereitung bedeute und deshalb sofort beendet werden müsse. Außerdem stand da noch ein Satz über die Hornlosigkeit des Rindviehs, der aber nicht recht verständlich war. Es gab ohnehin zu viel unleserlich kleinen Text. Im Grunde erkannte man nur Kammerer, seine Faust im Himmel und die blauen Augen.

Marija hatte das Plakat auf dem Brotzeittisch ausgerollt und schaute Kammerer erwartungsvoll an.

„Wäre nur unser Vorschlag das“, sagte sie, als Kammerer nicht gleich ansprang. „Wir können das jederzeit umformulieren.“

Aber Kammerer fand das Plakat der Gruppe Glöckel, nachdem er ein paar Mal durchgeschnauft hatte, schon richtig so. Bei den Harfenistinnen hatte er in der letzten Zeit nicht mehr so den Schlag gehabt. Das Margareten hatte sich bei ihm über die Diskussionsveranstaltung mit Abel beschwert und mitgeteilt, es sei ziemlich viel Mobiliar und Fensterglas zu Bruch gegangen, man sei mit zivilisierteren Veranstaltungen auf absehbare Zeit ausgebucht. Das Vivarium möge deshalb von Anfragen absehen. Wer genau das Rote Wien war, dem er seine Wissenschaft näherbringen würde, wusste Kammerer nicht, woher auch. Aber die würde er schon mitreißen. Doch, das würde er schaffen.

Mit Marija ging er sofort ins Detail – welche Broschüren sie mitbringen würde, wer den Vorsitz in der Massenversammlung führen würde, wie sie es mit

Wortmeldungen handhaben würden, ob man ein paar kräftige junge Männer an die Tür stellen müsste, falls Abels ausrasierte Hälse kämen, solche praktischen Sachen halt. Dabei leuchteten Marijas Augen und nicht nur die Augen, das ganze Mädchen leuchtete praktisch.

Franz schaute stumm zu, wie der Kammerer und die Marija ihre Argumente und ihre Begeisterung aneinander ausprobierten. Und plötzlich, ich weiß nicht, warum, ist mir der Gedanke gekommen, vielleicht hat Franz auch andere Gründe, um den Kammerer wegen der Retuschiererei – ja: anzuschwärzen. Seine unbändige Eifersucht, es hat ja niemand verstanden, wo die hergekommen ist. Einen Grund, da hatte Frau Mahler schon Recht, einen Grund hatte ihm die Marija eh nicht gegeben, nie hat sie ihm einen gegeben. Obwohl sie ihm einen hätte geben dürfen. Denn versprochen hatten sich die beiden ja nichts. Wenn die Marija einen Burschen in Wien hätte anschauen wollen, dann hätte sie das können. Der Franz hätte nichts zum Dreinreden gehabt, warum denn auch. Er hatte der Marija nie gesagt, dass er sie gern hat. Nur dass man das irgendwie spüren soll – das ist noch keine Verlobung.

Am Ende legte Kammerer den Arm um Marija und sagte, sie beide würden das Rote Wien schon erobern, es bleibe ihnen gar nichts anderes übrig. Und falls sie es im ersten Anlauf nicht eroberten, aufklären würden sie es auf jeden Fall. Er werde die Fackel dahin tragen, wo das Feuer eigentlich schon brenne. Wir sollten alle mitkommen, das werde bestimmt lehrreich für uns. Wenn es wirklich spät werde – bei der Aufklärung wisse man nie, wie lange die dauert –, dann könnten wir am nächsten Tag ein bisschen später anfangen. Wir müssten darauf achten, dass wir die Tiere nicht zu sehr aus dem Rhythmus bringen, aber sonst.

Ich meldete mich und sagte, selbstverständlich sei ich stark an der Aufklärung interessiert. Nur hätte ich schon heute Abend nach Steinbüchl gemusst, die Arbeit wäre erledigt, mit dem Bickel habe ich ausgemacht, dass der morgen die Gottesanbeterinnen füttert und protokolliert. Übrigens hätte ich dem Franz vorgeschlagen, dass er mitkommt. Ich schaute zum Franz.

Vom Franz kein Wort, kein einziges. Auch kein Nicken oder Räuspern. Gar nichts.

Einen Augenblick war es so still, dass man gemeint hat, man könnte hören, wie es inwendig im Franz einen Riss tut. Ein Stück Seide wird am Rand ein bisschen eingeschnitten und dann in zwei Stücke gerissen. Der Franz hat immer nur auf die Marija hingeschaut. Sowieso hat er nur immer Marija angeschaut, wenn sie da war, aber jetzt waren seine Augen wie hingenagelt auf sie. Dann ist er auf, immer noch die Marija angestiert, irgendwie so, als hätte er jetzt endlich etwas Wichtiges begriffen, dreht sich um und hinaus bei der Tür. Wir waren in der Zwischenzeit daran gewöhnt, dass der Franz es meistens anders macht als andere Leute. Deswegen ist ihm keiner nach.

35

Vom Freitagmittag muss ich noch etwas berichten.

Nachdem Franz verschwunden war und alle wieder,

ein bisschen lauter als zuvor, das Reden angefangen hatten, kam Marija zu mir. Sie findet, sagte sie, dass ich letzthin oft nach Steinbüchl fahre. Ich bin doch nicht von dort. Bis zu dem Augenblick hatte Marija nie viel mit mir geredet. Wenn sie im Vivarium war, probierte sie ihre Begeisterung am Kammerer aus oder saß beim Franz, hauptsächlich das. Sie wird es deshalb gar nicht gewusst haben, dass ich wegen der Jožefa, also dass ich schon Gründe hatte, immer und immer wieder nach Steinbüchl zu fahren, praktisch jede freie Minute war ich dort, obwohl Wien im Frühling für einen Burschen mit Unternehmungsgeist, also ohne die Jožefa wäre ich nie in das verregnete Steinbüchl. Höchstens einmal und dann nie wieder.

„Ich schau nur ein bisschen nach der Jožefa und der Franeka, jetzt, wo der Franz selten wegkommt von hier und es vorangeht mit der Diskussion über die Hornlosigkeit, da hat er ja weniger Zeit. Und wenn er auch jede Woche das Geld heimschickt, es ist doch gut, wenn einer schaut, dass alles stimmt", sagte ich zu Marija. Sie schaute nur auf den Boden. Ich glaube, es war, weil sie sich geniert hat, dass sie wegen dem Sozialismus kaum noch an Jožefa und Marija dachte.

„Das ist recht von dir. Ich wollte selber schon lange wieder nach Steinbüchl. Aber dann denke ich, dass ich für die Jožefa und die Franeka, hauptsächlich für die Franeka, hier in Wien mehr tun kann. Sie selber merkt das ja nicht. Also."

Merkwürdig, wie gut wir uns gleich verstanden, es war überhaupt das erste Mal, dass wir länger miteinander redeten. Wir hatten beide ein schlechtes Gewissen wegen Jožefa. Marija wegen dem Sozialismus, der sie abgehalten hat. Der war schon recht, vermute ich, aber eine Abhaltung war er halt auch. Und ich, weil ich manchmal Jožefa nach dem Mund geredet habe über den Franz und seine Untersuchung und wie es ist in Wien. Den Steinbüchlton, damals habe ich ihn wenig gekannt, habe nur gemerkt, da muss du etwas treffen. Ich hatte ja Angst, die Wahrheit wird Jožefa zu schwer und rutscht ihr über die Schulter herunter, weil sie doch ein bisschen schief ist. Inzwischen weiß ich, das ist falsch, völlig falsch. Für Jožefa ist nicht leicht etwas zu schwer, sie ist viel stärker als ich. Sie hat beides mitbekommen, das Träumen vom Vater und das Feste, das ja: Steinharte von der Franeka.

Jedenfalls redeten Marija und ich über Jožefa, ich hätte den ganzen Tag über sie reden können und über den Frohnwieser. Marija sagte mir vieles von Steinbüchl, was ich nicht gewusst hatte, der Franz vielleicht auch nicht. Dann ist die Marija weg, damit sie das Rote Wien für den Kammerer vorbereitet.

Die Veranstaltung mit Kammerer muss irgendwie anders abgelaufen sein, als er sich das vorgestellt hatte. Nicht unglücklich, anders eben. Schließlich hat dem Kammerer die Erfahrung mit so etwas gefehlt. Mit den Harfenistinnen oder den grünlichen Frauen vom Aquila, ja, damit hatte er Erfahrung genug. Mit dem Roten Wien – nein. Nachdem die Marija weg war, fragte er zum zweiten Mal, ob wir nicht mitkommen wollen, das wäre bestimmt lehrreich für uns. Und im Übrigen, soweit er das überhaupt beurteilen könne, wäre dieses

Rote Wien für die meisten von uns eigentlich die natürliche Heimat, der Ort, wohin wir gehörten. Jeder hat gemerkt, dass er wenigstens ein paar Leute dabeihaben wollte, die er kannte. Es war ja das erste Mal, dass er in einer Arbeiterversammlung reden sollte, das war ihm ungemütlich. Später hat ihm das nichts mehr ausgemacht, und wenn er einen Arbeitervortrag gehalten hat, war es genauso voll und er genauso feurig wie bei den Harfenistinnen. Erst hat er die Zuhörer mit seiner Begeisterung angesteckt, und die haben seine dann mit ihrer angefeuert.

Unser Bühnenbildner ist mitgegangen. Ihn hat nichts mehr wundern können, vom ihm habe ich das Meiste erfahren.

Erst einmal fand er das Hinterzimmer vom Schnitzelwirt in der Wollgasse keine gute Wahl für eine Massenveranstaltung. Obwohl die Massen dann gut Platz gehabt haben, nur das Fenster hätte man öfter aufmachen dürfen, das hätte das Zuhören und Schnaufen erleichtert. Mit ihm selber und der Marija sind es zwölf Zuhörer gewesen, die an dem Abend das Rote Wien vorgestellt haben. Der Vorsitzende hatte eine Lederjoppe und einen böhmischen Akzent. Er hat Kammerers Ansprache oft mit Händeklatschen unterbrochen. Darauf haben die anderen elf Vertreter des Roten Wien auch geklatscht, und Kammerer hat gewartet, bis sie fertig waren. Anschließend wurde diskutiert. Die Männer, außer Marija waren es alles Männer, hatten Sorge, dass es Krieg gibt. Auch wenn sie ganz ruhig sagten, wenn es wirklich so weit käme, würden sie es den Kapitalisten und den Hofschranzen schon zeigen. Über den Abel wurde auch geredet. Und darüber, wie es einen verbesserten Menschen geben könnte, wenn man nur die Welt ein bisschen gescheiter einrichtet. Das war ja Kammerers Thema, darüber haben sie viel wissen wollen, haben mit der Fragerei gar nicht mehr aufgehört. Und Kammerer hat gute Antworten gehabt, das muss ich ihm lassen. Alles, was er gesagt hat, konnte er beweisen. Du wirst nicht glauben, wie stark die interessiert waren, sagte Hasenscharte, und wenn du sie so gehört hast, dann hast du dir vorstellen können, dass es Krieg gibt. Und dass sie tatsächlich die Einzigen sind, die nichts davon haben, die nicht interessiert sind am Krieg. Denen machst du nichts vor, auch wenn sie sich mit dem Reden so schwertun wie ich. Den Franz, sagte der Bühnenbildner, habe ich vermisst, den hätte es gefreut, weil die Marija die Hornlosigkeit aufgeworfen hat. Auch davon haben sie alles wissen wollen, und was sie gefragt haben, war recht gescheit, so gescheit wie das Zeug, was sie an der Universität daherbringen oder im Margaretensaal allemal. Er hat praktisch vergessen, dass sie in dem kleinen Hinterzimmer vom Schnitzelwirt gehockt sind, das muss er sagen, und die Leute haben ihre Fragen und Kammerers Antworten wichtig gefunden.

Am Samstagmorgen kamen alle pünktlich zur Arbeit, manche sogar früher. Das war überhaupt merkwürdig. Seit der Noble weg war und man jeden Tag fürchten musste, er kommt wieder, wurde nicht fleißiger gearbeitet, dafür hat jeder zu viel an andere Sachen denken müssen. Aber pünktlich sind am Morgen alle erschienen, jeder drängte sich an den anderen, als müsste er sich wärmen. Der eine oder andere brachte sogar irgendwas Spezielles für die Brotzeit mit, was die Frau ihm hergerichtet hatte, Buchteln oder was weiß ich.

Franz war immer noch nicht wieder aufgetaucht. Bickel schaute in der Kammer nach, die er sich zum Schlafen hergerichtet hatte, als er von dem Sofa vom Aquila heruntergeflohen ist. Da war er nicht, in dem Feldbett hatte keiner geschlafen. Weil die Marija nicht kam, glaubte jeder, die beiden sind halt irgendwo zusammen. Im Grunde passte das nicht zum Franz (obwohl der in letzter Zeit so anders war).

Der Kammerer, hat mir der Bickel nachher erzählt, war immer noch ganz begeistert von der Versammlung gestern. Überhaupt, hat er gesagt, er versteht den Sozialismus jetzt genauer, mindestens wäre da doch eine Neugier darauf, ob der Mensch verbesserlich ist. Neugier und Interesse, das wäre schon etwas.

Und noch etwas. Der Noble hatte die Kröte ja bei uns lassen müssen, eigentlich wollte er sie zum Bateson nach London mitnehmen. Professor Przibram hatte es nicht zugelassen. Da hatte der Noble zum ersten Mal ein hintergründiges Grinsen aufgesetzt, als würde ihm jetzt etwas klar. Dabei war Przibram immer sehr freigebig. Aber erlauben, dass das einzige konservierte Exemplar, das wir noch gehabt haben, weggetragen wird, das ging einfach nicht. Wissenschaftliche Diskussion – ja gerne. Aber dafür müsste man sich schon ins Vivarium bemühen bittschön. Kröten wegtragen – nein.

Deswegen hat mich das, was mir der Bickel über diesen Samstagmorgen im Vivarium erzählt hat, nicht gewundert. So hatte ich es mir vorgestellt. Unsere Geburtshelferkröte (genau genommen war es nicht unsere einzige, ein Pärchen ist ewig am Kopulieren gewesen, aber dieses eine Exemplar hatten wir konserviert, es war in einem Glaskasten ausgestellt) unser Geburtshelfer also, das Krötenmännchen, hatte an diesem Samstagmorgen eine wunderschöne schwarze Brunstschwiele am rechten Daumen gehabt, die war so deutlich und klar, nicht einmal der Noble würde die übersehen können.

Jeder stand auf, einer nach dem anderen und schaute sie sich an, tat so, als schlendert er ganz zufällig vorbei an dem Krötenglaskasten. Gesagt hat keiner etwas, sich wieder hingesetzt, alle waren recht zufrieden, und bald ist Mittag gewesen und der Kammerer hat gesagt, es sollte jeder noch einmal nach seinen anvertrauten Tieren schauen und dann könnten alle, bis auf die Diensthabenden halt, heimgehen.

Teil III

36

Unter der Woche hatte Jožefa mir einen Brief geschickt, am Samstag muss ich unbedingt kommen, es gibt eine Überraschung. Aber als ich am Abend ankam, tat sie dann, als wäre nichts. Das war ungewohnt. Bei ihr ist es nämlich genau wie bei ihrem Bruder Franz – sie kennt keinen Umweg. Wenn sie etwas zum Sagen hat, dann sagt sie es. Wenn nicht, dann hält sie den Mund. Sie wird nie versuchen, dich zu überraschen, zu überrumpeln, an der Nase herumzuführen oder auch nur, ohne Ernst mit dir zu reden.

Natürlich hielt sie es dann doch nicht aus und sagte, ich soll mitkommen. Was sie mir zeigen will, ist im Stall vom Nachbarn. Jožefa ging immer schneller, bis sie zum Schluss rannte.

Im Stall führte sie mich zu einem Kalb, das war vor knapp einer Woche geboren worden. Für mich sah es aus, wie ein Kalb eben aussehen muss – tapsig und mit zu viel Vertrauen in die Welt.

„Ist was mit dem Kalb? Was soll ich sehen?“

Jožefa schüttelt den Kopf, ist aufgeregt, weil ich wieder einmal so begriffsstutzig bin. Mir muss man alles aufschreiben, aber in Druckbuchstaben, nicht in

Schreibschrift, sagt sie oft, und das wird sie auch jetzt wieder gedacht haben.

„Lang an seine Stirn hin."

Ich lange dem Kalb an die Stirn.

„Spürst du was?"

„Nein", ich darauf, weil außer dem Fell, das höchstens ein bisschen härter war, als es ausgesehen hat, habe ich nichts gespürt.

„Spürst du die Blutknospen? Die kleinen Buckel, aus denen die Hörner wachsen?"

Ich spüre keine kleinen Buckel, keine Knospen. Zwischen dem Kalb und der Welt ein glatter Stirnknochen und sonst – nichts.

„Ja glaubst du vielleicht, das gehört so? Dass ein Kalb keine Blutknospen hat? Wenn es die nicht hat, dann – ja, dann wachsen ihm doch auch keine Hörner. Das ist ein hornloses Kalb, das ist es. Das erste hornlose Kalb von Steinbüchl. Sein Vater ist unser Stier, dem ich jetzt schon so lang Lieder vorspiele. Franz hat recht gehabt, ganz recht. Wenn wir friedlich genug sind mit unseren Rindern, dann können sie ihre Hörner zur Seite tun."

Jožefa starrt mich an, ob ich richtig begreife, was ich sehe oder eben nicht sehe, und was ich auf der Stirn des Kalbes nicht spüre, was von Rechts wegen da sein müsste, aber nicht ist, fehlt, endlich fehlt Gott sei Dank, so wie Franz und der Kammerer und auch Frohnwieser es die ganze Zeit gehofft hatten. Und sie selber natürlich auch, bloß dass es bei ihr nicht nur eine Hoffnung war, sondern eine Gewissheit. Jetzt steht es dort, ein bisschen wacklig, aber es steht, ist ansonsten ein ganz normales Kalb und sieht aus, als würde es einmal ordentlich Milch geben, warum denn nicht, obwohl der Nachbar, dem es gehört, das Gesicht verzogen und gesagt hat, er wird es besser schlachten. Weil, dass so ein hornloses Vieh, so eine Missbildung Milch gibt, das wird schon nicht sein, das kann er sich nicht denken, und wenigstens das Fleisch will er loswerden, solange es noch nicht zu spät ist, weil alle wissen, er hat eine unverkäufliche Missgeburt im Stall.

Am Sonntag nach der Messe ist Jožefa mit mir zum Frohnwieser, ihm sagen, dass der Nachbar das Kalb bald hätte schlachten wollen.

„Kommt gar nicht in Frage“, hat der Frohnwieser gesagt, „schlachten! Was für ein Irrsinn. Jetzt, wo bewiesen ist, dass ein Kalb zum Leben keine Hörner braucht, müssen wir als Nächstes herausfinden, ob es auch Milch gibt, wenn es soweit ist. Oder ob ein Rind nur dann Milch gibt, wenn es auch Hörner hat. Für unsere Bauern ist das doch der springende Punkt. Eine Sünde an der Wissenschaft, wenn es geschlachtet wird. Ich kaufe das Kalb, bevor der Bauer es schlachtet, kaufe ich es. Und wenn er den doppelten Preis verlangt, denn einen Aufschlag wird er haben wollen, die lassen sich den Fortschritt immer bezahlen.“

„Und dann?“

„Ja dann! führen wir das Kalb nach Wien.“ Jožefa klatschte in die Hände.

„Der Franz muss es sehen, unbedingt muss er sehen, dass er Recht gehabt hat. Er muss es sehen, und alle anderen müssen es sehen. Dort, wo er arbeitet, werden sie es unterbringen können. Das Tier beobachten und schauen, ob alles seine Richtigkeit hat. Wir führen es nach Wien!“

Jožefa schaute mich an, als hätte sie mir gerade ein Geschenk, weiß Gott wie groß, gemacht.

„Das Kalb ist eine Botschaft. Da hast du Recht, Jožefa. Und wir werden die Botschaft durch die Krain nach Wien bringen!“

Frohnwieser war ganz aufgeregt. Er wollte sofort zum Nachbarn, das Kalb kaufen. Er fürchtete, dem Kalb möchte in der Zwischenzeit etwas zustoßen oder der Bauer nicht genug aufpassen drauf. Ich wunderte mich, aber gerührt hat es mich auch, wie stark Frohnwieser sich begeistern konnte. In seinem Alter ein Kalb nach Wien führen? Natürlich wollte er, dass ich mitgehe, das war zu merken, und die Jožefa hatte gar keinen Zweifel daran, sie fragte mich nicht einmal. Nie im Leben hätte sie mich noch einmal angeschaut, wenn ich nicht mitgehe. Einfach würde das nicht werden, kein Spaziergang. Ein alter Mann führt ein Kalb nach Wien. Welches Kalb, das gerade eine Woche alt ist, will schon nach Wien? Und noch dazu zu Fuß? Selbst wenn der Frohnwieser immer nur hinter dem Kalb und der Jožefa und mir hergehen würde, wäre es recht anstrengend für ihn.

Aber der Beschluss stand fest. Warum hätte Jožefa jahrelang die Bisernica gespielt, wenn nicht genau dafür, dass die Leute in der Krain und bis Wien hinauf sehen: Zum Zusammenleben braucht es keine Hörner. Jožefa besprach mit Frohnwieser, wie wir es machen werden, dass wir für die ersten beiden Tage ausreichend Milch mitnehmen müssen, danach werden wir uns umschauen, wo wir jeden Morgen Milch herbekommen, und wo das Kalb warm und trocken unterkommt. Vielleicht muss man ein festes Leintuch mitnehmen, dass man es einpackt, wenn ihm kalt ist. Mit Schafen und Ziegen machen die Leute der Krain lange Wanderungen, oft bis hinauf zu den Julischen Alpen. Aber ein Kalb in die Hauptstadt führen, der Weg nimmt kein Ende, das hat bisher noch keiner gemacht.

Die beiden schauten mich an. Frohnwieser war zu alt und Jožefa ein bisschen zu schief, um das ganze Zeug zu schleppen, das unser Kalb nötig haben würde. So lief es auf mich hinaus. Natürlich gehe ich mit und helfe das Kalb nach Wien führen. Ich stelle mir vor, das Kalb wird schnell müde, ich rechnete damit, dass wir viele Tage unterwegs sind. Es würde Sommer geworden sein, bis wir in Wien ankommen. Jožefa erwartete es einfach von mir. Wie hätte ich da ausgekonnt.

Am Sonntagnachmittag sind wir los. An der Spitze unseres kleinen Zuges marschierte Frohnwieser, als hätte er junge Füße und sein ganzes Leben lang nichts anderes vorgehabt, als ein Kalb nach Wien zu führen. Wir hatten ausgemacht, dass wir gerade so schnell gehen, wie er und das Kalb es schaffen. Dann Jožefa, das Leintuch über die Schultern, den Strick umgebunden. Zu ihr hatte das Kalb das meiste Zutrauen. Es ging in der Mitte und schaute nicht so aus, als wollte es unbedingt in die Hauptstadt. Ich ging mit den beiden Milchkübeln und einem schweren Rucksack am Ende. Als wir aus Steinbüchl heraus waren, kam noch Wenzel, er wollte auch mit.

Die Leute von Steinbüchl schauten aus ihren Fenstern oder kamen auf den Hof. Ein paar lachten. Aber die meisten standen nachdenklich in der Nachmittagssonne, und der Bauer, dem Frohnwieser das Kalb abgekauft hatte, war stolz. Er hatte den doppelten Preis herausgeschlagen, und jetzt würden sie in Wien erfahren, was er für ein guter Züchter und Geschäftsmann ist.

So sind wir also nach Wien aufgebrochen.

In der Krain war das Frühjahr so ungefragt gekommen wie in Wien auch. Bloß dass es sich hier nicht so aufgemaschelt hat wie in der Stadt. Wir zogen durch Dörfer, in denen Häuser leer standen, Höfe, wo sie den Mann oder den Burschen zu den Soldaten einberufen hatten, und eine Frau war nicht zurückgeblieben oder nur eine, die es sich nicht hat richten können. Die Blumen vor den Fenstern blühten. Aus den kalten Kaminen ist ein Wind aufgestiegen, in der milden Frühjahrsluft hat man ihn lange gespürt. Bis er zur Donau weitergezogen war.

Wenn das Frühjahr anbricht, sagen sie hier: ‚der Einwärts kommt'. Es geht einwärts ins Jahr für sie, mit Boden umbrechen und säen und dazutun, dass alles gut herwächst. Wo der Einwärts sie dieses Jahr hinführen würde, wer wusste das schon.

37

Ich sitze am Küchentisch der Meguşars und lese mir meinen Bericht über Franz durch. Heute Abend schaut Jožefa ihn an. Wenn ich den Ton getroffen habe, wenn sie findet, der Franz kommt so heraus, wie er wirklich war, dann schicke ich ihn weg zum Przibram. Soll der seinen Nachruf schreiben und nehmen, was in Franz' Leben wichtig war und was nicht.

Danach wird Jožefa entscheiden, was in unserem Leben wichtig ist. Zum Beispiel, ob es ihr mit unserer Charlotte genug ist. Oder ob wir noch ein Kind wollen. Ich hätte gern einen Sohn, einen Milo.

Jožefa wird nach dem Bericht wahrscheinlich auch entscheiden, ob wir endlich heiraten. Das hoffe ich jedenfalls. Hauptsächlich deswegen habe ich ihn überhaupt geschrieben. Heiraten. Oder bleibe ich für alle Zeit nur so was wie ein Knecht auf dem Meguşar-Hof? Das könnte jetzt ja auch einmal geklärt werden.

Lange genug habe ich in Franz' Sachen gekramt. Ich finde nichts mehr, was ich ihm noch hinaufmalen und womit ich ihn noch ausstaffieren könnte. Mein Bild von ihm ist fertig, besser kann ich es halt nicht. Wahrscheinlich hätte ich sein Inneres energischer nach außen stülpen müssen, so wie der Aquila das macht. Aber dafür fehlt mir das Auge. Meistens weiß ich gar nicht, wo das Außen aufhört und das Innen anfängt, ich sehe die Naht dazwischen nicht. Mein Bericht soll so sein, dass er Jožefa recht ist und dass ich nicht allzu schlecht wegkomme dabei.

Jožefa will wissen, warum erst jetzt einen Nachruf für Franz, so viele Jahre nach seinem Tod? Ich weiß es doch auch nicht. Am ehesten war es, weil Professor Przibram so lang damit gewartet hat. Ich glaube, er hatte eine Zeit lang Franz im Verdacht, dass der es gewesen ist. Also dass Franz den Betrug mit der Geburtshelferkröte gemacht hat. Aber das ist unmöglich, ganz und gar ausgeschlossen ist das, und Przibram wird es allmählich eingesehen haben. Mit dem Nachruf will er etwas wiedergutmachen, dem Franz seinen Anstand zurückgeben, ob Franz überhaupt noch einen hatte, daran hat man ja zweifeln müssen, so lange wie Przibram schwieg. Natürlich war da auch die ganze Unordnung nach dem Krieg, keiner hat gewusst, wie es weitergeht, und außer Franz sind viele andere den Heldentod gestorben und haben auf ihren Nachruf warten müssen. Przibram wird den Kopf voll gehabt haben. Jetzt ist es ruhiger geworden, viel schlechter als zur Zeit Kammerers, eigentlich aussichtslos, aber wenigstens ruhiger. Jetzt wird er aufräumen wollen, der Professor Przibram, außer Aufräumen bleibt im Vivarium nicht viel zu tun, zur Ordnung gehört der Nachruf dazu. Jožefa wird finden, das sind nur Vorwände, alles das hätte längst erledigt gehört.

Es sind nicht nur die Jahre seit jenem Einwärts, in dem wir von Steinbüchl aus nach Wien aufgebrochen sind. Nicht nur die Jahre zwischen damals und heute haben uns verändert. Sondern ein Krieg. Der Krieg, aus dem wir anders herausgekrochen gekommen sind, als wir hineinmarschierten.

Heute schaue ich in den Herbst des Jahres 1926 hinaus. Der Auswärts sagen sie hier dazu. Sie haben Korn geschnitten und Erdäpfel geklaubt, recht viel war nicht in diesem Jahr. Jetzt bleibt ihnen, auf den Winter zu warten. Es ist ungewöhnlich warm. Reife Pflaumen hängen in den Zweigen oder liegen schon im Gras. Es riecht nach Vergorenem, mir wird schwindlig davon. Das mischt sich mit dem Brandgeruch, den keiner mehr aus der Erde herausbringt.

In zwei Tagen wird Paul Kammerer sich erschießen, am Schneeberg, weit weg von Steinbüchl und nah bei Wien. Während ich diesen Bericht aufschreibe, weiß ich das noch nicht. Hätte ich den Bericht anders abgefasst, hätte ich etwas anders gemacht, wenn ich gewusst hätte, wie es ausgeht?

Ich selber bin ja gesund zurückgekommen aus dem Krieg, war als Schreiber bei einer Transporteinheit mit Maultieren untergekrochen, dann so was wie Lazarettgehilfe, hatte mehr Glück als andere. Viel mehr Glück als Franz. Auch mehr Glück als sein Vater Jožef.

Nach dem Krieg bekamen Franeka und Jožefa einen Brief aus dem Lungau. Darin schreibt Jožef, dass er seine Familie recht gerne wiedersehen würde. Auch wieder für sie sorgen. Aber das Vaterland hat verlangt, dass er sein Bein hergibt. Es hatte sich ihm nämlich unversehens ein Schuss gelöst und war ins Bein. Einen Arzt hat das Vaterland nicht zur Verfügung gehabt, am Ende hat es weggemusst, das Bein, nicht das Vaterland. Kaum dass er für sich selber sorgen kann. Mit dem Kinematographen ist leider auch nichts vorangegangen. Obwohl er die diesbezügliche Hoffnung nicht aufgeben möchte. Wenn der Franz wieder daheim ist, gibt er ihm den Rat, er soll eine Schweinezucht aufmachen. Im Lungau machen das jetzt alle. Schweine fressen jeden Dreck, die bringt man immer irgendwie durch, und jedes Weihnachten hat man Speck. Ob die Jožefa wohl noch auf der Bisernica spielt? Und ob sie einen Bewerber hat? Er muss so viel an sie alle denken. Wenn er zusammenrechnet und sorgfältig austariert, dann war in Steinbüchl ja doch die beste Zeit seines Lebens. Er schickt ihnen Grüße. Etwas Anderes hat er nicht zum Schicken.

Die Jožefa antwortete dem Vater augenblicklich. Was sie schrieb, weiß ich nicht, sie redet nicht über ihr Schriftliches. Dass Franz gefallen ist, wird sie ihm geschrieben haben, das ist ja das Wichtigste, das muss er wissen. Dass Franeka wieder glatte Hände hat, die aber nur noch zu Umhängen für die heilige Bernadette taugen. Dass sie selber Lehrerin lernt. Sobald die Pädagogische Lehreranstalt in Laibach wieder aufmacht, studiert sie weiter. Frohnwieser hatte es vorgeschlagen, inzwischen ist auch er tot. Er hat ihr eine kleine Summe hinterlassen für das Studieren. Jožefa könnte seine alte Stelle hier in Steinbüchl bekommen, überall fehlen Lehrer.

Ich glaube, den Jožef wird das gefreut haben. Er hat immer gewollt, dass Franz und Jožefa es zu etwas bringen. Vielleicht hat Jožefa auch einen oder zwei kleine Sätze über mich geschrieben. Der Jožef kennt ja meine Mutter Lioba und meinen Stiefvater Harry Butter, es könnte ihn doch interessieren. Auch dass er Großvater ist und ich jetzt bei Jožefa und Franeka wohne, schaue, dass es irgendwie umgeht mit der Landwirtschaft, ihnen helfe und mir dabei schon auch. Obwohl ich ja kein gelernter Bauer bin, gar nicht. Der Jožef war auch keiner, aber das Sauschneiden hatte wenigstens etwas mit Landwirtschaft zu tun.

Ich glaube, dass ich mit Jožefa zusammen bin. So ganz genau weiß man das ja nicht immer und bei Jožefa schon gar nicht. Jožef könnte sich auch dafür interessieren, dass ich bei Hayler & Söhne gearbeitet habe. Den Heftelton hätte ich gerade noch getroffen, halbwegs wenigstens. Nur sind jetzt überall die Kinematographen aufgekommen, Heftel waren weniger gefragt, eher ‚Drehbücher', damit habe ich mich nicht ausgekannt. Meine Mutter hat in der Trafik keine Hilfe gebraucht. Ich glaube, sie hat Jožefa, die damals einfach so zu ihr hineinmarschiert ist, recht bewundert. Das wird Jožef gerne lesen und eine kleine Freude dabei haben, wenn er dort im Lungau sitzt mit seinem einen Bein.

Jedes Mal hier am Küchentisch muss ich an Jožef denken. Den Tisch hat Jožef selber gemacht. Für alles ist Jožef geschickt, außer für den Acker. Als er noch daheim war, hat er vor Weihnachten und vor Ostern die Tischplatte mit dem Hobel abgezogen, danach mit einer Handvoll Schafwolle so lange poliert, bis sie wieder lärchenhell leuchtete.

„Ich will nicht, dass der Hunger Rillen in meinen Küchentisch macht. Ich will die guten Jahre sehen können, in denen die Lärche, von der ich das Holz für den Tisch hergenommen habe, in den Himmel hinaufgewachsen ist, ich will mit den Fingern darüberfahren und die Ringe der guten Jahre spüren", hat er den Kindern erklärt.

Drei der Tischbeine sind vierkantig, nichts Besonderes, das vierte rund und hat einen gedrechselten Fuß wie ein Frauenbein. Wahrscheinlich war das auch so ein

Tausch gegen Kurzwaren. Statt Geld wird Jožef ein Tischbein in Zahlung genommen haben. Sein Platz war früher an dem runden Frauenbein, jetzt sitzt Franeka dort. Wir anderen sitzen neben den geraden Männerbeinen. Das Lärchenhelle ist stumpf geworden, man spürt die Rillen und Astknoten, die durchkommen, und Brocken Mehlteig und anderes, was sich mit dem nassen Spültuch nicht wegwischen lässt. Wer weiß, wie viele Jahre die Tischplatte nicht mehr abgehobelt wurde. Zum Schluss hat der Jožef damit nachgelassen, ist ja nur noch selten am Küchentisch gesessen. Ich werde den Hobel jedenfalls nicht zur Hand nehmen. Damit schleift man auch die Erinnerungen ab, und meine sind es ja nicht. Ich weiß nicht, ob Franeka und Jožefa sie behalten wollen.

Manchmal nehme ich Franekas Stricknadel und drücke vorsichtig frische Erinnerungen in das Lärchenholz. Oder die Zukunft. Es ist wie die Linien in der Hand, die erwirbt man ja, oder nicht? Kommt man mit denen auf die Welt? Ist das nur die Spur, die man genommen hat, oder führt sie bis in die Zukunft? Was weiß ich. Ich weiß nur, dass ich morgen den Bericht abgeben muss, und dass Jožefa ihn heute Nachmittag, wenn sie hereinkommt, prüft. Das weiß ich.

38

Unser Weg damals im Einwärts, im Frühjahr 1914, mit dem hornlosen Kalb von Steinbüchl nach Wien, da hat der Franz persönlich eigentlich nur noch eine kleine

Rolle gespielt, das Meiste davon könnte ich fast auslassen. Aber Jožefa ist ja dabei gewesen. Für sie wird das, was ich über diese Reise berichte (die mir heute vorkommt wie ein seltsam angeleuchteter Traum, wie die Terrarien, die Hasenscharte für unsere Zwei-Heimatler gebaut hat) ein Prüfstein sein. Ob ich die Wahrheit aufgeschrieben habe in meinem Bericht. Sie hat ihre eigene Erinnerung, mit denen sie meine vergleichen wird, deshalb.

Es war so.

Nachdem wir aufgebrochen waren, hatte Frohnwieser zur Gundel Gann geschickt, ob sie nicht mitkommen mag. Am Abend, wir waren stundenlang unterwegs gewesen, und das Kalb schaute reichlich müde aus, kamen wir bei einem Bauern unter, den der Frohnwieser kannte und der nicht so unverschämt viel Geld haben wollte für die Unterkunft. Das Kalb interessierte ihn. Zu diesem Hof hin kam Gundel am nächsten Morgen.

Frohnwieser war hin- und hergerissen. Einerseits hatte er den Plan, dass wir uns auf dem Weg nach Wien viel Zeit lassen, mit den Leuten darüber reden, was hornlose Rinder bringen, und den Leuten erklären, eine Friedfertigkeit nützt nicht nur den Rindern, sondern uns allen. (Wie genau er das gemeint hat, weiß ich nicht. Aber Jožefa war so begeistert davon, die Gundel auch und sogar der Wenzel, da habe ich mich nicht mehr fragen getraut.) Andrerseits meinte Frohnwieser, so viel Zeit, wie wir eigentlich bräuchten, so viel Zeit haben wir nicht. Ich hatte Frohnwieser, Franeka und Jožefa berichtet, was wegen dem Noble am Vivarium los war. Vor allem: wie viel für uns alle auf dem Spiel steht, wenn Franz anfängt, dem Noble zu sagen, dass er überhaupt nicht damit einverstanden ist, wie wir es im Vivarium mit dem Photographien und Zeichnen und dem das Innere nach außen Stülpen halten.

Frohnwieser beschloss deshalb, Wenzel fährt mit dem Zug nach Wien voraus und sagt dem Franz, er soll bitte! warten, auf gar keinen Fall mit Noble reden, bis wir da sind und er die Überraschung gesehen hat, die wir nach Wien führen. Wir würden uns auch beeilen. Wenzel solle nicht verraten, wen wir da nach Wien führen, auf keinen Fall. Wenn er das Gefühl habe, Franz glaube ihm nicht, dann solle er vom Frohnwieser ausrichten, der habe immer gewusst, dass im Franz etwas schlummert. Jetzt werde er der Welt zeigen müssen, wie viel und wie wichtig dieses Schlummernde sei, und überhaupt, dass es aufgewacht sei. Nur bitte das Maul halten, bis er und Jožefa und Gundel und die Überraschung in Wien seien. Das, was sie im Vivarium täten, sei viel zu wichtig, als dass man es mit Rechthaberei und unbedacht herausgesagten Wahrheiten aufs Spiel setzen dürfe. Wenn es darauf ankam, hat der Frohnwieser nach starken Worten nicht suchen müssen, die hatte er leicht zur Verfügung.

Der Wenzel schaute ungut (ich habe den Verdacht, er hätte lieber Jožefa begleitet), aber der Frohnwieser versicherte ihm, der Erfolg unserer ja – Pilgerfahrt, hängt jetzt praktisch ganz von ihm, Wenzel, ab. Erreicht er Wien zu spät oder macht es falsch und kommt es dann deswegen so heraus, als wäre am Vivarium immer nur retuschiert, belogen und betrogen worden, dann ist die

Katastrophe perfekt, dann wüsste er auch nicht mehr, was man noch tun kann. Dann ist die Hoffnung darauf, dass man die Rindviecher und die Grottenolme und die Gottesanbeterinnen und – ja: am Ende auch die Menschen ein bisschen verbessert, indem man ihre Welt vernünftiger herrichtet, für lange Zeit zerschlagen. Vielleicht für immer. Die Geschichte schaut auf den Wenzel. Welche Verantwortung auf ihm lastet, eine Mission ist das praktisch. Wirklich, die großen Worte standen dem Frohnwieser zur Verfügung, er hat sie aus der Hosentasche wie ein Schneuztuch.

Ich wollte Frohnwieser nicht dreinreden, brachte Wenzel zum Bahnhof und erklärte ihm, wie er zum Vivarium kommt. Und was es sonst in Wien zu beachten gibt, das war ja nicht so einfach für einen aus dem Dorf. Über Frau Mahler soll er sich nicht wundern, die ist eigen. Aber im Grunde ist sie recht.

„Wir müssen uns wirklich nicht abhetzen nach Wien", sagte ich Frohnwieser, nachdem ich Wenzel in den Zug gesetzt hatte.

„Der Noble will sich ja die Brunstschwiele noch einmal ganz genau anschauen, alles andere hat er beisammen, sagt er, nur wegen der Brunstschwiele ist er noch einmal nach London. Was die Schwiele angeht: Die ist so klar und deutlich, an der wird der Noble nichts auszusetzen haben. Keine Ahnung, was er mit seinem Bateson in London ausheckt, an der Brunstschwiele wird er jedenfalls nichts zum Bezweifeln finden. Die ist praktisch genommen ein Fels in der Brandung."

Trotzdem drängte Frohnwieser, dass wir vorwärtsmachen. Wenn der Franz die Sache mit dem Retuschieren erst einmal in die Welt setzt, er möchte sich lieber nicht vorstellen, wozu Abel und Konsorten das aufblasen. Nur wegen dem bisschen Retusche wird der ganze Gedanke der Friedfertigkeit nicht mehr gedacht werden können. Und wenn es nur um das Denken ginge. Die Menschen handeln ja so.

Also packten wir unsere Sachen auf einen großen Leiterwagen, fütterten das Kalb noch einmal gut (der Bauer hat für die Milch und dass das Kalb eine Stunde auf seiner Weide hat fressen dürfen, den doppelten Preis verlangt). Wir seien doch aus Steinbüchl. Er wollte wissen, ob wir zufällig den Kurzwarenkoffer vom Jožef dabeihätten, er würde uns ein paar Karten abnehmen. Dafür könnten wir das Kalb auch umsonst füttern und würden noch ein gutes Frühstück obendrauf bekommen. Aber Jožefa sagte, nein, den haben wir nicht dabei.

Gundel sagte, sie fände es gut, den Koffer mit Kurzwaren und Träumen dabeizuhaben, ich könnte doch schnell noch mal nach Steinbüchl zurück, während sie hier alles fertig machen. Wenn die Leute auch nicht immer an die Hornlosigkeit und die Möglichkeit der Friedfertigkeit glauben, an Träume und die Karten von der Liebe glauben sie bestimmt (ich weiß nicht, woher sie die Karten eigentlich gekannt hat). Man darf die Hand nicht umdrehen und sich rechthaberisch aufführen, wenn man die Menschen im Glauben fest machen will.

Aber Jožefa sagte, den Koffer hätte der Vater mitgenommen, das sei leider so, der Vater sei schon lang nicht mehr daheim gewesen, der Koffer wahrscheinlich schon ewige Zeiten nicht mehr eingefettet, und ob er noch komplett bestückt sei, das wisse sie gar nicht.

Gundel war es auch, die vorschlug, wir sollten ein Bettlaken (sie nannte es „Transparent“, obwohl transparent war es nicht) an den Seitenwänden des Leiterwagens festmachen, sie hatte extra Bettlaken mitgebracht, die könnten dafür verwendet werden. Etwas Aufrüttelndes hinaufschreiben.

„Was denn?“, fragte Jožefa.

„Darüber müssen wir nachdenken. Vielleicht ‚Kälber geben ihre Hörner für den Frieden‘. Oder: ‚Rinder brauchen keine Hörner – Menschen keinen Krieg‘. Oder: ‚Jeder kann besser werden‘. Oder: ‚Von der Kalbverständigung zur Menschverständigung‘. Am besten ist, wir fangen mit einem Transparent einfach einmal an und schauen, was die Leute dazu sagen. Und am Abend beschließen wir dann, was wir am nächsten Tag draufschreiben wollen.“

Wir hielten das für einen guten Vorschlag, mindestens einen ungewöhnlichen. Die Leute würden sich fragen, was das heißt. „Wenn sie sich was fragen, haben wir schon ein wichtiges Ziel erreicht“, sagte Gundel.

Frohnwieser sagte, ein Transparent, ja! und dass die Jožefa bitte auf der Bisernica spielt. Es soll auffallen, wenn wir durch die Dörfer ziehen. Die Leute sollen hören, dass wir kommen, sie sollen fragen, was wir wollen, und ob das etwas mit ihnen zu tun hat. Wir sind keine Bittsteller, wir sind Aufklärer. Es gibt in diesen Zeiten genug, die durch die Dörfer ziehen mit Leiterwagen, und hinten dran binden sie ein Rind, manchmal auch eine Ziege oder ein Schwein. Sie fahren irgendwo anders hin, wohin genau, das wissen sie nicht. Fragt man sie, reden sie davon, dass die Zeiten so ungewiss sind, und sie etwas suchen, wo es sicherer ist.

In der Früh haben wir darüber gestritten, was auf dem Laken steht, das wir heute als Erstes am Leiterwagen aufhängen wollen. Merkwürdig, wie hart wir uns gestritten haben, es würde sowieso keiner verstehen, irgendwie hat alles gestimmt, was wir draufschreiben wollten, aber hier auf den Dörfern hatte es noch keiner gehört. Am Ende wurde es ‚Der Mensch ist verbesserlich'. Frohnwieser meinte, das hat den Bibelklang, den sie von der Sonntagsmesse her kennen. Gundel malte es auf das Laken, sie hatte eine schöne Handschrift.

Ein bisschen ging es noch hin und her, weil Jožefa die Bisernica nicht auf dem Leiterwagen spielen wollte, das wäre zu schwer für mich zum Ziehen. Ich schlug vor, dass ich sie ein Lied lang ziehe, und dann gehen wir wieder ein Stück liedlos zu Fuß und danach sie wieder hinauf auf den Wagen und ich ziehe, dann wieder absteigen, so würde ich es schon schaffen.

Wir konnten noch immer nicht aufbrechen, weil Jožefa jetzt einfiel, dass wir das Kalb aufkranzeln. So wie die Rinder, die sie am Ende des Almsommers herunterführen. Fällt mehr auf, ein aufgekranzeltes Kalb, Blumen und Latschen, ein Kreuz aus Holz, ein Blechspiegel oder noch lieber einen aus Glas, ein Gürtel aus Blumen um den Bauch. Also haben wir eilig zusammengesucht, was Jožefa angeschafft hatte. Für die Eile ist es ein ganz ansehnlicher Schmuck geworden. Nur dass es schwierig war, weil ohne Hörner weißt du nicht, wo du das Kreuz festmachst und den Spiegel. Der Kranz ist dem Kalb immer wieder in die Augen gerutscht, und dann ist es stehen geblieben und wollte keinen Schritt weiter.

Es war Mittag, als wir endlich loskamen. Die meisten Dörfler waren draußen auf dem Feld. Die wenigen, die uns begegneten, drehten den Kopf auf die Seite, manche schauten zornig durch uns durch. Gefragt hat keiner was. Manchmal sah ich, wie sich ein Vorhang bewegte, wenn wir an einem Hof vorbeikamen. Nur die Kinder liefen hinter uns her, wollten das Kalb streicheln und wissen, was auf dem Bettlaken steht. Jožefa sollte ihnen ein Lied vorspielen, das sie kannten. So kamen sie ein kleines Stück mit.

„In denen schlummert was", sagte Frohnwieser zufrieden, „in denen schlummert was, das sich leicht aufwecken lässt. Man muss ihnen nur erlauben, die Welt mit ihrem eigenen, ungewohnten Blick zu sehen. Man muss aufhören ihnen vorzuschreiben, was sie dort sehen sollen."

Hinter den Dörfern begegneten wir den anderen, sie peitschten ihre Zugochsen. Wohin ihr Weg eigentlich führte? Sie wussten es nicht. Trotzdem konnte es ihnen mit ihren Leiterwagen, es waren die großen, mit denen sie sonst das Heu heimführen, nicht schnell genug gehen. Hausrat war aufgeladen, Töpfe, Pfannen, Stühle. Manche hatten ein paar Holzbalken dabei, ein Stück Eisen oder Heuballen. Reden wollten sie nicht. Sie schauten das Kalb an, das immer wieder den Kopf schüttelte, um den Kranz loszuwerden.

Nach ein paar Stunden waren wir alle müde. Dem Kalb knickten die Beine ein, schließlich legte es sich mitten auf die Straße und wollte nicht mehr weiter. Wir räumten unser Zeug vom Leiterwagen, dann wuchtete ich, zusammen mit Gundel und Jožefa, das Kalb auf den Leiterwagen. Seine Beine schauten über die Vorderwand, es hatte aufgehört sich gegen den Kranz zu wehren, der ihm irgendwie schief über den Ohren hing. Am Abend kamen wir bei einem Bauern ohne Zähne unter, der die ganze Zeit vor sich hinlachte, als er vor dem Wagen stehen blieb und las, was auf dem Laken stand. Ich weiß nicht, ob ihm das Lesen so schwer fiel oder so leicht und was da zum Lachen war. Dann half er mir, das Kalb vom Wagen herunterheben und versorgen.

Am nächsten Morgen regnete es.

„Der Boden braucht ja die Feuchtigkeit jetzt", sagte Frohnwieser, aber angenehm war es doch nicht, dass wir nicht vorwärtskamen. Wir saßen beim Bauern in der Küche, der Sohn war eingezogen, die Frau schon vor Längerem verstorben. Er wusste nicht, worauf er noch wartete, vielleicht aufs Sterben. Das Einzige, was er vom Leben noch wollte, war, dass er vor seinem Sohn sterben würde. An seiner rechten Hand fehlten drei Finger und die linke sah aus wie ein schmutziger Fleischlappen, der vom Handgelenk herunterhing. Seine Kuh war ihm vor Jahren draufgetrampelt, seither war er auf den Sohn angewiesen. Jožefa schaute in unseren Sachen und holte Brot und Speck, das wir dabeihatten für den Fall, dass wir einmal gar keine Unterkunft fanden.

Der Regen hörte nicht auf, und Gundel sagte, dann sollten wir einfach noch eine Nacht hier schlafen, irgendwann müsse das ja aufhören, aber im strömenden Regen weiterziehen, wo kein Mensch uns sehe, das sei auch nicht richtig. Außerdem schien das Kalb sich noch nicht erholt zu haben, es schnaufte schwer, als wäre es gerannt, und Schleim lief ihm aus dem Maul. Der Bauer schüttelte den Kopf, als er das sah, er zeigte mir, wo ich Futter schneiden sollte, und welcher Nachbar mir wahrscheinlich Milch verkaufen würde, ich sollte halt sagen, es wäre für uns selber, nicht für das Kalb.

So wurde es noch eine Nacht bei dem Bauern, der seine Hände nicht brauchen konnte. Wir halfen ihm, das Haus aufräumen und Holz spalten, und was sonst lange fällig gewesen wäre. Am nächsten Morgen sagte Frohnwieser, jetzt sei es auch schon gleich, jetzt könnten wir noch ein bisschen länger bleiben und auf den Wenzel warten, der müsste ja jetzt jeden Augenblick aus Wien zurückkommen, wir sollten uns nicht verfehlen.

In der Nacht war es so feucht gewesen, dass die Schrift auf den Laken verlaufen war, die Laken waren nicht mehr weiß, sondern grau. Nur wir, die die Sachen draufgeschrieben hatten, konnten noch lesen, was vorher dort gestanden hatte. Das heißt, lesen konnten wir es nicht, aber wir wussten es ja.

Mittags kam Wenzel. Er hatte zum Vivarium gefunden und dort auch Franz getroffen. Hatte ihn kaum wiedererkannt. Von außen her schon, da hatte Franz sich gar nicht verändert. Aber das Inwendige. Jetzt war

Franz immer schon eher ein Inwendiger gewesen, aber das Inwendige war jetzt anders.

„Warum, was ist denn los mit Franz?“, wollte Jožefa wissen.

Wenzel, der nie richtig hinschaute, hätte es nicht sagen können. Er habe geglaubt, er redet mit einem Fremden. Franz habe nur abwesend genickt, als Wenzel ihm erzählte, dass Jožefa und Frohnwieser und Gundel und noch ein paar auf dem Weg nach Wien seien, mit einer großen Überraschung. Als ginge es ihn gar nichts an, dabei war es doch sein Triumph irgendwie. Ja so, habe er nur mürrisch geantwortet, und dass man sich beeilen müsse, denn er habe sich zu den Soldaten gemeldet und rücke in ein paar Tagen ein, sei am Vivarium eigentlich nur noch, um seine Sachen aufzuräumen, alles ordentlich hinterlassen, das wolle er. Und den Grottenolmen Lebwohl sagen. Die habe er recht gern und das Gefühl, sie hätten sich auch irgendwie an ihn gewöhnt.

„Zu den Soldaten? Der Franz? Ausgeschlossen“, sagte Frohnwieser.

„Mein Gott, wie traurig der Franz sein muss, wir müssen uns beeilen“, sagte Jožefa. „Wenn es gar nicht anders geht, müssen wir mit dem Zug fahren. Dass Franz jetzt das Kalb sieht, dass er sieht, er hat ja Recht, das ist jetzt das Wichtigste. Zu den Soldaten, es muss schlimm um ihn stehen.“

Im Vivarium hatte Wenzel noch mit ein paar anderen Leuten geredet, freundlich waren die dort schon, er sollte sich hinsetzen und mit ihnen Brotzeit machen, von Steinbüchl erzählen. Dass Steinbüchl die überhaupt interessierte. Marija habe er nicht getroffen, auch nicht gefragt, wo die sei. Diese Frau Mahler, sie hatte so getan, als würde sie ihn, Wenzel, lange kennen und überhaupt, freundlich war sie, eine fesche Madame. Hatte sich neben ihn gesetzt, wollte unbedingt aus ihm herausbringen, mit welcher Überraschung denn ‚die Truppe' auf dem Weg nach Wien sei. Aber da kommt man bei ihm nicht durch.

Der Doktor Kammerer sei auch nicht da gewesen. Frau Mahler sagte, der sei wahrscheinlich wieder mit der Marija eine Veranstaltung vorbereiten, das nehme die beiden derzeit ziemlich in Anspruch, die Veranstaltungen, sie hätten viel zu bereden und zu bedenken. Sogar die Gottesanbeterinnen seien darüber in Vergessenheit geraten. Dabei habe sie zum Franz hingeschaut. Wenzel habe Franz dann noch die Warnung vom Frohnwieser ausgerichtet, er sollte unbedingt mit dem Amerikaner erst dann reden, wenn sie mit der Überraschung in Wien angekommen seien und er die Überraschung gesehen habe. Warten, unbedingt warten! und den Mund halten, das könne er doch nun wirklich, und davon hinge alles ab. Franz habe nur die Schultern hochgezogen, und als Wenzel es ihm ein zweites Mal sagte, waren die Schultern noch immer oben.

Ihm sei nicht eingefallen, was er sonst sagen oder tun hätte können, deswegen habe er geschaut, dass er wieder wegkam aus dem Vivarium. Sie waren freundlich dort. Aber unheimlich war es ihm schon auch.

39

Jožefa war jetzt sehr aufgeregt. Wir müssen die Bahn nach Wien nehmen, drängte sie, zu Fuß über den Birnbaumer Wald und die Julischen Alpen, das dauert doch viel zu lang, weiß Gott, was dem Franz in seiner Verzweiflung bis dahin noch alles einfällt. Das Kalb sei auch schon ziemlich fertig. Und einer von uns, dabei schaute sie mich an, einer müsste sofort nach Wien und sich um den Franz kümmern. Zu den Soldaten, da könnte er sich auch gleich umbringen. Ich sollte losfahren, schnell, nicht hier herumstehen, ich kenne das Vivarium, ich weiß, was da los ist, überhaupt warum sei ich weg von da, Franz der keine Freunde hätte, warum bin ich überhaupt weggegangen, als könnten sie so ein Kalb nicht allein nach Wien führen. Wir hatten bei dem Bauern aufgeräumt. Jetzt kam es mir so vor, als wirft Jožefa mich aus dem Haus, aus ihrem eigenen Haus, und ich soll nur machen, dass ich endlich nach Wien komme. Hier bin ich ihr im Weg um, nach Wien gehöre ich, zum Franz.

Ich half Wenzel, das Kalb auf den Leiterwagen zu packen, irgendwas war mit dem armen Vieh. Es war schwach, und der Bauer wackelte mit dem Kopf, als er es so sah, sagte aber nichts. Ein Kalb ohne Hörner ist eben doch eine Missgeburt, und wer weiß, ob so eine Missgeburt überhaupt lebensfähig ist. Es wurde beschlossen, dass die Kränze und der andere Schmuck zu viel für das Tier sind, es brauchte Schonung, die Blumen waren vielleicht zu schwer, es konnte ja so schon kaum mehr den Kopf heben. So legte sich die Gundel die Kränze um den Hals, auch wenn die Fichten und das Heidekraut ziemlich gekratzt haben, wenn wir in Wien einziehen, brauchen wir das wieder, hat sie gemeint. Eigentlich wollte sie noch ein Bettlaken beschreiben, aber Jožefa sagte, dafür sei jetzt keine Zeit. Der Frohnwieser nahm den Spiegel und das Holzkreuz auf die Schulter, so sind wir zum Bahnhof, der Wenzel und ich zogen den Leiterwagen.

Es ist ein drückend heißer Mittag gewesen, das erwartest du im Juni nicht. Weit hinten, ungefähr dort, wo Wien liegen musste, haben sich die Wolken vor der Sonne zusammengeschoben, der Himmel darunter, bis zur Schnittlinie der Hügel nur ein schmaler Streifen, war gelb. Ein stechendes Gelb, die Bäume haben gegen den Himmel ausgesehen wie auf verlorenem Posten, mitten im Frühjahr hatten sie ihre jungen Blätter verloren.

Vielleicht lag es an dem schmalen gelben Himmel, dass die Leute so zornig waren, ich weiß es nicht. Bisher hatten sie weggeschaut, wenn sie uns begegneten. Jetzt, auf dem Weg zum Bahnhof schrien sie uns an, ob wir nichts Besseres zu tun hätten, als ein halb totes Kalb mit so einer lästerlichen Prozession zum Metzger zu führen. Wenn man in diesen Zeiten noch etwas zum Schlachten hat, dann soll man in Gottes Namen schlachten. Aber nicht so, dass jeder es mitbekommt und den eigenen Hunger merkt, und die Kränze, das Kreuz, die Spiegel, ob wir denn vollständig verrückt seien. Immer wütender wurden sie, rannten hinter uns her, drohten mit Latten. Vielleicht weil es so schwül war, und wenn man brüllte, atmete man sich leichter, der Druck auf Lunge und Herz ließ nach, den man über Wochen und Monate aufgespart hatte, entlud sich über dem Kalb, das trübe auf die Leute schaute.

Sogar die Glocken läuteten sie. Wahrscheinlich nicht für unsere traurige Prozession, sondern weil sich ein Gewitter zusammengezogen hat, ein paar Blitze sind schon gewesen, gleich würde der Sturm aufkommen, die Leute sollten bloß schauen, dass sie von den Feldern heimkamen. Dafür sind die Glocken ja gut.

> Acht Sauschneider müssen's sein, müssen's sein,
> wenn's den Saubär'n wollen schneid'n.
> Zwei vorne und zwei hinten,
> zwei halten, einer bind'n
> und einer schneid' drein, schneid' drein,
> ihrer achte müssen's sein.
> Sieben Sauschneider müssen's sein, müssen's sein.

Warum mir das Sauschneiderlied gerade jetzt hat einfallen müssen. Es ist ein fröhliches Lied und hat nicht gepasst in den schmalen gelben Himmel und den aufkommenden Sturm. Mit jeder Strophe ist es ein Sauschneider weniger. Am Ende weiß man gar nicht mehr, wer den Saubären überhaupt noch schneiden soll. Vielleicht ist es mir deswegen eingefallen.

Diese ziellose Wut, die aus den Leuten herausbrach. Ich war froh, als wir am Bahnhof waren. Wahrscheinlich haben die Leute uns gar nicht gemeint. Selber merken die das erst hinterher.

Was wir uns einbilden. Mit dem Kalb und dem Zirkusplunder in den Personenzug hinein wollen. Da möchte jeder daherkommen und die Erzherzog-Johann-Bahn zum Viehtransport degradieren, sagte der Bahnhofsvorsteher. Er verkauft Billets an Menschen mit Anstand, die sich Billets leisten können. Aus Steinbüchl? Ja dann. Das ganze Dorf eine einzige Irrenanstalt, sagen die Leute. Haben scheints Recht. Für das Rindvieh käme erst am Abend ein Güterzug durch, möglich, dass die einen Viehwaggon dabei haben. Garantieren will er nichts. Wenn das Tier nicht in Quarantäne müsse, unbesehen nehmen die nichts mit. Er betrachtete das Kalb, das unglücklich auf dem Leiterwagen lag. Seit heute Morgen hatte es ‚Zungenschlagen', so nannte jedenfalls der Bauer das: Es trank kaum noch und schnellte die borkige Zunge regelmäßig wie ein Uhrwerk seitlich aus dem Maul heraus, ansonsten rührte es sich nicht. Wir waren genauso hilflos wie das Kalb selber. Hauptsache ins Vivarium damit, dort würde sich schon jemand finden, der etwas vom Zungenschlagen verstand.

„Du fährst voraus", sagte Jožefa zu mir, „findest den Franz und schaust nach ihm, das ist das Dringendste. Wir schaffen das schon mit dem Kalb, wenn die uns nur in den Viehwagen lassen. Bis morgen sind wir auch in Wien."

Frohnwieser löste beim Bahnhofsvorstand ein Billet für mich und stopfte es mir in die Jackentasche. Jožefa schaute mich die ganze Zeit an. Als müsste sie etwas prüfen. Dann umarmte sie mich. Noch nie hatte Jožefa mich umarmt, es hat sie, glaube ich, genauso erschreckt wie mich. Unter dem groben Stoff ihres Regenmantels war etwas, das zerbricht leicht. Mir kam vor, sie zitterte ein bisschen, oder ich selber war das. Erst der grobe Stoff, der sich genauso anfühlte wie meine eigene Jacke. Darunter das Weiche, ich hatte Angst, ich mache es kaputt. Und ganz innen drin wieder das Harte. Nein nicht das Harte – das Feste, so war es. Das Feste.

Bis der Zug kam, haben wir nichts mehr geredet, sind nur auf dem Bahnsteig gestanden, haben uns im Arm gehalten, loslassen wäre nicht gegangen, wussten nicht, wohin schauen. Gesagt wäre ja alles gewesen.

Ich habe dann einen Platz in einem Abteil gefunden mit einem jüngeren Paar und zwei alten Frauen. Nach dem, wie sie redeten, waren es Schwestern.

Die ersten Stunden der Bahnfahrt bin ich dort gesessen, habe auf die staubigen Fußabdrücke hinuntergestarrt. Hinausgeschaut habe ich gar nicht. Das geht eh zu schnell mit dem Zug, da kommst du inwendig nicht hinterher. Ich hatte genug zum Sinnieren. Fremde Flüsse und Pässe und Bahnstationen würden mich ablenken.

Ich habe nichts gedacht, gar nichts. Oder höchstens habe ich gedacht, wie sich das anfühlt, ihre Arme um mich herum und ich die meinen um sie. Ich spüre, wie sie mich an sich drückt, wirklich, ich spüre es, da kann ich mich nicht täuschen. Nur daran denke ich und kneife die Augen fest zu, damit nichts anderes hereinrutscht. Und plötzlich merke ich, dass ich meine eigenen Arme um meine Schultern herum habe und zudrücke. Wenn ich das hineinschreibe, könnte Jožefa sagen, das gehört nicht zur Sache. Sie hat ziemliche Ansichten, was zur Sache gehört.

Nachher liest Jožefa meinen Bericht durch. Ich könnte jetzt schreiben, dass ich in dem Abteil dort, die Arme um meine eigenen Schultern geschlungen, darüber sinniert hätte, wir heiraten und bekommen noch einen Sohn zu unserer Tochter Charlotte dazu. Über Heirat und einen Sohn haben wir schon einmal gesprochen. Doch Jožefa, das haben wir. Du bist ehrlicher als jeder Mensch, den ich kenne, aber manchmal vergisst du halt etwas. Über das Heiraten haben wir wirklich geredet, ich weiß es genau, weil ich habe damals davon angefangen. Wir leben und schaffen auf dem Meguşar-Hof mit unserer Tochter Charlotte und Franeka. Seit wir ein hornloses Rind haben, hoffe ich manchmal, dass der Fluch weggenommen ist. Vom Heiraten hat Jožefa bisher nichts wissen wollen. Dass ich bei ihnen auf dem Hof lebe, dass wir zusammen arbeiten, unser Kind aufziehen, Onkel sein, das hätte dem Franz gefallen, sagt Jožefa – das ja. Vom Heiraten kein Wort. Im Krieg haben wir die Frauen ja auch allein gelassen. Jetzt haben wir feststellen müssen, dass sie es sich ganz gut richten ohne uns, die Frauen.

40

Wir alle, die an der Geburtshelferkröte und dem Kalb hingen, sind jetzt schon lang tot. Zufriedenstellend wäre gewesen, wenn Franz wenigstens hätte miterleben können, wie Steinbüchl ein berühmtes Dorf wurde. Das Dorf der Hornlosen haben sie es genannt. Hätte ich das geglaubt, damals in meiner Erzherzog-Johann-Bahn auf der Fahrt nach Wien?

Jahre später, nach dem Krieg, habe ich miterlebt, wie es anfing mit dem Dorf der Hornlosen. Die älteren Bauern haben gesagt, dass es früher besser war. Da hat man die Kränze an den Hörnern festbinden können, nicht so wie jetzt, wo den Rindviechern der Kranzschmuck die ganze Zeit in die Augen rutscht. Aber dann haben sie damit angefangen, die Kränze anders hinzubinden, so ist es ja auch gegangen, und die Hornlosigkeit ist bald für das Normale gehalten worden. So gründlich wurde das Alte vergessen, dass sie den Kälbern, die heute noch mit Hörnern auf die Welt kommen, die Hörner wegsägen. Wenn Franz das erlebt hätte. Obwohl – das Wegsägen hätte er nicht für richtig gehalten, bestimmt nicht. Seine Idee war ja in der anderen Richtung. In der Richtung, wo das Sägen überflüssig wird. Trotzdem hat er Recht behalten. Es geht ohne Hörner, und genug Milch gibt es trotzdem. Im Stall und auf der Weide ist es friedlich geworden, anders als vor dem Krieg.

Ich wüsste gern: Was stünde in meinem Bericht, wenn ich weit über meine Tage hinaus gelebt hätte, noch viel länger, so lang, wie es im Leben nicht vorkommt? Oder wenn es damals schon überall Kinematographen gegeben hätte und eine Wochenschau? Es ist ja nicht einmal jetzt, nach all den Jahren, möglich, gerecht zum Paul

Kammerer zu sein. Immer noch wird gestritten über ihn. Obwohl: dass man etwas dazulernt und das Gelernte weitervererbt, das kann keiner mehr einfach als Betrug abtun. Das ist, nach vielen hundert Jahren Streit und nach Kammerer und Abel, entschieden. Zu Gunsten von Kammerer entschieden.

Am Ende wird sich nämlich herausstellen: Paul Kammerer, der nie Professor hat werden dürfen, weltberühmter und bald weltverachteter Wissenschaftler, Streichler von Frauen, von Kröten und Menschenfischlein, Liederschreiber und Weltvermesser, Heimatenvermesser, nach Außenkehrer des Wesentlichen, Zeichner vergangener und erst noch entstehender Farbflecken, denn alles das und noch viel mehr ist er ja gewesen, und für alles das ist er ebenso geliebt worden wie gehasst, Paul Kammerer, also, hat Recht gehabt. Hat Recht gehabt. Recht.

Und Franz? Was würden sie heute über Franz sagen, der seine Erweckung diesem Kammerer verdankte? Franz, ohne den die Grottenolme keine Schatten gesehen und die Geburtshelferkröten nicht im Wasser kopuliert hätten? Franz, der fast verzweifelte, weil sein Abgott Kammerer sich in die Retusche verliebt hatte? Ach na ja, wieder nur so ein Hilfspfleger, einer der verschrobenen Kreaturen, die damals das Vivarium bevölkerten, ein Kauz, ein vergessbarer Wichtigtuer. Das oder etwas Ähnliches würden sie heute sagen. Und sie hätten Unrecht.

Möglich, dass unser Sohn Milo, den wir bestimmt noch bekommen werden, (ich habe die Sorge und das Glück schon austariert) oder nein, besser Charlotte, meine Tochter, möglich, dass die einmal ihren eigenen Bericht über alles schreibt, was geschehen ist. Oder so wie sie denkt, dass es geschehen sein muss. Mädchen schreiben solche Berichte besser, sie haben den Kopf für Gefühle. Außerdem ist Charlotte schon auf der Welt, Milo noch nicht. In so einem Bericht würde Jožefa viel Platz brauchen. Was wäre gewesen, wenn der Stier ihr das Horn nicht hineingerannt hätte? (Franz bekam nie heraus, warum der Stier es gemacht hatte.) Ein bisschen soll ich schon auch vorkommen in dem Bericht. Aber das überlasse ich Charlotte, die wird es wissen.

Trotzdem, es lässt mir keine Ruhe: Wenn ich so unfassbar lange gelebt hätte, dann wüsste ich vielleicht auch, was aus Marija geworden ist. Nicht für den Bericht, ich kann sie herauslassen, aber für meine, nun: Seelenruhe. Sie fehlt mir – ja Jožefa, ich muss das sagen, sie fehlt mir, die Marija. Ich weiß nicht, ob jemand von uns ihr fehlt. Wenn sie überhaupt noch lebt, was ich nicht weiß, denn ich habe sie mit Kriegsbeginn aus den Augen verloren. Die ganze Gruppe Glöckel wurde verhaftet, von Marija hieß es, sie sei nach Russland entkommen oder ausgewandert.

Der Franz geht ihr bestimmt ab. Er hatte ja, kurz bevor er zu den Soldaten ist, einen Riss für Marija. Genau genommen war es ein Riss für die Eifersucht, das war das Schlimme. So ist er zu den Soldaten, und die beiden ließen sich allein, obwohl sie das nie gewollt hatten und einer dem anderen schrecklich abging. Marija soll nach Moskau gegangen sein. Nach einer Ausbildung dort ist sie weiter in den Osten, wurde, heißt es, in den Tatarensund versetzt. Man stellte ihr die Aufgabe, Äpfel zu züchten, die sonst nur auf der warmen Krim wachsen. Sie wusste, Franz und Kammerer kommen nach, sie mussten einfach nachkommen. Auch im Tatarensund wird es Dinge gegeben haben, die Marijas Augen zum Leuchten gebracht haben. Es wäre schön, wenn sie nur wenig Enttäuschungen gehabt hat. Ein Kind vielleicht, das ihre hellen Augen hat, und am Ende einen, der ihr die Hand hält, damit sie sich leichter tut mit dem Weggehen aus dieser Welt.

Später habe ich mich gefragt, ob der Heldentod vom Franz und der Selbstmord von Paul Kammerer etwas zum Sagen haben. Ob es dabei eine Lehre gibt, eine Rache, eine Schuld vielleicht. Also eine Schuld von mir. Warum hat er sich denn wirklich das Leben genommen? Kann man so verzweifelt sein über einen Betrug, den man gar nicht selber begangen hat? Oder darüber, dass sich nichts ändert in der Welt, weil alles schon für alle Zeiten in unseren Genen festgelegt ist (die gab es damals noch nicht, Kammerer hat nichts wissen können von ihnen).

Jedenfalls war Paul Kammerers Selbstmord 1926 am Schneeberg (mit der rechten Hand in die linke Schläfe, ich begreife es nicht!) genau so unnötig wie der Heldentod von Franz. Und fast noch trauriger. Weil Kammerer damit eine Schuld zugab, die er gar nicht hatte. Zufällig weiß ich das sehr genau. Bitte Jožefa, frag nicht, warum ich es so genau weiß, manchmal gibt es eine Sache, die weiß man einfach. Und weil er Jahrzehnte nach seinem Tod, Recht bekommen hat. Als er schon lange nichts mehr davon hatte. Das ist bitter.

Ich werde es nicht mehr mitbekommen und Kammerer und Franz eh nicht – dass man lebende Geburtshelferkröten findet mit Brunstschwielen, keine ausgestopften, auch nicht in einem Terrarium gezüchtete. Laufen frei in der Natur herum samt ihren Brunstschwielen und den Eiern, die sie sich wie große Perlenketten um die Füße gewickelt haben. Das gibt es also. Die Brunstschwielen beweisen, damals im Vivarium haben wir nicht gelogen. Natürlich wird die Frage aufkommen, ob das so ähnlich ist wie mit den Augen des Grottenolms. Wozu Augen, wenn man sein Leben in einer dunklen Höhle verbringt? Wozu Brunstschwielen, wenn man auf dem trockenen Land beim Kopulieren sowieso nicht abrutscht und sich nicht festklammern muss? Das muss man sich fragen. Solche Augen und Schwielen hebt der sparsame Hausvater sich auf, legt sie in die Vorratskammer seines Körpers. Wenn die Umstände sich ändern, kann man sie immer wieder herausholen. So wird man denken, und das ganze *Atavismus* nennen. Erklärt das die Brunstschwiele?

Noch weniger werde ich miterleben, dass sie die DNA erfinden. Hat lange genug gebraucht. Auf der DNA, werden sie sagen, sind unsere Erbanlagen aufgereiht wie auf einer Perlenkette. Ich weiß es ja nicht, aber ich stelle mir das vor wie die Wörter, die, mit Butter glänzend eingerieben, aus dem Mund von Franz herausgekugelt sind, damals, als er ein Kind war und den Riss für ganze Sätze und die Grammatik noch nicht hatte. Die Wörter, die Gene, die Chromosomen, die Sätze, die

Eier der Geburtshelferkröte, alles Perlen. Was haben wir seinerzeit von der DNA gewusst? Nichts haben wir gewusst, gar nichts.

Bloß dass die Erfindung der DNA die Sache für Kammerer nicht einfacher machen wird. Im Gegenteil. Jetzt triumphieren erst einmal die Abels. Die DNA ist unser Schicksal, würden sie sagen, da gibt es keinen Wackler, und wenn, ist das höchstens eine Mutation. Wir haben die falsche Haut oder die richtige, die falsche Intelligenz oder gar keine, zu platte Nasen, zu dicke Hintern, zu starke Triebe, wir sind Sauschneider und Kesselflicker oder wir verteidigen das Abendland und sind Professoren der Universität Wien – das ist hineingemeißelt in unsere DNA und in die unserer Kinder und Kindeskinder. Keiner kommt seiner DNA aus, nicht bis zum Jüngsten Tag.

Anschließend wird sich herausstellen, die Abels und Nobles und Batesons haben Unrecht, so einfach kann es gar nicht sein. Wir bestehen aus Zellen, die Rindviecher und die Grottenolme und die Geburtshelfer, alles Zellhaufen, die sich zu Geweben ordnen – hier eine Handvoll Milzzellen, dort ein paar Hirnzellen, wieder anderswo zuckende Herzzellen. Und in jeder Zelle haargenau dieselbe DNA, Zelle für Zelle derselbe Bauplan. Wer aber sagt der Hirnzelle dann, dass sie eine Hirnzelle wird – und keine Harnblasenzelle? Wer schafft der Leberzelle an, fast ihren ganzen DNA-Bauplan ungelesen zur Seite zu legen, und nur das, was eine Leber betrifft, aus der DNA für die tägliche Arbeit herzunehmen, nicht das, was die Herzzelle betrifft? Woher weiß die Zelle denn, was sie betrifft? Mit einmal wird sich herausstellen: Die Nachbarschaft ist wichtig. Auf die kommt es an. Ist die Nachbarin schon eine Hornzelle, dann werde ich wohl besser auch eine, obwohl ich genauso gut eine Hirnzelle werden könnte, das könnte ich. Aber so eine einsame Hirnzelle auf einem Horn, das ist ja auch nichts. Und die Nachbarschaft zur nächsten und zur übernächsten Zelle ist wichtig. Und immer so weiter, bis man auf einmal merkt, nicht nur die Nachbarschaft der eigenen Zellen ist wichtig, sondern die Nachbarschaft fremder Zellen auch.

Alles, was außerhalb von uns der Fall ist, wirkt auf die Gene ein, genau so, wie Paul Kammerer es gemeint hat. Auch wenn er es seinerzeit nicht so scharf hat formulieren können, wie denn auch. Bis ein Professor Vargas die Frage stellen wird, bei der die Abels und Nobles und Batesons sich im Grabe herumdrehen: „Hat Paul Kammerer die epigenetische Vererbung entdeckt?“[7] Womit er sagen will, dass wir nicht deswegen auf die Welt kommen, damit wir bis in alle Ewigkeit unsere immer gleiche DNA ablesen. Wir sind gebaut, um auf die Welt zu reagieren und um uns zu verändern, damit wir bleiben können in der Welt, die sich ununterbrochen ändert. Und gleichzeitig müssen wir doch immer wir selber bleiben. So lege ich es mir zurecht, damit ich überhaupt darüber nachdenken kann.

Aber damit wir das verstehen, muss erst einmal ein neues Jahrhundert anfangen, und keiner von uns, der damals am Vivarium dabei gewesen ist, wird es erleben. Für mich ist es nicht so schlimm. Ich habe damals eh nicht gewusst, auf welche Seite ich mich schlagen soll. Nicht einmal jetzt, wo ich diesen Bericht hier schreibe, nicht einmal jetzt bin ich mir sicher. Aber wie froh Franz, Frohnwieser, Kammerer, Przibram und Marija wären. Und Jožefa, wie stolz. Hast Recht behalten mit deinem Stolz, Jožefa. Hast es gewusst, so wie Frohnwieser und Gundel und sogar der Wenzel es gewusst haben, die aber jetzt gerade erst einmal dabei sind, darauf zu warten, dass ein Viehwaggon kommt, der sie nach Wien bringt, sie und unser hornloses Kalb.

41

Als ich am Südbahnhof aus dem Zug gestiegen und ins Vivarium gerannt bin, ging es dort zu wie im Irrenhaus. Die Gottesanbeterin, Olm und Seescheide hockten seelenruhig hinter ihren Glasscheiben und schüttelten den Kopf über uns, weil wir durcheinanderrannten und Zeug redeten, uns gar nicht beruhigen konnten; es war vergessen worden, ihnen zum Fressen zu geben. Noble war aus London zurückgekommen. Heute Vormittag würde er eine Mitteilung machen. Eine wichtige Mitteilung. Der Kasten, in dem sonst der Geburtshelferkröten-Balg ausgestellt wurde, war leer.

„Ich habe mich nun ein letztes Mal mit Ihrer Geburtshelferkröte beschäftigt, leider überhaupt das einzige Exemplar mit einer erworbenen Brunstschwiele. Die anderen haben noch keinen Nachwuchs oder sind angeblich verschwunden. Seltsam, dass sich niemand erinnert, wohin. So liegt also auf diesem einzigen Exemplar die ganze Beweislast. Viel verlangt von einer armen, toten Kröte, wirklich viel," sagte Noble. Er hatte uns lange warten lassen, Professor Przibram hatte uns alle im Brotzeitzimmer versammelt.

„Und jetzt muss ich Ihnen etwas zeigen. Ich wäre froh, wenn ich Ihnen etwas Erfreulicheres zu zeigen hätte."

Noble stellte eine Glasschale mit der toten Kröte auf den Brotzeittisch. Sah tatsächlich ein bisschen armselig aus. Noble legte sich den Balg auf die ausgestreckte Hand. Mit einer feinen Pinzette klappte er die Krötenhaut zur Seite, die er von der Schulter bis zur Daumenspitze abpräpariert hatte. Sauber abpräpariert, das musste man ihm lassen. Der dumme Hautlappen hing nutzlos herunter, am Daumenballen der berühmte schwarze Fleck, die Brunstschwiele. Nur dass es keine Schwiele war, keine Erhabenheit. Nichts weiter als ein flacher, schwarzer Fleck, Länge und Breite, keine Höhe. Noble nahm ein Skalpell, schaute uns an wie ein Zauberkünstler, der seinen geheimnisvollsten Trick vorführt, schabte behutsam mit der Skalpellklinge an dem schwarzen Fleck herum. Ein paar winzige schwarze Splitter lösten sich. Dann lief Konservierungsflüssigkeit über die Stelle, löste das Schwarze auf, Schlieren bildeten sich, vor unseren Augen verdünnte sich das Schwarz zu hellem Grau, verblasste immer weiter, bis der Fleck verschwunden war.

„Das, meine Herren, ist natürlich keine Brunstschwiele", sagte Noble. „Das ist Tusche. Zweifelsfrei ordinäre Tusche. Nichts weiter."

Was hätten wir sagen sollen?

„Mein Gott", stöhnte Kammerer leise, er war ganz weiß im Gesicht. Przibram sah genauso erschüttert aus.

„Ich muss Ihnen nicht erklären, was das bedeutet", machte Noble weiter, höflich war er ja. „Ich nehme an, eine Erklärung werden Sie dafür nicht haben? Herr Doktor Kammerer? Herr Professor Przibram?"

Keiner von beiden sagte etwas. Przibram hatte ein kleines Buch aus der Jackentasche gezogen, blätterte darin herum. Sah nicht so aus, als stünde in dem Buch die Antwort. Wahrscheinlich ging es eh nur darum, dass seine Finger eine Beschäftigung hatten, die Augen hielt er ja geschlossen.

Kammerer starrte aus dem Fenster.

Die beiden waren erschüttert, daran war nichts gespielt. Merkwürdig, aber mir kam vor, nicht dass Noble die Tusche entdeckt hatte, erschütterte sie so tief. Sondern, dass so etwas im Vivarium überhaupt hatte passieren können. In ihrem Vivarium. Wo man nie etwas Anderes gewollt hatte als helfen, dass ein bisschen mehr Vernunft herrscht.

Noble hatte die abpräparierte Haut der Geburtshelferkröte mit einer feinen Pinzette gefasst, klappte sie zurück auf die Stelle, wo vorher der Tuschefleck gewesen und jetzt gar nichts, wirklich nichts mehr war.

Przibram blätterte in seinem Buch, Kammerer suchte in der Welt draußen vor dem Fenster eine Antwort, Noble klappte die Krötenhaut auf und zu. Wir anderen am Tisch rührten uns nicht.

In dem Augenblick klopft es, die Tür wird aufgerissen, Abel kommt herein. Als hätte er es mit dem Noble abgesprochen – der Noble wedelt hier drinnen mit der Krötenhaut, der Abel steht derweil vor der Tür und horcht, bis man nur noch dieses furchtbare Schweigen hört. Dann weiß Abel, jetzt, das ist sein Zeichen, jetzt hat es Kammerer erwischt, uns alle da drinnen hat es erwischt, Volltreffer, er kann die Tür aufreißen, sein Auftritt.

„Guten Morgen meine Herren, entschuldigen Sie, dass ich so hereinplatze. Ich wollte Sie in Ihrer wichtigen Arbeit gewiss nicht stören. Wollte Sie nur einladen zu einer Manifestation. Eine *Manifestation der nationalen Erhebung* unseres herrlichen österreichischen Vaterlandes. Wir haben uns lange genug Vorschriften machen lassen. Jeder, der Lust hatte, konnte uns Österreichern vorschreiben, was wir zu denken, zu tun und zu lassen haben. Auch und gerade in der Wissenschaft. Weswegen die Universität Wien sich ganz aktiv an dieser Manifestation beteiligt. Sie findet am Ballhausplatz statt, heute Mittag. Ich habe die Ehre, dort auch eine Ansprache zu halten. Ich gehe davon aus, dass das Vivarium sich ebenfalls beteiligt?“

Abel schaute jeden von uns der Reihe nach an, als müsste er Ablehnung oder Zustimmung, wenn möglich: Begeisterung, in einer amtlichen Liste eintragen.

„Ach“, er stellt sich neben Noble und stiert auf die Kröte, „und der Kollege Noble beschäftigt sich mit der berühmten Brunstschwiele, wie ich sehe. Nur die berühmte Brunstschwiele – warum sehe ich die denn nicht?“

Abel tat so, als hätte ihm Noble nicht vorher schon

alles haarklein berichtet, als wäre das hier kein Auftritt, den die beiden präzise einstudiert hatten wie ein Ballett.

„Na ja, Kammerer, das da lässt sich bestimmt aufklären. Ich bin sicher, Sie haben eine ganz fabelhafte Erklärung für dieses Verschwinden erworbener Eigenschaften. Ja ja, wie gewonnen, so zerronnen. Erst die Brunst und dann die Schwiele. So geht es mit Tusche gerne mal, ist doch Tusche, oder? Wenn ich einen Ratschlag geben darf: Nur nicht immer so forsch drauf los, Kammerer, dann hauen Sie auch nicht so oft daneben. Ich schlage vor, Sie bleiben bei Ihren Harfenistinnen und überlassen das Rote Wien denjenigen, die sich bei der Gegenseite besser auskennen. Ich gehe jedenfalls davon aus, dass es auch Ihre Gegenseite ist, oder Kammerer?"

Er lächelte. Dann nahm er Noble die tote Kröte aus der Hand, machte eine Geste, als wollte er sie auf den Mund küssen und verließ mit einem „Also bis nachher dann auf dem Ballhausplatz meine Herren!", den Noble untergehakt, das Vivarium.

Davon hat sich das Vivarium nie mehr erholt. Alle Tierpfleger mussten zu den Soldaten. Die Tiere, die zwei Heimaten hatten, sind nach und nach eingegangen. Am längsten haben die Grottenolme durchgehalten. Sie sind zäh und an die Dunkelheit gewöhnt.

Auch untereinander waren wir nach dem Abgang von Abel und seinem amerikanischen Helfer in einer verzweifelten Stimmung. Jeder hat den anderen verdächtigt, dass er es war, der die Tusche in den Daumenballen der Geburtshelferkröte hineingespritzt hat.

Franz war nicht da. Frag mich nicht, vielleicht ist der Depp schon in der Kaserne, ist mir doch gleich. Das wurde mir auf meine Frage nach Franz geantwortet, wenn überhaupt.

Ich dachte, ich gehe am besten zum Südbahnhof und hole Jožefa und das Kalb und die anderen ab. Dann kann ich ihnen gleich berichten, dass Franz verschwunden ist. Und dass der Noble auf die Sache mit der Tusche gekommen ist, ganz von allein oder zusammen mit seinem Bateson ist er draufgekommen. Franz hat wahrscheinlich noch gar nicht die Gelegenheit gehabt, ihm zu sagen, wie wir das am Vivarium machen, wenn wir das Wesentliche festhalten und das Innere nach außen stülpen. Jedenfalls hatte keiner etwas davon mitbekommen, dass Franz zum Noble hinein ist und ihn aufgeklärt hat.

42

Das Kalb sah zum Fürchten aus. Ich half Wenzel und Gundel, es auf einen Karren zu werfen, den ich vom Vivarium mitgenommen habe. Das Zungenschlagen war nur noch so ein kraftloses, verzweifeltes Herausgeschiebe. Jedes Mal dachte ich, jetzt hört es auf, jetzt schafft es das nicht mehr. Eine endlose Pause, dann, man hat schon nicht mehr damit gerechnet, hat es die Zunge doch noch einmal herausgedrückt. Wir haben die Kränze und das Kruzifix und den Spiegel samt dem Kalb auf den Karren.

Ich schlug vor, wir bringen das Kalb zum Ballhausplatz. Vielleicht schaffen wir es gerade noch zu Abels Manifestation. Recht gesund schaut es ja nicht aus. Aber immerhin – jeder kann sehen, es ist ein hornloses Kalb. So etwas gibt es demnach. Also, dass es nicht aussichtslos ist, ein bisschen Vernunft in die Welt hineinzuzwingen. Franz wird wahrscheinlich nicht bei der Manifestation sein. Trotzdem ist es doch seine Idee, die wir auf dem Karren daherbringen. Vielleicht macht es das Kalb nicht mehr lang, das Zungenschlagen wird schwächer. Wir müssen uns beeilen.

Der alte Frohnwieser war todmüde von der Bahnfahrerei. Trotzdem sagte er, ja, wir sollten es machen. Jetzt hatten wir es von der Krain bis hierher geschafft, wir würden nicht auf den letzten Metern aufgeben. Auch Gundel fand es einen guten Vorschlag. Wenzel sagte nichts.

Jožefa war dagegen.

„Siehst du nicht, wie schlecht es dem armen Vieh geht? Und jetzt willst du es zu einem Haufen brüllender Menschen zerren, die es begaffen und auslachen, die sagen werden, was für eine kranke Missgeburt? So, wie es jetzt beieinander ist, überzeugen wir mit unserem Kalb niemanden. Zum Vivarium müssen wir, ganz dringend müssen wir dahin, jemanden finden, der ihm helfen kann. Wem nützt denn ein totes Kalb auf dem Ballhausplatz?"

Frohnwieser schien sich zu schämen, dass er meinen Vorschlag sofort und ohne nachzudenken gut gefunden hatte. Er zog seine Börse aus der Tasche und bot zwei Arbeitslosen, die zusammen mit anderen vor dem

Bahnhofskiosk herumstanden, Geld, wenn sie uns helfen, das Kalb so schnell wie möglich zum Vivarium zu schaffen.

So sind wir, wie ein schlampig geschmückter Leichenzug, der es auf seiner letzten Fahrt aus unbegreiflichen Gründen unanständig eilig hat, durch die Stadt zum Vivarium. Die beiden Arbeitslosen und ich zogen an der Deichsel vorn, der Wenzel schob von hinten an. Jožefa saß in den welken Blumen neben dem Kalb auf dem Karren, mit ihrer Schiefheit wäre sie auf den harten Straßen der Hauptstadt nicht schnell genug vorangekommen. Frohnwieser und Gundel kamen sehr langsam hinterher, bald verloren wir sie aus dem Blick. Die Holzräder machten Lärm auf dem Pflaster. Nur wenige Leute schauten uns nach. Als wären Leichenzüge schon Alltag in Wien.

Der Bickel Hubert war Gott sei Dank noch im Vivarium, er versteht etwas von Rindern. Er hat sofort den großen Aschenbecher von unserem Brotzeittisch genommen und mit kochendem Wasser ausgespült. Dann hat er von dem Kupfer heruntergekratzt, und das Abgekratzte mit Milch, Wasser und getrockneten Ringelblumen vermischt.

„Eurem Rind fehlt Kupfer. Sonst fehlt ihm gar nichts. Aber wo hat das arme Vieh seine Hörner?“, hat der Bickel gesagt.

Seine Kur hat jedenfalls gut angeschlagen. Bevor es Abend wurde, hatte das Kalb sich erholt, konnte wieder selber trinken, das Aufstehen ging noch nicht, aber das Zungenschlagen war weg.

Am nächsten Tag stand in der Zeitung, dass sie unseren Thronfolger erschossen haben. Weiter hinten wurde berichtet, eine große Menschenmenge auf dem Ballhausplatz hätte ihre unverbrüchliche Liebe zu unserem Herrscherhaus zum Ausdruck gebracht. Sowie ihre Entschlossenheit, diese Schmach abzuwaschen.

***

Anmerkungen

1. Arthur Koestler: Der Krötenküsser. Der Fall des Biologen Paul Kammerer. Czernin Verlag 2010, S. 61
2. a.a.O. S. 63
3. a.a.O. S. 63
4. a.a.O. S. 63
5. a.a.O. S. 266
6. www.alma-mahler.at/deutsch/almas_life/kammerer.html
7. Vargas AO: Did Paul Kammerer discover epigenetic inheritance? A modern look at the controversial midwife toad experiments. J Exp Zool B Mol Dev Evol. 2009 Nov 15;312(7):667-78. doi: 10.1002/jez.b.21319.

Weiterführende Literatur

Klaus Taschwer, Johannes Feichtinger, Stefan Sienell, Heidemarie Uhl: Experimentalbiologie im Wiener Prater. Zur Geschichte der Biologischen Versuchsanstalt 1902 – 1945. Verlag der österreichischen Akademie der Wissenschaften 2016

Klaus Taschwer: Hochburg des Antisemitismus: Der Niedergang der Universität Wien in der ersten Hälfte des 20. Jahrhunderts. Czernin Verlag 2015

Klaus Taschwer: Der Fall Paul Kammerer. Das abenteuerliche Leben des umstrittensten Biologen seiner Zeit. Carl Hanser Verlag 2016

Bibliografische Information der Deutschen Nationalbibliothek
Die Deutsche Nationalbibliothek verzeichnet diese Publikation in der Deutschen Nationalbibliografie; detaillierte bibliografische Daten sind im Internet über http://dnb.dnb.de abrufbar.

Umschlagabbildung: Maske der Absamer Fasnacht aus Tirol,
Besitz Familie Schreiner, Absam.
Fotografie: Andreas Reutter

Verwendung mit freundlicher Genehmigung von Eigentümer, Fotograf und dem Fasnachtsmuseum Absam.

Lektorat: Petra Wägenbaur, Tübingen

Internet: www.kloepfer-narr.de
eMail: info@kloepfer-narr.de

CPI books GmbH, Leck

ISBN 978-3-7496-1005-1 (Print)
ISBN 978-3-7496-6005-6 (ePub)